M000158795

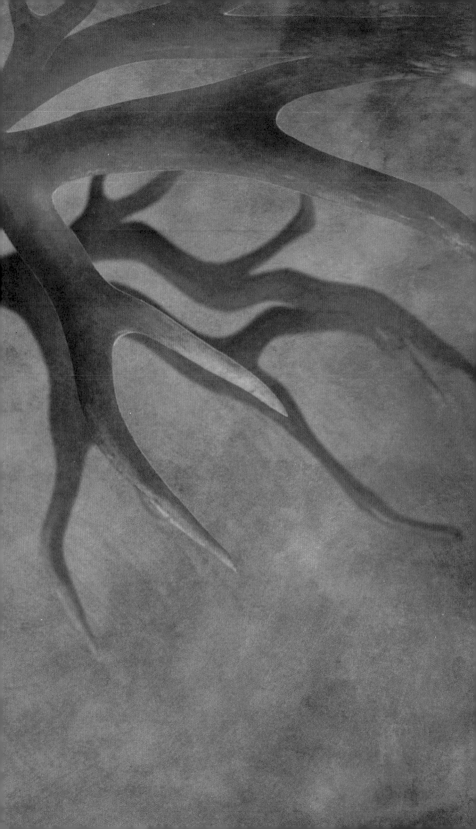

LA NACIÓN DE LAS BESTIAS

El Señor del Sabbath

GRANtravesía

Mariana Palova

LA NACIÓN DE LAS BESTIAS
EL SEÑOR DEL SABBATH

El Señor del Sabbath

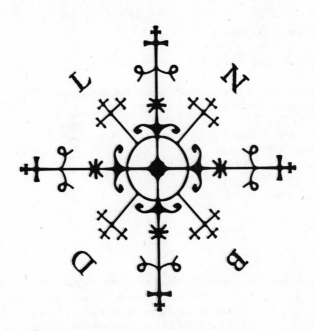

GRANTRAVESÍA

La diversidad cultural y étnica, así como los acontecimientos históricos de este libro, están inspirados en sucesos, lugares y tradiciones reales, pero no representan las creencias ni reflexiones de la autora, ni de ninguna persona en particular; ésta es una obra de ficción.

La nación de las bestias

© 2017, Mariana Palova

Diseño de portada e ilustraciones de interiores: © Mariana Palova
Fotografía de la autora: Cristina Francov

D. R. © 2019, Editorial Océano de México, S.A. de C.V.
Homero 1500 - 402, Col. Polanco
Miguel Hidalgo, 11560, Ciudad de México
www.oceano.mx
www.grantravesia.com

Primera edición: 2019

ISBN: 978-607-527-826-1

IMPRESO EN MÉXICO / PRINTED IN MEXICO

A mi familia.
Porque la familia no es importante.
Lo es todo.

PRÓLOGO

De todas las cosas extrañas que hay en mí, existen sólo tres que puedo contar a la gente sin el temor de acabar recluido en un manicomio.

La más milagrosa: nací prematuro, habiendo estado solamente siete meses en el vientre de mi madre. La más preocupante: no aprendí a caminar hasta la edad de cuatro años. Y la más extraña: nunca sueño. O, al menos, nunca recuerdo nada cuando despierto. Sólo cierro los ojos y, horas después, vuelvo a la vida, escapando frenéticamente de ese trance placentero al que llamamos dormir.

Cualquiera diría que también es algo preocupante, pero con el tiempo me convencí de que si mis pesadillas me iban a asaltar estando despierto, por lo menos mi mente se esforzaría por dejarme descansar en cuanto cayera rendido en la cama.

Sólo hubo una ocasión en la que creo que tuve un sueño. Lo único que recuerdo es haber visto algo rojo frente a mí, con algunas grietas salpicando el color y formando un mar de cicatrices oscuras. Instantes después desperté al sentir los brazos de mi maestro levantarme de mi catre de paja y llevarme a uno de los recuerdos más nítidos de mi niñez: era una fría madrugada de marzo, cuando tenía tres años y aún no había podido dar mis primeros pasos.

El viejo monje guardó en el bolsillo el sobre de papel que yo tenía bajo la almohada y me arrancó de la habitación, corriendo como si se le fuese la vida en ello. Todo estaba oscuro, con las antorchas de los muros apagadas y la negrura de los pasillos inundada por la caótica angustia de las voces que huían.

Me sacó del antiguo monasterio tibetano donde vivíamos y me ocultó en una cesta de mimbre enganchada al único caballo que había en el lugar, para después cubrirme con pergaminos y libros que horas antes habían estado en los altares. Al sentir el peso de aquellas cosas sobre mí, y el frío calándome los huesos, comencé a llorar. Mi tutor cubrió mi boca con su mano helada y me consoló con dulzura para tratar de silenciarme, pero al ver que no podía calmarme y que el tiempo se agotaba, desistió.

Subió al caballo y el animal relinchó, echándose a correr mientras yo me esforzaba por preguntar, entre gemidos y llantos, hacia dónde íbamos. Escuché gritos a nuestras espaldas, giré la cabeza y vi que una espesa nube de humo comenzaba a elevarse sobre el monasterio. Seguí llorando, incapaz de entender lo que pasaba en tanto mi tutor golpeaba al caballo con furia, haciéndolo ir cada vez más rápido.

Con el tiempo comprendí que huíamos por nuestras vidas.

El azote hacia la cultura tibetana por parte del gobierno chino por fin nos había alcanzado y nuestro santuario, un viejo y pequeño recinto de piedra enclavado entre las desoladas montañas del Himalaya, tardó en caer lo mismo que dura un latido.

Esa noche, mi maestro y yo emprendimos un largo viaje de más de cuarenta días en los que sufrimos un hambre y un miedo capaces de enloquecer a cualquiera. Él era un viejo y experimentado monje budista, perfecto ejemplo de calma y paciencia, por lo que supo ayudarme a enfrentar las penurias a través de sus ánimos y oraciones. Más tarde que temprano, cruzamos la tosca frontera tibetana y llegamos a un campo de refugiados en la India.

Allí me encontré a salvo de los maoístas, pero la vida se volvió tan dura que todo el tiempo me preguntaba si no hubiese sido mejor haber muerto la noche de la huida. Pasamos de estar en la tranquilidad de un humilde pero pacífico recinto, a vivir apretujados en un diminuto campamento junto a más de dos mil personas, y en condiciones que difícilmente podrían considerarse dignas.

La única pista que quedó de mi vida antes de las frías montañas y la crueldad del campo de refugiados fue ese viejo y desgastado sobre, porque apenas un año después de mi llegada a la India, tanto mi maestro como todas mis posibilidades de descubrir la verdad sobre mi pasado, quedaron enterrados en una deprimente fosa común.

Pero lo más desconcertante de todo es que nunca llegué a saber cuál había sido el verdadero motivo por el que, de entre todas las docenas de discípulos que tenía, mi maestro había decidido salvarme a mí. La gente solía decirme que me había elegido porque, siendo yo un niño blanco, un occidental con una apariencia de lo más extraña, temía el futuro cruento que me depararía si llegaba a caer en manos de los comunistas.

Yo siempre he preferido creer que fue porque me quería como a un hijo.

A partir de su muerte otro monje se encargó de criarme, pero lo hizo con un afecto tan frío y distante que pronto sentí que había perdido otra vez a un padre.

Mucho tiempo después y aferrándome a ese pasado desdibujado que anhelaba descubrir, caí en la cuenta de que aquella vida, aquel mundo desolado del que había formado parte durante tanto tiempo, debía llegar a su fin.

Porque hoy, quince años después de mi fuga a la India, ha llegado la hora de huir de nuevo.

PRIMERA PARTE

UN MONSTRUO

ENTRE NOSOTROS

CAPÍTULO 1
EL ABISMO PARPADEA

—Oye, Elisse —despierto al sentir que mi hombro es zarandeado con brusquedad. Lucho contra el cansancio y veo la silueta borrosa de Carlton, quien apunta hacia mi ventanilla empañada—. Hemos llegado.

Al enfocar la mirada a través del vidrio, la admiración yergue mi espalda como si le hubiesen dado un buen varazo.

La tenue lluvia ha dejado tras de sí una capa de niebla, junto con un leve resplandor húmedo que ha pintado de matices grisáceos lo que parece ser un típico y encantador vecindario estadunidense.

El lugar está conformado por una colección de casas elevadas[1] que desfilan a ambos lados de la calle, todas con su respectivo porche y separadas las unas de las otras por algunos metros de césped, tal y como en las películas que veía en la televisión comunitaria del campo de refugiados. Un montón de árboles y jardines cortados a la perfección adornan los frentes de cada hogar, y algunos hasta tienen una bandera de barras y estrellas clavada en tierra. La calle está casi vacía, a excepción

---

[1] Para evitar inundaciones, las casas en Nueva Orleans no se construyen al nivel del suelo, sino sobre columnas o pisos falsos.

de un perro que anda perdido a lo lejos. Pronto, soy invadido por una punzada de escepticismo, incapaz de procesar la idea de que he llegado hasta el otro lado del mundo.

—¿Te gusta? —pregunta Carlton, sonriendo de una manera tan forzada que parece que se le partirá la cara en dos.

—Es...

—Estamos en uno de los barrios más deseados por las familias de la ciudad, ya que Audubon Park queda a muy pocas cuadras —dice, bajando de la camioneta y señalando hacia el final de la calle, donde no se puede ver nada debido a la niebla—. Apresúrate, estamos cerca.

Pero antes de que pueda siquiera poner la mano en la manija, Carlton rodea el auto y se para justo al lado de mi puerta. El pálido hombre juguetea con sus llaves, y lleva su mirada del suelo a mis ojos una y otra vez, chasqueando como si fuese una ardilla nerviosa mientras yo uso toda mi fuerza de voluntad para no arquear una ceja.

Él y yo tuvimos un mal comienzo. Cuando me recogió en el aeropuerto esta mañana hubo un pequeño incidente relacionado con mi apariencia que, si bien a mí no me ha importado mucho, a él lo ha avergonzado hasta el punto de portarse de forma tan ambigua que no sé si intenta ser demasiado amable para remediar su metida de pata o demasiado grosero para terminar de arruinar las cosas.

Por su bien, espero que no esté pensando en algo como abrirme la puerta como todo un caballero, porque de ser así, juro por lo más sagrado que me largo de vuelta a la India, así tenga que cruzar el mar a nado.

Por suerte, él se aleja agitando su cabeza medio calva.

Me arremango la túnica y desciendo, aprieto mi morral de viaje contra el pecho mientras chapoteo en los charcos helados. Por supuesto tengo la atención fija en todas y cada una de las cosas que me encuentro en la calle, más por miedo que por curiosidad, por lo que podría estar observándome entre las húmedas sombras.

—Mira, es aquí —dice Carlton de pronto

Formo una "o" con la boca y simulo sorpresa, tratando de que no se note mi... ¿decepción? No, no es eso, es sólo que esto es muy distinto de lo que imaginaba. Estoy demasiado acostumbrado a las extravagantes construcciones religiosas de la India, por lo que el centro budista de Nueva Orleans me parece bastante simple: es una casa de un piso, común y corriente. Sus amplias ventanas fungen como escaparates y un enorme letrero azul resplandece en la entrada, rezando el nombre del lugar tanto en inglés como en tibetano, quizá para que no haya duda de que se trata de un sitio especialmente místico.

—En seguida te abro, Elisse, que esta puerta tiene su truco.

Carlton se lanza hacia la entrada y comienza a forcejear la cerradura como si ésta lo hubiese insultado. Al fondo de la calle, el perro se transforma en una mancha amorfa a medida que se aleja, y el estómago se me cierra al imaginar que aquello no es otra cosa que un espectro traslúcido vagando por la niebla.

—¡Listo!

Por suerte, la voz chillona de Carlton me devuelve al mundo real. Al entrar al centro, soy recibido por la agradable tibieza de la calefacción, un crujiente suelo de madera y un pasillo de paredes rojas con una cortina al fondo.

Hay dos estancias a los lados del pasillo; la que está a la derecha es una cocina, mientras que a la izquierda hay una ordenada tienda de objetos tibetanos que desprende un dulce y familiar olor a incienso de sándalo.

En las estanterías hay adornos tradicionales tallados en madera y banderitas tibetanas, cajas de incienso, estatuas de Buda, libros sobre meditación, discos de música oriental y todo lo que cualquier practicante de esta religión puede necesitar para inspirarse.

Mientras me quito las sandalias pienso en borrosos recuerdos de mis primeros años en el Tíbet. En la India no teníamos suficientes recursos para que pudiésemos disponer de un altar decente dentro de una lodosa tienda de campaña, por lo que todo esto comienza a provocarme una especie de sentimiento agridulce.

—Oye, Elisse —Carlton da un paso hacia mí, arrugando la nariz—. Iré a llamar a todos para que vengan a conocerte, pero, si quieres, si te apetece refrescarte antes... hay un baño por allá —dice, apuntando a una puerta al fondo de la tienda tibetana.

No sé qué me ha puesto más tenso, la palabra "todos" o su fracasado intento de pedirme de forma sutil que vaya a asearme.

—Sí, por supuesto. Gracias —digo, tan despacio que pronto me doy cuenta de que ha parecido sarcasmo. Carlton hace un gesto leve de desagrado antes de alejarse dando zancadas por el pasillo.

Suspiro, resignado a seguir metiendo la pata. No es que quiera ser grosero, pero tengo que forzar mucho mi acento para que la gente me entienda, y eso parece estar empezando a ocasionar problemas. Incluso la aeromoza, cansada de mi tembloroso inglés, me ignoró durante casi todo el vuelo.

Dejo mi morral en el suelo y cruzo la tienda, bañada por la luz que traspasa el escaparate. Los colores rojo y dorado me golpean la cara mientras los Buda me miran de forma apacible desde sus estatuas de bronce y las *thangkas*[2] repartidas por todo el lugar. Cierro la puerta del baño y miro mi deplorable apariencia en el espejo.

No tuve oportunidad de tomar un baño antes de dejar la India. De hecho, una ducha es un lujo que rara vez uno se puede permitir en un campo de refugiados, así que eso, junto con un agradable vuelo de dieciséis horas, debe hacerme apestar a ardilla muerta.

Y es una lástima que no pueda decir nada mejor de mi carácter.

Nunca me ha sido fácil tratar con gente. Crecí rodeado de budistas, monjes y aprendices que practicaban una de las religiones más dulces de la tierra, pero aun así nunca me sentí parte de ese mundo. Admiré sus hábitos y su filosofía, pero no he podido ser exactamente un ejemplo de paciencia y contemplación; tiendo a ser un tanto desobediente y a decir más palabrotas de las que debería —sin mencionar que guardo un fabuloso repertorio de sarcasmos en la boca—, y sobre todo, jamás he podido encajar en ninguna parte. Nunca podré ser realmente tibetano, ni indio.

Y al parecer, tampoco soy muy buen occidental.

Pero más allá de eso, creo que mi corazón —o mi lógica— nunca fue capaz de adoptar una fe. Hay algo que no acabo de entender, tanto de las religiones como de mi persona, que no me deja abrazar el consuelo de que hay seres invisibles y piadosos allá afuera, observándonos y cuidándonos. Porque ninguna de las criaturas "invisibles" que yo conozco son misericordiosas. Ni por asomo.

---

[2] Tapiz o bandera budista de seda pintada o bordada.

Una vez que me restriego el rostro y las axilas con suficiente agua y jabón para convertirme en una mezcla asquerosa de cara limpia y cabello rubio apelmazado, salgo del baño pasando una toalla de papel sobre una de las preciosas manchas de mi túnica.

Pero me detengo al notar que lo único que me recibe en la tienda es un absoluto silencio.

Despacio, levanto la barbilla, y mi pulso se dispara al darme cuenta de que *algo* me observa desde el fondo de la habitación.

La ventana del escaparate se ha oscurecido hasta asemejar una pantalla negra y vacía; mientras que el tenue resplandor amarillento de una única lámpara ilumina las siluetas de las estatuas y *thangkas* de las paredes. Los rostros de los Budas han desaparecido y sus cuellos han sido torcidos de manera espantosa hacia mí.

Y a pesar de que no tienen ojos, sé que pueden verme.

Contengo el aire en mi pecho, temiendo que se escuche mi respiración. Debo mantenerme tranquilo, debo quedarme callado hasta que, de alguna forma, todo termine, pero cuando la luz empieza a titilar, la sangre se me congela.

Escucho murmullos. Son muy quedos y susurran en lenguas que no puedo comprender, mientras la negrura de la ventana toma fuerza a cada segundo que pasa, transformándose en una profunda garganta de la cual brotan miles de voces. Mis ojos se abren hasta doler, al tiempo que el terror devora mis huesos.

Aquel abismo *me está mirando*.

Percibo un penetrante olor tan asqueroso como si me hubiese sentado en una pila de cadáveres putrefactos.

Los murmullos crecen hasta convertirse en gritos; montones de voces exclaman en mis oídos. El abismo me habla, y su gorgoteo comienza a traspasar aquella boca de oscuridad.

Me echo hacia atrás y cierro la puerta del baño con un azote, retrocediendo hasta golpearme la espalda contra la pared. Cierro los ojos, deseando con toda mi alma que aquello termine. Que lo que sea que esté morando en las sombras, con quién sabe cuántos ojos, lenguas y dientes, no se arrastre hasta aquí. Estoy a punto de enloquecer.

Elisse.

Elisse.

—¡Elisse!

Cuando distingo que es Carlton quien llama, abro los ojos y me lanzo a abrir la puerta. Toda la sangre que había perdido regresa a mis venas al ver que la tienda ha vuelto a la normalidad.

—Por los dioses —gimoteo, tragándome la incredulidad, porque, al parecer, cruzar el mundo no ha sido suficiente para escapar de mis pesadillas.

Abandono la tienda a paso nervioso, asegurándome de que todas las estatuas han vuelto a tener en su lugar tanto la cara como las vértebras del cuello. Me asomo al pasillo, tenso al escuchar pasos y puertas abriéndose detrás de la cortina del fondo y con el miedo irracional de que brote una multitud de sombras.

Pero, para mi alivio, sólo emergen dos personas perfectamente humanas además de Carlton.

—Bienvenido, muchacho, te esperábamos —dice un hombre que lleva en el rostro la expresión serena y dulce de un sol. Su inglés es casi perfecto, como si el tibetano no fuese su lengua materna. Es tan bajito como yo, aunque tal vez me supera por más de cincuenta años de edad. Lleva la cabeza afeitada y porta una impecable túnica carmesí, de cuyo bolsillo cuelga un rosario budista.

Me acerco a él a grandes zancadas, tomo su mano derecha entre las mías y me inclino hasta que mi frente toca sus dedos.

—*Tashi delek, Geshe-La*[3] —saludo en voz baja. Estoy seguro de este hombre es Geshe[4] Osel, buen amigo de mi primer maestro y director de este centro.

Sobre su hombro, una mujer me mira con un brillante entusiasmo. Su cabello salpicado de canas me da pistas de su edad, mientras que su cuerpo rollizo da la apariencia de ser fuerte como un árbol grueso.

—¡Hola, hola, bienvenido! —exclama, extendiendo frente a mí una *khata*.[5] Una vez que me inclino para dejar que la descanse sobre mis hombros, le ofrezco una tímida sonrisa. De pronto me veo encerrado en un potente abrazo que me estruja tanto la lengua como la capacidad de moverme. Mis manos se columpian lánguidas a los costados de mi cuerpo, mientras mi corazón trota dentro de mi pecho por el sobresalto.

—Mi nombre es Louisa —dice, dándose suaves golpes en el pecho con ambas manos, como si se estuviese presentando ante un niño pequeño—. Me da mucho gusto conocerte, Elisse. ¡Pero qué chiquitito eres! Espero que tengas hambre, que hoy vamos a ofrecer una buena cena para ti.

Su sonrisa crece hasta parecer una luna menguante sobre su rostro nocturno. Ni un gesto de asco. Ni una sola arruga en su nariz.

---

[3] Tradicional saludo tibetano de respeto.

[4] *Geshe:* alto grado académico otorgado a algunos monjes dentro del budismo tibetano.

[5] Bufanda tibetana de seda, tradicionalmente blanca y usada para ceremonias y bienvenidas.

Una repentina ternura, junto con un ligero arrepentimiento, me invade por no haber correspondido a su abrazo. ¿Quién tiene el corazón suficiente para estrechar así a un desconocido maloliente?

—Muchas gracias —digo con mi tímido e inseguro inglés—, han sido muy amables. Y perdón si les he causado molestias.

—No tienes por qué disculparte, es un gusto hacer un favor a la memoria de mi amigo Palden, así que siéntete como en casa —me dice Geshe.

La señora Louisa toma mi brazo y me conduce al otro lado de la cortina para mostrarme el interior de la casa, llena de imágenes budistas. Una salida de emergencia al fondo de un pasillo da hacia el enorme jardín. Mientras la sala, justo al lado, permite una buena entrada de luz a todo el centro.

Pero la "biblioteca" es lo que termina por robarme el aliento: es sólo un cuarto con un librero que ocupa toda una pared, un camastro tapizado de cobijas, un buró y una lámpara pequeña, lo que convierte a este sitio en un improvisado dormitorio.

Mi propio dormitorio.

Miro sobre el hombro al sentir dos sonrisas treparme por la espalda. De pronto, el calor del cuarto se torna sofocante. Eso o el concepto de *nuevo hogar* me abochorna lo suficiente para quemarme las mejillas.

CAPÍTULO 2
CRIATURAS HAMBRIENTAS

Parece ser que Elisse se ha traído un huracán a cuestas ya que, desde que llegó a este lugar, el aliento helado del mar ha comenzado a soplar sobre la gran hechicera Nueva Orleans con escupitajos de lluvia que amenazan con volverse una tormenta; como si el muchacho, más que un humano, fuese un presagio oscuro de lo que le depara a esta tierra bendecida por los espíritus.

Sacudo mis vértebras y me acuno en una de las tantas nubes que se arremolinan en el cielo para clavar mis ojos en la tierra. Desde hace siglos he permanecido despierto y vigilante sobre los habitantes de estos pantanos hasta el punto de saber casi con exactitud lo que piensan y sienten, pero por primera vez centro mi atención en algo en particular: una camioneta que se desvía del asfalto para introducirse a campo abierto, arrastrando la tierra húmeda bajo sus desgastadas llantas y salpicando su reluciente piel roja de lodo.

El vehículo entra al área boscosa mientras yo me deslizo por las gotas de lluvia y bajo a la tierra para situarme al lado del potente vehículo.

El enorme cadáver que yace en la parte trasera rebota pesadamente con cada bache, desparramando un poco más sobre el piso de metal su pestilente contenido. Y por la forma en la que la nariz de Johanna se arruga, queda claro que la llovizna no logra atenuar su olor.

Mi joven Johanna, mi pequeña de corazón violento y ojos gentiles, tú gruñes cada vez que te golpeas la cabeza contra la ventana, aunque no te atreves a quejarte por eso. Sabes a la perfección que, aun si te rompes el cráneo contra el vidrio, nada será capaz de convencer a Nashua para dejar de pisar el pedal. El trabajo debe hacerse lo más pronto posible.

Después de casi cuarenta minutos de andar entre los caminos apenas visibles del pantano, tu compañero y tú se detienen en la orilla de una laguna rodeada de espesas cabelleras de maleza, intentando mantenerse lo bastante alejados para no hundirse en el fango.

Las copas de los árboles se agitan, formándome un gentil nido entre ellas. Sé que no tengo necesidad de ocultarme de ti o del hombre que te acompaña, ya que mi presencia es solamente el eco de un mudo susurro, pero hay viejos hábitos que no me gusta olvidar.

—Creo que podremos tirar a este cabrón aquí —te dice Nashua, bajando de un pesado salto para aterrizar sobre el lodo.

El joven no podría pasar desapercibido aunque su vida dependiese de ello, ya que sus músculos perfectamente cincelados apabullan casi tanto como su metro noventa y siete de estatura. Tiene un rostro severo, la mandíbula angulosa y la piel morena; rasgos heredados de su antigua sangre, ésa que vengo observando desde que los primeros pobladores llegaron a este pantano.

—La siguiente ocasión, yo conduciré.

—¿Y llegar aquí cuando sea *Mardi Gras*?[6] Deja de quejarte y ayúdame.

Suspiras y, muy a pesar de que bajas con cuidado, no puedes evitar quedar hundida en la fosa de barro. Sacas de la guantera un largo cuchillo repleto de dientes junto con una bolsa de plástico, de ésas que con tristeza veo nadar en los ríos como anémonas fantasma. Caminas hacia la parte trasera del vehículo mientras recoges tu oscuro cabello, consciente de que te espera un largo y desagradable trabajo.

—Dios —exclamas—, no apestaba tanto cuando lo echamos aquí.

Cuando Nashua quita la lona negra que recubre el gigantesco cadáver, ambos deforman sus rostros en una mezcla hilarante de asco y asombro, porque a pesar de que no lleva ni cuatro horas muerto, el cuerpo está en un avanzado estado de putrefacción, tanto así que ya está hinchado y un pequeño gusano blanco se asoma por una de sus fosas nasales.

Tragas saliva, incómoda ante el cadáver que ya no tiene apariencia de nada propio de la naturaleza. Su gran cornamenta resalta entre la pila de piel y órganos desparramados por el desgarro de su estómago, en tanto el deforme rostro alargado ha quedado congelado en una mueca demasiado humana.

—No te pongas sentimental —te advierte Nashua—, bien sabes que él no lo fue con nosotros.

Él apunta hacia tu brazo, señalando la palpitante herida que ocultas bajo una gruesa venda. Te encoges de hombros y le pasas el cuchillo dentado, quien comienza a serrar los cuernos

---

[6] Traducido como "Martes Graso", es una celebración de Nueva Orleans que se conmemora el martes anterior al Miércoles de Ceniza. Dicha celebración viene presidida por una de las temporadas de carnaval más famosas del mundo, que comienza en enero.

del cadáver como si fuesen las ramas de un árbol. Los levanta frente a sus ojos y chasquea la lengua.

—No servirán ni para venderlos —te dice, arrojándolos a un lado—. Ya están porosos.

Lo ves examinar el cadáver una vez más, y después de dibujársele una tenue sonrisa en el rostro toma a la criatura de la cornamenta cercenada y la arroja al fango como si se tratase de un simple costal de harina. Los intestinos se derraman a su paso, salpicando abundantes fluidos que te habrían bañado de no ser porque te has quitado a tiempo.

—¡Oye, ten más cuidado!

Nashua ríe entre dientes y comienza a arrastrar el enorme cadáver por las axilas hacia el pantano, dejando tras de sí un rastro maloliente de sangre ennegrecida.

Yo sonrío, tan impresionado como orgulloso, porque aquella criatura seguro pesa más de cuatrocientos kilos.

Sigues con la mirada el camino de órganos embarrados en el suelo y la puerta trasera de la camioneta, para después apretar los párpados hasta sacarte arañas de las comisuras. ¡Pobre de mi niña! Pareciera que, sin importar cuántos cadáveres desfilen frente a tus ojos de niebla, nunca podrás acostumbrarte a la sangre y las vísceras.

—¡Trae esas tripas acá! —grita Nashua, divertido ante tus expresiones nauseabundas—. Si Tared ve toda esta mierda en su camioneta, nos hará limpiarla con la lengua.

A sabiendas de que es más una advertencia que una broma, metes los órganos sanguinolentos en la bolsa, mientras la cara se te agrieta cada vez que las masas carnosas se te resbalan de las manos.

Una nueva arcada sube a tu garganta al encontrar un dedo cercenado, yaciendo como el tallo de una planta en medio de un trozo de estómago. Sabes bien a quién pertenece, así que luchas por contener el vómito detrás de tu campanilla.

Nashua alza el enorme cuerpo sobre sus hombros, importándole muy poco que la suciedad se esparza por su chamarra. Se introduce en el pantano y arroja con fuerza el cadáver a las aguas lodosas, el cual se hunde en un gran chapuzón.

La superficie se estremece en un vaivén de espinas dorsales; un par de colas de caimán nadan en dirección a donde el cadáver se ha hundido, lo que hace sonreír a Nashua de plena satisfacción.

Momentos después, tú llegas hasta él, vacías los intestinos en las aguas y te guardas el plástico en el bolsillo de la chamarra.

—Buen trabajo —susurra Nashua, dándote un golpe en la cabeza con los dedos empapados en lodo y vísceras.

—¡Ay, Nashua! ¡Eres un cerdo!

Él ríe con estruendo, soportando los bruscos golpes que le propinas en el brazo. Después de burlarse de ti un rato, ambos regresan a la camioneta, cansados y sucios hasta las orejas, aunque satisfechos con el trabajo y seguros de que no quedará rastro alguno del cadáver.

Pero, cuando están a punto de subir, se detienen al ver los restos de vísceras y suciedad embarrada por todo el vehículo. Suspiras y yo siento un poco de pena porque, a pesar de sus intentos, terminarán limpiando el valioso monstruo de metal de la forma más desagradable posible.

Si me lo preguntasen, diría que la reserva natural aledaña a Nueva Orleans es uno de esos sitios místicos en los que uno puede encontrarse a sí mismo en el simple croar de una rana. Pero la gente que la protege no permite dar paseos demasiado largos ni hacer campamentos dentro de su pantanosa belleza, debido a las múltiples cicatrices provocadas por los visitantes irresponsables y cazadores insaciables.

También hay lugares muy celados en los que ninguna persona puede entrar salvo los protectores de la reserva y gente muy especial. Así que el refugio del pantano, construido en una frondosa zona al norte de uno de los enormes lagos de la reserva, puede considerarse tanto privilegiado como inaccesible a los turistas curiosos.

Y es justo allí adonde Nashua y tú se dirigen.

Los sigo en silencio por los senderos más firmes del pantano hasta verlos llegar a un claro que se abre al final de un camino entre la maleza.

El refugio consiste en cinco viejas pero bien conservadas cabañas, acorazadas por muros de árboles y una fogata de piedra, bastante grande y sólida en medio de ellas. Detrás de las cabañas hay un lago, donde una lancha de pesca yace amarrada al muelle de madera.

La camioneta anuncia tu llegada y la de Nashua al rodar sobre la terracería mezclada con grava.

Un hombre con el cabello del color del otoño y barba de matorral se acerca para recibirlos, y, aun cuando es unos cuantos centímetros más bajo que Nashua, su estatura y músculos son igual de intimidantes.

—¡Hola! ¿Cómo les ha ido? —pregunta, mostrando ampliamente su dentadura en un perfecto despliegue de su habitual buen humor.

—Dar de baja a ese hijo de puta nos ha costado más de lo que hubiésemos querido —responde Nashua con la lengua filosa y sacudiéndose un poco la mezcla de tierra y sangre seca de sus ropas—. Pero, por suerte, no nos encontramos con nadie.

—Ya veo —dice Julien en un suspiro—. Acá las cosas han estado tranquilas. Al parecer nadie escuchó nada de lo que pasó aquí.

—¿Y el abuelo Muata? —La mirada del pelirrojo se ensombrece ante la pregunta.

—Se quedó completamente ciego en la madrugada, poco después de que ustedes se fueron.

—¡Carajo! —el hombre suelta un golpe estruendoso contra el vehículo que, horas antes, había tratado con tanto cuidado. Tú das un salto y Nashua mira perplejo la enorme hendidura que su puño ha causado al metal—. ¡Genial, lo que me faltaba!

Julien ríe con descaro de la desgracia de su compañero, quien lo hace carraspear al instante con una fulminante mirada.

—¿Qué vamos a hacer ahora? Si el abuelo muere... —te muerdes los labios al darte cuenta de la gravedad de tus palabras.

El respetable anciano Muata, a pesar de estar transitando por su novena década con una tranquilidad pasmosa, cada día parece asomarse poco a poco a un umbral difuso para los vivos. Y eso está resultando tan doloroso como inconveniente para todos los habitantes de la aldea.

—Voy a ver cómo se encuentra... —dices, pero la mano de Nashua se cierra como un grillete alrededor de tu muñeca.

—No, Johanna, tú ve con mamá Tallulah a ver si necesita algo —te ordena y, a pesar de que tu garganta escuece por replicar, sabes que no tienes el valor de llevarle la contraria, así que asientes y acatas la instrucción como una mansa cría.

Tanto él como yo no despegamos la mirada de tu espalda hasta que te vemos atravesar el umbral de la cabaña de aquella mujer a la que, aun sin ser hijos paridos de su vientre, todos llaman "mamá".

Después de un tremendo portazo, Nashua mira la mano izquierda de su compañero y se deja invadir por una tristeza muy perceptible, porque donde debería estar el dedo anular de Julien, ahora sólo hay una bola de vendajes y hierbas curativas.

—¿Cómo sigue tu herida? —pregunta Nashua con inusual gentileza.

—No te preocupes, ya crecerá —bromea Julien, arrasando como una corriente todo rastro de amabilidad en la cara del moreno.

—Eres un idiota —espeta—, te arrancan un dedo y actúas como si te hubiesen hecho un puto favor.

Y así como se fue, la ira vuelve a dominarte, Nashua. Una pena, con lo mucho que me gusta tu rostro severo desmoronándose en calma; un privilegio reservado sólo para aquellos que saben cómo ablandarte.

Meneas la cabeza de un lado a otro y te alejas en dirección al refugio donde reposa el anciano Muata.

Suspirando, me lanzo a seguir tus pasos de cerca. Tocas la puerta de la cabaña más vieja con suavidad y compones tu gesto arrugado antes de entrar.

Sin darte cuenta, me cierras la puerta en las narices, por lo que me introduzco a través las grietas de la madera. Tu bisabuelo Muata yace sentado en una silla de ruedas y con el rostro clavado en la amplia ventana de su habitación, rodeado por la tenue luz que pasa a través de las nubes hinchadas de agua.

Lleva el largo y blanco cabello atado en una cola baja, y a pesar de verse delgado y frágil como el tallo de una flor, conserva en su postura una dignidad intimidante que encorva tu gruesa espalda.

Me deslizo por la pared y me adhiero al cristal de la ventana para poder mirar a tu bisabuelo de frente. Sus pupilas, antes oscuras, ahora yacen cubiertas por un delgado cristal azul, muestra evidente de su ceguera.

Me deslizo por la pared y me adhiero al cristal de la ventana para poder mirarlo de frente. Pero, para mi pena, él no parece reconocer mi presencia.

Tú te sientas a su lado y en el piso, como un niño pequeño, permitiéndote sentir el tenue frío de la cercanía del viejo Muata.

—¿Cómo se encuentra, abuelo? —preguntas, omitiendo ese bis tan innecesario que pareciera alargar la distancia de la sangre.

—Desorientado —te responde con una voz que casi parece un suspiro—. Nunca imaginé que al quedarme ciego perdería tanto de mis capacidades. Pronto seré una carga pesada para la tribu, ahora que no tengo ninguna utilidad.

—¡Abuelo, no diga eso!

El anciano alarga la mano y te palpa, buscando tu hombro a tientas. Te da un apretón con sus dedos raquíticos que, más que darte una caricia, parecen someterte. Bajas la cabeza, avergonzado.

—Perdóneme, no quise hablarle así.

—Siempre has sido mi chico de más confianza —dice—. Y eso poco o nada tiene que ver con que seas mi familia de sangre.

—Abuelo, no tengo palabras…

—Entonces, no hables. Una lengua que habla sin propósito no merece ser escuchada.

Tú bajas de nuevo la cabeza, y tus ojos deambulan por los tablones del suelo. Incapaz de mirar el rostro de tu bisabuelo, te preguntas cuánto habrá cambiado desde que Johanna y tú fueron a deshacerse del cadáver.

—Dicen que cuando pierdes el sentido de la vista los demás se agudizan, pero acabo de descubrir que he perdido algo más que mi magia. También estoy perdiendo mi capacidad para oír, para sentir —tu ceño se arruga hasta formarte una grieta en la frente, mientras ves cómo el anciano atrapa entre sus dedos el pequeño cráneo de cuervo que lleva colgado en el pecho—. A este paso, tardaré pocos meses en ser tan útil como un tronco caído.

—¡Eso es impensable! —bramas—. ¡Lo necesitamos más que nunca!

—Lo sé, niño. Pero cuando la tierra llama, uno debe volver a ella. No hay de otra.

—¿Y qué haremos sin usted, abuelo?

—Lo que los de nuestra sangre han hecho durante miles de años cuando pierden a una parte del Atrapasueños, muchacho. Coser los huecos.

Abres la boca de nuevo, pero el viejo levanta la palma para callarte. Después, esa misma mano viaja hacia la ventana para plantarse en el vidrio, justo delante de mi nariz. Mi cuerpo se echa hacia atrás para contemplar con fascinación la mirada apagada del viejo Muata, la cual parece cavar un agujero dentro de la mía.

—Antes de quedar envuelto en la oscuridad, pude tener un último presagio —dice, por lo que te pones en pie de un salto, mirándolo con furia.

—¿Otro invasor?

—Puede ser, pero estoy tan dudoso de mis propias habilidades que, espero, por nuestro bien, haber malinterpretado el mensaje.

—¿Quiere que le diga a Tared que organice una búsqueda?

—No. No le digas a nadie esto que te estoy contando, mucho menos a él. Ya tiene bastantes cosas de las que preocuparse.

Para tu asombro, tu bisabuelo se levanta, tambaleándose ante la debilidad de sus piernas y palpando a su alrededor para orientarse en su oscuridad. No te atreves a mover un dedo para ayudarlo; sabes bien que asistirlo no hará más que ofenderlo.

—Nashua —te llama, sentándose por fin en el borde de la cama—, puede que el huracán haya traído consigo algo más que lluvia y niebla. En la madrugada, antes de perder la vista, me despertó un intenso olor a hueso.

—¿Hueso? —mis vértebras se agitan al escuchar las palabras del anciano.

—Sí. Nunca había percibido algo así, pero estoy seguro de ello. Y eso no fue todo. También sentí cómo moría la sombra de un árbol muy viejo. Luego vi un ojo, enorme y blanco, asomarse a través de un cristal y, después, una luna caer en una boca infinita que había brotado de las entrañas de la tierra.

—¿Tiene alguna idea de lo que significa, abuelo?

—No —contesta, después de una pausa semejante a un suspiro—. Y no pude indagar más, ya que me quedé ciego después de tener este horrible presagio. No sé qué es lo que se cierne sobre nuestra tierra, Nashua, pero mantente alerta, porque tal vez haya un monstruo entre nosotros.

CAPÍTULO 3
FAMILIA DE DOS

De acuerdo. Devorar tres platos enteros de *gumbo*[7] sin respirar entre cada cucharada no es la mejor forma de causar una buena impresión en mi primer día, pero hacía mucho tiempo que no tenía la oportunidad de comer hasta sentirme satisfecho, así que ahora mi escaso vientre se siente tan inflado como la cara de Carlton. Mientras lavo los platos, sonrío un poco al pensar en los regaños que Louisa me dio por comer el arroz con la mano derecha, pero estoy seguro de que lo hizo más para ayudarme a adaptarme a las costumbres occidentales que porque le pareciera desagradable.

Aunque de carácter fuerte, me parece que es una mujer muy dulce, por lo que me ha caído bastante bien. Demasiado, diría yo.

Geshe, por su parte, es muy amable y atento, así que también me he sentido bastante relajado en su presencia, cosa que no puedo decir de Carlton, puesto que su incomodidad pareció aumentar a lo largo de la cena. Sobre todo al tener que mirarme.

---

[7] Sopa espesa tradicional de la comida criolla que se sirve con arroz. Puede contener mariscos, aves, embutidos o carnes ahumadas y se condimenta con *tasso* o *andouille*.

Maldita sea. ¿Le era tan necesario comportarse como si estuviese frente a un bicho de circo?

Desalentado, termino mi quehacer y cruzo la cocina casi a zancadas con la idea de volver a la biblioteca antes de que él y Louisa salgan de la oficina, no vaya a ser que me lo cruce de…

Todos mis pensamientos se desvanecen cuando, al salir al pasillo, me enfrento a la penetrante oscuridad que acecha en el interior de la tienda tibetana. Tembloroso, deslizo mis dedos por la pared y enciendo la luz, permitiendo que el resplandor amarillento rebote por los muros.

Para mi tranquilidad, todo está en su lugar y cada Buda tiene aún su respectivo rostro, como si la horripilante experiencia que tuve aquí nunca hubiera sucedido.

No sé por qué me extraña tanto; hasta ahora mis pesadillas no me habían atacado dos veces en el mismo lugar.

Meneando la cabeza, voy hasta mi nueva habitación, incapaz de creer aún que es para mí solo. Es pequeña, pero en comparación con la diminuta tienda donde compartía catre con otros cinco chicos, es mucho más de lo que esperaba.

Y encima, me han dejado un par de pilas de ropa y unas botas nuevas sobre el camastro. Toda mi vida he usado túnicas monásticas, así que estos regalos logran llevarme muy lejos de aquel fantasma mostaza que, por fortuna, pude tirar a la basura antes de un buen baño que me di hace rato.

Intento sonreír, ya que todo mi mundo ha cambiado en un parpadear y de una manera que me parece demasiado buena para ser verdad.

Mi tutor de la India y Geshe Osel acordaron que a cambio de vivir aquí, y la nada despreciable cantidad de quince dólares a la semana, debo encargarme de limpiar y atender este lugar de cabo a rabo. Cuando supe que ése sería el trato, el largo papeleo de trámites para poder mudarme a este país en calidad de refugiado, y los montones de libros y películas que devoré para mejorar mi inglés fueron algo que hice de muy buena gana.

No sólo había conseguido la oportunidad de comenzar una vida nueva, de huir de mi pasado y, tal vez, de mis pesadillas, sino que ahora podía por fin tener una posibilidad realista de emprender una búsqueda que he anhelado desde que era un niño.

Tomo mi morral y saco mi única pertenencia realmente valiosa: una vieja fotografía envuelta en un sobre amarillento.

En ella hay una bella planicie, verde y espolvoreada de flores al pie de una montaña, con un hombre alto, rubio y de mirada tosca posando al frente. Sus penetrantes ojos, medio ocultos bajo un par de gruesas cejas, miran directo hacia la cámara, por lo que parece contemplarme desde el papel.

A primera vista parece un tipo bastante duro, pero cuando me veo envuelto en una cobija, tan pequeño que quepo en la palma de su mano, prefiero imaginar que mi padre era un hombre que tal vez no estaba acostumbrado a mostrar sus sentimientos.

En el reverso de la foto se encuentra una fecha señalando el día en que se tomó: justo cuando fui entregado al monasterio en el Tíbet, teniendo yo apenas un par de meses de nacido. Mi padre me envió esto algunas semanas antes de la caída de nuestro refugio, así que no tengo idea si continuó mandando cartas después de nuestra partida.

A pesar de que más de uno me ha querido convencer de lo contrario, estoy seguro de que nunca tuvo intenciones de abandonarme, porque cuando me quedaba viendo esta foto hasta el punto de empañarme las mejillas de lágrimas, mi viejo maestro me repetía una y otra vez que mi padre estaba en un gran peligro —supongo que huía de los comunistas, como todo mundo en aquel entonces—, y que por ello había tenido que dejarme en el monasterio con tal de ponerme a salvo de lo que sea que lo estuviese persiguiendo.

Mucha gente me pregunta qué demonios hacía un hombre blanco cruzando el Himalaya tibetano, tan lejos del país occidental más próximo, pero no tengo ni la más mínima idea, ya que el único que podía saber estas cosas era mi maestro.

Pero, aun así, tengo la esperanza de que mi padre todavía esté en alguna parte de este país, ya que el sobre que me envió tiene pegado un desgastado timbre postal de los Estados Unidos de América. Eso y nada más.

Esto puede parecer una odisea absurda, pero desde que tengo memoria, mi único anhelo ha sido volver a encontrarme con mi papá, así que en cuanto supe que mi viejo maestro tuvo un amigo que vivía en los Estados Unidos, hice lo que pude para reunir el dinero suficiente para comprar un boleto sólo de ida. Y eso, para un niño huérfano de un campo de refugiados, implicó largos años de esfuerzo y mucho, mucho cuidado para que no me robasen lo que iba ganando. Puse toda una vida de trabajo con la única esperanza de volverme a encontrar con una persona a la que he amado desde que tengo uso de razón.

Hay muchas cosas que los hombres de mi edad desean, cosas que se pueden encontrar en las tiendas, en las calles e incluso, en el cuerpo de otras personas, aunque… llámenlo soledad o desesperación, pero a veces el mundo tiene que tratarte de la peor manera para hacerte anhelar lo mejor que existe en él. Es por eso que siempre he querido una familia, aunque sea una conformada solamente por mi padre y por mí, tanto así que he cruzado la mitad del planeta para buscarla.

Sólo espero que, lo que sea que me depare este lugar, no sea peor que los demonios que he traído conmigo.

CAPÍTULO 4
UNA APARIENCIA INUSUAL

Levanto la cabeza cuando una palpitación sacude mi viejo esqueleto.

Trepo por la pared de la tienda budista, por los retratos fríos y por los objetos inmóviles hasta llegar a la coronilla de una estatua, consiguiéndome el mejor lugar en aquella guarida de enseñanzas kármicas. Lo primero que deleita mi vista es la dulce y maternal Louisa; una mujer con sonrisa de atlante que parece cargar el peso del mundo en esos labios viejos y agrietados.

—Impresionante la historia de Elisse, ¿verdad? —le dices a Carlton mientras te pones el abrigo—. Diecisiete añitos y ya se las arregló para cruzar el mundo por su cuenta. Y la forma en la que habla, hasta parece una persona adulta. ¡Es tan inteligente!

—Sí, eso parece —responde él sin mucho interés.

—Todavía no puedo creer que sea un niño blanco perdido por allá. ¿Qué diablos estaba haciendo su *pa* por el Tíbet?

—Ni idea.

Las palabras mueren en tu boca, siendo reemplazadas por una línea apretada entre tus labios.

—¿Te pasa algo? —preguntas, por lo que el viejo apunta al suelo con la barbilla para evitar que veas su rostro compungido— Carlton...

—Es que es Elisse... ¡No, es decir, soy yo! —contesta sin atreverse a levantar la mirada, así que alzas una ceja espesa y lo escudriñas con profunda severidad.

—¿Hiciste alguna tontería, Carlton?

—Ya me conoces, Lou, aunque te juro que esta vez no fue mi intención decir algo incómodo.

—¿Y exactamente qué fue lo que hiciste? —preguntas, ya exasperada de sus rodeos.

—¡No puedes culparme! —alega, agitando los brazos frente a ti como si fuesen un par de alas flácidas—. Geshe nunca nos dijo quién iba a venir y, en el aeropuerto, apenas reconocí al chiquillo por la túnica de monje, y... es decir, ¿cuándo has visto a un chico con una cara así de bonita? ¡Y no tiene ni un vello! ¿Cómo iba yo a saber que...?

—Carlton, ¿qué demonios estás diciendo?

—Bueno, yo... Creí que Elisse era una chica.

Me echo a reír a medida que tus ojos negros se expanden como un par de huevos rotos.

—¿Cómo?

—Sí, sí. Es decir, cuando subimos a la camioneta después de recogerlo, le pregunté si había dejado a todos los chicos de la India desolados con su partida. Tú sabes, quería ser gracioso, pero me miró como si estuviese loco y luego se rio de mí. Me dijo que él era... pues eso, un él.

—Oh... —contestas sin saber qué decirle, porque en cuanto viste al muchacho, tú también te quedaste un poco sorprendida por su apariencia, aun cuando tu intuición te hizo percibir casi de inmediato que no se trataba de una chica.

43

Pero tampoco culpo al viejo. A pesar de que Carlton es del tipo de criaturas que tal vez no deberían abrir la boca más que para engullir comida, tampoco ayuda el hecho de que Elisse esté bendecido con un aspecto muy interesante: entre sus piernas yace un sexo masculino, pero su cuerpo, tan pequeño y estrecho como el de un pajarillo, su estatura demasiado baja y ese par de ojos verdes que parecen luchar por ocupar una proporción desmedida de su rostro, gritan otra cosa.

Sí, la androginia de Elisse parece ser todo un reto mental para seres tan poco perspicaces como los del calibre de Carlton, quienes jamás podrían imaginar que esa apariencia sea mucho más que una incomprensible belleza.

—Sí, ya sé, he metido la pata hasta el fondo —dice el viejo, casi resignado a soportar su propia estupidez.

—Bueno, Elisse no se ve enojado contigo ni nada por el estilo. Estoy segura de que no se ha ofendido.

Tratas de contener una risa ante la torpeza de tu amigo, cuyo nerviosismo empieza a sudarle por toda la cara.

—Pero te lo ruego, por favor... no se lo cuentes a Geshe.

—¿Que no se lo cuente? ¡Pero si es lo que ahora mismo me muero por hacer, pedazo de tonto! —exclamas, soltando una melodiosa carcajada y yéndote en dirección a la oficina.

Carlton se lamenta de que no estén pasando por la calle demasiados vehículos, ya que al escuchar la estruendosa risa del maestro tibetano, siente unas enormes ganas de poner la cabeza sobre el asfalto a ver si alguno le hace el favor de aplastársela.

CAPÍTULO 5
NO TODO SE ABRE DESDE AFUERA

Me deslizo por las heladas sombras de la ciudad hacia el lugar que hoy reclama mis atenciones, el viejo cementerio de Saint Louis No.1.[8] Subo a la barda que delimita su viejo perímetro, la cual está repleta de pequeñas criptas cuadradas que la hacen parecer una larga cómoda de concreto.

Nueva Orleans es una ciudad muy húmeda, víctima constante tanto de huracanes hambrientos como del iracundo Misisipi, por lo que enterrar a los muertos bajo tierra nunca es conveniente. Las inundaciones podrían sacar los cuerpos a flote como un montón de troncos, así que las tumbas suelen ser criptas resguardadas en grandes muros fúnebres o capillas de cemento puestas a nivel del suelo para mantener los cuerpos lejos del agua.

Pero quien parece no haberse resguardado muy bien es el joven e inexperto Ronald Clarks, quien está tembloroso bajo la llovizna y bastante frustrado por el lodo que se ha incrustado en sus lustrosos zapatos.

---

[8] Existen tres cementerios *Saint Louis* en Nueva Orleans. El primero es considerado el más importante, y alberga desde celebridades de la cultura de Luisiana hasta restos que datan del siglo XVIII.

Oh, muchacho, ¿quién te manda ser tan pulcro en una ciudad donde hasta los muertos se tienen que levantar las faldas para no mojarse?

—Una mierda, ¿verdad? —dice un colega a tus espaldas mientras toma unas fotografías del crimen que los ha traído hasta aquí.

—¿Cuánto tiempo hace que están las tumbas así? —preguntas, inquieto y echándote aire caliente a las manos.

Tu compañero chasquea la lengua.

—Con la primera alerta de huracanes hace un par de días, el cementerio quedó sin nadie que le echara un ojo, así que tal vez el saqueo ocurrió en ese lapso de tiempo —responde el hombre mientras toma otra imagen del sepulcro.

—Debes estar bromeando.

—¿Tu jefe te dijo algo de lo que investigó esta mañana?

—¡Sí, claro! —respondes con acritud—. Sobre todo porque el muy cretino se comporta como si yo no existiera.

—Agente Clarks —dice una voz a tus espaldas que, al reconocerla, te tensa como una tabla.

Le echas una mirada de auxilio a tu colega, pero él se esconde detrás de su cámara y se va, simulando encontrar algo interesante que fotografiar a lo lejos. Ahogas un suspiro en el pecho y saludas con un movimiento de mano al hombre que se te acerca, rezando para que no te haya escuchado llamarlo de esa manera tan apropiada.

El sujeto tiene el rostro clavado en el suelo, casi siguiendo una línea imaginaria trazada en el piso.

—Buenos días, detective —saludas, pero Salvador Hoffman sólo pone los ojos en blanco, haciéndote enrojecer hasta el punto de mimetizarte con tu cabello.

Se acomoda la gabardina y mira las gorras de policía que se asoman entre los mausoleos, como pequeños fantasmas azules.

El lugar está acordonado por un lazo de plástico amarillo, por lo que Hoffman hace un ruido nasal parecido a una risa al encontrarse con una escena tan curiosa: es como si sus colegas hubiesen demarcado el perímetro de un asesinato justo en un lugar que, irónicamente, está a reventar de cadáveres.

—Señor, ¿qué piensa de esto? —te aventuras a preguntar—. Es decir, no hemos encontrado ni una huella fresca hasta ahora ya que el agua lo ha borrado todo —dices, engrosando la voz en un triste intento para que tu jefe te tome en serio. Por desgracia, él parece más impresionado por el cigarro que acaba de sacar de su bolsillo que por tus observaciones.

Cuando lo enciende y el humo entra en los pulmones del detective, éste le da la motivación necesaria para contemplar la sepultura frente a él con más interés. El iris marrón de sus ojos se contrae, como si absorbiese un poco de la negrura que brota del vientre del muro, abierto y despojado de unos cuantos "órganos vitales".

En la antigüedad se formó la costumbre de que una vez que los cuerpos se volvían cenizas había que meterlos en urnas y apilar la mayor cantidad posible en una misma cripta para poder ahorrar espacio.

Al tener enterrada a gente bastante conocida o importante, incluyendo a la célebre Marie Laveau,[9] es muy común que los turistas se lleven flores, pedazos de lápidas e inclusive tierra de los sepulcros de Saint Louis, pero nadie es capaz

---

[9] Sacerdotisa vudú nacida en 1794, denominada "Reina Vudú", siendo la practicante de ese culto más famosa de la historia.

de explicar cómo se ha podido profanar uno de los muros fúnebres para extraer doce urnas y dejar tras de sí la sólida placa de concreto despedazada sin un solo testigo del acto. Esta mañana Hoffman se dedicó a revisar archivos y registros de defunción, descubriendo que los restos no pertenecían a ninguna persona famosa y, a excepción de cuatro hermanos, los otros muertos no parecían tener relación entre sí. Ni en vida ni después de ésta.

Además, los restos contaban con casi dos siglos de antigüedad y no tenían ya descendientes vivos que pudiesen estar interesados en recuperar las cenizas.

Para Hoffman está claro qué tipo de personas son las que podrían querer algo tan inútil como un montón de cadáveres hechos polvo, pero algo me dice que su malhumor está bastante influenciado por el hecho de que tú pareces incapaz de verlo.

—¿Señor...? —vuelves a llamar su atención, esperando que tu superior te diga cualquier cosa, algo que pueda ayudarte a esclarecer el problema.

Hoffman parece a punto de responderte con alguna sentencia mordaz, pero en cambio sus ojos oscuros se detienen en los trozos de concreto esparcidos a los pies del muro.

—¿Movieron algo de la escena?

—No, nada. Todo está tal cual lo encontramos. ¿Qué piensa? —Hoffman suspira.

—Rómpete la cabeza, Clarks —dice, con el cuello hirviendo ante tu insistencia. Termina por fin su cigarro, echando la colilla dentro de la cripta profanada ante nuestras miradas estupefactas—. Es gente demente o drogada la que hace este tipo de cosas, y la ciudad está llena de locos que harían lo que fuera por vender hasta los cabellos de su propia madre.

Investiguen en los vecindarios del otro lado del río, vayan y espulguen el Barrio Francés. Son doce malditos recipientes, piensa en quién demonios necesita algo así. ¡No es tan difícil, carajo! —exclama, para luego darte la espalda y comenzar a marcharse.

Balbuceas, rojo de vergüenza al convertirte en el blanco de las miradas de tus compañeros gracias a los gritos de Hoffman.

Meneo la cabeza y me deslizo por la pared para seguir al detective. Pronto reaccionas, y corres detrás de nosotros.

—Señor, ¿a dónde va? —preguntas, agitado.

—A la oficina, para solicitar que te manden de vuelta al párvulo. No he trabajado más de veinte años en el departamento de policía para empezar a darte indicaciones de cómo deben hacerse las cosas.

¡Santo Cielo, Hoffman! Ni siquiera le has dado oportunidad a Ronald de ofenderse, puesto que lo has dejado atrás en un pestañear y con la boca tan abierta como la propia tumba.

Incapaz de hacer nada para remediar el mal estado en el que has dejado al pobre novato, sigo tus castigados pasos hasta que salimos del cementerio y subimos a tu coche.

Después de algunos minutos, enciendes la radio, y te encuentras con una vieja canción de Johnny Cash. La música del hombre no es de tu total agrado, pero con la lluvia que comienza a arreciar, a cualquiera se le antojaría. Hasta a mí, que me empiezo a poner cómodo en el asiento trasero de tu auto.

Suspiras por décima vez, aceptando por fin que estás siendo demasiado duro con el muchacho. Ronald apenas tiene unos meses trabajando en Nueva Orleans y, además de haber sido arrancado de su cálido hogar en Utah, es un novato que aún tiene muchas cosas que aprender tanto de la profesión policial como de la ciudad. Pero estoy más que seguro que eso no es lo que te tiene preocupado. Hay un detalle, algo evidente sobre la escena del crimen que te está haciendo dudar bastante de tu cordura… pero bien dicen que es mejor hacerse el ciego que parecer un loco.

Tus dedos juegan un poco con el volante, y arrancas trozos de plástico de la desgastada cubierta mientras ves cómo la lluvia empieza a arreciar sobre el parabrisas. Poco a poco, las calles de la ciudad se transforman en ríos embravecidos que parecen aspirar a ser afluentes del Misisipi.

CAPÍTULO 6
AQUÍ SIEMPRE HAY BRUJAS

Me tomó unos segundos darme cuenta de que, en cuanto había entrado a la tienda de campaña, el bullicio nocturno del campo de refugiados había sido cortado de tajo.

De pronto, algo comenzó a moverse entre la hierba de afuera, y mi corazón se transformó en un violento tambor.

Dejé caer el cuenco de arroz que tenía entre las manos y me oculté debajo de mi camastro lo más rápido que pude, haciéndome un ovillo entre las sombras y rogando que ninguna parte de mi cuerpo quedase expuesta a la luz que proyectaba la lámpara de aceite.

Tenía sólo seis años, y mi ingenuidad me hizo creer que eso bastaría para ocultarme de lo que fuese que estuviera reptando allá afuera. Aquello se arrastraba muy despacio alrededor de la tienda, rozándose contra ella como si su único propósito fuera matarme del miedo.

Pero cuando la entrada de la tienda se agitó, supe que estaba equivocado.

Me cubrí la boca con ambas manos y miré atónito aquella frágil barrera. Una palma se había colocado contra la tela, la jalaba con larguísimos dedos que sin duda buscaban abrirla.

Le rogué a lo más divino del mundo que aquello —o aquéllos, ya que más manos comenzaron a pegarse contra la entrada— no se diera cuenta de que yo estaba allí. Pareció resultar porque, después de varios jaloneos, las manos se retiraron.

El cuenco de arroz que había tirado me miraba casi con burla, yaciendo en el suelo a sólo medio metro de mí con sus blancos granos esparcidos por la tierra. Me mordí los labios y sollocé lo más bajo que pude sabiendo que terminaría comiendo lo que quedó en el piso, porque aquello era mi único alimento del día.

Mi estómago rugió dolorosamente, pero aun así no tuve el valor de moverme durante largos minutos.

Finalmente, me arrastré hacia el borde de la cama, lo suficiente para estirar el brazo y tratar de alcanzar el cuenco. Quería, como mínimo, comer lo poco que quedó dentro de él bajo la protección del camastro, sitio que en ese momento me parecía el más seguro de la Tierra.

Pero, en cambio, grité. Grité con auténtico pavor, puesto que la entrada de la tienda se batió con violencia, golpeada por una sombra amorfa que terminó arrancando los amarres.

La lámpara de aceite se desplomó de la mesa, precipitándose hacia el piso sin romperse. La llama sólo se atenuó lo suficiente para hacer que el claroscuro proyectase unas siluetas oscilantes sobre las paredes.

Me encogí sobre mi pecho una vez más cuando un olor, tan pestilente que saboreé mi propia bilis, invadió la tienda por completo.

Ya no estaba solo. Una masa de carne sanguinolenta se arrastraba como un parásito de un lado a otro, impulsada por un montón de brazos famélicos que le sobresalían de distintas partes de su repugnante cuerpo. No tenía cabeza ni piernas, así que sólo palpaba lo que se encontraba con todas y cada una de sus manos, como si reconociera por medio del tacto lo que tenía en frente.

Reprimí un gemido cuando aquella cosa se dirigió hacia mí, haciendo un asqueroso sonido húmedo al retorcerse sobre la tierra. Pasó por encima del cuenco de arroz, y lo bañó con una espesa sangre coagulada y putrefacta. Retrocedí despacio hasta toparme con el borde de la tienda, evitando que esas manos grotescas me tocasen pero mi corazón se detuvo cuando se aferró a la madera del camastro y comenzó a levantarse del suelo, como queriendo ponerse en pie sobre sus extremidades.

No encuentro las palabras adecuadas para describir el horror que me invadió al ver que, en el abdomen de aquella masa sanguinolenta, una cara humana me miraba con los ojos inyectados en sangre, y tan abiertos que parecían a punto de reventar.

Me sonreía. El monstruo me sonreía con una boca repleta de enormes dientes amarillentos.

Grité tan fuerte que mi garganta pareció romperse y salí corriendo de la tienda, fui capturado en el acto por mi tutor de ese entonces. Pataleé y me retorcí como un animal histérico, aún con aquella sonrisa monstruosa dentro de mi cabeza.

El hombre me apretó contra su pecho hasta que mis energías fueron menguando. Trató de tranquilizarme recitando un mantra mientras las personas curiosas se asomaban sobre su hombro para ver el horrible espectáculo en el que yo me había convertido.

Y a pesar de sus esfuerzos por calmarme, por insistir que todo estaba bien, nunca olvidaré el olor ácido y penetrante de mi propia orina ensuciando mis túnicas, así como el remolino de terror del que, hasta la fecha, nunca he podido recuperarme del todo...

No tengo claro cuándo comencé a escuchar voces, a ver ojos en la oscuridad, a perseguir con la mirada pequeñas colas que se volvían trozos de carne arrastrándose en el piso, pero creo que fue poco después de que aprendí a caminar.

Cuando me encuentro más inestable tiendo a creer que, al levantarme para dar mis primeros pasos, mis manos arrancaron de la tierra a criaturas abominables que ahora me persiguen entre las sombras.

A veces me pregunto si en verdad estoy viendo cosas, si aquellos monstruos no son más que un producto de mi imaginación; si aquellos sitios extraños a los que soy transportado en pesadillas no son sino una especie de ilusión que genera mi locura.

En mis peores días, intento convencerme de que sí, de que simplemente estoy loco. Que si esas cosas no me han tocado nunca, si únicamente se han limitado a espantarme con su presencia, es porque no son reales.

Pero, al menos el día hoy, las criaturas sobrenaturales son reales, y la ciudad está plagada de monstruos —o de gente disfrazada de ellos—, por lo que pareciera ser que las calles han sido embrujadas para esta noche.

Aunque, por lo que me han dicho, Nueva Orleans es una ciudad permanentemente hechizada.

Puede sonar ridículo, pero a pesar de que ya llevo aquí más de un mes, es la primera vez que tengo oportunidad de salir a conocer un poco el lugar. Una tormenta nos tuvo a todos en toque de queda absoluto durante varias semanas, por lo que apenas hace unos días la policía levantó la alerta justo a tiempo para Halloween. Y a pesar de haberme quedado solo y paranoico por la lluvia y los continuos apagones, por suerte no tuve ninguna visita de mis pesadillas.

Pero la temporada de huracanes ha terminado por fin y la ciudad comienza a llenarse de vida. Y puedo entender el porqué: *NOLA,* como le dicen a Nueva Orleans, parece tener un encanto que atrae a personas de todas las partes del mundo. Y para muestra, Bourbon Street, la calle más famosa del Barrio Francés.

La hermosa vía está flanqueada por antiguas casonas —ahora convertidas en hoteles, tiendas y bares—, cuyos elaborados balcones de hierro están atiborrados de luces anaranjadas y calabazas que han infectado la piel de la ciudad, formando una pasarela para todo tipo de rarezas que van de un lado a otro pidiendo dulces a cambio de perdonar tretas. La situación, aunque extraña, me parece de lo más fascinante.

Me recargo contra un frío faro de luz para contemplar el atestado andador, mientras un letrero de neón que anuncia "Bar Louis Armstrong", brilla con intensidad sobre mi cabeza.

Me gusta esta ciudad. Es un lugar perdido entre lo antiguo de sus casas y lo extravagante de su gente, además de tener una especie de misticismo oscuro muy distinto al de la India.

Rodeado de conceptos supersticiosos y leyendas provenientes de la cultura india y tibetana, terminé temiendo demasiado a las sombras. Pero esas sombras aquí son parte de la vida cotidiana, cosa que me hace sentir cómodo de una forma inquietante.

Calle abajo, Louisa platica con otros voluntarios del centro a quienes apenas he podido conocer debido a la tormenta. Después de una buena comida cajún[10] y un montón de preguntas tanto incómodas como personales, hemos venido a Bourbon Street, donde todos se han dispersado para saludar a vecinos y conocidos. Geshe me dijo que puedo visitar los locales por mi cuenta siempre y cuando no vaya más allá de la cuadra, pero la verdad es que ya estoy un poco aburrido de estar aquí parado sin hacer nada, y la curiosidad empieza a picotear la suela de mis botas.

Meto las manos en los bolsillos y camino frente a unos cuantos bares abarrotados y tiendas de recuerdos llenas de máscaras, camisetas con dibujos obscenos, gorras, collares y tazas, todo mimetizado en tres colores que visten cada vitrina de la ciudad: dorado, verde y morado.

Dejo atrás la aglomerada Bourbon Street para adentrarme a una de las solitarias calles adyacentes. Admiro con cara de bobo las preciosas casas antiguas, cada una de color y diseño distintos. Sus paredes parecieran hechas de madera, pero en realidad es concreto que ha sido moldeado para darles un aspecto encantador y añejo.

Un jalón a mis sentidos me detiene frente a una casona de dos pisos que, como tantas otras, ha sido convertida en tienda.

Pero no es la belleza de su pintura color chocolate ni de sus barandales de herrería negra lo que llama mi atención, sino lo que mora en una de sus paredes: una especie de muñeco muy extraño, alto hasta topar con el techo y encorvado en un prominente arco. Tiene el cuerpo cubierto por una des-

---

[10] Comida tradicional criolla en la que predominan los embutidos y las vísceras.

gastada túnica, tan negra que los pliegues de la tela se pierden de la vista. Pero lo más llamativo es la calavera animal que tiene por cabeza.

No he visto en toda la calle un adorno de Halloween tan peculiar como éste, así que me acerco para mirarlo de puntillas.

La textura porosa e irregular del hueso me indica que es un cráneo real, tan grande como mi propio torso y con unas cuencas tan vacías y oscuras que parecen un par de abismos. Debajo de sus mandíbulas brotan unos largos y puntiagudos colmillos, así que supongo pertenecía a... ¿un lobo, un oso?

Un letrero luminoso titila sobre mi cabeza, el cual anuncia las palabras "artilugios vudú", hechas con un chillante tubo de neón rojo.

Vudú. Saboreo la palabra en mi lengua, la cual me recuerda a la madera, al aroma del humo que brota de ésta cuando se quema. En la ventana del escaparate una larga hilera de diminutas y negruzcas cabezas humanas cuelgan enganchadas en un cable como si se tratase de luces navideñas. Algunas tienen los ojos y la boca cosidos, lo que les da un aspecto repulsivo.

Cráneos de diversos animales me miran detrás del cristal, acompañados de frascos con polvos multicolores, bolsas con hierbas, veladoras y cosas que solamente me habría imaginado en alguna de mis siniestras "alucinaciones".

Es extraño. Ver estas rarezas siendo ofrecidas como juguetes casi inofensivos me conforta. Al parecer, aquí es común comerciar con huesos, muñecos alfileteros y criaturas deformes, como si el vudú vendiera mis pesadillas y la gente las comprase cual si fueran verduras.

Nueva Orleans tiene un folklore que hace que mi pecho se infle de entusiasmo, por lo que termino por preguntarme si al fin he perdido la cabeza.

—¿Te gustan?

Doy un salto al escuchar aquella voz a mi lado, la cual ha sonado como un eco en la calle solitaria. Una atractiva mujer me mira desde la entrada de la tienda, clavándome sus ojos oscuros y brillantes.

Su edad debe rondar los cuarenta, pero tiene ese tipo de belleza que envuelve a las mujeres maduras que se han conservado bien. Lleva un turbante y una larga falda púrpura, mientras que una cantidad excesiva de colguijes y pulseras coloridas resaltan contra su tez negra.

—Te he preguntado que si te gustan —dice, engrosando un poco la voz.

—Ah, supongo —titubeo, un tanto aliviado de que esta vez mi acento no se haya marcado tanto.

—¿Supones? Querido, estás frente a las ofrendas de los dioses. Deberías cuidar tus palabras si no quieres que te retiren su bendición.

Ella ríe —seguramente por la cara ridícula que he puesto— y se mete a la tienda.

La sigo con los ojos, porque hay algo en esta mujer que se me hace vagamente familiar. Se contonea de un lado a otro y me dirige miradas incómodas sobre su hombro hasta desaparecer en la trastienda.

Cansado y anhelando dormir un poco, doy media vuelta para regresar a Bourbon Street. Pero mis pies se plantan en el suelo como dos lozas de cemento.

El maniquí con la enorme calavera ha desaparecido, y una mancha oscura y espesa chorrea por la pared donde había estado recargado.

Intento calmarme, convencerme de que sólo lo han movido de lugar pero cuando mi instinto me hace mirar hacia el fondo de la calle, pierdo todo el color que mis años en la India le añadieron a mi piel.

La calavera me mira desde allí, bañada por la luz anaranjada y espectral de una farola. Un par de personas pasan detrás de la criatura, pero no parecen percatarse de su horripilante presencia.

El ser comienza a avanzar por el asfalto, arrastrando su sombra detrás de sí.

Cierro los ojos y aprieto los puños conteniendo un gemido dentro de mi garganta. Espero el impacto de su asqueroso olor, aguardo el grito de su voz espantosa…

Pero nada sucede.

Abro los ojos, y la criatura ha desaparecido. Retrocedo y viro la cabeza hacia cada rincón negruzco, mientras el sudor frío empapa mi cuello ante el miedo de ver de nuevo a esa cosa asomarse en la oscuridad.

Tiemblo de miedo y rabia al darme cuenta de que, por más que esas cosas se me aparezcan, ya sea en pleno día o en lo más profundo de la noche, nunca puedo soportar su presencia.

Mis pesadillas siempre toman una forma grotesca y me torturan con su pestilente olor y sus macabros susurros para después desaparecer tan rápido como llegan, dejándome como único consuelo que, hasta ahora, jamás me han tocado; como si sólo se alimentasen del miedo que provocan en mí.

Después de tantos años, sigo esperando el día en que al fin me pueda habituar a esos demonios, pero ¿cómo? ¿Cómo vivir con la tortura de ver cosas que nadie más puede percibir Y, peor aún, de las que nadie me puede proteger?

Vuelvo hacia Bourbon Street y me doy unos minutos para tomar aire, consciente de que esta vez ha pasado algo inusual.

Cuando tengo pesadillas, todo queda en silencio, como si entrase en una dimensión ausente de lo que hay alrededor, además del olor a cadáver que siempre me hace querer vomitar. Pero esta vez parece ser que el monstruo se ha limitado a mezclarse con mi realidad.

¿Será por la Noche de Brujas, donde dicen que todos los espíritus salen al acecho? ¿O es por esta ciudad encantada que parece empezar a fortalecer mis horripilantes demonios?

Aprieto los dientes, seguro de que lo único que puedo dar por cierto es que no podré dormir tranquilo esta noche. No con la imagen de aquella criatura flotando hacia mí, reviviendo una y otra vez en mi cabeza.

CAPÍTULO 7
LAZOS INDESEABLES

Paso casi cinco minutos apretando botones al azar hasta que la caja registradora se abre de súbito, a punto de estrellarse contra mi vientre. Saco unas cuantas monedas y las cuento con cuidado para dárselas al desesperado hombre que tengo frente a mí.

—Lo siento —me disculpo sin levantar la mirada, avergonzado de mi poca habilidad para lidiar con la tecnología, inclusive cuando se trata de un cacharro como éste.

Él sólo responde con un gruñido y se marcha con las cajas de incienso que acaba de comprar, casi suelda la puerta al cerrarla tras de sí.

¡Vaya budista!

Por suerte, ya es hora de cerrar, así que huyo a la puerta para apagar el letrero de la entrada y evitar que la gente siga llegando para asistir a otra de mis brillantes demostraciones de idiotez.

Pero al ver el periódico tirado al lado de la entrada, aplasto una mosca imaginaria en mi frente. ¡No puedo creer que haya estado allí todo el maldito día! Lo desarrugo para mirar la noticia de la primera plana:

"AÚN SIN PISTAS DE LOS RESTOS."

—¿Es en serio? —susurro.

Me quedó todavía más claro que Nueva Orleans es una ciudad de locos cuando me enteré que hace más de un mes alguien había robado doce cuerpos —o lo que quedaba de ellos— del cementerio Saint Louis, pero que debido a la llegada del huracán la policía había tenido que interrumpir la investigación.

Ahora han retomado el caso aunque, desde mi punto de vista, deberían enfocarse en los daños de la tormenta y no en cosas donde no hay mucho que hacer. Los restos eran tan viejos que nadie ha reclamado parentesco con los muertos de todas maneras.

Después de esta noticia y el incidente que tuve en el Barrio Francés con el *monstruo de hueso*, pocas ganas me han quedado de ir a pasear por los lugares místicos de Nueva Orleans, así que sigo tan ignorante de lo que mora en esta ciudad como cuando llegué aquí hace semanas.

Unos golpes repentinos sacuden la puerta, haciéndome maldecir ante el sobresalto. Cuando una voz femenina llama desde el otro lado, me siento aliviado de haber dicho aquella palabra en hindi.

Pero al abrir parece que hubiese recibido la visita de Medusa, puesto que me quedo de piedra al ver quien está frente a mí: es la misma mujer de la tienda vudú.

—Oh, ¡pero qué sorpresa, muchacho! Cualquiera diría que es el destino, ¿eh? —dice con una sonrisa mientras me pasa de largo como si estuviese en su casa.

Cruza el pasillo y se acomoda a lo largo de uno de los sillones de la tienda como una serpiente.

—D-disculpe…

—¿Te divertiste el otro día en el Barrio Francés?

—¿Qué? Ah, sí, eso creo —respondo apenas, perturbado por el recuerdo escalofriante de aquella noche—. ¿Hay algo en lo que pueda ayudarle?

—Lo dudo —contesta, mirándose las uñas—, solamente vine para ver a mi hermana Louisa.

Ya decía yo que su cara se me hacía conocida.

—Bueno, ella no se encuentra, pero si gusta, puedo llamarle para que venga —ofrezco, más por quitarme a esta mujer de encima que por hacerle un favor.

—No te molestes, sólo dile que pasé por aquí.

—Claro, ¿señora…?

—Llámame Laurele, niño.

Asiento y le quito la mirada de encima. Tiendo a confiar mucho en las mujeres, pero hay algo en Laurele que no me termina de gustar. No sé si es el esfuerzo que está haciendo por ceñir su amplio escote o la manera en la que me mira de arriba abajo.

—Tienes un acento peculiar, niño. ¿Eres europeo?

—Indio, señora.

—¿Estás de broma? ¿Un hindú rubio?

—No nací allí. Solamente crecí en ese país. Y los hindúes son sólo los que practican el hinduismo, los indios somos la gente de la India en general… —corrijo con algo de irritación, pero ella, inmune, lanza una carcajada.

—Y supongo que viniste hasta Nueva Orleans para ver pechos en el carnaval, como todos los jóvenes.

—Las mujeres no son animales de circo —contesto con brusquedad y, para mi satisfacción, su sonrisa palidece.

—Ya veo… ¡En fin! Supongo que es hora de marcharme.

No podría estar más de acuerdo con ella. Se levanta de su asiento y ambos caminamos hasta la entrada, pero ella se detiene para sonreírme de nuevo.

—¿Cómo te llamas, niño?

—... Elisse.

—Ah, bonito nombre. Me caes bien, Elisse, deberías venir a visitarme a mi tienda más seguido, ¿no? Creo que te la pasarías mejor que aquí.

—Buenas noches, señora.

Ella suelta una carcajada estrepitosa, como burlándose por quinta vez de mí, y se marcha al fin. Suspiro de alivio y dirijo una rápida mirada hacia la tienda.

No quiero ser desconfiado, pero necesito asegurarme de que todo esté en su lugar. Hermana de Louisa o no, esa mujer me da muy mala espina.

Me acerco al sillón donde hace unos momentos estaba sentada y, para mi sorpresa, veo un pequeño libro de tapas rojas. Lo tomo sin delicadeza y corro hacia la entrada de la tienda.

—¡Señora Laurele! —grito desde el pórtico pero ya no veo a la mujer por ningún lado de la calle. Paso mis dedos por la cubierta, y la palabra "vudú" vibra en mi lengua al leerla.

Curiosidad. Mi maldita curiosidad empieza a picotearme, pero, al recordar la espantosa experiencia que tuve frente a la tienda de Laurele, decido no mirarlo.

Esto del vudú parece ser algo con lo que definitivamente no debo meterme, así que lo mejor será dejarle el libro a Louisa para que ella pueda entregarlo a su hermana.

✦ ✦ ✦ ✦

—Elisse, ¿puedo pasar? —la voz de Louisa me pregunta desde el otro lado de la puerta.

——Adelante —mi atención se desvía de la moderna computadora hacia ella, quien pasa a la oficina con una sonrisa.

Ella me acaricia la coronilla, se pone las gafas que siempre usa alrededor del cuello y se asoma a la pantalla.

Alza una única ceja, seguramente preguntándose cómo es que, siendo yo incapaz de abrir una caja registradora, puedo manejar medianamente bien una computadora.

—¿Registros de inmigración?

Sonrío y muevo la cabeza de un lado a otro. A Louisa le toma un instante comprender que le estoy diciendo "sí" a la manera india, y a mí otro tanto entender que debo dejar de hacer eso.

—Oh, tu papá, ¿cierto?

—Sí, es que hace unos días intenté ver si en la oficina postal podían identificar el sello del sobre que me envió y saber de qué Estado fue enviado, pero les fue imposible, así que se me ocurrió que si puedo encontrar una lista de los extranjeros que se mudaron aquí desde que nací o un par de años más tarde, tal vez pueda dar con él.

—Cielos, a mí nunca se me habría pasado por la cabeza hacer algo así.

—Bueno, no sé si tenga suerte. Creo que hay mejores formas de hacer esto.

Lo que en realidad trato de decir es que si ella no tuvo esa idea es porque sólo a mí se me ocurre algo así de inútil. No sé cuál es el apellido de mi padre ni el año exacto en el que llegó a los Estados Unidos, pero quiero creer que hay alguna fotografía de él en alguna parte de los registros fronterizos accesibles al público. Es una tarea imposible, pero por algo tengo que comenzar.

Louisa me mira por encima de sus viejas gafas.

—¡Vaya! Has estado practicando tu inglés, ¿verdad? Tu acento está mejorando mucho.

—Gracias —replico, haciéndome pequeño en la silla.

—Geshe Osel nos contó que sólo terminaste la primaria, pero te expresas muy bien para ser un chico que no tuvo tanta educación —dice, mirando de reojo a la pila de libros que he dejado al lado del escritorio.

El calor de mis mejillas es reemplazado por una ligera palidez.

—Pues, el inglés es uno de los idiomas oficiales de la India, así que lo he practicado casi toda mi vida.

—No me refiero a eso, sino a las cosas de las que hablas. Pareces todo menos un chiquillo que cumplió dieciocho años ayer.

No me atrevo a decirle que si aparento un poco de madurez es solamente eso, apariencia, porque soy bien consciente de que por dentro soy poco menos que un niño obligado a crecer demasiado pronto.

Cuando te ves en la necesidad de aprender del mundo por tu cuenta, dejas de apreciarlo con la inocencia y protección que sólo una familia te puede ofrecer durante la niñez. Y si tienes la suerte de ver las cosas con más frialdad que ira, aprendes todo lo que puedes para que nada te tome desprevenido, para que nada te impida sobrevivir. Pero eso no me ha convertido en un adulto. Ni por asomo.

—En fin —exclama—. Te he traído otra cosita a ver si te agrada.

—Señora Louisa, en verdad no tenía que…

—Ni una palabra más, jovencito. Es un regalo de cumpleaños que yo misma te hice; además, ha estado bajando mucho la temperatura, por lo que te va a hacer falta.

Rebusca entre su bolso y saca un suéter color vino hecho de lana. Lo extiende frente a mí con el rostro iluminado por la emoción. Un suéter tejido por una mujer mayor puede que sea el regalo más estereotipado de la Tierra, pero me genera tanta ternura que termina por derretirme el corazón.

—¿No te gusta? —pregunta, consternada ante mi silencio.

—No es eso. Es muy bonito... pero me da mucha vergüenza que se haya tomado la molestia.

—Oh, vamos, no fue molestia. Eres una cosa muy pequeñita, así que usé muy poco estambre. Anda, promete que lo usarás, que el clima ha estado muy extraño estos meses. ¡Nunca habíamos tenido una neblina que durara tanto!

Parpadeo, incrédulo. En pocas semanas, Louisa ha pasado a tomar un papel muy peculiar en mi vida: es tan gentil como estricta cuando hace falta, siempre está pendiente de mí y me trata como si me conociese de toda la vida. En poco tiempo, esos gestos tan amables de su parte se han convertido en lo más cercano al amor de una madre que he recibido.

Conmovido, tomo el suéter y siento la calidez de su tela traspasarse a mis dedos. La siento a ella, a la mujer que ha hecho esto para mí.

—Anda, pruébatelo —me pide.

Al ponérmelo, descubro que las mangas me cubren un poco los dedos, pero aun si me sobraran dos metros de estambre, seguiría encantándome.

Los ojos de Louisa se han tornado vidriosos, así que yo, incapaz de soportar el arrebato de emociones, vuelvo la mirada al montoncito de libros. Entre ellos, se asoma el que la señora Laurele dejó en la tienda.

—¡Es verdad! Su hermana... ¿Laurele?, creo, vino aquí hace rato a buscarla.

El semblante de Louisa cambia por completo, y se endurece como una roca.

—Esa mujer no tiene una pizca de vergüenza —dice, acomodando sus lentes con los dedos temblorosos—. Lamento mucho que te hayas encontrado con ella, seguro te ha dicho algo para hacerte sentir incómodo.

—No, en absoluto —miento, pero creo que es lo mejor. No siento que sea correcto alimentar el evidente desagrado de Louisa hacia su hermana.

—¡Menos mal! —dice, mientras se lleva una mano al pecho—. Dime que no te involucrarás con Laurele, no es el tipo de compañía que un chico tan bueno como tú necesita.

—No se preocupe, trataré de mantenerme alejado.

Ella sonríe y asiente, me aprieta el hombro y su tacto me transmite un calor que podría dejar una marca. Louisa se marcha y yo vuelvo a mi habitación a descansar. Por ahora, sólo quiero cerrar los ojos y pretender que, después de todo lo que he pasado desde que llegué a Nueva Orleans, nada peor puede ocurrirme ya.

CAPÍTULO 8
UN PAISAJE EN LA PIEL

"*Elisse...*"
Despierto al sentir un espantoso escalofrío en los huesos. La luz rojiza del reloj digital que yace en una de las estanterías de la biblioteca, marca las cuatro de la mañana titilando como unos ojos en la oscuridad.

Busco la cobija que ha resbalado a los pies del catre, y, al cubrirme de nuevo, mis pesados párpados me devuelven a un estado de semiinconsciencia.

Pero el murmullo de la puerta me hace abrir los ojos de nuevo.

Me recargo sobre los codos, y la tenue luz azulada del pasillo se cuela a través de la puerta entreabierta. Mi respiración se vuelve ruidosa, porque estoy completamente seguro de que eché el seguro antes de ir a dormir.

La puerta se abre por completo, como si una mano invisible la hubiese empujado del otro lado.

Escucho que algo se arrastra por el suelo.

Mis ojos brincan de un lado a otro tratando de encontrar lo que sea que haya entrado en la habitación, pero las sombras del suelo permanecen quietas mientras lucho contra el impulso idiota de encender la lámpara del buró. El silencio se extiende hasta que un frío aliento roza mi coronilla.

Cierro los ojos y contengo un gemido de horror. Aquella cosa no se arrastraba por el suelo, sino por el techo.

Tratando de hacer el menor ruido posible, vuelvo a recostarme sobre el camastro, y me cubro hasta las orejas. Cada rechinido del colchón se transforma en una tortura, mientras ruego, a quien sea que pueda escucharme, que todo termine pronto.

La cobija comienza a ser levantada. Un borde, luego el otro y después, cae al suelo.

Empujo un grito al fondo de mi garganta. Dejo de respirar.

—¡Elisse!

Algo se hunde en mi costado como un tenedor y me rasga la carne. Lanzo un grito de dolor y salto del camastro impulsado por el más violento de los miedos.

Atravieso la habitación y azoto la puerta a mis espaldas mientras miles de voces aúllan mi nombre.

Cruzo el pasillo, salgo por la puerta de emergencia y me detengo en el límite del jardín para mirar la oscuridad que reina en el interior del centro budista.

El viejo frío me cala en la piel y la sangre tibia baja por mi costado, pero no quito los ojos de la negrura cuando ésta se agita como el agua de un estanque.

Una calavera enorme. Colmillos largos como cuchillos.

El monstruo de hueso emerge del abismo.

Echo a correr de nuevo, salto la barda del jardín y voy hacia la calle. La criatura grita a mis espaldas, con su lengua poseída por mi nombre.

—¡Auxilio, ayuda! —grito a todo pulmón, pero mi voz no hace más que retumbar en un eco solitario.

Llego hasta la casa de uno de los vecinos y estampo los nudillos con frenesí una y otra vez contra la madera.

—¡Abran, por favor, abran!

Mis nudillos comienzan a manchar la madera de rojo como si golpease cemento.

La sangre me escurre hasta los pies y comprendo que nadie abrirá esta puerta, puesto que he sido trasportado al mundo de mis pesadillas.

Me lanzo de nuevo a la calle, y mis pies arden contra el asfalto, pero el miedo es mucho más potente que el dolor; el monstruo de hueso grita detrás de mí y sacude el suelo como si pesase una tonelada.

A lo lejos, veo los matorrales que delimitan Audubon Park. El suelo, cubierto por la densa niebla y el aura grisácea del amanecer, parece simular una entrada al mismísimo infierno.

Esto es un suicidio.

Cruzo la calle y me introduzco en un sendero flanqueado por árboles enormes. El lugar está tapizado por la neblina, lo que me impide ver hacia dónde voy o qué hay más allá del tronco más próximo.

Cuando paso debajo de un puente de roca, mi cuerpo por fin toca su límite. El dolor en mi costado me impide respirar, por lo que me dejo caer al suelo.

—¡Mierda, mierda!

Miro a mi alrededor con la esperanza de haber perdido a aquella cosa en algún punto del parque. Lo único que se escucha aquí son mis furiosos jadeos y el crujir de las hojas y el lodo bajo mi cuerpo.

Esperen. ¿Lodo?

Escarbo con las manos, extasiado al encontrarme con un suelo húmedo y blando. Nada duro, nada de concreto.

De alguna manera, he vuelto al *mundo real*, pero no dejo que el alivio me embargue, puesto que el demonio también podría estar aquí afuera.

Todos mis sentidos se ponen alerta, esperando que de un momento a otro la silueta de aquella criatura asome entre la niebla.

La herida de mi costado punza, y me arranca un gemido de dolor; cinco marcas de garras me atraviesan de lado a lado, lo bastante profundas para haber levantado varias capas de carne; se ve mal, y el ardor es tan intenso que me impide respirar con facilidad.

Aunque quisiera quedarme aquí tirado para recuperar el aliento, nada me asegura que esa cosa no regresará, así que debo volver al centro para llamar una ambulancia y…

—¡Auxilio! —un grito proveniente del otro lado del parque me deja helado—. Por favor, que alguien me ayude.

¿Q-qué? ¿El monstruo atrapó a alguien más? Eso es imposible. ¡Sólo yo podía ver a esas cosas!

Mi raciocinio me exige que no sea idiota, que huya lo más pronto posible para evitar que esa cosa me devore a mí también, pero mis nudillos ensangrentados me recuerdan el terror que sentí cuando nadie abrió aquella puerta.

—¡Mierda! —exclamo, poniéndome en pie con más energía de la que me gustaría. Me aferro a mi costado y voy en dirección al lugar de donde provienen los gritos, esperando que algo dentro de mi enclenque cuerpo sea lo bastante fuerte para hacer alguna maldita diferencia.

Las súplicas se vuelven más y más sonoras a medida que me adentro entre los senderos del parque. Intento encontrar algo que pueda servir para defenderme contra esa bestia, pero a mi paso únicamente hallo ramas delgadas y rocas muy pequeñas.

Me queda claro: estoy muerto.

—¡Dioses! —arrugo la nariz al percibir de pronto el mismo olor que emanan los monstruos de mis pesadillas, acompañado de un rastro de sangre revuelta con lodo y hojas que se extiende entre la niebla.

Avanzo con cautela hasta llegar a la orilla de uno de los pequeños lagos artificiales del parque, donde por fin encuentro a quien pide auxilio.

Parpadeo varias veces, confundido, porque esto no es un hombre.

—Por favor, por favor, ayuda...

Un ciervo del tamaño de una vaca yace moribundo entre la hierba, con el vientre rebanado de un tajo y sangrando a borbotones, agitándose como si quisiera ponerse en pie. Sus ojos en blanco apuntan hacia la nada.

—¿Qué mierda...? —susurro, sujetándome la sien con mis dedos ensangrentados al sentir una punzada de dolor en el cráneo. ¿De dónde demonios ha salido un animal como éste? ¡¿Y por qué demonios está hablando?!

Estoy a punto de estallar en pánico. Debo estar alucinando. Seguramente sigo durmiendo en el catre del centro, o en mi cama compartida en la India. ¡Es que esto ya no puede ser más absurdo!

Doy un vistazo a la periferia del lugar, asegurándome de que no haya ningún otro monstruo además del que yace aquí tirado, suplicando ayuda.

—Duele, duele —dice, revolviéndose en el suelo y agitando la rajada de su abdomen. Por los dioses. ¿Eso que se asoma es una tripa? Me sorprende que con semejante herida siga con vida.

Algo entre la hierba se remueve a mis espaldas. El miedo se yergue como una sombra cuando miro sobre mi hombro, porque hoy todos los mundos posibles se han alineado para enloquecerme.

Emergiendo de la niebla, un lobo colosal se acerca despacio, gruñendo desde lo más profundo de su garganta y rompiendo las delicadas ramas bajo sus patas con unos chasquidos que resuenan en el helado silencio de la madrugada.

Y su pesado aliento se roba completamente el mío.

Su pelaje es extraño, ni blanco ni gris, es como un plateado que se oscurece tenuemente en el lomo hasta tomar el color de una nube llena de agua. Su largo hocico se asemeja a un volcán: sus labios negros expelen un vapor blanco y sus fauces repletas de largos colmillos sangrantes forman ríos de lava.

Es como ver una tormenta en la piel de una bestia; un paisaje tan hermoso como aterrador.

—¿También puedes hablar? —le pregunto al lobo con una voz tan serena que hasta a mí me sorprende.

Dicen que cuando estás al borde de la muerte pocas cosas te preocupan. Eso o enloqueces, porque a pesar de estar seguro de que no existe una forma de terror más grande que la que yo experimento en este momento, la fascinación que me provoca este animal me impide salir corriendo.

—¿Vas a devorarme? —pregunto una vez más, aun cuando no sé si es capaz de entenderme.

Sus ojos azules, helados y clarísimos, resplandecen como si estuviese contemplando un trueno perforar las nubes. Nos observamos tan largamente que comienzo a sentir como si la criatura también se perdiese en mi mirada.

—¡No, no, por favor, no! —grita el ciervo detrás de mí. Al escucharlo, la bestia plateada alza la cabeza y el pelaje de su lomo se eriza como agujas afiladas.

El lobo se lanza hacia mí y golpea mi costado herido con su garra, el cual apenas alcanzo a cubrir con mi brazo. Mi cuerpo es proyectado en el aire como un muñeco y me hace rodar varios metros en el piso hasta deslizarme a la orilla del lago artificial.

Trato de moverme, pero cuando las copas de los árboles se tornan borrosas dejo de luchar.

La consciencia me acompaña sólo lo suficiente para ver cómo el lobo se lanza ahora sobre el ciervo para despedazarlo sin piedad. Le arranca la piel, las patas, el vientre... La espesa niebla diluye sus siluetas frente a mis ojos al igual que los gritos de dolor, como un telón que se cierra en plena cúspide del espectáculo.

La pérdida de sangre, el frío y el miedo se arrojan sobre mí sin piedad. Pronto, todo se opaca hasta fundirse en una completa oscuridad.

CAPÍTULO 9
GENTE QUE SABE DEMASIADO

Cuando Salvador Hoffman se percata de la mirada lasciva de una joven que se encuentra en la acera opuesta, el pobre hombre sufre un repentino —pero usual— arranque de irritación que lo obliga a ir a un paso más rápido y ágil entre los transeúntes.

Por suerte, o quizá desgracia, te detienes frente a un local del Barrio Francés que nos hace rechinar los huesos a ambos. Tus ojos se clavan en el concreto pintado de marrón y un arrebato de rabia burbujea bajo tu piel. Cierras los párpados y respiras muy profundo, en un intento por no reventarte una vena.

Una vez que ya te has convencido de que no vas a asesinar a nadie el día de hoy, entras a la tienda sin siquiera detenerte a mirar la cruel mercancía. En tu trabajo ves tantos asesinatos violentos que una pila de huesos ya te parece muy poca cosa; además, has pasado tanto tiempo vigilando este negocio de brujería que no dudo que conozcas su inventario de memoria.

Me subo a una calavera de caimán colgada en una de las paredes para tener una vista completa de la tienda. Enrosco mi esqueleto alrededor del pobre cadáver y su espíritu clama por ser liberado de este lugar maldito.

Impaciente, golpeas una y otra vez el timbre sobre la mesa. Unas pisadas resuenan por la madera de la trastienda, lo que te provoca una mueca tan torcida como una rama.

La mujer que aparece detrás de la cortina te mira con los ojos abiertos como un par de platos, y borra su natural actitud cínica.

—¿En qué puedo ayudarlo esta vez, oficial Hoffman? —te pregunta la bruja Laurele.

—Usted sabe bien qué estoy buscando. Arrojas a la mesa un puñado de fotografías instantáneas, en las que aparecen varios ángulos de un viejo cráneo humano, falto de mandíbula, tirado en una orilla pantanosa.

—Ayer, un niño que se encontraba de excursión en la reserva encontró esto en una de las ciénagas —explicas sin ganas.

—¿Y me viene a mostrar esto a mí porque…?

—Porque éste cráneo pertenece a los restos que se robaron de las tumbas de Saint Louis.

Los ojos de Laurele viajan hacia mí.

—Debe estar bromeando —contesta con acidez—. ¿Qué no se supone que ustedes buscan urnas y cenizas? ¡Esto es un cráneo!

—Sólo dígame una cosa —insistes, inclinándote hacia Laurele—: ¿Alguien le ha estado vendiendo cosas raras últimamente, madame Fiquette? Bueno, raras, por decir algo —puntualizas con un leve aire de ironía, mirando a tu alrededor.

—Hay docenas de tiendas con objetos vudú en Nueva Orleans, sin contar puestos de curanderos y adivinos, así que espero, por su bien, que mi negocio no sea el único que haya venido a visitar.

—Las cosas se hacen conforme al protocolo.

—¡Al diablo con el protocolo! —exclama, sacando a relucir un viejo acento gangoso—. ¡Estoy harta de que siempre que un loco se empieza a creer practicante de vudú por tomarse unas copas en Bourbon Street, sea yo la primera a la que usted viene a culpar!

Con una honda inhalación, te aguantas las ganas de arrojarte sobre la mesa para poner tus manos alrededor del cuello de Laurele.

—Llámeme si ve algo sospechoso —contestas con sobriedad y dando por zanjado el asunto. Y creo que es lo mejor, porque si la conversación se alarga, temo que serás incapaz de controlarte.

—Váyase al demonio, oficial.

Sueltas una carcajada, lo que hace rabiar todavía más a Laurele, y te marchas de la tienda sin siquiera darle la oportunidad a la mujer de maldecirte, como si tuvieses la manía de dejar a todo el mundo con las palabras en la boca.

Ella vuelve su mirada colérica hacia mí. Mete la mano en su bolsillo y me arroja un puñado de sal que hace vibrar el aire de forma desagradable. Chasqueo mi lengua y traspaso la pared para largarme de la tienda, pero no sin antes llevarme al pobre espíritu del caimán conmigo, otorgándole su preciada libertad.

CAPÍTULO 10
EL CHICO LOCO

Estoy en pie, flotando en una barca sobre el río Misisipi. A lo lejos, la ciudad de Nueva Orleans se cubre con una espesa y silenciosa niebla. La capa gris se expande hacia el cielo, y se lo traga hasta cubrir las estrellas que comienzan a caer sobre la tierra como una lluvia de fuego.

Y de pronto, camino descalzo sobre hierba fría humedecida por el rocío. El río y la barca han desaparecido para dejarme en un lugar extraordinario: es un campo abierto bañado en oscuros matices azules y jades, como si la noche se hubiese cernido únicamente sobre la hierba y no sobre el cielo, que se mantiene gris como si fuese de madrugada.

Enormes árboles rodean el prado, escondiendo debajo de sus frondosas ramas miles de ojos, blancos y brillantes que parecen contemplarme.

Montones de tumbas salpican el campo; frías cajas de cemento que se yerguen como pequeñas capillas para guardar los restos sobre la tierra. Abiertas de par en par, sus vientres oscuros derraman monedas de oro, joyas, perlas y muchos tesoros que, a pesar de la belleza de su brillo, apestan a cadáver.

Murmullos brotan de las tumbas y rebotan entre los metales preciosos, mientras una niebla se desliza sobre la hierba como una ola de espuma que llega hasta mis pies. Desprende un olor dulzón que invade mi nariz. No es niebla, es humo de tabaco.

Una cripta capta mi atención. A diferencia de las demás, está vacía, y su penetrante oscuridad la hace ver muy profunda, como si no tuviese fin. Me acerco un poco y distingo que las paredes de concreto están garabateadas con equis por toda la superficie, como si hubiesen sido talladas con algún objeto punzante.

Aquellos símbolos me inspiran una sensación imposible de describir. Quiero dar la vuelta y salir corriendo pero una fuerza más poderosa que mi propia voluntad me conduce hacia la tumba.

—¿A dónde crees que vas, muchacho?

Un latigazo de escalofríos me recorre la carne al escuchar aquella profunda voz. Despacio, doy media vuelta y me encuentro con un hombre con sombrero de copa sentado sobre el tesoro de una de las tumbas.

Por un momento creo que viste de negro, pero al verlo mejor, me doy cuenta de que sus ropas son en realidad abundantes pellejos que le cuelgan de la cintura, las piernas y las muñecas, y su piel es tan oscura, como hecha de petróleo, que parece un traje sastre.

Su cara es, por mucho, lo peor. Usa unas gafas de sol y la carne desgarrada de sus mejillas y de su nariz dejan expuestos trozos de su blanco cráneo. Simplemente está allí, fumándose un habano del cual emana todo el humo que cubre el suelo del cementerio.

—¿Se te ha ido la lengua corriendo? —vuelve a preguntar.

Veo de nuevo la tumba a mis espaldas, pero ahora la encuentro sellada por un muro de concreto. Escucho la risa de aquel hombre, quien se pone en pie y se acerca hacia mí, contoneándose de un lado a otro y meneando una botella que, estoy seguro, no tenía hace unos segundos.

Y el intenso olor a alcohol y putrefacción que desprende su piel colgante se intensifica a cada paso que da.

—Créeme, no querrás ir allí, al menos aún no —dice, pasándome de largo y dándole una bocanada a su habano. Los huesos de su caja torácica asoman por debajo del rasgado pellejo de su espalda. Da la vuelta y me sonríe con la boca llena de dientes torcidos—. Estoy ansioso por conocerte. Tú y yo nos vamos a divertir mucho, Elisse.

Y, con un chasquido de sus dedos, mi cuerpo se envuelve en llamas.

Lanzo un grito de dolor, devorado por un feroz mar de fuego que me funde la carne al instante. El dolor me rompe, quiero caer al piso y rodar para apagar las llamas, pero soy incapaz de mover un dedo, como si estuviese atado de pies a cabeza.

—¡Que ardan, que ardan las brujas! —grita él, y comienza a bailar frente a mí de forma frenética y obscena.

Una horda de hombres diminutos iguales a él brotan de entre el oro de las tumbas, se acercan a la fogata en la que me he convertido y bailan al ritmo de aquel espectro, celebrando un macabro ritual a mi alrededor.

A través de la lumbre, veo que aquel monstruoso hombre se retira las gafas. No tiene ojos, sólo un par de cuencas vacías que parecen reír de mi dolor.

El humo que exhala mi propio cuerpo se eleva; en un instante, quedo ciego ante el blanco resplandor de la niebla.

Una luz incandescente me golpea en la cara, y me baña con un frescor helado. Un ventilador de techo gira como un rehilete, y la suavidad de una almohada acuna mi cabeza.

—Maldición... —susurro, y una punzada me martillea la sien.

—¡Enfermera! ¡Enfermera!

Reconozco la voz de Louisa y el sonido de sus tacones alejándose.

Imágenes difusas parpadean dentro de mi cabeza como una secuencia de colores violentos. ¿Acaso... tuve un sueño? Intento descifrar algo de estos destellos difusos, pero no puedo recordar con claridad.

—Mierda, ¿dónde diablos estoy?

—Muchacho, cuida esa lengua.

Giro mi cabeza hacia la puerta y me encuentro con Geshe, quien entra a la habitación acompañado de una enfermera y una angustiada Louisa.

—¡Geshe, Louisa!

—Nos alegra que por fin despiertes, muchacho.

—¿Esto es un hospital? ¿Cómo es que llegué aquí? —pregunto, intentando incorporarme sobre mis codos—. ¡Estaba en el parque y de pronto yo...!

—Tranquilo, hijo.

Geshe me empuja con suavidad de vuelta al colchón mientras la enfermera revisa el suero conectado a mi muñeca.

—Voy a darte algo para el dolor —dice la mujer, colocando una inyección en una de las pipetas—. Apuesto a que lo necesitas.

Ella termina su trabajo y se marcha, pero no pasa ni un segundo cuando Louisa se planta delante de mi cama con las manos en las caderas y el ceño tan fruncido que se le forma una ceja única.

—Por Dios, Elisse —exclama a pleno pulmón, como si se hubiese contenido todo este tiempo—. ¿Qué fue lo que ocurrió?

La espantosa experiencia que tuve en el parque acude a mi memoria hasta el mínimo detalle. El monstruo de hueso, el ciervo, el lobo… la sangre me baja hasta los pies, así que aprieto los párpados con fuerza e intento no desmayarme de nuevo.

—¿Y el ciervo? —pregunto al pensar en lo que tal vez quedó de aquel pobre animal, pero sólo recibo un par de miradas desconcertadas.

—¿Cuál ciervo, Elisse? —pregunta Louisa. La lengua se me pega al paladar.

Después de semejante carnicería algo debió de haber quedado, algo que demuestre que no estoy loco, pero al ver las expresiones de ambos, me doy cuenta de que no ha quedado rastro del animal.

—Ustedes… ¿Cómo es que llegué aquí? —pregunto con nerviosismo. Ellos sólo intercambian una mirada contrariada.

—Una pareja de corredores te encontró en un sendero del parque esta mañana. Pensaron que estabas muerto, así que llamaron a la policía —explica ella—. El pantalón del pijama tiene el logotipo del centro, fue así como nos localizaron.

Ahora sí quiero arrojarme por la ventana. ¿Cómo demonios llegué a un sendero del parque? ¡Estoy seguro de que estaba tirado en la orilla de un lago!

—Por suerte no te pasó nada grave, hijo —continúa Louisa, mientras mis cejas crean un arco del triunfo—. Sólo un moretón muy feo y algunos rasguños, seguramente porque no llevabas camiseta.

Sin pensarlo dos veces, levanto mi bata del hospital para mirar mi costado. Me quedo sin aliento al ver que, donde se supone que debería haber cinco profundas heridas de garras, solamente hay unas tenues cicatrices blancas y limpias, tan poco visibles que parecieran muy antiguas. El único rastro que ha quedado de aquella espantosa escena es una mancha grande y fea en el brazo que atacó el lobo.

—Elisse, la policía quiere saber si te han atacado —dice Geshe—, así que el oficial Clarks vino a hacerte unas preguntas.

—¿Oficial?

—Buenos días —desde la entrada, un hombre joven y de cabello color zanahoria carraspea y sonríe—. Hola, Elisse, mi nombre es Ronald Clarks. ¿Cómo te encuentras?

—Estoy bien, gracias… —contesto, haciendo gala una vez más de un inglés poco firme, como si todas estas semanas de práctica se hubiesen ido a la basura.

—Me alegro —dice, sacando una pequeña libreta negra y una pluma de su chamarra—. Pues bueno, he venido a tomar tu declaración sobre lo que ha pasado, ¿te parece bien?

Asiento muy despacio mientras muerdo mi labio inferior.

—¿Puedes darme tu nombre completo, por favor?

—Este… sí, Elisse N. N.

—¿N. N.?

—*No Name*, oficial. Elisse es huérfano, y por eso no tiene apellidos —explica Louisa, así que él se disculpa conmigo. Me limito a asentir sin darle importancia al asunto.

—¿Edad?

—Acaba de cumplir dieciocho —contesta Louisa de nuevo.

—¡Ah! Una edad perfecta para conocer el carnaval que viene en febrero. Tienes mucha suerte, pero más vale que no te encuentre bebiendo por allí —dice en broma, aunque no puedo hacer más que responder con una sonrisa forzada—. ¿De dónde eres, Elisse?

—De la India, señor.

—¿India? —apuesto a que ahora se pregunta en qué parte de la India la gente nace con cabello rubio y ojos verdes.

—Elisse no nació en la India, señor, pero estuvo allí casi toda su vida —vuelve a interrumpir Louisa, quien ahora parece una madre sobreprotectora en toda regla.

—Ya, me queda claro, pero por favor, señora Fiquette, deje que el chico conteste.

—Está bien, lo siento.

—No se preocupe. En fin, Elisse, ¿quieres contarnos lo que pasó? ¿Alguien irrumpió en el centro mientras dormías?

Estrujo un poco las sábanas entre mis dedos, suspirando de resignación al tener que recurrir de nuevo a la mentira piadosa. Detesto mentir, pero creo que detesto más la idea de terminar en un hospital psiquiátrico.

O de ser llevado de vuelta a la India.

—No ha ocurrido nada, oficial —respondo con tranquilidad—. Nadie me atacó, sólo tuve un terror nocturno.

—¿*Terror nocturno?*

—Sí...son como pesadillas, pero mucho peores y te hacen caminar dormido. Me pasa desde que era niño.

El oficial mira a Geshe, quien asiente de forma serena.

Yo en cambio, me pongo cada vez más nervioso.

En la India, los doctores diagnosticaron que la causa de mi reducida complexión física y el desorden hormonal que impide que me crezca vello corporal más allá de las cejas —y ni hablar de barba— es debido a mi nacimiento prematuro, lo que desencadenó una larga serie de tratamientos para intentar "ayudarme". Pero yo no le temía a las agujas, a las muestras de sangre o a ser examinado desnudo en una fría cama, sino a la posibilidad de que encontrasen en mí algo mucho peor que una enfermedad física.

Terrores nocturnos. La mentira perfecta.

Cuando ves cosas que nadie más puede, cuando escuchas voces en medio de la oscuridad y empiezas a correr como loco en mitad de la noche, el aparentar ser normal no es nada fácil. Así que el engaño de que sufro pesadillas fuera de lo ordinario es sólo una pantalla, algo para dar una explicación de mis ataques de pánico.

Y había funcionado de maravilla durante toda mi niñez, pero si quería cruzar la mitad del mundo para llegar a Luisiana, debía curarme antes. En cuestión de un par de años me las arreglé para hacer que mi médico me proclamara, al fin, "libre de trastorno", por lo que ya no hubo nada que pudiese evitar mi salida.

Siempre quiero creer que todas estas pesadillas son sólo eso, pesadillas, y que, como dicen que ocurre en los sueños, van a terminar algún día. Pero siempre acabo dándole forma a una realidad de la que cada vez me cuesta más escapar.

Detesto mentir, pero detesto más la idea de terminar en un hospital psiquiátrico.

—De acuerdo, entonces, ¿recuerdas cómo te hiciste los moretones en tu brazo?

—No lo sé. Pude haberme caído —contesto con brevedad para dejar en claro que no tengo muchos ánimos de hablar. El oficial me pregunta un par de cosas más y se marcha con la promesa de estar al tanto de mi mejoría.

Cuando Geshe y Louisa también se marchan para dejarme descansar, por fin puedo relajarme; no habría podido soportar la presión de las preguntas de ella y la mirada analítica del maestro.

Miro el oscuro moretón en mi piel y pienso en las heridas de mi costado. No puedo explicar cómo han cicatrizado tan rápido, casi sin dejar huella, y cómo es que pudieron ocurrirme tantas cosas espantosas en un lapso tan corto de tiempo.

Los ojos azules de aquel lobo aparecen en mi mente y una poderosa mezcla de terror y excitación despierta en mí; es como cuando sientes vértigo al contemplar el vacío desde una gran altura y el extraño placer que te hace querer caer en picada.

Tal vez habría sido buena idea dejarme alcanzar por el monstruo de hueso. Después de todo, ¿quién dice que no volverá para hacerme pedazos? ¿Quién dice que no sería preferible morir de un tajo a sentirme una presa durante lo que me queda de vida?

CAPÍTULO 11
ACECHO

Ya han pasado varias semanas desde el incidente en el parque, y para mi suerte no he sufrido otro percance de la misma naturaleza. No he visto más sombras en pleno día ni he escuchado voces que me llaman desde la oscuridad, pero aun así, no logro recuperarme de la espantosa experiencia, porque desde aquel día no he vuelto a sentirme solo.

Es como si los ojos azules de aquel lobo me estuviesen observando todo el tiempo, acompañados de *algo* que ha cambiado en mí, algo que parece haber… despertado. Lo siento en el aliento de la noche, en la hierba bajo mis pies cuando camino en el jardín, en la niebla que se asoma entre los árboles.

Es como si mis sentidos estuviesen más alerta o como si las cosas a mi alrededor tuviesen una presencia más intensa, más viva, pero no sé si es consecuencia del miedo evocado en un deseo de supervivencia o un simple delirio de mi perturbada mente.

Tal vez el horror que he visto desde que era niño ha servido de amortiguador para este momento, porque de otra manera no entiendo cómo es que soy capaz de aguantar toda esta locura.

Louisa insistió en que me mudase a su casa para que pudiera cuidarme si sufría otro terror nocturno, pero me negué rotundamente. Ahora que sé que mis pesadillas pueden no sólo herirme, sino mezclarse con la realidad, ¿qué pasará si éstas también pueden lastimarla? No. Prefiero arriesgarme a que me arranquen las costillas por completo antes de ponerla en peligro.

Presiono con más fuerza el acelerador, conduciendo con cuidado el viejo Cadillac púrpura de Louisa por las calles adyacentes al Barrio Francés.

Conducir siempre me ha traído sensaciones dispares. Cuando cumplí doce años decidí ir a trabajar en las reparaciones de caminos en Nueva Delhi, tal como hacían casi todos los refugiados provenientes del Tíbet. Siendo tan joven y delgado, no podían confiarme labores muy pesadas, así que me enseñaron a manejar todo tipo de vehículos para que, al menos, pudiera transportar materiales de un lado a otro.

Me sentía feliz porque había comenzado a ganar mi propio dinero, pero a cambio tuve que abandonar la escuela, cosa que me dejó una amarga sensación en el pecho y un hambre latente por leer y aprender todo lo que tuviese a mi alcance, sólo para llenar un vacío en el corazón. Obtuve el dinero para viajar a los Estados Unidos, pero a cambio, nunca pude aspirar a ser alguien en la vida. Ni un maestro, o un doctor, o un ingeniero. Nada.

Dejo de lado la melancolía, sabiendo que ahora tengo cosas más graves por las cuales preocuparme: el libro rojo de Laurele yace en el asiento del copiloto, inerte como un cadáver que muero por desechar.

Estaciono el coche y echo el morral al hombro. Camino hacia la tienda vudú y me detengo a unos cuantos metros del edificio. Siento aversión hacia ese lugar, pero no sólo por la excéntrica dueña, sino porque fue allí donde me encontré por primera vez con el monstruo de hueso.

Cuando rememoro aquella gruesa mancha sanguinolenta resbalando por la pared, me siento tentado a dar media vuelta, pero el peso del libro en mi mano me hace comprender que lo mejor es deshacerme de él de una vez por todas.

Al ser delatado por la campanilla de la puerta, Laurele brota casi de inmediato desde la trastienda.

—Pero miren quién ha venido a visitarme. Ya extrañaba esa cara tan linda —ronronea, recargando los codos en el mostrador.

—En realidad, vine a traer algo que olvidó el otro día en el centro budista.

Su sonrisa acaba cuando le muestro el libro rojo.

—¡Ah, pero qué gentil! —dice, aguzando la voz un par de notas—. No debiste molestarte.

—Lamento no haberlo traído antes, estuve un poco... ocupado —miento, ya que no tengo muchas ganas de contarle que estuve en el hospital, además de que con todo lo que pasó, el maldito libro era lo último que rondaba en mi cabeza.

—Ya veo, pero si de casualidad vuelve a llegar a ti, no olvides traerlo de vuelta, ¿eh?

Mi entrecejo se arruga.

—¿Está insinuando que lo robé?

—¡Oh, no! Para nada, este libro tiene patitas.

De acuerdo. Hay que ser idiota para no detectar el sarcasmo.

—¿Y para qué voy a querer yo algo así?

—¿Cómo que para qué? Déjame explicarte algo acerca del vudú, muchacho —Laurele rodea la mesa y se acerca, estirando su larga mano y capturando mi mentón con tres de sus helados dedos—. Es la fuerza más poderosa de la Tierra para conseguir favores. ¿No te gustaría poder pedir riquezas, fortuna, o inclusive atrapar al amor de tu vida?

Aparto sus dedos de mi cara de la forma más gentil que puedo. Sus palabras suenan a estafa, artilugios baratos como los que se venden por televisión.

—No, gracias, no me interesan esas cosas y mucho menos cuando usted me acaba de llamar ladrón.

Dejo el libro sobre el mostrador y doy media vuelta, dispuesto a largarme.

—¿Acaso no eras eso? ¿Un ladrón?

Me quedo paralizado en la entrada, como si la lengua de Laurele me hubiese envenenado con sus palabras.

—¿Qué ha dicho? —giro despacio hacia ella.

Sus oscuros ojos brillan como un par de navajas. Parece estar a punto de decir algo más, pero su mirada se desvía a mis espaldas.

—¿Quiénes son tus amigos?

—¿Cómo? —miro hacia la calle pero no veo a nadie allí.

—Hace unos segundos había una chica y un hombre allí. Él tenía muy mala pinta, pero ella te miraba como si fueras el último vaso de agua del desierto —al ver mi cara de consternación, ella ríe mientras enarca una ceja—. Oh, al parecer alguien se está volviendo popular, ¿eh?

Doy media vuelta y me largo de su tienda con las ganas de azotar la puerta.

Cuando llego al coche, me dispongo a dejar mi morral en el asiento del copiloto, pero doy un salto al ver que el libro de tapas rojas reposa allí, abierto de par en par. Miro de un lado a otro tratando de entender si, de alguna manera, la loca de Laurele me ha alcanzado para ponerlo allí, pero no hay señales de ella ni de nadie más alrededor.

—¿Cómo diablos…?

Tal vez lo he tomado sin querer o nunca lo dejé en la mesa de la tienda, no lo sé, pero esto me pone los pelos de punta. Lo agarro de una esquina formando una pinza con mis dedos, temiendo que de un momento a otro me salte encima.

La página abierta revela el dibujo de un par de serpientes, hecho con una oscura tinta roja. Paso unas cuantas páginas más y descubro que, más que un libro, es un diario de anotaciones, con casi la mitad de las hojas en blanco. Varias de las páginas están escritas en un idioma que desconozco y con una letra tan pequeña que pareciera querer susurrar.

—Invocación a los Loas —leo en una de las páginas, mientras más símbolos curiosos se asoman en el papel.

Cierro fuertemente el libro y me dispongo a salir del coche para arrojar esta cosa lo más lejos posible, pero mi mano se queda tensa sobre la manija de la puerta.

"¿Acaso no eras eso? ¿Un ladrón?"

¿Cómo es que Laurele sabe *eso* sobre mí? ¿Acaso hay algo en el vudú, en esa extraña religión, que le permite saber cosas así sobre la gente? No, no es posible. De alguna forma se ha enterado, aunque no tengo idea de cómo, porque ni loco le contaría eso a alguien. Ni siquiera a Louisa.

Mientras más miro aquel diario, más me da la sensación de que tal vez existan formas sobrenaturales de conseguir información. O inclusive, de encontrar a una persona.

Con la imagen de mi padre parpadeando en mi cabeza, decido conservar el libro un tiempo más.

Arrugo el entrecejo al ver que el letrero de la entrada del centro budista está apagado. A pesar de que se acerca fin de año, estoy seguro de que no teníamos planeado cerrar hoy.

A medida que me aproximo a la puerta, mis pies se vuelven de plomo por el peso de un mal presentimiento.

Carlton y otros dos voluntarios del centro están en medio de la tienda, hablando con una voz tan baja que apenas puedo escucharlos. No parecen percatarse de mi llegada, así que carraspeo para llamar su atención.

—Oh, Elisse, ¡hola! —saluda Carlton con una sonrisa torcida—. Eh, Louisa está dentro, ¿por qué no vas a verla?

Me limito a obedecer, azorado ante lo mal que ha disimulado su nerviosismo. Y encima, cuando cruzo el pasillo, las miradas de todos ellos se fijan en mi espalda como agujas.

En la sala me encuentro con Louisa, quien parece estar absorta en un punto en medio de la nada.

—¿Louisa? —la llamo, sin usar ya el formal y distante "señora". Ella salta en su asiento al escucharme, pero, a diferencia de los otros, se queda mucho más tranquila ante mi presencia.

—¡Cariño! ¿Acabas de llegar? —asiento sin siquiera preocuparme por ocultar mi cara de consternación.

—¿Está todo bien? El señor Lone se ve algo preocupado —ella suspira como si estuviese bastante cansada.

—Mi niño, ¿has visto a alguien sospechoso acercarse al centro en estos días? ¿Alguna persona merodeando y que te pareciera extraña?

—Pues… —estoy tentado a decir que la única persona rara que había pisado la tienda había sido su hermana, pero opto por morderme la lengua—. No, la verdad es que no.

—Ya veo, eso me temía —ella desenreda hilos imaginarios en sus dedos para luego torcer la boca—. Lo mejor será llamar a la policía.

—¿La policía? —una alarma se enciende en mi interior—. ¿Por qué? ¿Qué ocurre?

Me mira con unos ojos que parecen pesar una tonelada, para después quitarse las gafas.

—Elisse… Alguien ha robado dinero de la tienda.

CAPÍTULO 12
CONFIANZA CIEGA

Van a dar las seis de la mañana, por lo que el cielo apenas comienza a clarear. La niebla cubre ambos extremos de la calle, haciendo que el asfalto se pierda entre la densa cortina gris; es como si nunca se hubiese acabado el primer día que vine a esta ciudad, porque pareciera ser que el paisaje lucha por repetirse una y otra vez.

Hoy no abrirá la tienda por las vacaciones, pero aun así, heme aquí, barriendo la acera, haciendo montoncitos de polvo y luchando con el sueño que no he podido espantar ni con una cargada taza de café.

No pude dormir anoche. Estuve atento a los sonidos del edificio, temiendo que, de un momento a otro, la puerta de mi habitación se abriera de súbito. Y es que ya no sé a quién rayos temerle más: a los animales, a los demonios o a la gente, porque Nueva Orleans no es precisamente la ciudad más segura de Estados Unidos y eso, sumado al robo en la tienda, hace que agregue otra cosa a la lista de todo aquello que me va a terminar volviendo loco.

Loco. Raro. Ladrón.

Suspiro al recordar el montón de preguntas incómodas que me hizo la policía ayer. No soy idiota, sé muy bien que cuando algo desaparece, el primer sospechoso es el recién llegado, y lo único que me salvó de ser culpado directamente es que varios miembros del centro tienen acceso, tanto a la registradora como a la caja fuerte.

No me siento orgulloso de admitirlo, pero si en el pasado llegué a robar, fue por necesidad. Todo niño hambriento o descalzo de la India lo hace, pero sólo un estúpido arrojaría a la basura techo y comida caliente por unos cuantos dólares.

Bueno, unos cuantos no. Según dijo Louisa, se han llevado casi dos mil, pero yo no lo haría ni por veinte.

Lo único que me mantiene un poco tranquilo es que Geshe y ella están convencidos de que yo no he tomado nada. Con ambos respaldándome, no tengo nada que temer, ¿verdad? Así que sólo espero que algo de trabajo extra me ayude a generar un poco más de confianza entre la gente del centro, quienes seguramente ya nunca me verán de la misma manera. Por lo menos, no hasta que demuestre mi inocencia.

Un tubo de escape ruge al fondo de la calle, y la cortina de niebla se ilumina por el resplandor amarillento de unos faros.

Es una camioneta roja que se detiene en frente del centro y me provoca un muy mal presentimiento. El cristal de la ventanilla baja despacio, y un sujeto de cabello rubio y de unos treinta años me mira desde allí.

—¡Buenos días! —saluda con una voz profunda y gruesa, alzando el mentón repleto de una espesa pero bien perfilada barba.

Cuando me mira de arriba abajo para después sonreír de lado, mi desconcierto es reemplazado por enojo.

—¿Puedo ayudarle en algo? El tipo apaga el vehículo y baja sin responderme.

Por los dioses, ¡este hombre es enorme!

Sus pesadas botas resuenan contra el suelo a medida que se acerca. Mide por lo menos un metro noventa de estatura, y su camiseta ajustada revela músculos bien marcados, tanto que, si se lo propone, podría partirme en dos como una rama.

—Eres menos impresionante de cerca, muchacho —dice, divertido ante la abismal diferencia de nuestra talla.

—Le pregunté qué es lo que quiere...

—¡Tranquilo, niño! —exclama—. Te llamas Elisse, ¿no es así? Aprieto la escoba entre mis manos.

—¿Cómo sabe mi nombre?

—¿En serio quieres probar suerte con ese palo? —pregunta, como si me hubiese leído la mente.

—¿Está insinuando que voy a necesitarlo?

La sonrisa en su rostro desaparece.

—Mira, no vine a hacerte daño —dice al tiempo que relaja su espalda y retrocede un par de pasos con las palmas levantadas—. Sólo quiero que hablemos.

De pronto, siento algo extrañamente familiar en él. El palo vuelve a respirar entre mis manos mientras ahora soy yo quien da un paso hacia delante. Él huele a tabaco, y su mirada es intensa y firme. Algo en su presencia me aplasta y me arrastra, como la sensación del vértigo a la orilla de un barranco.

—¿Te conozco?

—No, Elisse. Es la primera vez que tú y yo nos vemos.

—¿Entonces qué diablos quiere? —pregunto asustado por la gran cantidad de sensaciones que este hombre despierta en mí.

—Oh, no, niño. El único que quiere algo aquí eres tú y vengo a ofrecértelo.

Ah, ahora entiendo. El tipo está chiflado.

Mi primer impulso es dar media vuelta y correr al edificio para tomar el teléfono y marcar a la policía antes de que me alcance, pero cuando él ve mi cara de susto, coloca las manos sobre la cintura y mira hacia el piso, como si estuviese revisando sus motivos para convencerme de no salir huyendo.

—Oye... ¿No estás harto de tener miedo? —pregunta, levantando la mirada de nuevo.

—¿Qué está diciendo?

—¿No querrías tener la certeza, por primera vez en la vida, de que no estás loco? ¿De saber que todo lo que ves y lo que te pasa... es real?

Un monstruoso abismo se abre dentro de mí.

—¿Quién eres? —pregunto, tenso como una cuerda.

—Elisse... —vuelve a dar un paso hacia mí.

Mi bota se estampa contra el cepillo de la escoba, partiendo el palo de madera y convirtiéndolo en una lanza improvisada que apunto hacia él.

Se detiene, alza las manos y me mira con los ojos abiertos de par en par.

—¿Qué te...?

—¡Aléjate o te empalo, cabrón! —él parpadea varias veces, tal vez indeciso entre indignarse o echarse a reír.

—Elisse, escúchame —comienza despacio, como escogiendo sus palabras con cuidado—. Si vienes conmigo podré mostrártelo todo, así como te aseguro que todas tus preguntas sobre quién eres y qué es lo que ves, serán respondidas. Pero si te niegas, no podré hacer nada por ti.

—¿Cómo sabes esas cosas sobre mí? —pregunto con la voz temblorosa. Pero esto no parece conmoverlo.

—Te advierto que es mi única oferta.

Más que advertencia, suena a amenaza. Me queda claro que este tipo no es una persona normal, ya que la historia de mi vida no se puede adivinar con sólo verme a la cara, pero ¿quién me asegura que todo esto no es una trampa y que, aun negándome a ir con él, va a secuestrarme de todas maneras?

Miro la puerta del centro por el rabillo del ojo. Estoy asustado de que algo peligroso pueda ocurrir si accedo, pero también puedo escuchar mi instinto, y éste me dice que vaya. Que dé un paso adelante y me aventure a descubrir la verdad.

El hombre sigue callado, esperando mi respuesta sin siquiera presionarme, como si adivinase el dilema que se agita en mi cabeza.

Es obvio que sólo una cosa me queda clara: si no subo a esa camioneta, nunca descubriré lo que este hombre sabe sobre mí.

—Iré —murmuro. Una sonrisa se le planta en la cara—. Pero sólo con la condición de que volvamos aquí a las ocho —exijo, porque ésa es la hora a la que Louisa me dijo que vendría al centro a verme, así que lo que menos quiero es que no me encuentre aquí.

—Te doy mi palabra —responde con una amplia sonrisa—, de todos modos, no iremos muy lejos. Lo prometo.

Sus promesas me importan un comino, ya que ni siquiera tengo la certeza de que no vaya a asesinarme.

Resignado, dejo el palo de escoba junto al recogedor y sigo al tipo hacia su camioneta desde una distancia que considero segura.

Pero algo me hace parar.

Una mano se desliza desde el interior del cajón de la camioneta y se aferra al pasamanos de metal cromado. Poco a poco, un hombre desnudo se pone en pie. Su cuerpo se sacude con violencia, su vientre rebanado en dos derrama sangre como un manantial. Desesperado, se sujeta la carne partida como si quisiera unirla para cerrar el hueco entre sus tripas.

Estira una mano hacia mí.

El alma se me va a los pies.

—¿Qué le has hecho? —susurro.

—¿Dijiste algo?

—¡¿Qué le has hecho a ese hombre?!

Mi grito hace eco en la solitaria calle y todo empieza a dar vueltas. El rubio sigue mi mirada para después lanzarse contra mí.

—¿Estás viendo algo, Elisse? —grita mientras me zarandea de adelante hacia atrás—. ¡Dímelo!

—¡Suéltame, maldito loco! —exclamo, liberándome de su agarre.

Salgo disparado hasta la casa pero antes de que pueda siquiera poner la mano en la manija, una fuerza bestial me sujeta por la espalda. La enorme mano del tipo me cubre los labios casi al punto de asfixiarme.

Me alza como si pesase menos que una pluma, y me lleva de nuevo hacia la camioneta. Me revuelvo y lucho, pero soy incapaz de zafarme.

—Elisse, Elisse, mira de nuevo, ahí no hay nadie —me dice al oído, pero yo no dejo de retorcerme. Me retiene con un solo brazo mientras que con su mano libre atrapa mi barbilla y me hace mirar hacia la camioneta.

—¡He dicho que...! —la frase muere en mi boca, porque lo que sea que hubiese estado en la camioneta, ha desaparecido.

—Pero había un... un... —mi corazón está a punto de padecer una taquicardia y mis manos se sacuden sin cesar.

Y como si su instinto se lo hubiese gritado, me estruja con más fuerza para calmar mi temblor con una presión firme pero gentil, sin asfixiarme. Giro la cabeza sobre mi hombro para mirarlo, pero no logro enfocar su cara del todo.

¿Qué diablos es lo que acabo de ver?

—Elisse —su voz se vuelve cada vez más suave—. Sé por lo que estás pasando. Crees que esos seres sólo han venido a atormentarte, que se alimentan de tu miedo, pero no es así, Elisse —dice, repitiendo mi nombre una y otra vez, como si tratase de crear una familiaridad entre nosotros—. Nuestros miedos se fundamentan en el hecho de que no comprendemos aquello a lo que tememos. Si vienes conmigo, empezarás a entender y dejarás de sentir miedo.

Por fin, me suelta, y mis rodillas casi se quiebran en el acto; estoy a punto de echar a llorar. Él se para delante de mí y sostiene mis hombros con suavidad. Se acerca un poco más, y puedo sentir su tibio aliento.

—Nadie soy para pedirte esto, pero quiero que confíes en mí.

Aprieto el puente de mi nariz con los dedos índice y pulgar.

Lo que sea que ese hombre quiera mostrarme no puede ser peor que mis demonios, peor que la angustiante incertidumbre de no saber qué es lo que pasa conmigo, así que después de un largo minuto en el que intento recuperar la cordura, asiento muy lentamente.

—Bien… está bien.

Él me sonríe y regresa a la camioneta, conmigo persiguiendo sus pasos.

Le doy una última mirada al cajón de la camioneta aún con un nudo en el estómago y el corazón bombeando enloquecido. Aunque aquel sujeto mutilado ya no está, todavía puedo percibir el olor de su sangre.

Más que entender lo que me ocurre, quiero terminar con todo este horror, quiero conocer por fin qué se siente dormir tranquilo por las noches y vivir en paz durante el día.

Pero debo ser realista. Tal vez las cosas no mejoren. Tal vez se pongan mucho peor.

—Por cierto —dice el hombre, mirándome por encima de su hombro—. Mi nombre es Tared.

CAPÍTULO 13
OJOS DE CAIMÁN

La camioneta de Tared es espaciosa, huele a una mezcla de tabaco y madera. Un atrapasueños cuelga del retrovisor, balanceándose de un lado a otro mientras avanzamos por la carretera. El reloj del estéreo marca las siete de la mañana; ha pasado casi media hora desde que salimos del centro budista, e inclusive cruzamos el puente sobre el Misisipi, así que ni de broma estaremos de vuelta en el centro a las ocho.

A este paso, seguramente me van a terminar echando de allí.

Un letrero nos anuncia la llegada a la famosa reserva pantanosa que está junto a Nueva Orleans. Pasamos de largo varios kilómetros de vegetación y casas que se apilan a la orilla del río montadas sobre gruesos pilares.

Después de otros diez minutos de andar por caminos perdidos y callejones de árboles, pasamos una caseta abandonada, salpicada de moho y grietas de humedad.

Supongo que hemos entrado a un cerco privado, ya que no hay señalamientos, caminos para autobuses o cualquier cosa que indique que aquí se puede hacer un pícnic.

Los árboles, blancos troncos espolvoreados por cortinas de heno, comienzan a volverse más numerosos cuando el asfalto del camino desaparece y se vuelve un lodo empedrado.

Aquí la niebla es mucho más espesa que en la ciudad, tanto que un manto grisáceo cubre el suelo como si fuese una sauna, mientras que el croar de las ranas sobrepasa por mucho el canto de las aves: un auténtico pantano.

De vez en cuando retiro la vista de la ventana para mirar a Tared, quien se ha convertido en una chimenea humana al fumar un cigarrillo tras otro.

—¿Aún falta mucho? —pregunto, más para mantenerme despierto que por ganas de entablar conversación. Hace rato acribillé a este hombre con un mar de preguntas, pero él se mostró tan reacio a responderlas que decidí darme por vencido.

—Sí, a este paso llegaremos en unos veinte minutos.

—Mentiste respecto a que regresaríamos a las ocho.

Él emite un sonido parecido a una risa.

—Nunca dije que a las ocho *de la mañana*.

—Qué conveniente.

Suspiro y miro de nuevo por la ventanilla.

Los minutos pasan y, a pesar de que al principio estaba nervioso, ahora me siento incluso somnoliento. Me recargo contra el cristal, a punto de caer dormido, cuando percibo algo al lado del camino, escondido entre la niebla y la maleza.

—¡Por los dioses! ¿Eso es un caimán? —exclamo, mirando hacia atrás—. Es enorme.

La camioneta frena con tanta brusquedad que, de no haber sido por el cinturón de seguridad, me habría partido los dientes contra el tablero.

—¡¿Pero qué demonios te pasa?!

Tared no me contesta, sólo mira sobre su hombro hacia el vidrio trasero de la camioneta. Sus ojos escrutan la hierba, y, para mi sorpresa, se inyectan en sangre.

—Carajo… —se quita el cinturón de seguridad y se baja del vehículo.

—¿Qué está pasando? ¿A dónde vas?

Él no responde, y me quedo boquiabierto cuando abre mi portezuela y saca de debajo de mi asiento una larga y pesada escopeta.

—Quédate aquí —ordena, cerrando la portezuela con un azote.

Se para a espaldas de la camioneta en completo silencio, levanta un poco la barbilla, vira la cabeza de un lado a otro y… olfatea el aire.

Estoy a punto de preguntarle qué rayos está haciendo, cuando la maleza se sacude con violencia. Tared se queda estático unos segundos, con la cabeza hacia el frente como si se le hubiese enyesado el cuello. En un parpadear, da media vuelta y se arroja contra mi ventanilla.

—¿Sabes conducir? —pregunta con la voz entrecortada por la agitación.

—A-ah, sí, yo…

—¡Toma el volante! —exclama, para luego subir de un salto a la camioneta y apuntar con la escopeta hacia la niebla.

—¡Tared! ¿A dónde se supone que debo ir?

—¡Sigue el camino!

Me cambio al asiento del conductor. Al frente se ve a duras penas un sendero marcado por llantas de coche que se pierden entre la espesura del pantano.

Sí, claro, la tarea más fácil del mundo.

Un profundo bramido brota a mis espaldas. Me giro muy despacio para mirar hacia atrás.

Las aves, las ranas, el viento, la hierba; todo ruido palidece con el chasquido del seguro de la escopeta de Tared.

Silencio.

Silencio.

¡Pum! Un largo y enorme cuerpo verdoso salta desde la niebla, estampándose contra la camioneta con tanta fuerza que todo el vehículo se sacude.

—¡¿Qué demonios fue eso?! —grito con los brazos aferrados al volante, mientras el cuerpo se retrae de nuevo entre la maleza. La escopeta de Tared se dispara y un nuevo bramido retumba entre los árboles.

—¡Que arranques, carajo!

Piso el acelerador a fondo. Las llantas escupen fango y la camioneta sale disparada.

Un tercer grito se escucha detrás de nosotros mientras sigo lo mejor posible el rastro del camino a través del espeso bosque.

—¡¿Qué diablos está pasando?! —exclamo a través de la ventanilla trasera, pero en lugar de una respuesta, el arma es disparada de nuevo. Miro a través del retrovisor, y la sangre se me diluye al ver a la monstruosa criatura: es un enorme caimán que corre sobre sus dos largas patas traseras apenas a unos metros de la camioneta. Sus patas y torso, forrados de músculos abultados y piel viscosa, son muy semejantes a los de un hombre. Largas uñas marfiladas despuntan de sus garras, y su hocico está armado con hileras de colmillos gruesos.

El animal vuelve a bramar, pero el sonido, más que un rugido bestial, se asemeja a un grito humano. El miedo me carcome las entrañas, pero soy incapaz de quitar la mirada de encima a tan espantosa criatura.

—¡Cuidado!

Doy un brusco giro con el volante para evitar que nos estampemos contra un árbol. Vuelvo al camino y veo por el retrovisor cómo Tared apunta la escopeta hacia la cabeza del caimán.

El potente disparo le da de lleno en el hocico y le arranca varios colmillos junto con un tajo de carne, pero la criatura no retrocede ni un centímetro.

—¡Acelera, acelera! —grita Tared, y el animal salta de nuevo.

Tared se aferra con fuerza de los pasamanos en el cajón de la camioneta al tiempo que la criatura nos embiste. El vehículo se sacude con tanta violencia que casi se vuelca.

—¡Carajo! ¡Mi camioneta!

Tared aprovecha para disparar a la criatura, pero ésta lo esquiva y vuelve a alcanzar velocidad. Se adelanta hasta un costado del vehículo y se sitúa a sólo unos pasos de mi ventanilla.

—¡Joder! —El animal apesta a cadáver, pero de una forma tan espantosa que apenas puedo controlar mis ganas de vomitar.

Otro disparo de la escopeta se clava en su espalda, pero no logra aminorar su carrera a pesar de que un trozo de carne y escamas salen volando del lomo. Tared maldice mientras esa cosa se mantiene muy cerca de la camioneta.

Varios metros adelante, los troncos de los árboles se apilan tan cerca los unos de los otros que se asemejan a un muro quebradizo.

—¡Tared, sujétate! —grito sin pretender comprobar si lo hace o no. En cuanto la criatura y yo nos alineamos a la par de los árboles, giro el volante.

La lámina revienta cuando estampo el costado de la camioneta contra el muro de troncos, aplastando al monstruo en medio.

Piso el acelerador y arrastro al caimán a lo largo de aquellos maderos hasta que la carne se le comienza a desprender y a dejar un rastro sanguinolento.

Una pata se le atasca en medio de dos árboles; el animal cae al suelo y rueda como un barril detrás de nosotros.

Miro por el espejo retrovisor para asegurarme de que Tared siga en una pieza. Lo veo aferrado a la puertilla del cajón mientras la escopeta se balancea en el piso de la camioneta de un lado a otro. Me mira y estalla en carcajadas.

—¡Estás completamente loco! —exclama, como si no hubiésemos estado a punto de ser devorados por ese monstruo.

La sangre se me hiela de nuevo al ver que la criatura se levanta a lo lejos, jirones de carne le cuelgan por todo el cuerpo.

—¡Sigue vivo, sigue vivo!

Sin borrar la sonrisa de su rostro, Tared vuelve la mirada hacia el caimán y toma la escopeta. El camino se ensancha y comienza a formar un sendero más firme. Más adelante, se asoman un conjunto de cabañas.

—¡No va a durar mucho más! —grita cuando el caimán comienza de nuevo la persecución.

Me asomo sobre el hombro para ver cómo Tared levanta su arma pero cuando vuelvo al frente, una fogata de piedra se interpone en el camino. Giro el volante violentamente y Tared sale disparado de la camioneta mientras el vehículo se estrella contra las rocas a tal velocidad que se catapulta como si hubiera sido víctima de una zancadilla.

Mi cuerpo rebota con violencia de arriba abajo como si fuese un muñeco de trapo. Las ventanillas truenan, el parabrisas se parte y, finalmente, la camioneta termina boca abajo.

Todo el cuerpo empieza a doler como los mil demonios, y un tormento agudo punza en un costado de mi cabeza. Me empiezo a marear. Toco mi sien y algo filoso pincha mis dedos… ¿Es esto un vidrio?

Hago un esfuerzo por ver lo que pasa fuera del vehículo, pero mi visión se torna roja y difusa.

—¡Elisse, Elisse! —grita Tared a lo lejos.

A través de la destrozada ventana, lo veo arrastrarse por el suelo con una herida bastante fea en la frente, tratando de alcanzar la escopeta tirada a unos metros de él. Quiero gritar y decirle que sigo vivo, pero estoy tan mareado que no puedo emitir más que gemidos.

Distingo la cabeza del caimán a lo lejos, quien brama con esa voz tan humana y tan sobrenatural a la vez. Pasa al lado de Tared sin siquiera mirarlo, y viene directo hacia mí. Aprieto los puños de impotencia. Hemos hecho hasta lo imposible y no hemos podido matarlo.

De pronto, una enorme sombra azota contra el rostro del caimán y le arranca la mandíbula de tajo. Doy un respingo y me echo hacia atrás cuando el cuerpo de la criatura cae al suelo y es despedazado por un ser con una fuerza todavía más abominable.

Una bestia, con el pelaje negro como un abismo, le desgarra las entrañas a la otra criatura, y cada vez que parpadeo, el cuerpo del caimán se transforma. El cadáver putrefacto de un hombre canoso, y ya falto de mandíbula, muta una y otra vez en el espantoso caimán como por arte de magia.

En la frente de aquel hombre moribundo resplandece un tenue dibujo que se hace más perceptible a medida que él perece, como si le absorbiese la vida poco a poco.

No tengo fuerza para distinguir los trazos de aquel símbolo, o para quejarme cuando mi cuerpo es arrastrado fuera de la camioneta.

CAPÍTULO 14
Y LA TORMENTA REGRESA

—¿Cuántas horas lleva desaparecido, señora…?

—Louisa —contestas con nerviosismo—. No lo sé, oficial, no lo hemos visto desde que cerramos el centro ayer. Se suponía que debía estar aquí cuando llegáramos a las ocho.

Intentas tomar un sorbo de té, pero te tiembla tanto la mano que me tengo que abrazar a tu muñeca para que al fin puedas llevarte la taza a los labios.

Y el hecho de que Carlton se haya quejado durante todo el día por la irresponsabilidad del chico, tampoco ayuda.

El oficial repasa algunos papeles que cree importantes, para luego apilarlos junto a tu declaración escrita. Carlton juega un poco con su taza de té mientras el policía comienza a dar información sobre la apariencia de Elisse por la radio pegada a su hombro.

La puerta de la sala se abre de súbito, y da paso a un hombre que parece haber dejado sus modales debajo de alguna piedra.

—Señor Lone, señora Fiquette —saluda con un semblante que deja claro que no está muy contento de tener que tomar este caso.

Imagino que no le hace mucha gracia tener veinte años de experiencia como detective de homicidios y de pronto ser asignado a la búsqueda de un niño.

Él toma asiento en el único sillón libre para después sacar de su bolsillo un trozo de metal dorado y reluciente. Lo arroja sobre la mesa, como si aquella placa de policía le diese autoridad para moverse a sus anchas. Pones los ojos en blanco buscando paciencia; no hay nadie en la ciudad que no conozca las malas maneras del oficial Salvador Hoffman, pero, asímismo, tampoco hay quien pueda negar que si hay alguien que sabe qué hacer cuando las cosas se ponen feas, es él.

—Quiero creer que este caballero ya ha tomado los datos indispensables —dice sin mirar al otro oficial, quien se pone nervioso ante una declaración que suena más a amenaza—, así que me limitaré a hacer mi parte. ¿Tienen alguna imagen del chico?

—Sí, sí, incluso he sacado una copia para usted —le extiendes el pasaporte de Elisse y una réplica en blanco y negro.

El detective toma el segundo papel y lo mete en su bolsillo, para después echarle un vistazo a la identificación. Su ceja se levanta como jalada por un dedo.

—¿No es el chico que encontraron inconsciente en Audubon Park?

Salvador nunca lo ha visto, pero, por las descripciones tan peculiares que le dio Ronald Clarks sobre él, sabe de inmediato que se trata de la misma persona.

—¿Ahora entiende mi preocupación? —exclamas—. Temo que se haya hecho daño, además, encontramos la escoba rota en la acera. ¡Puede que hasta lo hayan secuestrado!

—Aunque nos inclinamos más a que fue un ataque de terrores nocturnos —sugiere Carlton.

—¿De nuevo? ¿No está medicado o algo por el estilo?

—No, señor —respondes—, su médico nos aseguró que lo que pasó en el parque fue por el estrés de haberse mudado de país y que no deberíamos preocuparnos, pero no descartamos que haya pasado de nuevo.

Hoffman resopla y toma los apuntes del otro oficial sin pedírselos. Después de leer unas cuantas hojas, sus ojos se posan sobre ti con frialdad.

—¿Reportaron un robo el día de ayer?

Palideces. Carlton en cambio, asiente vigorosamente.

—Sí, sí, oficial —dice el viejo—, nos dimos cuenta de que alguien estaba extrayendo dinero del centro, así que llamamos para levantar una denuncia.

—¿Y no les parece muy curioso que el chico haya desaparecido al siguiente día?

Endureces la mirada como pocas veces he tenido el infortunio de ver.

—Una cosa no tiene que ver con la otra. Elisse es un niño muy bueno y tanto Geshe como yo estamos dispuestos a responder por él —defiendes, para después observar a Carlton como si quisieras arrancarle la lengua, y logras que el mequetrefe baje la mirada.

Hoffman deja caer el reporte sobre la mesa. Se pone en pie y guarda su placa en la gabardina.

—En fin, haya sido él o no, tendrá que entender una cosa, señora Fiquette, el muchacho no puede reportarse como desaparecido hasta que hayan pasado las horas reglamentarias desde la última vez que lo vieron. Sin embargo, debido a que nunca ha estado en la ciudad y que aún es menor de edad, pasaré su perfil a mis compañeros para que estén alerta.

—Gracias, oficial…

—Para cualquier otra cosa, comuníquense con el oficial Clarks, él tomó la declaración de Elisse en el hospital. Estoy seguro de que tienen su tarjeta.

Me apresuro a enredarme en uno de sus tobillos y me guardo las ganas de retorcérselo. Te miro por última vez, estremecido ante tu rostro velado por la preocupación.

Aferrado a los huesos del agente, ambos salimos de la habitación, mientras el otro oficial se disculpa contigo y con Carlton por el comportamiento de su superior.

Cuando suspiras de cansancio, me pregunto si no serás capaz de encontrar algún resquicio de gentileza en tu alma, Hoffman, porque tienes años haciéndote enemigo de todo el que se te pone en frente.

Metes tu mano en el bolsillo para sacar tu llave, pero la copia del pasaporte de Elisse es lo primero que encuentran tus dedos. Desarrugas el papel mientras trepo por tu espalda y me asomo sobre tu hombro.

El pobre chico tiene una expresión extraña: las ojeras hacen parecer que tiene días sin dormir, pero el brillo de su mirada indica que está más alerta de lo que una cara sin descanso reflejaría.

—Con que eres un chico problemático, ¿eh? —murmuras, a la par que unas finas gotas de agua comienzan a caer sobre la tinta, deslizándose sobre las mejillas del joven hasta transformarse en riachuelos negros.

Cuando caes en la cuenta de que te has quedado mirando demasiado el papel, haces una pelota con el documento y lo arrojas en el asfalto, justo en el río que comienza a formarse en el pavimento.

Arrancas el coche, mientras el agua arrastra el retrato de Elisse por su corriente.

CAPÍTULO 15
ALGO FAMILIAR

No siento gran cosa cuando la aguja perfora mi piel, ni cuando se entrecruza con otra sección de carne para cerrarse en una firme puntada. Pero algo que sí siento es una caliente gota de sangre bajando por mi sien que limpio de un manotazo.

—Tienes mucha suerte, pequeño —dice una voz femenina a mi lado—. El vidrio no se incrustó demasiado.

Trato de contestar, pero las palabras no salen de mi boca. Estoy tan conmocionado y exhausto por todo lo que ha pasado, que el solo hecho de tener que hablar requiere demasiado esfuerzo.

Otra puntada y esta vez me doy el lujo de respingar.

—Oh, lo siento, mi niño. Juro que ésa ha sido la última —se disculpa la mujer—. Lo bueno es que la herida no se verá demasiado bajo ese nido que tienes por cabello. Se nota a leguas que te lo cortas tú solo, aunque admito que te ves adorable con ese flequillo mal hecho.

Es un poco surrealista que se ponga a hablar de mi cabello en estos momentos, así que tampoco respondo esta vez.

Pasé las últimas doce horas convaleciente entre la consciencia y el delirio, apenas siendo capaz de captar lo que pasaba a mi alrededor. Mi cuerpo se sentía tan acalorado que por momentos creí que se me evaporaría la sangre. Un montón de voces me hablaban desde todas direcciones, pero sin que yo pudiese entender lo que decían, y las siluetas negruzcas de varias personas se movían de un lado a otro de mi cama como buitres volando en círculos sobre mi cadáver, logrando que me preguntara de vez en cuando si no había muerto ya.

No fue hasta que un penetrante olor a hierbas me puso los pies en el suelo y me trajo de vuelta a la realidad, dispersando las borrosas siluetas como si fuesen de humo.

Lo primero con lo que me encontré fue a la anciana sentada a mi lado, sonriéndome y sosteniendo un cuenco humeante entre las manos. Distinguí las arrugas de su piel, el oscuro tono tostado de su rostro y, para mi desconcierto, unos ojos de un color tan claro como la niebla. Lo más extraño es que ni siquiera me espanté cuando arrancó uno de sus largos cabellos blancos para usarlo como hilo, porque a estas alturas, ya no sé en qué parte del Universo se ha escondido el concepto de *normalidad*.

—¿Qué hora es?

—Más tarde de lo que te gustaría, eso seguro —responde con una voz suave y melodiosa. Casi como el canto de un ave.

—¿Y Tared? ¿Qué pasó con él? —pregunto con ansiedad.

—Él está bien, muchacho, y mucho menos herido que tú, si me lo preguntas —dice, sonriendo y estrechando mi muñeca entre sus dedos, tan pequeños y delgados que parecen ramitas enrolladas. El nerviosismo parece esfumarse de mí con su agradable toque.

Aprieto los párpados al sentir otra punzada en la cabeza, por lo que ella pasa el cuenco de hierbas por debajo de mi nariz. Inhalo el aroma mentolado de sus aguas y el dolor desaparece casi al instante, pero Tared aún ronda en mi cabeza.

—Él... dijo que si venía aquí, obtendría respuestas —pronuncio ahora sin aclarar mi acento—. Pero creo que ya no entiendo nada de este mundo, no después de todo lo que he visto hoy.

—Al menos nadie puede negar que sigues vivo, hijo.

La anciana me acaricia el dorso de la mano con sus yemas, tan tibias y tiernas que parecen el toque de una pluma. Siento que el aura que esta mujer transmite es muy similar al de Louisa: algo puramente materno.

Ella toma un trapo y lo humedece en las hierbas para después pasarlo sobre las heridas en mi cara y brazos, mientras observo la habitación con algo más de claridad. Las paredes de madera me hacen notar que estoy en una cabaña. Frente a la cama, el suéter que me ha tejido Louisa yace hecho jirones y sucio de sangre seca sobre una vieja mecedora.

Mis ojos huyen al espejo con tocador que está en la pared para no ponerse a lagrimear, porque el ver esa prenda allí me hace sentir como si le hubiese dado una patada a Louisa.

Pero mi corazón se tuerce cuando veo mi reflejo y el de la anciana.

Plumas que se asoman bajo sus ropas y alrededor de su cara, con unos enormes ojos negros y brillantes como un par de piedras ónix. En vez de brazos tiene unas alas blancas, con dedos marfilados en las puntas que me curan las heridas con increíble precisión. No hay pico y su nariz sigue en su lugar, pero aun así reconozco al animal que está en el reflejo.

—Una lechuza... —susurro. Ella mira nuestro reflejo y sonríe.

—Así que puedes ver a mi *ancestro*.

—¿Ancestro?

—Eso que ves allí es mi alma, Elisse.

Su enigmática respuesta me provoca algo que nunca había sentido al presenciar eventos sobrenaturales: fascinación.

Incapaz de sostenerle más la mirada a aquella criatura asombrosa, desvío los ojos a las esquinas del espejo, donde cuelgan collares hechos con colmillos y plumas. Sobre el tocador hay unas cuantas velas derretidas encima de varios libros viejos llenos de polvo.

Cornamentas de animales y atrapasueños de diversos colores se dispersan por las paredes, y un montón de marcos que contienen mariposas disecadas adornan los espacios que quedan libres. No hay ventanas, por ende, parece más una bodega de recuerdos extravagantes que la habitación de una persona.

—Bueno, he terminado contigo —la anciana se levanta de la cama con el cuenco humeante, a la vez que me da una palmada en el brazo—. Te dejo, mi niño. Alguien más quiere ver cómo sigues.

Ella abre la puerta y sonríe al encontrarse con Tared en el umbral. El hombre le devuelve el gesto y yo siento una especie de alivio al ver que sigue de una pieza.

Cuando la anciana se marcha, él cierra la puerta y toma la silla donde momentos antes ella estuvo sentada.

—Al fin espabilas, muchacho —dice con serenidad, sacando un cigarro de su chamarra de piel—. Te diste una buena sacudida allí dentro; nos sorprende mucho que no hayas perdido el conocimiento en todas estas horas.

—Tampoco es que tuviese las cosas muy claras —respondo en voz baja.

—¿Cómo te sientes?

—Como si me hubiera arrollado un caimán gigante —el hombre ríe con furia, haciendo bailar el cigarro entre sus dedos—. ¿Qué hay de ti?

—Bah, no me ha hecho ni un rasguño —asegura, pero busco en su frente aquella herida que, estoy seguro, se hizo al momento de caer de la camioneta. Mi corazón se acelera al ver que sólo está el delgadísimo rastro blanco de una cicatriz, igual a la que me quedó en el costado después de la persecución del monstruo de hueso. Indago en sus ojos largo tiempo hasta que por fin encuentro lo que busco.

Jugueteo con las hebras de la colcha y siento la mirada curiosa de Tared sobre mí. Se rasca un poco la espesa barba y carraspea, como tratando de cortar la tensión que de pronto se percibe entre nosotros.

—¿Pasa algo? —pregunta al fin.

—Eres el lobo de aquella vez en el parque, ¿verdad? —él pone una leve cara de sorpresa, para después guardar de nuevo el cigarro—. No se parecen. Es decir, el color de tu cabello y su pelaje, pero... tienen la misma mirada.

Los ojos de Tared son azules, clarísimos como un estanque de agua. O como el relampaguear de un trueno.

—Lamento que tuvieras que ver eso —dice—. Pero lo que estaba haciendo esa madrugada era necesario. Te bastará con saber eso.

—¿Estoy aquí por haberte visto?

—No, pero fue el momento en el que supe que eras distinto al resto de las personas.

—Y yo que creí que estaba loco.

—Tal vez no te encuentres muy lejos de estarlo —dice sin mirarme.

Es su turno de suspirar. Se inclina hacia delante y luego me da un apretón en el hombro, para después levantarse de la silla y estirarse un poco.

—Tared...

—¿Dime?

—Me prometiste respuestas.

—Y las tendrás, te lo aseguro, pero ahora descansa. Mamá Tallulah te traerá algo de comer y después podrás reunirte con todos en la fogata. O lo que dejaste de ella.

—Tallulah es la anciana que me cosió las heridas, ¿cierto? —pregunto con suavidad, ya que hasta su nombre me suena a poesía.

—Sí, pero ni de broma se te ocurra decirle anciana, o sólo Tallulah. La ofenderás.

—Uh… entiendo, supongo.

—Elisse…

—¿Sí?

—Bienvenido.

Sale de la habitación y cierra la puerta detrás de sí. Miro la madera unos segundos y luego me dejo caer de nuevo sobre la almohada. Siento un leve dolor en mi pierna derecha y en ambos brazos, pero aun así, no me siento tan maltrecho como debería estarlo después de un accidente de semejante magnitud.

Observo el techo de madera e imagino infinidad de figuras apareciendo en sus manchas y grietas.

¿Bienvenido? ¿Quiénes son estos humanos que toman forma de criaturas? ¿O serán criaturas que adoptan forma humana? Pero más importante aún, ¿por qué diablos estoy tan tranquilo?

Empiezo a tener la sensación más extraña del mundo. Es como si estuviese en un mundo demasiado ajeno a mí, con cosas que nunca he visto antes, pero que al mismo tiempo me resultan terriblemente familiares.

El olor a hierbas y sangre, el dolor adormecido, la presencia de un ambiente tan antiguo y salvaje que me transmite una gran nostalgia, como si hubiese vuelto a la raíz de mi naturaleza. Siento… como si al fin estuviese en el lugar en el que encajo, donde caben mis miedos, las visiones y todo lo que siempre he sido.

Ahora sólo me falta descubrir quién soy en realidad.

CAPÍTULO 16
UN MAL PRESENTIMIENTO

La medianoche asoma el rostro sobre la reserva, mientras un fuego arde en la improvisada fogata; es tan exquisito que no puedo evitar arrastrarme hasta uno de los leños ardientes para imaginar que me caliento al compás de las llamas.

Se las han arreglado para cavar un agujero y colocar a su alrededor los fragmentos de roca que fueron arrasados por la camioneta de Tared. Los asientos han desaparecido, así que todos se han sentado en el suelo arenoso.

A mi modo de ver, está mucho mejor así. Más cerca de la tierra y más lejos del oscuro cielo arropado de nubes.

Levanto la cabeza para contemplar a las personas que tengo a mi alrededor. Un hombre de la tierra vieja es el único que se mantiene en pie, apoyado en su bastón de madera.

Sobre sus hombros yace una vieja piel de lobo que parece irradiar tonalidades azules contra su piel morena. La mandíbula superior abraza la cabeza del anciano y exhibe una orgullosa colección de enormes colmillos negros.

Con ese aspecto, no cuesta creer que sigas siendo tan imponente como lo eras en tu juventud. Te conozco desde que eras un niño y te he visto crecer con tanto ímpetu y fuerza, que tu propia gente te ha terminado llamando *padre Trueno*.

Inclusive ahora, a tus sesenta y ocho años, tu espalda rectísima se niega a encorvarse.

Mi preciosa Tallulah, dulce y delicada como un canario, está sentada a tu lado.

Johanna, noble criatura incapaz de entender el alcance de su propia fuerza, se arropa en su manto azul y asfixia un grueso libro forrado de cuero entre sus brazos. Julien y Nashua aprietan los labios; uno tratando de no decir alguna burla y el otro conteniendo un bufido de desesperación.

Todos se mantienen en silencio ante tu presencia, sólo mirando las cenizas que se elevan a través del fuego. El ambiente es tenso, como si sostuvieran sobre sus cabezas la mismísima bóveda celeste.

—Entonces, ¿ya se deshicieron de todo? —pregunta Johanna para romper un poco la incertidumbre.

—Sí, arrojamos el cadáver al río y echamos la camioneta a la chatarrería —contesta Julien, al parecer aliviado de tener la oportunidad de volver a abrir la boca.

—¿Y Tared no dijo nada de su camioneta? ¿No está enojado?

—No. Y eso es lo que me tiene más encabronado, ¿sabes? —responde Nashua y suelta un escupitajo—. ¿Recuerdas el puñetazo que le di a esa chatarra? Tuve que pagarle hasta el último centavo de la maldita reparación. Pero ese estúpido mocoso la hace papilla y el muy cretino de Tared no le dice nada.

—Nashua, no hables así de tus hermanos —le manda a callar mamá Tallulah, a lo que el moreno baja de inmediato la mirada.

—Yo sólo digo que Tared debió cambiar delante del muchacho. Habría podido enfrentarse a ese monstruo sin tener que hacer mierda el refugio.

—Yo creo que él usa la cabeza antes de actuar, no como otros —replica Julien—. Piénsalo, ¿qué tal si el niño hubiese perdido la cabeza al verlo de esa forma? Habría creído que todo era una trampa y habría tratado de arrollarlo junto con aquel lagartijo.

Nashua no dice más, demostrando con su silencio que Julien, a pesar de su irracional sentido del humor, tiene toda la razón.

—Bueno, a todo esto, ¿cómo es él? —pregunta Johanna.

—Definitivamente es como el abuelo Muata. Pero sin lo feo.

—No es gracioso, Julien —lo reprende la chica—. Me refiero a cómo es a nivel personal, además, no deberías expresarte así del abuelo. Eres un maleducado.

—Y tú una lamebotas —dice entre risas, haciendo bufar a la joven.

—¡Niños! —reprende mamá Tallulah, algo que tú mismo anhelabas hacer. La voz de la anciana suena como un eco entre los árboles que silencia a todos los presentes—. Elisse es un digno heredero de su estirpe, pero no por eso debemos considerar su apariencia como algo importante, ya que sus habilidades son las que harán que se gane el respeto de todos nosotros.

—Ya veremos si se queda —dices por fin—. Todavía no hay nada decidido.

Mamá Tallulah te mira con desconcierto ante tan fría respuesta. Un nuevo miembro para la tribu siempre es una bendición debido a la escasez de crías, pero en este caso parece que hay algo dentro de ti que te pide a gritos no bajar la guardia. Que la llegada de ese muchacho es demasiado buena para ser verdad.

—¿Traerán también al abuelo Muata? —te pregunta Nashua entre dientes.

Pobre criatura, ha pasado tanto tiempo a tu lado que cada día se parece más a ti. Tanto en las cosas buenas como en las malas.

—Di la orden a Tared de que no faltase nadie —respondes sin ganas, logrando que el silencio se instaure como un código entre tu tribu. El cielo se despeja poco a poco y deja que por fin la luna llena parpadee sobre la reserva. Tú y yo levantamos la cabeza casi al mismo tiempo para pedir su bendición.

La puerta de una de las cabañas se abre, dejando salir una luz del color del sol. Tared empuja con cuidado la silla de ruedas del abuelo Muata, y de inmediato todos los jóvenes en la fogata se ponen en pie para recibirlo.

—¿Y el chico? —pregunta Julien a Tared.

—Ahora voy por él. Primero quise que el abuelo Muata estuviese cómodo —responde con gentileza, mientras acomoda el costal de plumas detrás de la encorvada espalda del viejo. Muata palpa la muñeca de Tared en gesto de agradecimiento.

El orgullo que brilla en tu mirada sobre tu muchacho casi opaca las llamas de la fogata. Con un "no tardo", Tared se dirige hacia la cabaña donde reposa Elisse, y su silueta se diluye en la oscuridad de la noche.

—¿Crees que el abuelo Muata lo apruebe? —pregunta Johanna a Julien en voz baja.

—Habla fuerte, niña. Aún no estoy sordo —le reprocha el nombrado, por lo que Johanna carraspea un poco, avergonzada.

—Es decir, quería saber si usted cree que el chico es un buen candidato...

—No lo sé, muchacha. Lo importante es saber si él mismo se considera digno —responde el anciano, dejando en su garganta las palabras que en verdad quiere decir.

El bisabuelo aprieta el diminuto cráneo de cuervo que cuelga de su cuello. Tú, en cambio, endureces aún más tu mirada de acero, puesto que sólo tú eres capaz de descifrar algo inusual en la neutra expresión de Muata.

CAPÍTULO 17
HISTORIAS JUNTO AL FUEGO

Salimos de la cabaña mientras arremango un poncho que me han prestado para cubrirme el pecho desnudo. Debo conformarme con esto de momento, ya que mi camiseta ha quedado tan inservible como el suéter de Louisa.

Avanzo con un leve cojeo, pero trato de seguir el largo paso del hombre que camina a mi lado, recto como un poste. Formamos una escena curiosa: él, tan alto y fornido al lado de un chico que no pesa ni cincuenta kilos, así que vernos juntos debe ser casi un chiste para aquellos que están alrededor del fuego.

El calor de la fogata es notable incluso hasta acá, tanto que mi piel cosquillea por la tibieza que experimento sobre la tela del poncho. Otra sensación familiar.

Al acercarnos más, miro el montón de rostros nuevos. Al centro hay un hombre con uno de los semblantes más duros que he visto, viste una piel de lobo que refulge con las llamas.

Por un momento, el corazón me palpita al ver aquella piel, pero al observarla con cuidado, descubro que es un lobo distinto a… Tared.

A la derecha del viejo se encuentra la gentil Tallulah; a su izquierda, otra anciana de largos cabellos que, por el tono pálido y cristalino de sus pupilas, parece estar ciega. Reposa impasible en una silla de ruedas, tal vez perdida en sus pensamientos.

Un tipo con cabello rojo y una barba mucho más abundante que la de Tared, me saluda con una mano a la que le falta un dedo, mientras que, a su lado, una chica de cabello castaño oscuro y ojos claros aprieta un libro grueso contra su pecho. Por último, hay un hombre moreno que me mira como si estuviese insultándolo con mi presencia.

Él y los ancianos tienen un tono de piel y unos rasgos faciales similares; nativos americanos, si me atrevo a adivinar.

—Ven, muchacho, acércate al fuego —me pide la anciana Tallulah, con la voz tan suave como la de un polluelo, dándome espacio para sentarme entre ella y la chica—. ¡Estoy tan contenta! Hace años que no tengo a un niño tan joven.

El viejo me mira y entrecierra los párpados, como si algo en mí le desagradara bastante.

La verdad, creo que a este tipo no le puedes preguntar ni la hora sin que te lance un puñal, pero, al mismo tiempo, tengo la sensación de que es la clase de persona que puede llegar a inspirar mucho respeto. Eso o el disfraz de perro me han causado más impresión de la que debería.

Tared me aprieta el hombro y me pone los pies en la tierra con una facilidad inexplicable, para luego tomar asiento al lado de la anciana. Contengo un suspiro, sintiéndome extrañamente vulnerable al estar fuera de su alcance.

La chica que está a mi lado abre el libro que tiene sobre las piernas, y con una simple pluma comienza a escribir. Un escalofrío azota mi columna cuando sus ojos se ponen en blanco y la tinta empieza a desvanecerse entre las páginas.

—El libro de las generaciones está abierto —anuncia ella con voz fuerte. El anciano con la piel de lobo arrastra su mirada sobre todos nosotros.

—Yo, padre Trueno y cabeza de la tribu Comus Bayou, invoco las historias junto al fuego de esta noche —dice, con una voz grave y autoritaria—. Clamo las voces de mi gente para que narren lo que sus ojos han visto, lo que sus oídos han escuchado y lo que su corazón les ha dicho. Todo lo que sea contado aquí, será escrito y narrado a nuestros hijos a través del cielo de las generaciones para perpetuar la voz de la tierra. Abran sus fauces y aliméntenos de leyendas, hágannos inmortales con la palabra y honren la tierra heredada de nuestros dioses. Sean, pues, escuchados.

El hombre se sienta ante nuestra expectante mirada, mientras Tallulah es la primera en romper el silencio.

—Esta noche has venido por respuestas, Elisse —dice con esa dulzura que parece ya estar impregnada en cada uno de sus gestos—. Y aunque estamos todos aquí para responderlas, también sabemos que tienes mucho que contar. Háblanos de ti, muchacho.

Estrujo un poco el poncho entre mis dedos sin saber por dónde empezar, así que recurro a lo primero que se me viene a la cabeza: mis pesadillas.

—Desde muy pequeño —la voz me tiembla más de lo que me gustaría— he visto cosas que al parecer nadie más puede. Criaturas, demonios, gente monstruosa... Aunque todo empezó cuando tenía unos cuatro años, siento que han estado allí toda mi vida, observándome.

La chica comienza a escribir a una velocidad sobrehumana sin necesidad de tener que mirar el libro que tiene en su regazo; se limita a contemplarme a través de sus blancos ojos, como si de alguna manera pudiese anticiparse a leer en mis labios lo que mi voz todavía no ha pronunciado.

—Aparecen de uno en uno, y rara vez vuelvo a ver a la misma criatura, pero siempre huelen muy mal, tanto que se asemejan a una pila de cadáveres descomponiéndose. Pero lo que más me asusta es que todo se queda en un absoluto silencio, como si me hubiese metido en un sitio donde solamente existimos los monstruos y yo. Los objetos que hay a mi alrededor dejan de ser lo que son, como si se volviesen parte de un escenario de concreto en una dimensión muy vacía. Nunca me habían tocado, hasta que...

—Hasta el día que te encontré en el parque, ¿verdad? —termina Tared. Mis ojos se desvían hacia él y trago saliva al recordar al monstruo de hueso.

—Sí. Nunca me había pasado, yo... —ahogo un gemido, porque cada vez me es más duro contar todo esto. La única vez que lo hice fue cuando era un niño, y aquella persona a la que le dije lo que había visto, no sólo no me creyó, sino que me abofeteó para hacerme reaccionar de una locura que, ahora estoy seguro, no padecía. Me dijo que sólo eran alucinaciones y que si iba contando esas cosas por ahí, creerían que estaba endemoniado.

En una sociedad tan supersticiosa como en la que vivía no era difícil pensar ese tipo de cosas, por ende, guardé silencio durante años. No me creerían eso de que veía demonios, sin embargo, yo sí podía estar poseído por uno de ellos. Desde entonces, supe que el mundo era el que estaba loco y que mentir sería la única manera en la que podría encajar en aquella realidad absurda.

—¿Los ves con mucha frecuencia? —pregunta Tallulah.

—Es impredecible para mí, a veces veo dos o tres por semana, otras veces transcurren meses sin ver siquiera uno.

—¿Dónde naciste? —pregunta con brusquedad aquel a quien llaman padre Trueno.

—… No lo sé —respondo en voz baja—. Pasé los primeros tres años de vida en el Tíbet, pero por la represión del gobierno chino tuve que escapar a la India junto con mi tutor de aquel entonces. Perdí el poco contacto que tenía con mi padre y nada sé de mi pasado o de mis orígenes.

Un metal rechina. La anciana en la silla de ruedas se inclina hacia delante un par de veces, como si estuviese incómoda, logrando que todos centren su atención en ella unos escasos segundos. Permanece en silencio, por lo que padre Trueno sigue con su interrogatorio.

—¿Por qué te dejó tu padre allí?

—No lo sé.

—¿Y por qué has venido hasta aquí?

—Porque la última carta que recibí de él tenía un timbre de este país.

—Entonces, ¿vienes a buscarlo?

—También quería comenzar una vida nueva.

—¿Por qué? ¿Hiciste o te hicieron algo allá para que quisieras escapar?

—Eso no es asunto suyo —contesto, casi con la misma severidad con la que he sido cuestionado.

Me cruzo de brazos, como si aquel gesto me protegiera de una nueva oleada de preguntas. Más de uno se revuelve en su asiento, seguro en desaprobación por la forma en la que he respondido a este hombre, pero me importa un demonio. Vine hasta aquí y me arriesgué a perder la vida en busca de respuestas, así que no me parece justo que, de pronto, todo se haya convertido en una indagación sobre mi persona, y menos si eso desemboca en tener que contar el tipo de cosas que hacía para sobrevivir.

—Padre Trueno —la voz de Tared se alza sobre las llamas—, Elisse nada conoce acerca de nuestra jerarquía y creo que por eso se ha tomado la libertad de hablarle así. Le ruego, en su nombre, que lo perdone —mi ceja se eleva, pero mis dientes atrapan a mi imprudente lengua—. Creo que el chico está ansioso por preguntar algunas cosas y, por todo lo que ha pasado hoy, está en su derecho. Ya nos hablará de su pasado después.

El anciano no parece muy contento. De pronto, me parece distinguir una especie de duelo de miradas, como si cada uno esperase la provocación adecuada del otro para estallar en ira.

—Así sea, pues.

Para mi sorpresa, padre Trueno cede. Miro a Tared, quien me anima a continuar. Con un poco más de cautela, carraspeo.

—¿Quiénes… o *qué* son ustedes?

El pelirrojo comienza a reír, mientras la chica del libro suspira sin dejar de escribir. Vaya, al parecer no está en una especie de trance.

Padre Trueno no parece dispuesto a responder, por lo que Tallulah toma, tanto la palabra como mi mano, para ofrecerme un suave apretón.

—La última vez que escuchamos esa pregunta fue hace tres años, cuando Johanna llegó a nuestra tribu —dice con ternura, y la chica esboza una sonrisa—. Nosotros, y con esto te incluyo a ti, mi niño, somos *errantes*.

Un hechizo se rompe, y la nostalgia me invade. Aquella palabra me golpea con extrañeza, como si las llamas de esta fogata la hubiesen pronunciado en mis oídos.

—¿Errantes? —murmuro, y un sabor tibio se me queda impregnado en la lengua tras pronunciar cada letra.

El anciano con la piel de lobo toma aire, como si estuviese a punto de narrar la historia más larga de la Tierra.

—¿Alguna vez has escuchado hablar a un loro? Es decir, ¿has presenciado cómo puede imitar a la perfección la voz de un ser humano? —asiento, inquieto ante el significado de estas preguntas—. Pues hace miles de años había cierto tipo de animales que podían hacer *mucho* más que eso.

—Según las leyendas de nuestra nación —continúa Tared—, cuando esas criaturas vieron que la humanidad avanzaba, que comenzaba a arrancarse de las raíces de la tierra para formar civilizaciones, decidieron que debían acercarse a los hombres para establecer un vínculo inquebrantable. Para que nunca olvidaran de dónde habían venido.

—¡Se transformaron en humanos! —exclama el pelirrojo desde el otro lado de la fogata—. ¡Tomaron su apariencia, empezaron a caminar y a moverse como ellos!

—Al verlos, nuestros antepasados nombraron a estos seres, en su primitivo entendimiento, *imitahombres* —aclara el anciano.

—Pero, a pesar de verse como ellos —continúa Tallulah—, los imitahombres sólo se parecían a los humanos, y nada más. Rugían, bramaban y mugían; no podían hablar como los hombres. No había forma de entenderse con ellos.

—Por otro lado, y a través de las artes místicas —prosigue padre Trueno—, los primeros chamanes, hombres y mujeres conectados con la naturaleza y sus misterios, se pusieron encima la piel y los huesos de distintos animales para poder transformarse en ellos, y así, con ayuda de su magia, establecer una lengua, un lazo con estos seres que tomaban forma humana. De este modo nacieron los primeros *trotapieles*.[11]

---

[11] La leyenda de los trotapieles o *skinwalkers* se origina en la cultura nativa americana.

Los siglos caminaron y, con el tiempo, los imitahombres y los trotapieles se aparearon, formaron familias y pueblos que hasta la fecha siguen existiendo. Nos crearon a nosotros. A los errantes. Seres que no son ni humanos ni animales, sino algo que se ha quedado en medio de ambos, algo que mora entre las dos especies de criaturas. Nuestro lado humano predomina sobre nosotros para pasar desapercibidos entre los hombres, pero nuestro lado animal nos otorga la capacidad de transformarnos en bestias, en auténticos hijos de la naturaleza.

Mi cara debe ser el poema más emotivo en la historia de la humanidad. Es decir, ¿qué tipo de explicación racional es ésta? ¡Jamás en la vida, ni siquiera en las leyendas hindúes, había escuchado algo semejante!

—Hay algo más que debes saber, cariño —asegura Tallulah—. Con el auge de la civilización, los imitahombres desaparecieron al igual que los trotapieles, dejándonos el legado de ambos en nuestra sangre. Por eso, los errantes no podemos transformarnos sin la ayuda de aquellos seres a quienes llamamos *ancestros*.

—¿Ancestros?

—Así es. Un ancestro es un ser místico, un espíritu producto de la magia de los chamanes y las almas de los imitahombres que presta su protección sobre los errantes para darnos la oportunidad de tomar su forma para beneficiarnos con ella.

—Entonces, ¿todos ustedes pueden transformarse en lobos como Tared? ¿Son... hombres lobo? —Tallulah ríe sin aparente burla.

—No, muchacho. En el caso de Tared, su ancestro es un valiente y poderoso espíritu al que él ha nombrado Lobo Piel de Trueno, pero no todos somos lobos, puesto que cada quien tiene un ancestro distinto, como una personalidad única. Tú mismo viste al mío, ¿no es así?

—Sí..., supongo que sí —respondo en voz baja al recordar aquella lechuza que me miró a través del espejo.

—Elisse, la mitología existe gracias a los errantes —dice ella con una sonrisa—. Hombres lobo, dioses egipcios, bestiarios griegos... siempre hemos sido nosotros.

De momento, el argumento no me parece tan retorcido. Pienso en las deidades hindúes y, vamos, de algún sitio debió surgir la idea de un hombre con cabeza de elefante.

—¿Qué hay del caimán que nos perseguía? ¿También era un *errante*? —la mirada de la anciana se ensombrece, mientras el resto adopta un semblante hostil. Incluso puedo ver que los ojos de los hombres enrojecen.

—Así como hay criaturas que optamos por preservar en secreto nuestra especie, hay otras cosas ocultas entre la oscuridad que poco o nada tienen que ver con nosotros —continúa ella—. Monstruos que sólo escuchas nombrar por los mitos más oscuros y antiguos de la humanidad, criaturas antinaturales y, como en el caso del caimán, errantes que han perdido sus cabales.

Me inclino hacia delante para no perder detalle de lo que está diciendo. Esta mujer podría estar hablando de mis pesadillas.

—Elisse —me dice Tared—, nosotros, los errantes, mantenemos a raya a los seres que se atreven a hacer estragos en el mundo humano y, a la vez, nos protegemos al no permitir que el hombre descubra lo que yace entre las sombras. Ésa es nuestra naturaleza mística.

Intento digerir toda la información que me es lanzada de súbito, así que agradezco la pausa que hace Tared para permitirme comprender el extraño mundo en el que acabo de sumergirme.

—Por generaciones —dice padre Trueno— nos hemos esforzado por mantener nuestra especie en el anonimato. ¿Te imaginas si los humanos supiesen de nuestra existencia? Sólo tienes que ver lo que hacen a la naturaleza, a los animales, ¡mira lo que se hacen entre ellos mismos! Nuestra raza ha alimentado el folklore de las culturas durante milenios debido a imprudencias cometidas por los nuestros, por aquellos que se han dejado ver por los hombres o que han dejado que vean a otras criaturas, pero hemos hecho todo lo posible para que se nos recuerde sólo como leyendas. Y, hasta el día de hoy, nos ha funcionado.

—¿Hay muchos como nosotros? —me animo a preguntar, intentando reunir todas las piezas de un rompecabezas que por fin empieza a encajar.

—No lo sabemos con certeza. Los errantes somos criaturas que transmitimos nuestro legado mediante la sangre, por ende, reproducirnos es la forma en la que sobrevivimos como especie. Pero espero que no sea necesario aclararte que no es así de sencillo.

—Bueno… ¿Y el ciervo del parque? ¿Es una de esas criaturas que, se supone, los errantes exterminan?

—No. Él también era un errante, pero totalmente transformado —responde padre Trueno, irritado.

¿Pero qué diablos quiere que haga? ¿Que pretenda entender todo de una vez?

—Cuando un errante toma la forma de su ancestro puede hacerlo por partes, de forma paulatina, como se te dé la gana entenderlo. Podemos transformar sólo una parte de nuestro cuerpo, convirtiéndonos en un perfecto híbrido entre hombre y bestia, hasta volvernos iguales a un animal de gran tamaño, así como lo hizo ese ciervo o este muchacho cuando se encontraron en el parque —señala a Tared con el bastón—. De allí nacen las leyendas sobre sirenas, faunos, ángeles y cualquier otra criatura que se te ocurra.

¿En verdad esta gente no me está timando? Pero no, no pueden ser mentiras, ¡siento que todo tiene lógica! Pero, de igual manera hay algo que no termino de entender. Y es *¿cómo demonios encajo yo en todo esto?*

Estoy segurísimo de que nunca en la vida me he puesto a ladrar o a maullar, ni tampoco me he sentido un animal en ningún aspecto. Y algo me dice que tampoco llevo dentro algo parecido a un "ancestro", ¿o sí? Esto sólo puede tener una respuesta lógica:

—Entonces, si tienen sangre de… *trotapieles*, de chamanes, ¿significa que también pueden ver las mismas cosas que yo? —pregunto, tratando de que mi voz no suene demasiado esperanzada.

—No, Elisse —dice Tallulah—. Cada errante tiene una función muy especial, una tarea que lo hace encajar dentro de la tribu y que lo vuelve útil a su manera.

"Tenemos tres *estirpes* en nuestra nación. Están los *devorapieles:* padre Trueno, Tared, Nashua y Julien nacieron con la estrella de la batalla; ellos están para pelear, para defender con garras y colmillos a nuestra tribu, y triturar a nuestros enemigos. Por eso, desde su condición humana, son hombres y mujeres de impresionante fuerza y tamaño.

Casi resulta lógico. Aquel pelirrojo parece ser el más bajo de los tres hombres jóvenes, pero dudo mucho que mida menos de un metro noventa. La anciana levanta una mano y señala a la chica a mi lado.

—También estamos los *perpetuasangre*, como mi niña Johanna y yo, quienes nos dedicamos a transmitir el legado de los errantes mediante el libro de las generaciones y la crianza de la tradición, además de que nacemos con un don especial para curar cualquier tipo de herida.

—Conviene que agradezcas a Johanna la sanación de tu costado —comenta Tared, señalando a mis costillas—. Siempre hace un trabajo espléndido.

Miro a la chica, perplejo, pero ella se esconde bajo su flequillo recto.

—Nuestros ojos llenos de nubes son nuestro rasgo más particular —dice la anciana, mientras señala sus iris grisáceos—. Y aquí, entre nosotros, los perpetuasangre somos quienes ponemos algo de cerebro sobre tantas pilas de músculo.

Los hombres ríen a todo pulmón, a la par que Johanna se hunde en su asiento, como si cualquier tipo de atención hacia ella le provocase una honda vergüenza.

La anciana vuelve a colocar su mano en mi muñeca mientras sus ojos de neblina parecen brillar para mí.

—Y bueno, muchacho, al fin llegamos a lo que más te concierne —susurra. Mi corazón despierta de pronto—. La tercera y última estirpe de los errantes, la criatura más rara e insólita de nuestra extraordinaria especie. Pero deja que el hombre que está en la silla de ruedas te lo cuente —dice y señala a quien yo creía una anciana. Tallulah nota la sorpresa en mis ojos—. ¡Ah! Creías que era mujer, ¿verdad? A que te suena familiar.

Pensé que con todo lo que me había pasado hoy, mi capacidad de asombro había quedado destruida. Pero me he equivocado rotundamente.

—¿Cómo...?

—¿Quiere explicarlo usted mismo, abuelo Muata? —pide padre Trueno. El viejo por fin levanta la cabeza.

—Mi tarea es dar voz a aquello que no puede escucharse en nuestro mundo —contesta con un grave susurro, semejante al eco que rebota en las paredes de un pozo profundo—. Traduzco el lenguaje de aquellos que ya no están aquí en carne o incluso los que nunca la han tenido. Puedo leer la oscuridad de los cielos y ofrecer presagios a mi gente, ver el alma del fuego y susurrar las palabras del viento. Soy el oráculo de los espíritus; un vínculo que se mueve entre la luz y la sombra, entre lo real y lo legendario, entre lo vivo y lo muerto. Yo... soy un *contemplasombras*.

La verdad se despliega. Siento que no peso, que cada célula de mi cuerpo se ha precipitado hacia el infinito en compañía de mi alma. Es como si una pesada carga sobre mis hombros se hubiese desvanecido, como si el estrecho mundo por fin empezara a ensancharse.

—¿Soy un contemplasombras?

—Así es, muchacho. ¡Por fin, por fin has despertado! —exclama la anciana Tallulah, mientras el gesto de los presentes parece suavizarse.

—Entonces, el silencio y la soledad...

—Ese vacío que percibes cuando eres llamado por un espíritu es lo que nuestros ancestros chamanes llamaban *el plano medio* —prosigue abuelo Muata—. El plano medio es el limbo de los espíritus, un sitio en el que deambulan las almas tanto de hombres como de animales que aún no han pasado al mundo de los muertos; un sitio distinto a la tierra de los vivos, pero que comparte el mismo espacio. Y, sobre todo, es el vientre donde brotan aquellas criaturas que los errantes debemos controlar.

—¿Pero cómo es que he podido entrar a ese sitio? —pregunto—. ¿Por qué algunos son tan deformes? ¿Y ese olor tan horrible? ¿Y cómo es que…?

—Esos misterios no te serán revelados hasta que comience tu entrenamiento como oráculo —contesta el anciano con brusquedad.

—¡¿Qué?! ¡Pero…!

—¿Acaso tienes un ancestro? ¿Un espíritu que respalde tu estirpe de contemplasombras? —la pregunta me toma desprevenido. Abro y cierro la boca como un estúpido, ya que soy incapaz de responder.

—Hijo —intercede Tallulah—, ten confianza en el abuelo Muata. Él sólo hace lo que cree más conveniente para todos.

Aprieto los labios, pero la anciana sonríe, paciente ante mi obvia desesperación.

—¿Quieres saber cómo es que Tared se dio cuenta de que eras uno de los nuestros? —pregunta la anciana. Me giro hacia él, que rehúye mi mirada—. Los contemplasombras también tienen una característica física que los distingue de las otras estirpes: los seres que habitan el plano medio, así como los ancestros, carecen de las leyes que rigen nuestro mundo. Ya no tienen edad ni sexo, por ende, para poder convertirse en sus oráculos, los contemplasombras deben ser tan ambiguos como ellos. Ni hombres ni mujeres, sino un poco de ambos, al menos en apariencia.

—¡Tienes suerte! —interrumpe el pelirrojo—. Según las leyendas, los de tu estirpe tienden a ser criaturas muy bellas.

—¡Por Dios, Julien! —la cara de Tared se torna de un rojo intenso, a la par que se entierra entre sus manos. Los quejidos de reproche de todos no se hacen esperar, pero no parecen hacer mella en el bromista, quien se parte de la risa.

—Johanna, no escribas eso —ordena padre Trueno, fastidiado. Ella asiente, con una sonrisa en la comisura de los labios.

—Pero lo más importante de todo, Elisse —Tallulah aprieta mi mano—, es que los nuestros siempre debemos estar juntos, sin importar la estirpe. Somos una familia, y entre los errantes no hay nada más importante que eso.

Familia.

La palabra me atraviesa el pecho como una flecha, y la nostalgia por el recuerdo de mi padre me escuece el corazón. ¿Acaso él sabía que yo era un errante? ¿Fue por eso que... me abandonó?

Mis crueles pensamientos son arrebatados por gemidos de asombro cuando el viejo Muata se levanta de su silla.

—¡Abuelo Muata, por favor, no se esfuerce! —pide Johanna, pero él no parece escucharla. El anciano rodea la fogata y camina hacia mí como si fuese perfectamente capaz de verme.

Se planta frente a mí y, aunque su mirada ciega no se posa en la mía, sé que de alguna manera esas cuencas blancas me contemplan.

—He sido el contemplasombras de la tribu Comus Bayou por más años de los que puedo recordar —dice—, y ahora la naturaleza me llama para que vuelva a su seno. Nuestros ojos, sometidos a contemplar el paraje de dos mundos, terminan ciegos con el paso de los años, así que yo ya nada puedo ver del mundo humano ni del espiritual. Cuando eso le ocurre a un contemplasombras, su ancestro lo abandona de inmediato —dice, al tiempo que acaricia el pequeño cráneo de ave que yace en su pecho—, así que, ante los horrores de los que hemos sido testigos en estos meses, necesitamos más que nunca que alguien tome mi lugar. Tú, muchacho —exclama, levantando su largo dedo para señalarme—, eres la primera criatura con sangre de oráculo que pisa Luisiana en más de noventa años. Si demuestras ser digno, tu tarea será sustituirme.

Parpadeo hasta que los ojos me arden. ¿Sustituirlo? ¡Pero si con ver una sombra me espanto! ¿Qué se supone que debo hacer? ¿Comenzar a tomar té con los monstruos de mil brazos?

Cualquiera diría que, más que encontrar las respuestas de mi pasado, me he topado con un futuro de pesadilla.

—Elisse —Tallulah me llama, otra vez sonando lejana—, ahora debes decidir entre tomar tu juramento al lado de tus hermanos u optar por olvidar tus raíces y que la sangre de tu estirpe se pierda a través de la historia de los hombres. Una vez que aceptes nuestro camino, pertenecerás a esta tierra, a esta tribu y a estos seres que ahora te acompañan al calor de las llamas. Deberás dejar de huir de aquellos espíritus que siempre te atormentaron y comenzar a comunicarte con ellos para beneficio nuestro. Tu vida jamás volverá a ser la misma y te convertirás en un verdadero contemplasombras.

El fuego danza en los rostros de todos los que están alrededor de la fogata en un claroscuro que se tambalea entre lo cálido y lo espectral; de pronto, es como si hubiese mirado esas sombras durante muchos años, como si detrás de aquellos rostros se escondiesen recuerdos que me han acompañado desde antes de mi propia memoria. Es nostalgia, es melancolía, es... un terror profundo.

—¿Y si no aceptara? —replico con cautela.

—Ya decía yo que era un cobarde —Nashua por fin abre la boca, para después escupir en tierra—. Desde que Johanna y yo lo seguimos por el Barrio Francés, me di cuenta de que apestaba a miedo.

—¿Cobarde? ¡Ya quisiera verte aguantar el acoso de un montón de demonios asquerosos!

—¿Quién te crees para hablarme así? —él se pone en pie de un salto y sus ojos se inyectan en sangre.

—¡Siéntate, Nashua!

El grito de Tared retumba en mis oídos como un tambor; su rostro está enrojecido, su dedo índice señala con firmeza hacia Nashua y su mirada es tan severa que no puedo evitar sentirme aplastado, y más cuando él obedece a regañadientes sin siquiera atreverse a levantar la mirada.

Padre Trueno suspira y cruza los brazos.

—Si no aceptas, serás devuelto a los humanos y nunca volverás a saber de nosotros. Tus dones como contemplasombras te desolarán el resto de tu vida y nunca accederás al conocimiento necesario para hacer de los espíritus tus aliados. Tu único consuelo será que jamás tendrás que poner en peligro la vida por nada ni nadie. Así que piensa con cuidado.

Mis ojos se estrellan contra el fuego y mi pecho sube y baja. Toda la vida he buscado la respuesta a mis miedos, y ahora que la tengo siento que he vuelto al punto de partida. Inclusive, aunque no sepa cómo evitarlos, podría acostumbrarme al acoso de los espíritus ahora que sé lo que soy, tal vez hasta aprenda a ignorarlos, pero ¿y luego qué? ¿Quién dice que no hay un propósito para mí más allá de ser una persona solitaria capaz de ver a los muertos?

Si accedo a volverme parte de esta tribu, no me encontraré con otra cosa más que un mundo que podría cobrarme lo que me queda de salud mental, pero ¿no es eso por lo que he viajado hasta el otro lado del planeta? ¿No es éste el motivo por el cual abandoné todo lo que conocía? ¿No deseaba, desde lo más profundo de mi ser, una familia?

Suspiro hasta vaciar los pulmones y miro a... mamá Tallulah. Mis ojos se humedecen pero me trago todo el sentimentalismo y lo empujo muy al fondo de mi garganta.

—Está bien —susurro. Mamá Tallulah sonríe hasta enseñar los dientes y se lanza a abrazarme por el cuello.

El hombre de cabello rojo aplaude con estruendo, festejando junto a una silenciosa y sonriente Johanna, mientras la expresión de Nashua deja en claro su descontento.

—No hay más que hablar. El clan ha elegido y su nuevo miembro también —dice padre Trueno, poniéndose en pie—. Tared, el muchacho se quedará en la cabaña de reserva hasta que le consigamos una cama permanente, así que asegúrate de traer sus pertenencias mañana mismo.

—Un momento —exclamo—. Nunca dije que iba a mudarme aquí y no puedo desaparecer así, de la nada. Los que me recibieron en la ciudad deben estar preguntándose qué me ha pasado.

—Y supongo que el príncipe querrá que lo llevemos a su casa a estas horas, ¿verdad? —la voz de Nashua se levanta, rasposa y violenta.

—¡¿Quieres dejar de joder conmigo?! —mando al demonio mi sentido común al levantarme para enfrentarlo.

Estoy a punto de estrellarme contra él cuando Tared se interpone entre nosotros, su mano se planta en mi pecho con la palma bien abierta mientras la otra se cierra en el cuello de la chamarra del otro gigante, estrujando la tela dentro de su puño.

—Tú —me dice con los dientes apretados—. Aprende a controlar tus impulsos ahora o aprenderás por las malas más adelante. Y tú —ruge varios tonos más fuerte, dirigiéndose a Nashua—. ¡O dejas de meterte con él, o sabrás lo que es tener un problema conmigo!

Nashua, un par de centímetros más alto que Tared, pareciera tener la ventaja, pero la ferocidad de las facciones de éste último demuestra lo contrario. Después de una breve pelea de miradas entre Nashua y yo, el moreno vuelve a sentarse.

Trato de calmarme. Pelear con ese grandote no habría sido lo más inteligente del mundo, pero estoy seguro de que no me habría arrepentido de, por lo menos, haber intentado defender mi honor.

Padre Trueno se aprieta el puente de la nariz con el dedo medio e índice haciendo un gesto muy parecido al mío.

—Tenemos teléfono, Elisse. Úsalo para llamar a quien necesites y avisa que pasarás aquí la noche. Si lo consideras prudente, Tared te devolverá a la ciudad mañana mismo.

—¿Y si habla sobre nosotros? —pregunta Nashua.

—Si lo hace, te aseguro que seremos los primeros en saberlo —amenaza el viejo—. No te acomodes mucho allá, muchacho. Pronto vendrán tus responsabilidades hacia esta tribu, así que deberás prepararte para lo que viene. ¿Has entendido? —ni siquiera tengo tiempo de asentir cuando golpea el suelo con su bastón—. Con esto doy por concluidas las historias junto al fuego.

En ese momento, todos se ponen en pie, como si estuviesen siguiendo un estricto protocolo.

Padre Trueno se marcha, arrastrando la preciosa piel de lobo detrás de sí como una cola. Mamá Tallulah le sigue a buen paso, pero no sin antes regalarme una última sonrisa.

—Ten una bonita noche, hijo —me dice con dulzura.

Nashua toma los mangos de empuje de la silla del viejo Muata y se lo lleva consigo, aunque no sin antes lanzarme una mirada penetrante.

Julien me da una palmada en la espalda con Johanna detrás de él, quien aprieta el libro de cuero entre sus brazos y me mira una última vez con esos ojos de nube que, por fin, han vuelto a la normalidad.

En un parpadear, Tared y yo nos hemos quedado solos. Su mirada viaja hacia mí, pero no soy capaz de sostenerla demasiado tiempo. Contemplo el enorme cielo sobre nosotros y me empapo con el claroscuro de la luna.

Sólo una cosa me queda clara: todo lo que me ha atormentado durante la vida es real, por lo tanto, nunca he estado loco. Aunque no sé si, después de todo lo que he visto y escuchado hoy, hubiese preferido estarlo.

SEGUNDA PARTE

UN MONSTRUO

COMO NOSOTROS

CAPÍTULO 18
CADÁVERES DE LEJÍA

Traspasé la ventana de cristal para refugiarme en la cubierta de la lavadora, aprovechando que por fin había dejado de tambalearse como una bailarina. A pesar de que era incapaz de sentir el calor que abochornaba a cada una de las criaturas inanimadas de aquel cuarto de lavado, el ver a una muy joven Louisa, jadeante y empapada en sudor, me hizo retorcerme de pena.

Afuera, el camino de grava desprendía oleadas de calor. Su carne negruzca se asaba bajo los casi cuarenta grados que hervían el estado de Luisiana, convirtiendo cada hogar en pequeñas calderas que freían a todos sus pobres habitantes.

La máquina que se encontraba a mi lado trabajaba a toda prisa, convirtiendo tu blanco uniforme en una sauna de algodón.

Te desplomaste de rodillas en el suelo, azotada por una intensa náusea que te tenía al borde del vómito. En los siete años que llevabas trabajando como empleada doméstica, el aroma a lejía nunca te había provocado desagrado, por lo que estabas segura de que lo que habías percibido al momento de abrir el recipiente que la contenía no era en absoluto dicha sustancia.

Te apretaste el abultado vientre y reprimiste un grito con todas tus fuerzas, más temerosa de ser escuchada por tu patrona que por el dolor que te provocaba lo que fuese que te estuviese estrujando las entrañas.

Ya era bastante malo que hace unos días te hubiesen descubierto escuchando mensajes en contra de la segregación racial por la radio, así que era natural que no quisieras arriesgarte a que la agresiva mujer blanca te despidiera por tener incidentes dentro de su casa.

Pero a pesar de tus valientes esfuerzos, se te rompieron los labios y gemiste como un animal herido ante esa espantosa sensación que, tristemente, ya comenzaba a resultarte familiar. Tus ojos llorosos se dirigieron hacia el borde de tus faldas para descubrir con angustia cómo una mancha oscura comenzaba a devorar la tela blanca.

Sabías que estabas sufriendo otro aborto, el tercero desde que te habías casado. El médico te dijo primero que era por falta de nutrientes, luego por culpa del estrés, por cargar objetos demasiado pesados, por trabajar demasiado... A estas alturas, ya no sabías qué era lo que te impedía concebir; y las golpizas que el monstruo que tenías como marido te daba, culpándote por tu incapacidad para tener hijos, tampoco ayudaban.

Pero lo que menos podías comprender era por qué aquel recipiente de lejía expelía un profundo y abominable olor a cadáver.

CAPÍTULO 19
LA FAMILIA NO SE MEZCLA

La madera hinchada del viejo muelle cruje cuando me siento en el borde. Meto los pies descalzos en el agua turbia, y al instante finas agujas de agua helada se clavan en mi piel. Dejo que los calambres empeoren, ya que el dolor, casi medicinal, me regresa a la tierra y me recuerda lo vivo que estoy.

Empujo un nenúfar que flota cerca de mí para poder ver debajo de la superficie del agua. La espina dorsal de un pequeño caimán se asoma entre la oscuridad del fondo, así que elevo los pies con resignación al recordar al monstruo de ayer, más asqueado que aterrado.

Me envuelvo bien con el poncho que llevo como una coraza desde anoche y contemplo la suave neblina cubrir la superficie del precioso lago. Son apenas las seis de la mañana, y he dormido menos de lo que hubiese querido.

Siempre he visto cosas que podrían considerarse extraordinarias, y aun así, todo eso se ha quedado corto comparado con lo que viví ayer.

El muelle rechina a mis espaldas, acompañado de unos ligeros pasos. Johanna se acerca hacia mí, con la cabeza cubierta por la capucha de su sudadera. Quiero sonreírle a modo de saludo, pero sólo consigo hacer una mueca rara. Ella se sienta a mi lado y oculta las manos en la bolsa de su sudadera.

—Un animal te arrancará los pies si vuelves a meterlos allí.

—Las cosas se han vuelto tan raras que no me sorprendería si me volvieran a crecer —respondo con ligereza. Ella ríe, muy a pesar de que no lo he dicho como una broma.

—¿Cómo te sientes?

Miro a mi alrededor y me detengo un poco en Johanna para reconocerla mejor ahora que hay algo de luz diurna. Creo que es varios años mayor que yo, pero puede que me equivoque. Los... errantes nunca son —¿somos?— lo que aparentan. Yo creí que Tared era un treintañero, pero Julien me dijo que apenas tiene veintiocho. Tal vez aquí todos han envejecido pronto debido a lo que han experimentado.

—Me siento un poco más viejo —susurro como resultado de mi divagación. Extrañamente, ella asiente, como si me comprendiese.

—Cuando Nashua me trajo aquí, yo también me sentí muy desorientada.

—Supongo que es normal. No es que despiertes un día haciéndote a la idea de que puedes transformarte en un animal.

—Sé a qué te refieres, aunque desde que era niña supe que algo no andaba del todo bien conmigo. Siempre fui más salvaje de lo que mis padres hubiesen querido.

—¿Eres de aquí?

—¿Perdona?

—Que si eres de Nueva Orleans —repito, tratando de controlar mejor mi pronunciación.

—Ah, no. Soy de Texas —responde, haciéndome arquear una ceja.

—Estás muy pálida para venir del desierto.

—Mira quién lo dice, niño de la India.

Ahora soy yo quien ríe. De pronto, Johanna parece un poco más joven. Froto mi nariz contra el poncho y vuelvo a clavar la mirada en el agua.

—¿Tus padres saben qué eres? —pregunto.

Johanna no responde de inmediato, así que levanto la barbilla para posar mis ojos en ella. Parece pensativa, con una sonrisa a medio nacer en los labios.

—La verdad es que no me llevaba muy bien con ellos. Tendían a decirme que era una niña problemática —confiesa, bajando la voz—. Así que cuando me mudé aquí por una plaza de trabajo, dejé de hablarles. A los pocos meses tuve mi primer despertar, por lo tanto, aún no saben nada de esto, aunque igual no estoy segura de querer que algún día se enteren.

—Ya veo… —una mezcla de emociones me invade. No puedo evitar sentirme mal por ella, pero a la vez, la tentación de juzgarla me picotea. Es como cuando alguien arroja comida a la basura mientras tú mueres de hambre—. ¿Y cuál es tu ancestro? ¿Qué nombre le pusiste? —le pregunto, tratando de cambiar el tema de conversación. Ella se encoge un poco y mira hacia los nenúfares.

—Se supone que no debo decírtelo.

—¿Por qué?

—Papá Trueno dice que primero hay que conocer a la familia desde nuestro lado humano, porque indagar en nuestra parte animal puede crear juicios apresurados…

—¿Crees que voy a juzgarte por tu apariencia? Créeme, yo también he sido juzgado demasiadas veces por la misma razón para ponerme a hacer lo mismo contigo.

Johanna sonríe, porque no es necesario explicarle a qué me refiero.

—No sé…

—Anda, prometo no decirle a nadie que me lo contaste —insisto, dándole un ligero codazo. Para mi sorpresa, se ruboriza. Mira con brevedad al lago, después a mis ojos y, finalmente….

—Coyote Garras Rojas.

—¿Cómo?

Ella se sonroja todavía más.

—Supongo que es el rasgo que define a mi ancestro. Es fiero y luchador.

Ella ve la sonrisa que lucha por nacer en mi boca, y su timidez la hace cubrirse más con la capucha.

—No me veas así…

—¿Por qué te avergüenzas?

—Debo parecerte un estereotipo.

—Oh, vamos, no es tan malo. Podrías haber sido un cactus.

—¡Serás tonto! —me empuja el hombro y se echa a reír. Regreso la vista hacia el lago, aguantando las ganas de reír también.

A pesar de que sólo hace unas horas que conozco a Johanna, empieza a inspirarme un sentimiento de familiaridad muy agradable.

Siempre he sentido un enorme respeto por las mujeres, sobre todo al ver la manera en la que son tratadas en la India: como animales o sacos de boxeo para liberar la tensión.

Cuando mi maestro murió, la mujer que se encargaba de cuidar a los niños huérfanos más pequeños del campo fue la primera persona en consolarme y en decirme que todo iba a estar bien. Cuando llegué a Nueva Orleans, Louisa me recibió como si fuese su propio niño. Aquí, mamá Tallulah me curó, me sostuvo la mano para que no cayese en la desesperación y me llamó "hijo mío", aun sin saber nada sobre mí.

Toda la vida he tenido la apariencia de una chica; eso ha provocado prejuicios, repugnancia y rechazo en una gran cantidad de personas, cosa que ha acrecentado en gran medida mi soledad, pero jamás me avergonzaré de que me comparen con una mujer, puesto que no hay nada de denigrante en ello.

Eso también me ha enseñado a no avergonzarme de mis emociones; a admitir que sentir miedo, dolor o anhelo por dar y recibir afecto no me hace más débil, y que no necesito encajar en ningún modelo de hombría para ser, precisamente, un hombre.

Escucho las llantas de un auto a mis espaldas. Tared se dirige hacia nosotros, conduciendo un Jeep color arena y con la cara tan rígida como un muro. Se detiene antes de llegar al muelle y le hace una señal a Johanna. La chica se pone en pie como un rayo y corre hacia él mientras yo aprovecho para calzarme las botas.

Miro de reojo a Tared haciéndole gestos con los dedos, mientras ella asiente un poco, se cruza de brazos y se encoge de hombros de vez en cuando. Creo que la está regañando, así que me entretengo más de lo necesario en los cordones de las botas para simular que no estoy prestando atención al numerito.

—Elisse, es hora de irnos —la voz autoritaria de Tared vibra en mis oídos, así que me pongo en pie y camino hacia ellos. Johanna hace un amago de sonrisa y se despide sin siquiera mirarme.

—¿Está todo bien? —pregunto a Tared.

—Sube. Tenemos que hablar —me dice, llevándose un cigarro a los labios.

—¿Debería despedirme del resto de la... tribu?

Él no contestó, por lo que tomo eso como un "no". Julien emerge de una de las cabañas, comiéndose un trozo de salchicha y se despide de mí alzando su mano mutilada.

Tared y yo salimos de las cabañas ahogados en un silencio que a cada segundo se vuelve más incómodo. Mis ojos se desvían al retrovisor, donde cuelga el atrapasueños que estaba en la camioneta roja, aunque ahora le faltan plumas y está un poco chamuscado.

Después de pasar la caseta de la reserva aún no hay ni asomo de plática.

—Este… ¿Querías decirme algo? —pregunto con timidez. Tared suelta una bocanada de humo y aplasta la colilla en el cenicero.

—¿Te agrada Johanna?

—¿No debería?

Él chasquea la lengua y saca otro cigarro de su paquete. Estoy empezando a creer que su verdadero ancestro es una chimenea y no un lobo.

—Te parece bonita, ¿eh? —dice, y yo suspiro, vagamente irritado.

—Sólo estábamos hablando —aclaro—. Oye, mira, si es tu novia o algo…

Tared rompe a reír. Saca el Jeep del camino para detenerlo a un lado de la carretera, aplasta el cigarrillo contra el cenicero aun cuando ni siquiera lo ha encendido, y se acomoda en el asiento para mirarme de frente.

—Johanna no es mi novia. Es mi hermana. No de sangre pero sí de familia, al igual que tú.

—¿Podemos hablar en el mismo idioma, por favor? —él se rasca la nuca y, por un momento, creo ver sus mejillas enrojecer un poco su piel tostada.

—Elisse, desde el momento en el que un errante acepta volverse parte de la tribu, también se vuelve parte de nuestra familia. Y como bien debes saber, la familia no se mezcla entre sí —me advierte.

—¿Ajá...?

—Padre Trueno lo dijo anoche, no es tan simple. Hay algunas reglas respecto a la perpetuación de nuestra especie que siempre debemos considerar. Es decir, ¿alguna vez has visto a un lince aparearse con un zorro? ¿O a un conejo con un gato?

—¿Cómo? —ahora soy yo el que está rojo como la luz de un semáforo. Tared suspira y se acerca lo suficiente para reducir la distancia entre nosotros a unos pocos centímetros.

—Mira, nuestra especie se mantiene al reproducirnos, no hay nada mágico en ello. Pero nuestros ancestros son una parte esencial de cada uno de nosotros, son únicos tal cual lo son las personas. Los llevamos en la sangre, tenemos sus raíces, la carga de sus antepasados. Y todo eso se hereda, Elisse, se mezcla y se transforma tal cual lo hacen los genes; así que, a menos que lo que desees sean hijos deformes o a tu mujer reventada porque no puede parir un alce, nunca debes acostarte con otro errante. ¿Lo entiendes?

Abro y cierro la boca, tan sorprendido como avergonzado.

—Entonces, ¿sólo podemos... unirnos a los humanos? —la pregunta me parece de lo más extravagante, considerando que apenas ayer yo me consideraba, precisamente, un humano.

—Sí. Tus hijos o nietos tendrán una posibilidad casi nula de nacer como errantes, aunque tal vez tus bisnietos sí lo logren, como en el caso del abuelo Muata y Nashua, quienes son parientes de sangre. Nuestra especie se reduce cada siglo que pasa, pero eso es mucho mejor que arriesgarte a perder a tu familia completa, ¿no crees?

—¿Y qué hay sobre errantes de la misma… especie? —me aventuro a preguntar—. Es decir, que ambos tengan un tipo de lobo como ancestro, por ejemplo.

—El peligro es el mismo. El abuelo Muata y Nashua son familiares directos, pero tuvieron ancestros distintos, por consiguiente, no sabes si la sangre de tus antepasados se va a mezclar con la de tu cría, aun cuando tu pareja tenga tu misma especie de ancestro.

Asiento casi de forma mecánica. Es hasta lógico todo lo que me está diciendo, y tal vez por eso no me cuesta entenderlo.

Tared se acomoda el cabello echándolo hacia atrás, un gesto que interpreto como incomodidad, así que sonrío casi seguro de entender por qué él me dice todas estas cosas.

—Eso no impide que uno se enamore de otro errante, ¿verdad?

La pregunta parece perturbar a Tared, quien se aleja de mí y vuelve a encender el Jeep. No parece molesto, sino contrariado. No me responde, sólo vuelca su atención en volver a la carretera.

—No deberías preocuparte. Al menos no por mi parte —digo con absoluta sinceridad.

No voy a negar que soy de carne y hueso, pero el sexo o el romance nunca han sido mi prioridad. El tipo de cariño que siempre he necesitado sólo se encuentra en el seno de una familia, además de que con mis pesadillas andantes, una pareja era la última cosa que me preocupaba encontrar en la India. Y no creo que aquí las cosas sean distintas, al menos no por ahora.

Al no recibir respuesta de Tared, me le acerco para romper la distancia que él mismo impuso entre nosotros, obstinándome en incomodarlo. Y creo que me lo debe después de todo lo que tuve que pasar ayer.

Me vuelve a mirar con un gesto de derrota, para después buscar en su bolsillo su paquete de cigarros. Lo arruga y lo arroja al piso del Jeep, frustrado al encontrarlo vacío.

—¿Y bien? —Tared bufa.

—Cuando apenas llegó a la tribu, Johanna confundió la hermandad que le ofrecí con otra cosa, y la verdad es que la pasó bastante mal; no quiero que algo así vuelva a pasar.

—No creo que ella se vaya a fijar en mí, si apenas...

—No lo digo por ella. Lo digo por ti. No quiero que tengamos problemas, ¿entiendes? —mis ojos ruedan al techo.

—Insisto, Tared. No te preocupes por mí.

—Ya veremos, Elisse —vuelvo a alejarme y me recuesto contra la puerta del coche.

Una sensación de incomodidad me nace en la nuca. No por él, sino por el hecho de que ya empezamos a entrar a la ciudad, lo cual me recuerda que pronto estaré de vuelta en el centro. La piel se me pone de gallina con sólo pensar en el tremendo regaño que me espera.

Tared se estaciona frente al centro budista. Noto que Louisa está junto a la ventana del aparador, dándonos la espalda. No me atrevo a mirarla por miedo a que se gire hacia aquí, así que desplazo los ojos hacia el hombre que tengo a mi lado.

—Muchas gracias —susurro, quitándome el cinturón.

—No me lo agradezcas aún, todavía no me voy —se baja también, para confusión mía—. Te voy a acompañar a la puerta, porque después del regaño que te dieron anoche, no creo que enfrentarte a ellos tú solo sea lo más prudente.

Me siento indeciso por unos segundos, pero al considerar lo conveniente de su oferta, termino por asentir. No sé qué tan valiente sea de mi parte el sentirme agradecido por su gesto, pero la verdad es que Tared acaba de volverse mi salvador. Una vez más.

Resignado, avanzo detrás de él y noto que Louisa ha desaparecido de la ventana.

Seguramente sigue enojada, y la verdad es que no puedo culparla. Cuando llamé al centro ayer por la noche, ella gritó tan fuerte que casi me rompe los tímpanos. Alegué que Tared me había atropellado por accidente con su camioneta el día anterior porque no me pudo ver en medio de la calle debido a la niebla, cosa que también ayudó a explicar por qué dejé la escoba partida en el suelo. Pero nada parecía calmarla.

También dije que me negué a ir un hospital, ya que no quería que el centro terminase pagando los gastos, por lo que Tared se había ofrecido a llevarme a su casa para atenderme por su cuenta. Porque resulta que, además de ser un arrollador profesional, también conoce de primeros auxilios.

La mentira era débil, pero fue lo mejor que se nos ocurrió, además, creo que Louisa estaba más interesada en decirme lo irresponsable y poco considerado que había sido al no avisarles lo que había pasado, que en dar por cierta mi historia. Ojalá tuviese lastimada alguna pierna para hacer más creíble la mentira, pero las curaciones de mamá Tallulah y Johanna han sido tan efectivas que ya no quedan en mí rastros de la persecución de ayer.

Al pensar en los ojos grises de aquellas mujeres, un sentimiento de impaciencia me recorre las venas. Hay tanto que no comprendo de nosotros, de mí, que estoy a punto de volverme loco, pero no me queda tiempo para preguntas, puesto que Tared presiona el timbre.

La puerta se abre de pronto y un par de brazos me estrechan como anacondas hasta el punto de sacarme el aire.

—¡Elisse, gracias a los cielos! —exclama Louisa—. ¡Me alegra tanto que estés bien!

Estoy desconcertado hasta el infinito. Nada de regaños ni de gritos. Sólo un abrazo.

Estiro el cuello como un ganso para poder mirar a Tared, quien se encoge de hombros. Louisa me suelta y me mira de arriba abajo, como asegurándose de que no me falta una parte del cuerpo.

—Muchas gracias por cuidarlo, muchacho, tú debes ser Tared —dice ella, dirigiéndose al gigante.

—No me lo agradezca, señora. Para empezar, fui yo quien lo atropelló.

—Seguro fue culpa de Elisse, es tan descuidado como un niño —sus regaños vuelven a la carga, pero ahora de una forma mucho menos hostil; de todas maneras no puedo evitar sonrojarme, sobre todo ante él, quien parece divertirse de lo lindo ante mi vergüenza.

—Lo siento… —musito. Tared me revuelve los cabellos, como si quisiera hacerme sentir todavía más pequeño.

Me parece de lo más surrealista que este sujeto sea una criatura mitológica desenvolviéndose como una persona totalmente normal, pero aun así, no me cuesta demasiado imaginarlo convertido en lobo mientras habla con Louisa.

—Bueno, ahora que lo he entregado en una sola pieza, me retiro —dice con galantería, a la vez que desciende el escalón de la entrada.

—¿Tan pronto? ¿No te quedas a desayunar? —pregunta Louisa.

—Me encantaría, pero ya voy algo retrasado —responde Tared—. Tal vez otro día con gusto se lo acepto, señora.

—Ya veo… Será otro día, entonces. Y de nuevo, muchas gracias, muchacho.

Caray, nada le habría costado ser así de amable cuando nos conocimos.

Tared se despide con un asentimiento de cabeza. Veo su espalda y, una vez más, quedo asombrado por su imponente talla.

Devorapieles… Apenas y pone un pie dentro del vehículo, salgo disparado hacia él.

—¡Tared! —grito, estampándome en su ventanilla. Él, lejos de parecer sorprendido, me sonríe, como si hubiese adivinado mi olvido—. Y ahora, ¿qué sigue?

—El abuelo Muata comenzará a entrenarte cuando lo considere prudente, pero, mientras tanto tendrás que lidiar con nosotros, así que ve preparando una buena excusa para ausentarte —me dice en tono cómplice, mirando de reojo a Louisa. Geshe Osel también se asoma desde el umbral, saludando con un movimiento de mano.

—Muchas gracias… por todo —le digo con la voz hecha un hilo.

Él extiende su mano para estrechar la mía. Siento que ésta se encoge envuelta por su gran palma, como si de pronto me volviese el ser más pequeño del mundo. No es intimidante, sino que me transmite una enorme protección y, al mismo tiempo, me incita a anhelar esa fuerza, a igualarla.

—Yo que tú, no me sentiría tan agradecido —dice—. Todavía me debes una camioneta.

La sonrisa se borra de mi boca y él ríe con fuerza. Enciende la marcha y se despide alzando la mano al aire, para después perderse dentro de la tenue niebla de la mañana.

Suspiro y meneo la cabeza de un lado a otro. ¿Quién diría que iba a terminar debiéndole una camioneta a un *"hombre lobo"*?

CAPÍTULO 20
COMUS BAYOU

Existen pocas palabras que puedan ayudarme a describir con coherencia todo lo que he vivido desde que llegué a Nueva Orleans. Mi situación ha cambiado tanto, al igual que yo mismo, que siento que he entrado a una realidad distinta. Eso o que habito en el cuerpo de una persona totalmente diferente.

Han pasado casi dos meses desde que descubrí que soy un errante, así como lo que es formar parte de un grupo de criaturas tan extraordinarias como diversas, las cuales comencé a conocer en vísperas de fin de año, cuando todavía no era capaz de recobrarme del impacto emocional de saber que soy una especie de licuado de animal, humano y brujo.

Yo tenía entendido que el Losar, es decir, el año nuevo tibetano, no coincidía con el Año Nuevo occidental, pero aun así me pareció curioso que en el centro budista optaran por esperar a celebrar el primero y dejar de lado el segundo. Fue sencillo que Geshe y Louisa accedieran a la petición de Tared de dejarme pasar la noche en la reserva.

De hecho, Louisa se veía muy entusiasmada de que estuviese haciendo "nuevos amigos", muy a pesar de los comentarios incómodos del boca floja de Carlton, quien no cesó de repetir lo extraño que era que, de pronto, me estuviese juntando con un hombre diez años mayor que yo.

Pero, alentado por la evidente simpatía de Louisa por Tared y la habitual despreocupación de Geshe Osel, subí al Jeep a eso de las malditas cinco de la mañana.

Durante el camino a la reserva y en medio de bocanadas de humo, Tared me dio una de mis primeras lecciones respecto a los errantes: la prioridad de nuestra especie es mantenerla en total y absoluto secreto, por ende, la lealtad que formamos con otros errantes y los humanos que entran a nuestro mundo es vital para nuestra supervivencia.

Estrechar lazos, convivir y fortalecer el instinto de protección hacia los nuestros es algo que llevamos en la sangre, algo instintivo, así que la prioridad era introducirme a la tribu no como un nuevo miembro, sino como un hermano perdido que por fin había vuelto a casa.

No voy a negar que un sentimiento muy agradable me invadió con sólo pensarlo, porque, cuando a uno le dicen que forma parte de una familia, hay miles de conceptos que te llegan a la cabeza, cosas cálidas y gentiles, algo que te hace suspirar como si te sentases junto al calor del fuego.

Todo, excepto cazar con las manos desnudas.

Esa madrugada, y después de ser recibido por un apretado abrazo de mamá Tallulah y un desayuno brevísimo, Tared, Nashua, Johanna y yo fuimos a cazar un ciervo para la cena de Año Nuevo a la zona permitida de la reserva. En cierto modo me parecía emocionante, sobre todo si iba a poder ver a esta gente transformarse, pero aun así, la idea era demasiado extraña.

—Somos errantes —explicó Nashua con asombrosa tranquilidad—. El instinto está vivo dentro de nosotros y lo alimentamos con nuestras tradiciones. Esto no es una cacería, niño, es un ritual.

Con esas palabras yo ya estaba esperando de todo, desde tambores y taparrabos hasta festines de sangre. Pero la realidad fue muy distinta, pues salimos a cazar enfundados en simples botas de montaña e impermeables. Había muy poca niebla, así que nos adentramos con relativa facilidad a un tramo de tierra rodeado de musgos y cipreses que cubrían con una cabellera gris y opaca todo el follaje del bosque.

Estábamos rastreando —ellos lo hacían, mejor dicho— a la presa de una forma desesperantemente humana, y a pesar de que yo moría por saber cómo cazaban los errantes, en ese momento no parecíamos otra cosa que niños bien crecidos tentando los arbustos y siguiendo huellas en el suelo.

Después de un par de horas de caminata, encontramos a la enorme cena al lado de una fangosa laguna, bebiendo ante los ojos saltones de un par de pequeños caimanes. Cuando creí que por fin pasaría algo interesante, Johanna me advirtió en voz baja que no cambiarían de forma para cazar, cosa que me decepcionó mucho.

Después de emboscarlo entre los tres, Tared le rompió el cuello al ciervo de doscientos kilos con las manos desnudas, como si fuese una rama, demostrándome que aún en su apariencia más humana, los errantes pueden llegar a ser desorbitadamente fuertes. Inclusive Johanna, una chica de poco más de sesenta kilos, pudo arrastrar el ciervo durante todo el camino sin sudar demasiado.

Volvimos a las cabañas, donde Julien ya nos esperaba en la cocina, la cual me sorprendió bastante con sus dimensiones. Para empezar, ocupaba una barraca completa gracias a los tres enormes congeladores exclusivos para carne que tenía junto a una pared. También había un refrigerador grande repleto de verduras, leche y huevos, así como un par de estufas y un montón de gavetas y repisas atiborradas de pastas, latas, galletas, condimentos y cajas varias.

Cualquiera pensaría que, a pesar de que allí comían siete personas, seguía siendo un almacén exagerado de comida, sobre todo por la enorme cantidad de carne congelada, pero Tared me aseguró que nada en esa cocina estaba de sobra.

Entre él, Julien y yo preparamos el animal sobre una enorme mesa de madera. Era la primera criatura que yo desollaba, pero la situación no me asqueaba mucho. Es decir, durante años vi seres que se veían y olían mucho peor que las tripas de un ciervo, así que estuvimos tres horas cortando, removiendo y limpiando hasta que, en algún momento, Nashua entró a la cocina para tomar algunas cosas de la alacena, me miró el tiempo suficiente para hacerme sentir incómodo y se largó sin decir una sola palabra.

—¿Qué le pasa? —pregunté a Julien, a la vez que escuché la risa de Tared por lo bajo.

—No te lo tomes como algo personal —respondió el pelirrojo, alzando los hombros—, sólo se está acostumbrando a verte. El abuelo Muata tenía unos mil años cuando nació Nashua, así que nunca lo conoció en su estado más espléndido.

—¿Cómo?

—Si hay algo que escasea en nuestra raza, son los contemplasombras, pero los machos son todavía más raros —explicó—. Dicen que los de tu estirpe dieron origen al mito de los elfos, así que no es fácil mirarte sin inquietarse un poco.

Sus palabras tuvieron un efecto negativo en mí. En la India siempre tuve que cuidarme bastante y, en más de una ocasión, huir por mi integridad. No sólo de gente que encontraba mi aspecto repulsivo, sino de aquellos a los que, peor aún, les parecía fascinante.

Tampoco olvidaré que no podía ir por la calle sin que alguna gente me detuviese para sacarme fotos; ser rubio o pelirrojo allá es algo muy exótico, lo cual ayudó a acrecentar la montaña de cosas que me hacían sentir incapaz de encajar en cualquier parte.

—Preferiría ser más fuerte y menos llamativo —dije sin rodeos, y la mirada de Tared se clavó en la mía. Sus ojos azules se entrecerraron y, de pronto, bajé los míos, temiendo que pudiese leer mis pensamientos.

—Por tu edad, es probable que tu parte de imitahombres ya esté despertando —dijo el hombre lobo, lo que explica por qué de pronto parecía que me había vuelto más resistente—. No igualarás a un devorapieles, pero aun así, te volverás más fuerte, más rápido y comenzarás a comer el triple para que tu cuerpo soporte el gasto de energía por todo el proceso que implica transformarse.

—Y que conste que ahora estamos haciendo dieta con este animalito —agregó Julien entre risas y apuntando al cadáver con un cuchillo, haciéndome mirar con incredulidad las enormes masas de carne que estábamos obteniendo del ciervo.

Todo me fue confirmado cuando en la cena vi a Johanna comer tres kilos de carne sin jadear. Ni qué decir de los devorapieles, quienes engulleron al menos cinco cada uno.

Demasiado cohibido por este asombroso mundo para siquiera tomar un trago, me limité a ver lo que ocurría a mi alrededor. Seguía sin poder creer que esta gente, estas personas que escuchaban música estridente y bebían como marineros fuesen mitad animales, porque no había nada en ellos que lo demostrara. Yo los escuchaba hablar sobre la renta de locales, de cosas que comprar para la despensa, de unos impuestos que le faltaba declarar a Julien…

Anonadado, me mantuve casi invisible hasta el toque de Año Nuevo, momento en el que Tared me arrancó de la silla donde yo mismo me había sentado para arrastrarme hasta la fogata. Todos, hasta padre Trueno y Nashua, me estrujaron uno tras otro en poderosos abrazos que se quedaron marcados, tanto en mis huesos como en mi memoria.

Desde ese día, mis visitas a la reserva se hicieron bastante regulares. El dinero en el centro budista seguía desapareciendo, por ende, negocié con Geshe el quedarme sólo en las mañanas y volver por la noche, todo con tal de evitar las miradas severas, tanto de Carlton como del resto de los miembros.

Con el tiempo, me di cuenta de que la aversión del viejo Carlton Lone hacia mí iba mucho más allá de la desconfianza; asumo que nunca ha podido sentirse cómodo en mi presencia, cosa de la que no sé si puedo culparlo, ya que yo tampoco lo soporto demasiado.

Tared pasaba por mí a eso de las dos de la tarde para luego ir a hacer algo productivo en la reserva, como reparar cañerías, quitar maleza, limpiar las cabañas y, curiosamente, empezar a salpicar los alrededores de la aldea con collares hechos de cuentas de colores.

En cuestión de una o dos semanas, me volví un integrante más de ese lugar y, al mismo tiempo, pasé a enterarme de los problemas que acechaban a nuestra tribu.

Tared me dijo que las criaturas místicas ya no eran muy comunes en el mundo moderno por falta de gente con verdadera magia para invocarlos y contemplasombras que lidiaran con los espíritus —interrumpí para preguntarle cómo podía yo hacer algo así, pero me contestó que a él no le correspondía transmitirme esos conocimientos—, aunque hacía unos meses, justo antes de que llegase el huracán, había ocurrido un ataque a la reserva.

Un errante con forma de alce irrumpió en una de las cabañas en la madrugada, tomando a todos por sorpresa. Trataron de razonar con la criatura, pero estaba fuera de sus cabales; no escuchaba a nadie ni tampoco decía palabra alguna, como si su parte humana hubiese sido despojada de su ser. Aquella cosa alcanzó a arrancarle un dedo a Julien con una mordida, para después echarse a correr hacia el pantano perseguido por Johanna y Nashua, quienes, por suerte, le dieron muerte antes de que amaneciera.

Todo habría quedado como un simple incidente si no hubiera sido porque una madrugada Tared se había encontrado con el errante ciervo merodeando en su propio patio, aquel que encontré en Audubon Park, y cuya persecución —es decir, cacería— les hizo llegar hasta el parque. Y eso, sumado al nuevo ataque por parte del errante caimán, había confirmado las sospechas de que algo extraño estaba sucediendo.

Y no sólo eso. Antes de quedarse ciego, Muata había tenido un largo periodo en el que le costaba recordar sus sueños —cosa que me ayudó a comprender que eso de no poder soñar era más cosa mía que de los contemplasombras—. Además, un mal presentimiento lo embargaba continuamente, así que todo esto era una señal de que el peligro se encontraba a la vuelta de la esquina. Teníamos que estar listos para entrar en batalla.

Aquello encendió una alerta en mi interior, una que me hacía preguntarme si, llegado el momento, yo sería capaz de aportar alguna ayuda para mi familia. Porque también me explicaron que, a pesar de que tengamos distintas funciones en nuestro clan o de que hayamos nacido con características muy concretas, cuando una tribu es tan pequeña como la nuestra, TODOS, sin excepción, tenemos la obligación de luchar, seamos el tipo de errantes que seamos. El no hacerlo es un signo de cobardía y una alta traición a nuestra raza, porque todo el que entre bajo la protección de una tribu de errantes debe estar dispuesto a morir por los suyos de ser necesario. Esa protección, esa lealtad y ese vínculo entre nuestra gente es lo que llamamos *Atrapasueños*.

En una ocasión estaba con Julien y Tared arreglando unas goteras en la cabaña del fondo, así que aproveché para despejar una duda que me atormentaba.

—¿En verdad tengo a un ancestro dentro de mí? —pregunté al aire mientras me disponía a colocar un par de clavos. Ambos guardaron silencio unos instantes, así que tuve que mirarlos para demostrar que realmente esperaba una respuesta.

—No —respondió Tared—. En tu caso el asunto es algo complicado.

—¿En mi caso?

—Los devorapieles y los perpetuasangre nacemos con un ancestro, lo llevamos ya en la sangre, por eso, dichos espíritus suelen ser animales que existen en nuestra región de origen o la de nuestros antepasados, como Coyote Garras Rojas, en el caso de Johanna —dijo el hombre lobo mientras le pasaba una cubeta a Julien.

—Tared, no deberías decirle… —murmuró el pelirrojo.

—No te preocupes, Julien, Elisse ya ha demostrado ser bastante persuasivo para obtener información, ¿no?

Palidecí. ¿Acaso Johanna le había contado lo que hablamos en el muelle? Al parecer, la chica estaba más apegada a Tared de lo que a ella misma le gustaba admitir.

—Como te decía —continuó Tared sin levantar la mirada—, los devorapieles y los perpetuasangre nacemos con ellos, son una parte tan innata de nosotros que hasta les damos nombre propio. En cambio, los ancestros de los contemplasombras son espíritus ya existentes que pudieron pertenecer a otro errante. Por lo tanto, ellos deben adquirirlos.

—¿Por qué?

—Bueno, nosotros somos descendientes de las bestias, mientras que los contemplasombras tienen más sangre de chamanes. Es por ello que adquirimos los ancestros de formas distintas.

—¿Y cómo es que ustedes despiertan a su ancestro, por así decirlo?

—En nuestro caso, un ancestro puede manifestarse en cualquier momento de nuestras vidas, pero suele ocurrir en la adultez y durante situaciones peligrosas. Aunque hay casos en los que uno muere sin saber que es un errante.

—¡¿Es en serio?!

—Por supuesto. Uno no siempre se encontrará en peligro de muerte o con otros errantes que le revelen su naturaleza, ¿sabes?

—¿Hay algún tipo de mafia entre nosotros? —pregunté, sin saber si había usado las palabras adecuadas. Cuando Tared y Julien echaron a reír, me di cuenta de que había metido la pata.

—¿Te refieres a que si los errantes tenemos organizaciones o cosas así?

—… Sí, eso quise decir.

—Se podría decir que así es. Las familias de errantes generalmente establecen su estructura sobre las relaciones de sangre; es decir, padres, hijos, nietos, tíos y los respectivos humanos con los que hayan fraternizado. Pero cuando una tribu es tan pequeña como Comus Bayou, es normal atraer a otros errantes que no hayan despertado o que no pertenezcan a ninguna familia para incrementar nuestro número. La sangre no importa. Todo el que se une al Atrapasueños es hermano, hermana. Es nuestro padre, nuestra madre y nuestros hijos.

—La clave es no vernos como animales —dijo Julien—, porque, a fin de cuentas, nosotros somos nuestra propia especie. A pesar de que tomamos ciertas costumbres de nuestro ancestro en particular, eso no define todo nuestro comportamiento.

—Ni animales ni hombres… —susurré.

—Exacto. No somos hombres lobo ni hombres coyote ni nada de eso. Somos errantes. Punto. Una nación, de eso no te debe caber duda, pero de criaturas tan distintas, únicas y complejas que no todos optamos por relacionarnos con otras tribus.

—Entonces, ¿hay más como nosotros en Nueva Orleans?

—No. Nosotros podemos detectar a otro errante por medio del olfato, ya que, al llevar a un ancestro dentro, tenemos un aroma mucho más distintivo que el de los humanos, quienes suelen tener un olor muy poco relevante para nuestra nariz. Pero hace años que no hemos percibido a un errante perdido ni a otra familia que esté de paso, ni siquiera porque nos dedicamos a peinar la ciudad con regularidad.

—¿Y por qué no pudieron detectar a los errantes que nos atacaron?

—Ésa es una buena pregunta, Elisse —contestó el lobo—. Y, precisamente, su falta de olor es algo que tú, como contemplasombras, debes ayudarnos a descubrir.

Semejante responsabilidad me cayó como un costal de ladrillos, porque no tenía ni idea de cómo iba a ser capaz de resolver tal misterio. Opté por tragar saliva y seguir bombardeándolos con más preguntas.

—¿Qué hay de los contemplasombras que no tenemos ancestro? —pregunté con cautela—. No hay forma de que puedan olernos.

—No, pero tampoco es complicado encontrarlos. Los andróginos no son muy comunes, mucho menos aquéllos que ven espíritus. Si lo piensas bien, es un patrón sencillo de rastrear.

—Hay mucha más historia detrás de todo esto —continuó Julien—, leyendas y mitos de nuestra raza, pero quien se supone que debe instruirte en esto es el abuelo Muata, así como padre Trueno lo hizo con nosotros, y mamá Tallulah con Johanna. Ellos son muy partidarios de seguir la tradición nativa americana de Comus Bayou, y lo digo en serio, esta familia tiene cientos de años haciéndolo así.

Ante estas palabras, comprendí que en nuestra tribu todo debía aprenderse de dos maneras: por medio de la experiencia o a través de las enseñanzas de alguien de tu estirpe. Y esto último me tenía muy preocupado.

El anciano Muata jamás me dirigía la palabra a menos que fuese para decirme que no tenía tiempo o energía para responder a mis preguntas, por lo que todo tipo de contacto entre nosotros se limitaba a un tajante rechazo de su parte.

Tared siempre me pide que no me lo tome como algo personal, que abuelo Muata está pasando por momentos difíciles por tener que acostumbrarse a su ceguera y a la ausencia de su ancestro, pero a pesar de sus comprensivas palabras, yo no he podido evitar la inquietud.

Había algo en mí, algo instintivo y bestial que deseaba pasar por el primer cambio, que quería adquirir un ancestro, como si por fin me hubiese dado cuenta de que algo me hacía falta.

Una cosa llevó a la otra y una noche me vi preguntándole a mamá Tallulah cómo es que podíamos cazar espíritus, y si el monstruo de hueso que me había perseguido por el plano medio no representaba un problema que debíamos exterminar.

—¡Ay, mi niño! —exclamó ella—. El plano medio no es un páramo de descanso, no es la muerte definitiva, así que cuando un alma permanece demasiado tiempo allí comienza a olvidar lo que es, lo que fue... Hasta llegar a un punto en el que se empieza a pudrir y deformar de maneras horribles.

—Supongo que eso explica por qué mis pesadillas siempre se ven y huelen tan mal —puntualicé.

—Y no sólo eso. Suelen atormentar a los contemplasombras y a los hombres con magia, persiguiéndolos, causándoles pesadillas, atrayéndolos al plano medio, todo para que los ayuden a cruzar al plano humano. Pero mientras no se manifiesten en nuestro mundo en carne propia, no hay forma de que podamos cazarlos. Es por eso que necesitábamos tan desesperadamente tu ayuda. Si bien las criaturas de las sombras ya no son tan comunes, sin un contemplasombras no hay forma de que una familia de errantes pueda controlarlas, a ellas o a cualquier humano que sepa algo de magia, así que tu llegada fue una bendición para todos nosotros.

—¿Y Muata no podría hacer algo así para que los acabemos?

—¡Oh, muchacho, si al menos fuese tan fácil como decirlo! La diferencia entre un contemplasombras que no tiene ancestro y uno que sí lo tiene es que éste último posee la capacidad de hacer magia. En cambio, el otro es sólo un oráculo que puede ir y venir entre el plano medio y el humano. Así que, sin magia, y ciego como un topo, abuelo Muata no es capaz de hacer algo útil allí.

—¿Y no podría enseñarme algo? Es decir, tampoco tengo ancestro, pero no estaría mal aprender un par de cosas antes… —aventuré a preguntar.

—Cuando lo crea prudente, el sabio abuelo Muata te enseñará todo lo que sabe, pero de momento, hay que dejar en paz, tanto a él como al plano medio.

Después de eso, mamá Tallulah no dijo otra palabra al respecto.

A pesar de que el monstruo de hueso fue sepultado poco a poco debajo de mi lista de prioridades, me vi rogando a los demás para que, por lo menos, me contasen algo sobre la transformación, pero no recibí más que silencio, todo bajo la excusa de que el primer cambio es algo que debe experimentarse y no transmitirse.

Aún con frustración, perdoné su hermetismo porque comencé a sentir con más intensidad un extraño cosquilleo en el estómago siempre que volvía a la reserva para verlos; se estaban ganando mi cariño casi sin esfuerzo.

Julien tiene treinta y dos años, y un carácter tan bizarro que en un segundo estás partiéndote de la risa y al siguiente lo quieres partir a él. A pesar de nuestra diferencia en edad, nos llevamos de maravilla, tanto así que puede decirse que tenemos la relación más inmadura de toda la tribu, aun cuando he aprendido muchísimo de él.

Cuando me toca ayudarlo en la cocina, nos pasamos el rato mofándonos uno del otro o adivinando los motivos por los cuales Nashua posee un carácter tan agrio. Tenemos muchas teorías, pero nuestra opción favorita es un objeto incómodamente grande perdido en su trasero.

Aunque para nuestra mala suerte, un día nos escuchó, y no recuerdo haber recibido en mi vida un puñetazo tan horrible como el que Nashua me propinó en aquella ocasión. Me alegro de que haya bastado la curación de Johanna, y no haber perdido un diente como Julien. Juntando eso con lo de su dedo amputado, no me extrañaría si el pobre se empezara a caer a pedazos un día de éstos.

Por lo demás, no puedo decir gran cosa sobre Nashua. Tiene veintinueve años y ha estado toda su vida en la reserva, de ahí que conoce su sangre de errante desde que era un niño. Él suele evitarme la mayor parte del tiempo, pero Julien asegura que es hostil con casi todo el mundo y que, sobre todo es por haber crecido con personas tan estrictas como padre Trueno y el abuelo Muata. A la única persona a quien Nashua parece tratar con un poco más de delicadeza —porque de imbéciles no nos baja—, es a Johanna.

Ella tiene veinticinco y es, sin contar a Tared, la persona más centrada de los errantes jóvenes. Aunque más de uno me ha asegurado que no siempre ha sido así, que esa actitud es sólo una barrera para que la gente no descubra su verdadera naturaleza violenta, cosa que me provoca una profunda curiosidad. Sobre todo cuando la veo tan empeñada en aprender todo lo que puede de mamá Tallulah.

Y hablando de la anciana lechuza, ella es quien se ha ganado el lugar más especial de todos en mi corazón. La primera vez que me quedé a dormir en la reserva estaba sentado junto a la fogata contemplando la fotografía de mi padre cuando mamá Tallulah se acercó, vio la imagen y me pidió que le contase sobre él. Cuando terminé mi historia, me preguntó si alguna vez había pensado en mi madre.

La verdad es que me avergonzó mucho decirle que no, ya que como la única prueba que tenía de algún familiar mío era la imagen de mi papá, nunca asimilé otra figura paterna. Ella me abrazó y me dijo que no había criatura más solitaria que aquélla que no conocía el amor de una madre, así que estaba feliz de que yo ya no estuviese solo.

Por primera vez, correspondí el abrazo.

No caben en mi boca palabras para describir la gentileza de esta mujer, ni el sentimiento de cariño que despierta en mí su mirada de nube, ni la felicidad que me embriaga cada vez que llego a la aldea y ella me recibe con un apretón. De pronto, la imagino con Louisa, como el día y la noche; tan distintas entre sí pero llenas de una luz que borra, a su modo, toda soledad en mí.

Crecí sin una madre, pero de pronto, aquí, en la hechicera Nueva Orleans, había ganado a dos sin saber realmente si yo era merecedor de ellas.

A pesar de las intensas relaciones que he estado construyendo con los habitantes de esta aldea, creo que es con Tared con quien tengo la más cercana. No sé si es por el hecho de que con él comenzó todo esto o porque nos vimos frente a la muerte juntos, pero tiene algo que me hace sentir una confianza desbordante, algo en su esencia, en su manera de hablar y de moverse a mi alrededor que pareciera entenderme a la perfección.

Es el tipo de persona que, más que imponer respeto, te lo inspira de forma natural, y a pesar de que su estatura, su mirada, su porte y todo en él es intimidante, siento que no podría estar en ningún otro lado además de allí: a su lado.

Y supongo que es el tipo de sensaciones que transmite un buen líder.

Eso me lleva a recordar otra cosa que he aprendido: la cuestión de la jerarquía. Los únicos que tienen algo de autoridad aquí son padre Trueno y Tared. Éste último rinde cuentas sólo al anciano y, por lo que me ha dicho, Julien funge como un segundo al mando. Desconozco la forma en la que escaló hasta ese grado de autoridad, pero no tengo problema con ello. El hombre lobo ha demostrado más de una vez lo capaz que es de manejar a una jauría de locos como nosotros, por lo que es la única persona en quien pondría mi vida a su cuidado.

Todos me han advertido que sólo hay una cosa que puede hacerlo enojar: hablar de su pasado. Así que hasta ahora he tenido la prudencia de preguntar lo menos posible al respecto, muy a pesar de que muero de curiosidad por saber un poco más sobre el enigmático hombre lobo... Aunque, en el fondo, no puedo culparlo, ya que a mí tampoco me gustaría empezar a contar a todo el mundo sobre mi vida en la India.

De padre Trueno puedo decir casi tanto como de Nashua. A pesar de que no me ignora tanto como abuelo Muata, tampoco parece especialmente interesado en mi presencia. Es como si le bastase dejarme al cuidado de Tared, cosa que tampoco me molesta mucho; hay algo en ese anciano que me hace sentir casi desnudo, como si pudiese arrancarme la piel a través del escrutinio de su mirada.

A todos los he conocido más como personas que como errantes, lo cual ha ayudado a fomentar mi afecto hacia ellos y hacia este lugar porque, a pesar del poco tiempo que llevo viniendo aquí, la aldea es el sitio donde más he echado raíces en toda mi vida.

La India, el Tíbet, los Estados Unidos... Siempre creí que la clave para encajar en el mundo era tratar de parecerme a la gente común, así que nunca imaginé encontrar mi verdadero hogar en medio de seres infinitamente distintos los unos de los otros.

Durante generaciones, este terreno ha pertenecido a la familia de los ancianos —por lo que entendí, los tres son primos lejanos—, así que el gobierno les permite vivir allí sin problemas. Los únicos humanos que habitaron aquí en las últimas décadas fueron los familiares del anciano contemplasombras; una sucesión de madres solteras que no pudieron sobrellevar la vejez ni el cáncer uterino.

Todo Comus Bayou, a excepción de Tared y yo, vive aquí. El hombre lobo tiene un pequeño negocio en un vecindario cercano a Audubon Park; una herrería donde se dedica a fabricar bajo pedido balcones, estructuras de metal y cosas por el estilo, motivo por el cual imagino que no se ha mudado aquí. Más de una vez me he sentido tentado a buscar su dirección y hacerle una visita, pero algo dentro de mí siempre me dice que debo dejar que él tome la iniciativa.

Es su casa, después de todo.

Johanna y Julien también tienen sus propios trabajos, mientras que Nashua funge de guardabosque en la reserva un par de días a la semana. Estos empleos, junto con las rentas de otros terrenillos que tiene padre Trueno, son los que contribuyen a poner comida en la mesa, cosa que también comencé a hacer, muy a pesar de que no puedo aportar mucho con mi flamante sueldo del centro budista.

El verme envuelto de pronto en este mundo tan humano y a la vez tan extraordinario, me ha hecho pausar la búsqueda de mi padre. No me he olvidado de él, de hecho, cada noche viene a mi mente su imagen y el innegable deseo de poder encontrarlo, pero creo que lo mejor será adaptarme primero a todos estos cambios asombrosos y, después, continuar con mi propósito; tal vez mis habilidades como contemplasombras me ayuden con ello.

Aunque una de las cosas que más me ha gustado es que desde que descubrí que soy un errante, mis pesadillas —como sigo llamando a los espíritus— no han vuelto a molestarme, y eso incluye al monstruo de hueso. A veces quiero creer que es abuelo Muata quien mantiene a todos esos seres apartados de mí, pero sin su capacidad de hacer magia y su actitud tan distante, la idea se esfuma de mi cabeza de inmediato.

Fuera de eso, admito que mientras más tiempo paso en este lugar, más me siento en casa. Ahora el centro budista me parece un sitio tan alejado de un hogar que, a veces, sólo espero que termine el día para volver con la tribu, y los días en los que me quedo a dormir en la reserva, acomodado en una de las literas donde comparto cuarto con Nashua, Julien y Johanna, se vuelven una página más en un álbum de hermosas memorias que he estado construyendo en mi mente, donde sólo entran Louisa y los errantes.

Al calor de la fogata al atardecer, y de las historias asombrosas que escucho alrededor de ella, creo que en verdad empiezo a entender el significado de la palabra *familia*.

CAPÍTULO 21
UN GRITO A MEDIAS

Espiarte me ha costado más trabajo debido a la molesta línea de sal que has puesto en la cornisa, lo que me ha obligado a colgarme de un par de clavos para poder asomarme a través de uno de los agujeros del plástico con el que has cubierto tu ventana. Un soplido de tus fríos labios y la vela de tu altar se apaga, fundiendo tu perfil en un leve resplandor.

El humo se eleva hasta el techo y forma siluetas extrañas que se diluyen en la oscuridad. Paseas la mirada por los objetos que hay frente a ti para asegurarte de que nada haya desaparecido de repente. Cráneos, flores, cuernos, trozos de velas, hierbas e incluso un pequeño cuenco de sangre.

Te has dedicado a la práctica del vudú desde que eras una niña, época en la que yo contemplaba con asombro el avance de tus logros, pero hace años que tu fascinación por todos esos objetos mutó en un profundo horror cada vez que tienes que volver a introducirte en los rituales que, durante años, tanto te esforzaste por dominar.

Pobre Laurele. Tus ojos se arrojan a la pequeñísima arruga que se asoma en la cuenca de tus labios; la primera que veo en tu cara desde hace años. Después, levantas del altar la vieja fotografía de un joven que apenas roza los veinte años de edad, y cuyo rostro exhibe una amplia sonrisa. Una mujer que parece haberse robado el corazón del mundo en la mirada lo abraza con una alegría palpable aun a través de un retrato tan viejo.

Aquella imagen parece impregnarte de adrenalina, ya que los apretados pechos te suben y bajan frenéticamente hasta que te levantas de tu silla para calmar el furor.

Das vueltas por la habitación y miras con recelo el resplandor diurno que se cuela a través de los orificios del plástico negro que has colocado sobre tu ventana.

Al ver mi ojo asomarse por uno de ellos tomas una cinta aislante de tu gabinete y, uno a uno, comienzas a cubrirlos, intentando bloquear la vista hacia tu pequeño mundo infernal. De pronto, te detienes con un trozo de cinta pegajosa que tiembla entre tus dedos.

Tu dilatada mirada sigue uno de los suaves hilitos de luz, el cual alumbra una de las paredes de tu habitación ovalada. Temblorosa, te asomas a través de él para ver el exterior. Por unos segundos, jadeas, seguramente ahogándote ante la necesidad de gritar.

Quieres escapar. Quieres dejar de ver huesos, quieres quemar todas esas cabezas reducidas, botar tus velas y calaveras a la basura y comenzar desde cero, como una mujer nueva. Lo sé, te he observado durante años, he visto tu cabeza estrellarse infinidad de veces contra los muros de esta casa tratando de acallar las voces de culpa, tu entrepierna cerrarse ante el dolor de pagar el precio de tu poder. Pero cada vez que contemplas al muchacho de aquella fotografía, un deseo todavía más sombrío y grotesco se asoma en lo poco que te queda de corazón. Por eso estoy aquí, contemplándote morir con lentitud entre las sombras de tu remordimiento.

Como si me hubieses escuchado, tomas otro trozo de cinta. En un ataque de locura terapéutica, tapizas cada centímetro de la ventana con aquel material. Estás a punto de cubrir el agujero por el cual te espío, cuando ambos escuchamos un llamado mudo que te advierte, ya no estás sola.

CAPÍTULO 22
WITCH DOCTOR[12]

A las dos de la mañana mis párpados ganan peso, pero no el suficiente para hacerme dormir. He contemplado tanto el libro que sostengo entre las manos, que más parece él estar contemplándome a mí, por lo que lo cierro y lo arrojo a un lado de la cama.

Leer siempre me ha ayudado a conciliar el sueño, pero creo que no podré pegar ojo en lo que resta de noche. Siempre que estoy en el centro budista me cuesta trabajo dormir, quizá porque no me siento tan seguro como en la reserva, o porque, simplemente, estoy desacostumbrándome a estar solo.

Con la garganta seca, salgo de la habitación en busca de agua. Atravieso el pasillo en penumbras, y me dirijo a la cocina sin siquiera mirar una sola vez la tienda budista.

Si no le pregunto a abuelo Muata por qué mis pesadillas no me siguen dos veces en el mismo lugar o cómo son los portales de donde brotan esas criaturas, es porque estoy bastante seguro de que al viejo le importan una mierda mis dudas.

Enciendo la luz y lleno un vaso con agua del grifo. Estoy a punto de beber un sorbo cuando distingo, desde la ventana

---

[12] Nombre con el que se conoce a los varones practicantes del culto vudú.

que está sobre el lavabo, algo que se mueve en la oscuridad de afuera. Desde la casa de uno de los vecinos, un semblante blanco y flotante me mira.

Me tallo los ojos para asegurarme de que no alucino debido al cansancio, pero al fijarme mejor, distingo un cuerpo bajo esa cara. Un hombre delgado vestido con traje y sombrero de copa, y con la piel tan oscura como la noche que lo rodea, está recargado en uno de los postes del pórtico, viendo hacia acá. Está descalzo, y la parte blanca de su cara no es más que pintura.

Lo primero que me viene a la cabeza es que se trata de algún turista que ha venido al *Mardi Gras*. Los desfiles comenzaron hace semanas y Louisa me ha dicho que la gente suele disfrazarse, usa máscaras extrañas y comportarse de forma extravagante.

Vaya loco. Miro el teléfono de pared que está a mis espaldas y considero la posibilidad de llamar a la policía, hasta que regreso la mirada hacia el cristal.

—¡CARAJO!

Doy un salto hacia atrás. El hombre está ahora a sólo unos metros de la ventana, y me mira con unos ojos negrísimos que parecen vacíos. Se lleva un habano a la boca y da la vuelta para dirigirse hacia el patio trasero. Una alarma se enciende en mi interior.

Síguelo.

Arrojo el vaso al lavabo, atravieso la cocina a toda prisa y me dirijo a la salida de emergencia para ver si ha entrado al jardín. Miro a un lado y a otro, con la noche apenas iluminada por el resplandor de las lámparas de la sala.

Nada. El hombre se ha esfumado.

Un olor a quemado brota a mis espaldas. Doy media vuelta y veo que una espesa cortina de humo emerge de la puerta de emergencia.

Corro despavorido hacia el interior del centro, buscando la causa del incendio. Inflo los pulmones para pedir ayuda, pero me detengo en el acto.

—¿Qué diablos está pasando?

La enorme fumarola proviene de un habano que yace en la mesa de la sala. Me acerco corriendo y aplasto la punta con la manga de mi sudadera, dejando un agujero negro en la tela.

Enciendo los ventiladores del techo y, sobre el ruido de las aspas, escucho un tintineo. Los pelos se me ponen de punta.

Sobre la mesa hay un par de monedas de oro que juro, no estaban allí hace un instante. Y junto a ellas, yace un pequeño muñeco de paja y trapo... con montones de agujas negras insertadas por todo su cuerpo.

Mis botas chasquean en el asfalto mientras me dirijo hacia el Barrio Francés. Acostumbrado a las multitudes, serpenteo sin dificultad entre la gente que se ha multiplicado con el inicio del carnaval. Me tomó toda la noche decidirme venir hasta acá, pero al final pensé que lo mejor que podía hacer era acudir a la primera persona que, creo, puede decirme qué carajos hacía un muñeco vudú en la mesa del centro.

Sólo espero que Louisa nunca se entere que vine a ver a su hermana, no soportaría decepcionarla, muy a pesar de que pareciera que estoy haciendo todo lo posible por lograrlo.

Para mi sorpresa, hay un montón de gente arremolinándose en el local de Laurele, tan apretujados que entran y salen a tropezones, como si ella estuviese regalando sus baratijas.

Me echo el cabello hacia atrás. No será fácil entrar y mucho menos captar su atención con tantos clientes, pero estoy decidido a no marcharme sin respuestas.

Saco de mi bolsillo una de las monedas de oro. La palabra *"Gourde"*[13] aparece en relieve, junto con el dibujo de lo que parecen ser unas palmeras y un desgastado 1815.

—*Elisse... Elisse*, ¡Eliiiiiisse! ¡Soy el espíritu de tus comidas pasadaaas!

Mis nervios se disparan cuando veo a un enorme perro caliente detrás de mí, danzando e imitando a un fantasma mientras agita sus brazos de mostaza.

—¿Pero qué carajos...? —el perro caliente deja de bailar y se cruza de brazos.

—¿No me reconoces? ¡Soy yo, Julien!

—Ah... —mi frente se relaja. Doy media vuelta y me alejo a paso rápido de él.

—¡Oye, oye! ¿A dónde vas?

La enorme salchicha me rodea y me bloquea el paso dando brinquitos torpes. Abre la rejilla que cubre su cara y revela el rostro enrojecido y sonriente de Julien.

—¿Ves? ¡Soy yo! —dice el muy idiota, con una sonrisa que me siento tentado a romper de un puñetazo.

—¡Serás imbécil! —exclamo, golpeándolo en el brazo—. ¡Me has dado un susto de muerte!

—¡Ay, no seas llorón! —dice, y su rostro se deforma en un puchero que termina por hacerme reír—. ¿Qué estás haciendo por aquí, flaquito?

—Vine a ver a alguien, pero no voy a tardar mucho, ¿y tú...?

—Oh, estoy trabajando horas extra —dice, mientras agita el letrero de *"Dos salchichas al precio de una"* que lleva en su barriga.

---

[13] Moneda haitiana introducida en el año 1813.

—¿De botarga? ¿No tenías unos carritos de comida?

—Bueno, sí, pero como a ninguno de mis empleados le gustó mi idea del disfraz para hacer promoción, tuve que hacer el trabajo sucio yo mismo.

—No pareces muy triste por eso.

—Oh, para nada. Me ejercito y, de paso, hago reír a las chicas con mis bromas, ¿qué más puedo pedir?

Sacudo la cabeza de un lado a otro y contengo un poco la risa. Johanna dice que este pedazo de tonto compensa su falta de cerebro con un atractivo que, según sus palabras, casi iguala al de Tared.

Todo rastro de risa se borra de mi cara. Pensar en la situación de Johanna respecto a Tared siempre me causa inquietud, con todo eso de qué pasaría si dos errantes se apareasen. Vuelco mi atención en la tienda de Laurele y me quedo en silencio más tiempo del conveniente, por lo que Julien sigue la dirección de mi mirada y me cuestiona a través de sus ojos marrones.

—¿Todo bien? —pregunta.

—Sí, claro —respondo, tan poco convencido que hasta yo mismo sospecho de mi actitud. La cara de mi *hermano* se transforma, dando paso a una evidente preocupación.

—Elisse, ten cuidado, por favor —me dice, apretando mi hombro con la mano a la que le falta un dedo—. Recuerda que todavía no tienes un ancestro, por ende, estás desprotegido ante cualquier ataque, así que no se te ocurra hacer una locura por tu cuenta.

Vaya, Julien a veces me sorprende. La mayor parte del tiempo parece un sujeto demasiado infantil y despreocupado —por no decir estúpido—, pero tiene la cabeza lo bastante fría para comprender las cosas con más claridad que yo.

—Mira, sólo vine a hacerle algunas preguntas a una persona de por aquí, nada importante —miento—. En cuanto termine, prometo que me iré directo a la reserva. En serio.

—Bueno, ¿a qué hora pasará Tared por ti?

—No lo hará. Quedé en comer con Louisa, así que iré por mi cuenta en cuanto termine.

—Ah, con razón se veía algo desanimado esta mañana, antes de mandarme al diablo cuando fui a pedirle que se midiera la botarga.

—¿Cómo?

—¡En fin! Nos veremos más tarde, entonces. Y por amor de Dios, al menos consigue un cuchillo o algo con qué defenderte.

Se despide de mí y se adentra en la multitud gritando a todo pulmón su oferta.

Reúno todo mi valor y me dirijo de nuevo al local de Laurele. Entro en él a trompicones y me abro paso entre los turistas que parecen saquear la tienda a diestra y siniestra. La mujer está detrás de su mostrador, inflando la barriga metálica de su caja registradora con billetes con una tranquilidad extraordinaria, a pesar de que un montón de gente le habla al mismo tiempo. Mi mirada se cruza con la de ella y, de pronto, parece brillar.

—¡Señores! —grita a todo pulmón.

Un silencio helado se instaura en el lugar, mientras todas las cabezas giran hacia ella. La bruja cierra la caja fuerte de un golpe.

—¡Lárguense!

Todos empiezan a salir de la tienda, uno por uno hasta dejarla vacía. Un silencio frío queda entre mi cara de espanto y la sonrisa de medio loca de Laurele. Ella se acerca, por lo que, instintivamente, doy un paso atrás.

—Qué gusto me da verte, muchacho —sisea—, habías tardado en visitarme.

—¿Cómo ha hecho eso?

—Qué lindo gesto —responde, ignorando mi pregunta—, a que te morías por ponerme los ojos encima de nuevo.

La intimidación es reemplazada por desprecio. Meto mi mano en el fondo de mi viejo morral y siento algo pincharme. Saco el muñeco de vudú y me miro los dedos, ahora salpicado con gotas de sangre. Chasqueo la lengua y arrojo la figura a la recepción de madera.

—¿Y esto?

—Es lo que quiero saber. Apareció ayer en el centro, y después de lo que acabo de ver, estoy seguro de que usted puede decirme por qué.

Ella mira el muñeco y saca un cigarro del bolsillo de la falda para llevárselo a la boca. No me siento tan asombrado como debería al ver que se ha encendido solo.

—Qué afortunado, pequeño. Parece que has recibido la visita de un Loa.

—¿De quién? —pregunto, poniendo mi mejor cara de estúpido.

—En el vudú tenemos distintos niveles de deidades —responde—. Los Loas son intermediarios entre nosotros y el dios supremo, oráculos del mundo espiritual que sirven para comunicarnos con él. Cuando un Loa quiere algo de ti, te deja regalos para hacértelo saber. ¿A que te ha dado unas monedas de oro también?

Lucho con todas mis fuerzas para no parecer demasiado sorprendido.

—¿Pero qué puede querer de mí un Loa?

—Bueno, muchacho, depende de qué tipo de Loa sea. Puede ser un favor, algún sacrificio o incluso que le entregues tu cuerpo para fines lujuriosos. Son seres muy caprichosos.

Arrugo la nariz, asqueado.

—¿Quién en su sano juicio haría algo así para ellos?

—Oh, mi niño, a los Loas les encantan los tratos. Te aseguro que si les das tus servicios, ellos te recompensarán con algo muy valioso y que realmente quieras, por más imposible que parezca. De hecho, deberías sentirte con suerte. La gente es la que suele buscar los favores de un Loa, pero, al parecer, es éste quien quiere algo de ti.

Me gustaría acudir a mi lógica y decirme que nada de esto puede ser cierto. Pero ya he descubierto que soy un ser sobrenatural, y que existen planos espirituales y criaturas monstruosas viviendo alrededor de nosotros sin que nos demos cuenta. Entonces, ¿qué posibilidad hay de que esto no sea falso?

Un extraño brillo rodea a Laurele, no de luz, sino una esencia pútrida, casi como un aura negruzca. Esta mujer no es normal, y estoy seguro de que tampoco es una errante, pero tiene más influencia mística de la que me conviene soportar. Siento la tentación de decirle lo que vi anoche, pero las palabras no salen de mi boca.

—Por cierto, ¿de casualidad has visto mi libro? —su pregunta me hace dar un ligero respingo.

—No. La verdad es que no —miento por instinto—. De todas maneras, muchas gracias por la información.

Salgo de su tienda a zancadas y sin mirar atrás. Y por suerte, ella no me retiene.

Una incógnita carcome mis pensamientos. ¿Esto tendrá alguna conexión con los errantes locos que han aparecido en la reserva?

Vudú, Loas, favores. Todo parece tan atrayente que me es casi imposible contener el temblor de mis manos por tener ese libro rojo de nuevo entre ellas. Mi encuentro con los errantes fue tan repentino y he estado tan ocupado en la reserva que me olvidé completamente de él, pero ahora mis ansias de conocer más sobre estos misterios hacen desaparecer la distancia bajo mis pies. Llego al centro budista casi en un parpadear.

Lo primero que hago es dejar caer la mano sobre el teléfono de la cocina. Escucho el pitido de la línea, pero mis dedos no teclean el número de la reserva.

El mutismo de abuelo Muata me hace considerar la posibilidad de que ni siquiera le interese lo que tenga que decir, así que, a pesar de que estoy consciente de que mi pensamiento está más dominado por las vísceras que por la lógica, cuelgo el auricular.

Saco el libro rojo del fondo de mi buró y me siento en el camastro a devorar las páginas que puedo entender. Símbolos, recetas y ritos bailan frente a mis ojos, mientras caigo en la cuenta de que no sólo contengo un instinto bestial dentro de mí, un lado que es invocado por la naturaleza y por mi sangre animal, sino que hay un eco más oscuro y profundo que reclama cada centímetro de cordura en mi interior.

Mi sangre de contemplasombras me llama con una fuerza tan devastadora que estoy casi seguro de que poco o nada quedará en mí de aquel frágil humano que no podía hacerle frente a la oscuridad de un pasillo.

CAPÍTULO 23
ESTRELLAS ESCARLATA

En el asiento del pasajero del coche de Louisa yace el cuchillo que, como me recomendó mi hermano, he adquirido en una tienda de cacería cuyos dueños no parecían muy interesados en saber si era o no mayor de edad. Es pequeño, pero está bastante afilado y su mango de cuero lo hace muy manejable. Esto, junto con lo que he gastado en gasolina, reduce mis tristes ahorros a cero.

¿Qué más da? Estoy más preocupado por la llamada de hace un momento que por el dinero. Hablé a la reserva para avisar que me pondría en camino pronto, pero no alcancé ni a saludar cuando mamá Tallulah ya me estaba pidiendo que fuese allá de inmediato, sonaba nerviosa. También dijo que estarían esperándome en la caseta de entrada, así que mi única preocupación es llegar en una pieza hasta allí.

Enciendo la radio y contemplo de reojo el paisaje que empieza a surgir a través de la ventanilla. Hay un pequeño espacio de lodo y hierba desde el asfalto hasta un profundo muro de árboles altísimos y maleza que bordean la periferia de la reserva.

La silueta de algunos animales se asoma entre el follaje, buscando entre el suelo lodoso rastros de alimento. No hay civilización a la vista, ni una sola casa, sólo kilómetros y kilómetros de esta naturaleza pantanosa. Y para mi suerte, nada de la neblina que sigue inundando la ciudad de vez en cuando. Sólo un cielo despejado y un sol bien brillante que...

El coche da una sacudida y empieza a regurgitar por el escape.

—Rayos. ¿Y ahora qué?

Piso los pedales y acciono la palanca de cambios, pero apenas unos metros más adelante, el cabrón se detiene por completo.

—¿Es en serio?

Sí, y mucho, porque ahora del capó comienza a surgir humo. Salgo corriendo y abro la ardiente cubierta, recibiendo un buen golpe de vapor negro en la cara. Retrocedo de un salto, atacado por una tos rasposa.

—¡¿En verdad, en verdad?! —grito—. ¿No se te ocurrió otra cosa mejor que descomponerte en medio de la nada? ¡Carajo! —reclamo al coche púrpura, aguantando las ganas de soltarle una patada. Podré ser el mejor conductor del mundo, pero no tengo ni puta idea de cómo arreglar un coche tan viejo como éste.

Me alejo unos metros y hago una improvisada visera con la mano para cubrirme los ojos. El último coche que vi cruzar por aquí pasó hace casi veinte minutos, y no hay siquiera una choza a la vista.

Vuelvo al auto y saco el mapa, al que le doy un par de vueltas hasta que logro ubicarme.

Bien, hay cuatro kilómetros desde aquí hasta la gasolinera más cercana, así que con suerte podré encontrar un mecánico en ella. O hasta una grúa, pero sea como sea, no tiene sentido quedarme aquí varado esperando a que pase otro coche. Pongo en neutral el vehículo y, con algo de esfuerzo, lo empujo hasta la hierba para quitarlo del camino. Tomo mi morral, aseguro bien las puertas y comienzo a caminar bajo el sol que, poco a poco, comienza a freírme como a un pollo. Es un día frío, como de costumbre, pero con el ejercicio y los rayos golpeando sobre mi cabeza, la caminata se hace insoportable.

Me detengo bajo un solitario y apartado árbol al lado del camino, arrepentido de no tener agua conmigo.

Una suave brisa me conforta, provocando un murmullo entre la hierba y rompiendo un poco el silencio de la carretera. Me dispongo a quitarme el poncho, cuando algo me hace mirar hacia la dirección por donde vine.

Un ruido que se torna cada vez más sonoro, más constante, pero no logro distinguir lo que es. Una cabeza se asoma a lo lejos, sobre la carretera, y otra más se le une.

Son dos personas que corren descalzas sobre el asfalto; un hombre y una mujer, ambos de cabellos oscuros. Están a unos cien metros de mí.

Tienen los ojos en blanco y les supura espuma de la boca. Sus ropas se rasgan, sus caras se alargan, sus músculos se dilatan, la piel de sus cuerpos se desprende a jirones. Crecen, se ensanchan, se transforman.

Son errantes.

—¡Mierda! —en medio segundo salgo despavorido hacia los árboles mientras mis perseguidores braman de una forma tan humana como bestial. Entro en el bosque y trato de abrirme paso entre la espesa maleza y el suelo fangoso, pero no logro avanzar demasiado cuando las ramas crujen con violencia a mis espaldas. Ni siquiera me atrevo a mirar hacia atrás.

El suelo desaparece bajo mis pies. Ruedo cuesta abajo, enredándome con hierbas y lodo hasta estrellarme contra agua helada. Chapoteo hasta ponerme de rodillas y busco alcanzar desesperadamente mi morral, que flota a unos pasos de mí.

No tardo en comprender que he caído a la ladera de uno de los ríos de la reserva. Larga hierba crece en el agua, y los fosos de lodo se hunden como arenas movedizas. Me levanto y troto para tratar de cruzar al otro lado, pero no logro avanzar más de veinte metros cuando escucho de nuevo los espantosos gemidos de aquellos errantes. Me zambullo entre la hierba y el agua, cubriéndome con el poncho con la esperanza de que la tela marrón me ayude a camuflarme.

Un olor asqueroso empieza a pulular en el aire, por lo que intento jadear lo menos posible para no aspirarla y, al mismo tiempo, no ser escuchado por las criaturas que empiezan a buscar entre los árboles.

El primer monstruo es gigantesco, incluso más que el errante caimán. Sus manos y pies han sido reemplazados por pezuñas, pero su torso y extremidades forradas de pelaje marrón siguen siendo humanos; su cabeza, en cambio, parece haberse quedado a la mitad de la transformación, puesto que un gran hocico de carnero ha brotado debajo de dos ojos tan repulsivos como humanos. Un par de cuernos gruesos se le enrollan a los costados de la cabeza, haciéndose más grandes a medida que parpadeo.

Pero el otro errante es todavía más terrorífico. Un pico grueso sobresale en medio de su deforme cara, pero las manos palmeadas, así como la textura resbaladiza y verdosa de su piel, y la espalda abultada con alguna especie de recubrimiento duro, me indican que no es un ave.

Una tortuga caimán, tal vez, de ésas que pueden partir troncos pequeños con su potente mordida.

Ambos monstruos avanzan despacio, siguiendo el rastro que he dejado sobre la ladera y agarrándose de las raíces con sus torpes extremidades.

El sudor me brota copiosamente por frente y nuca mientras intento retroceder haciendo el menor ruido posible.

Pero algo chapotea a mis espaldas y un fuerte pellizco se clava en mi pantorrilla.

Aprieto los dientes, ahogando un grito de dolor. Una cría de caimán me retuerce la carne de la pierna con sus pequeños dientes afilados, haciendo brotar riachuelos de sangre que se mezclan con el agua del pantano.

Para mi horror, los monstruos yerguen sus cuellos y olfatean el aire con torpeza.

Sangre. Están percibiendo mi sangre.

Retuerzo al bicho hasta que me suelta, desgarrando mi carne.

Aprieto los dientes por el dolor y arrojo al pequeño bastardo lo más lejos que puedo, apuntando al muro de árboles que hay sobre la ladera.

Como un milagro, el pequeño caimán llega hasta allí arriba y se retuerce entre la hierba, provocando el suficiente ruido para que aquellos monstruos trepen como posesos en dirección a él.

En cuanto los veo desaparecer detrás del follaje, me levanto y echo a correr, soportando lo mejor que puedo el dolor en la pierna. Me lanzo hacia el río; es muy bajo y estrecho, por lo que en pocos segundos estoy ya del otro lado.

Pero mi buena racha se desmorona cuando aquellos demonios se percatan del engaño y bajan a toda velocidad por la ladera hacia mí.

Me adentro más en las entrañas de la reserva mientras busco con desesperación un árbol con las ramas lo bastante bajas para poder trepar a él, pero todas son demasiado delgadas o están demasiado arriba para que puedan salvarme.

—¡Joder, joder!

Me obligo a detenerme. El bosque pantanoso termina abruptamente y se convierte en llano. Lo único que hay a la vista, a unos sesenta metros, es un pequeño conjunto de rocas en las que podría trepar.

El olor putrefacto vuelve a alcanzarme junto con sus gritos; la adrenalina me inflama las venas y jadeo con tanta fuerza que parece que mis pulmones van a reventar. Retroceder ahora sería suicidio, por lo que me lanzo al abrigo del amplio prado.

El sol me baña, resplandece a través de la hierba dorada como si atravesara las llamas de una incandescente hoguera de luz. Todo ocurre en cámara lenta a pesar de que jamás había corrido tan rápido. Y con tanta fuerza.

Llego a las rocas y, de un solo salto, subo a la más alta, que está a no menos de metro y medio del piso. Jadeo ante el insólito suceso, para luego sacar mi cuchillo del morral y empuñarlo como mi única esperanza ante las monstruosas criaturas que corren hacia mí. La tierra tiembla a su paso, sus fauces hambrientas babean, sus gargantas braman con fiereza.

Voy a morir.

Es el último pensamiento que tengo antes de ver cómo un bulto rojizo, enorme, veloz e imparable cruza a mi lado. Un gigantesco hombre con la cabeza de un bisonte se lanza hacia las bestias a una velocidad asombrosa; su pelaje rizado vibra entre la hierba dorada y sus enormes cuernos despuntan como dos gruesas espadas negras, adornando el enorme cráneo que, instantes después, golpea contra la frente del carnero. El golpe retumba con tanta sonoridad que parece como si dos rocas se hubiesen estrellado entre sí.

Atascado entre los cuernos del bisonte, el errante carnero es levantado en el aire e incrustado contra el suelo. El monstruo se retuerce y se levanta para devolver la embestida, pero el otro resiste el ataque y lanza un puñetazo al hocico del carnero.

La mujer tortuga ni siquiera se detiene a auxiliar a su compañero, y continúa corriendo hacia mí. Levanto el tembloroso e inútil cuchillo, aunque usarlo contra esa criatura será como intentar detener una avalancha con una ramita.

Ella se acerca a zancadas, está a treinta metros, veinte metros, diez metros, la mandíbula me tiembla tanto que parece a punto de desprenderse… hasta que un nuevo bramido brota entre los árboles.

En uno de los costados del llano surge otro híbrido de entre las sombras. Piernas, brazos y tórax humanos, con garras enormes y un grueso cuerpo de abultados músculos tapizados de un pelaje negro; un hombre oso se lanza hacia la errante y estampa su gigantesca palma contra su hocico, arrancándole un borbotón de sangre negruzca.

La criatura, a pesar del impacto, estira el cuello a una velocidad increíble para cerrar sus potentes mandíbulas en el antebrazo del oso. Él ruge con furia y clava sus negras garras en el hombro de su contrincante, para después jalar el músculo y arrancar un buen trozo de carne como si fuese un poco de caucho.

Detrás de ellos, el carnero estrella su cornamenta contra la del bisonte de una forma tan potente que casi puedo ver cómo la fuerza liberada hace vibrar el aire. Ambos se debaten en una pelea muy pareja de músculos y huesos en la que sus frentes comienzan a sangrar por el ímpetu de los impactos.

Bramidos, golpes, embestidas; presencio cómo la leyenda y la realidad se enfrentan como dos poderosos titanes, puesto que la pradera se ha convertido en el coliseo de una batalla mitológica que, si no la estuviese viendo con mis propios ojos, jamás podría siquiera imaginarla.

Y ninguno de los cuatro parece ceder.

Mierda.

Comienzo a bajar de la roca para ver si puedo encontrar algo, cualquier cosa que ayude a desnivelar la balanza, muy a pesar de que sé que en medio de aquellos gigantes yo no haré más que entregarme a la muerte.

Pero, por encima del miedo que me sacude, el instinto me hace mirar a mis espaldas.

Un rayo de luz me ciega por unos instantes, pero no es el sol lo que resplandece: es la piel de la criatura más asombrosa que he visto en toda la vida.

Dando pasos firmes que parecen detener el mundo, aquel cuerpo enorme se dirige hacia mí, elegante y cubierto por un reluciente pelaje plateado que brilla como si estuviese hecho con puntas de navajas. En sus hombros se desliza una densa mata de pelo largo y oscuro; una nube salpicada de relámpagos que lo hacen ver como si llevara una tormenta a cuestas. Como si él mismo fuese la encarnación de un furioso huracán.

Tared me mira con sus ojos de trueno, investido como una bestia proveniente de las leyendas más antiguas de la humanidad. Su anatomía es similar a la de un ser humano, dura y gruesa como mármol, pero esa cabeza, esas garras, esas piernas son tan bellamente lobunas, que sólo estoy esperando escuchar un aullido surgir de sus negros labios.

En una de sus manos, o híbrido de manos y garras, sostiene una gruesa y pesada lanza en la que destella el brillo de una punta de hierro, tan grande que podría ser del tamaño de mi cabeza.

—¿Tared? —murmuro sólo para comprobar si aún tengo la lengua dentro de la boca.

Él pasa a mi lado y se detiene a un par de metros de las rocas para darme la espalda, enfocado en el campo de batalla.

—¡Nashua! —grita con una voz profunda y potente que revela su capacidad de hablar, incluso en forma bestial.

El hombre oso nos mira y, como si obedeciera una orden acierta otro zarpazo a la cara de la tortuga errante y se aleja dando un salto hacia atrás. Tared levanta la lanza por encima de su hombro, entrecerrando su salvaje mirada. Se concentra, espera apenas un respiro y, con una fuerza brutal, la arroja.

La lanza zumba a medida que viaja por el aire, convertida en una flecha; el arma de hierro atraviesa el cuello de la mujer tortuga con tanta potencia que le arranca la cabeza de tajo. Sangre negruzca se derrama a borbotones por su cuello cercenado hasta llegar a sus pies.

En medio de la carnicería, un símbolo borroso comienza a brillar en el muslo de la errante. Desaparece a los pocos segundos, apenas unos instantes después de la muerte de aquella criatura y no me da la oportunidad de distinguir con claridad lo que era.

—Esto… esto ya había pasado —murmuro. Ese brillo, esos símbolos, ¡no es la primera vez que los veo!

Azotándome la memoria como un látigo, me llega el vago recuerdo del hombre caimán. Nashua se abalanza contra el carnero para ayudar a quien supongo es Julien, mientras Tared sale disparado hacia ellos.

Mi mente trabaja con más velocidad que nunca para discernir qué es lo que acabo de ver. ¿Qué eran esas figuras? El símbolo en el muslo de esa mujer no duró ni un segundo. ¡No pude distinguirlo!

Pero el caimán errante retuvo aquellos símbolos por más tiempo mientras moría. ¿Por qué? ¿Por qué seguía brillando si estaba…?

—Agonizando… —susurro—. ¡Estaba agonizando! ¡Alto, Tared, alto! —grito a todo pulmón.

Mi mano se cierra herméticamente sobre el mango del cuchillo a la par que bajo de un salto de la roca. Mis tobillos se sacuden de dolor ante el impacto.

—¡Alto, alto! —exclamo de nuevo y corro hacia ellos con la pantorrilla herida palpitando con furia.

Nashua se distrae con mi llamado, y el maldito carnero aprovecha para propinarle un potente cabezazo en la mandíbula. La sangre salpica al viento y al errante enloquecido. El bisonte embiste a la criatura por las costillas y la derriba, mientras Tared llega hasta la lanza y la arranca de la tierra.

Carajo, van a matarlo si no hago algo.

Nashua y el bisonte levantan al errante y lo sostienen ante Tared, quien apunta su arma al corazón de la criatura. El monstruo grita y arroja espuma por el hocico, abriendo de par en par sus ojos en blanco.

Mi cuchillo vuela hacia las negras garras de mi líder, apenas rozándolo. Los tres se vuelcan hacia mí.

—¡No lo mates! —exclamo, a punto de vomitar por el esfuerzo—. ¡Por tu puta vida! ¡NO LO MATES!

—¿Qué demonios te ocurre? —grita el lobo, y la potencia de su rugido me arroja hacia atrás.

De pronto, el carnero errante enloquece. Se retuerce, brama y lucha por zafarse del agarre para poder alcanzarme, pero Nashua y Julien lo someten con todas su fuerzas. Miro con los ojos desorbitados al monstruo y expulso los últimos vestigios de oxígeno de mis pulmones.

—¡No lo maten por nada del mundo, por favor!

—¿Te has vuelto loco? —vocifera el oso.

La criatura se retuerce una vez más, por lo que el lobo atrapa su garganta entre sus garras. Espantado, me lanzo a su brazo para jalarlo con todas mis fuerzas.

—¡No, Tared! ¡Sólo tienen que retenerlo unos momentos! ¡Por favor, confía en mí, te lo ruego!

Tared asoma sus colmillos furiosos.

Si él quisiera, podría arrancarme la cabeza en ese instante, pero decido no retroceder a pesar del potente miedo que despierta en mí aquel lobo iracundo.

Agita su brazo con violencia y se libera de mi agarre, pero, para mi sorpresa, se coloca a la espalda del carnero y le jala el cuello hacia atrás. No me detengo en darle las gracias, así que levanto mi cuchillo del suelo y lo empuño con fuerza.

—Por lo que más quieran, no vayan a soltarlo —ordeno.

El monstruo, hambriento por mi pellejo, se retuerce entre el mar de brazos.

Demasiado enérgico, demasiado resistente… Demasiado vivo aún para que el símbolo aparezca. Arrugo la nariz ante el asqueroso olor que despide y después, clavo mi cuchillo profundamente en su duro vientre.

Nada. Ni un solo resplandor.

Lo apuñalo de nuevo en el mismo sitio, una y otra vez bajo sus bramidos. La sangre salpica mi rostro a medida que el agujero se agranda con cada penetración de la navaja, pero el hijo de puta sigue resistiendo. Siento la mirada exorbitada de mis hermanos, pero no desisto de mi horripilante labor, y menos cuando la criatura, poco a poco, deja de moverse.

El símbolo comienza a brillar entre sus clavículas. El monstruo por fin agoniza.

—¡Arrójenlo al suelo! —exclamo, y por suerte, los tres lo hacen sin titubear y sin soltarlo un solo instante. Me arrojo sobre su pecho y comienzo a desenterrar los símbolos que aparecen en él, levantando una capa de piel y pelo a mi paso.

De pronto, mi cuchillo se desliza sobre un pecho totalmente humano.

Me echo hacia atrás de un salto y contemplo con horror a un hombre en el suelo, apretujado bajo el agarre de mis hermanos y que escupe sangre de su mandíbula partida.

—¡Elisse! ¡¿Qué ocurre?! —exclama Julien.

Parpadeo y aquel hombre vuelve a ser el monstruoso errante. Aprieto los labios, sintiendo que algo dentro de mí se retuerce de horror al darme cuenta de lo que estaba haciendo.

Miro mis manos, ensangrentadas y temblorosas, y dejo caer el cuchillo al suelo. ¿Acabo de asesinar a una persona?

Pero es demasiado tarde para arrepentirme. Ante mis ojos, y en el pecho de ese errante, de esa persona, yace el símbolo marcado a través de una línea escarlata.

CAPÍTULO 24
POLVO Y SOMBRAS

—Por Dios… —susurra Johanna cuando Julien arroja el enorme cadáver del carnero a sus pies, levantando una ligera cortina de polvo. Después, mira con especial horror mis ropas empapadas en sangre, mientras padre Trueno inspecciona el cuerpo con dureza.

Tared y Julien se ajustan las pieles que tienen amarradas a la cintura como si fueran suéteres, y el sonido de la carne pegajosa por la sangre, junto con el olor de esos pelajes, me revuelve el estómago una vez más.

—¿Pero qué diablos ha pasado? —pregunta por fin padre Trueno.

—Dos errantes, más fuertes que los anteriores —responde Julien entre jadeos—. Tared estaba en lo cierto. Elisse corría peligro.

Pierdo firmeza en las rodillas y reprimo, desde lo más hondo de mi ser, la necesidad de aferrarme al costado de Tared para cobijarme bajo su fuerza y dejar de temblar. Para dejar de sentir que una brecha se abre bajo mis pies.

Por los dioses. Por mi padre.

He matado a un hombre.

Mamá Tallulah empuja la silla de ruedas de abuelo Muata hacia el cadáver para que el contemplasombras pueda inclinarse sobre éste. Hunde los dedos en la carne putrefacta y, como si fuese perfectamente capaz de verlas, traza las líneas que hice en la carne del monstruo.

—¿Quieres decirnos qué ha pasado, hijo? —pregunta mamá Tallulah, y su voz me suena tan distante que apenas puedo comprender lo que dice.

El ruido de una camioneta llega a nuestras espaldas; Nashua conduce una vieja Suburban negra, arrastrando detrás de sí un remolque donde yace el cuerpo de la mujer tortuga. Nos pasa de largo y se introduce en la parte trasera de las cabañas, seguramente para resguardarlo de momento debajo de alguna lona. Minutos después, vuelve con nosotros y ocupa un lugar a mi lado.

Me percato de que todos hemos rodeado a la criatura como si contemplásemos una fogata.

—Mi coche se descompuso en medio de la carretera —digo en voz baja, enfermo de mí mismo—. Me alejé para buscar una gasolinera, pero estos dos aparecieron de la nada y…

—No, niño —me interrumpe abuelo Muata—. Se refiere a qué es lo que has hecho en el pecho de este hombre.

Miro los siniestros símbolos aún recubiertos de sangre seca; la carne partida se abre como trozos de un libro. Abro y cierro los puños; mis dedos aún sienten la sangre entre ellos.

—Cuando la tortuga errante murió, apareció un símbolo en su muslo, uno que sólo yo pude ver. De repente recordé que le había pasado algo parecido al caimán errante; un símbolo en su frente que se hacía más claro a medida que agonizaba.

Me arqueo un poco hacia delante al recordar el cuchillo hundirse en ese vientre humano.

—¿Y por qué mierda no lo habías dicho hasta ahora? —reclama Nashua.

—No lo recordaba —digo con un hilo de voz, tan presa del horror que soy incapaz de explotar en ira ante su provocación—. Estaba tan aturdido después del accidente con el caimán que yo...

—¿Y qué hay del ciervo errante que encontraron en el parque? ¿También estabas muy aturdido?

Palidezco mientras la mirada de todos recae sobre mí. Aprieto los párpados y bajo la barbilla, sin poder pronunciar lo que, con mi silencio, he hecho evidente.

—Oye, oye —Tared da un paso hacia mí, seguramente sintiendo que estoy a punto de derrumbarme—. Tranquilo, Elisse, no te preocupes, ¿está bien? No...

—¡¿Que no se preocupe?! —grita el hombre oso a todo pulmón—. ¡Esas cosas pudieron matarnos! ¡No son errantes normales! No tienen olor, no hay forma de saber cuántos más hay por ahí. Podrían estar a punto de caernos encima y a ti sólo te importa justificar a este maldito mocoso.

—¡Cálmate, Nashua!

—¡Tú no te metas, Johanna!

—¡Oye, no le hables así! —exclama Julien.

—¡Cállense ya! —ruge Tared con tal fuerza que los pájaros graznan y abandonan volando sus árboles. Todos callamos como si nos hubiese cortado la lengua—. Ponernos a discutir sólo nos dividirá, y les aseguro que quien sea que esté detrás de todo esto, no dudará en tomar ventaja de eso.

—Elisse —me llama padre Trueno—, todos los que hemos vivido en Luisiana el tiempo suficiente para ser parte de sus tierras, sabemos lo que es esto —dice, señalando el pecho de la criatura con su bastón—. Pero tú, futuro contemplasombras de Comus Bayou, demuéstrame que eres digno de tu estirpe y dime lo que es.

Miro las líneas carmesí, y una gota de sudor frío desciende por mi nuca al reconocer el patrón de dibujo. El libro de Laurele estaba plagado de ellos.

—Parece ser parte de un *vevé;* un símbolo vudú.

—Ahora solo falta descubrir qué tipo de vevé es. Y quién está detrás de todo esto —dice mamá Tallulah con un suspiro.

—¿Un contemplasombras? —Johanna se aventura a preguntar.

—Tal vez, tal vez no —responde abuelo Muata—. Los contemplasombras no somos los únicos que podemos manipular la magia. Podría tratarse de un hechicero que simplemente quiere borrarnos del mapa.

—O un Loa —musito.

Mamá Tallulah descompone la armonía de su cara. Y no es la única. Los otros también parecen adoptar gesto de espanto.

—P-pudo ser un Loa, ¿no? —balbuceo.

—¿Qué tonterías estás diciendo? —espeta abuelo Muata—. ¿Tienes idea siquiera de cómo funciona el mundo espiritual? Los Loas no se internan en nuestro plano.

—Pero...

—¿No me crees? —interrumpe—. De acuerdo. Haz las cosas por tu cuenta, ya que eres tan sabio, muchacho.

Me trago las ganas de decirle al viejo la visita que tuve anoche, del supuesto favor que quiere un Loa de mí, pero al recordar las acusaciones de Nashua, caigo en la cuenta de que eso podría traerme problemas, así que tal vez sea mejor averiguar más al respecto antes de abrir la boca.

Mierda. Si abuelo Muata quiere que haga esto por mi cuenta, pues así será.

—¿Y cómo es que estas cosas me encontraron? —pregunto—. ¿Acaso no se supone que como carezco de ancestro, tampoco poseo olor a errante?

—No tenemos ni la más remota idea —responde Tared—. De alguna forma, ellos sabían dónde estabas, y fue una suerte que te encontráramos a tiempo a pesar de que no podíamos rastrearlos.

—Pero tú sí pudiste olerlos, ¿verdad, muchacho? —asegura abuelo Muata, y mi silencio es suficiente respuesta para él—. Me lo temía. Sólo un contemplasombras puede percibir el olor de un espíritu del plano medio.

Estoy tan agotado que ya ni siquiera me molesto en resoplar, porque si abuelo Muata se dignara a darme más información como ésta, yo no estaría tan sumido en la ignorancia. Ni tan indefenso.

—Descubrimos algo más, abuelo —dice Nashua, quien me mira de reojo—. Estas criaturas, incluído el caimán, parecían desesperados por conseguir únicamente una cosa: Elisse.

Todas las cabezas viran hacia mí de nuevo, y esta vez, yo tampoco puedo esconder mi sorpresa. Abuelo Muata me dirige una seña para que me acerque a él.

—Empuja mi silla, niño. Llévame hacia mi cabaña.

Al ver su rostro rígido, salgo del trance y voy hacia él, ante la mirada aún más desconcertada de mis hermanos.

—Si te hemos pedido que vinieras con urgencia es por un motivo muy importante, Elisse —la piel se me eriza ante sus palabras, como si un viento frío se hubiese colado por mis venas, porque es la primera vez que abuelo Muata pronuncia mi nombre—. Hoy un ancestro ha venido a reclamarte.

✦ ✦ ✦ ✦

La cabaña de Muata es bastante grande, pero contiene tantas cosas que el espacio en el que puedes moverte es algo reducido. Es como entrar a la tienda de Laurele, pero con un enfoque nativo americano. Plumas, collares, atrapasueños, hierbas, cuchillos, telas... todo está ordenado en largas estanterías y mesas hechas de troncos.

Lo más llamativo de este lugar es la enorme pila de pieles y cornamentas en una esquina, desparramándose en montoncitos que, según me ha dicho Tared cuando veníamos hacia acá, son empacados y vendidos a la gente de la ciudad y los alrededores.

Al ver esos mantos, se me revuelve el estómago. Allí hay pellejos de lobo, de oso, de coyote y de bisonte, así como varios cuernos de éste último. La razón es simple, pero escalofriante: cuando un errante quiere volver a su forma humana, tiene que arrancarse la piel y los cuernos, un método espantoso que fue heredado de los trotapieles.

Cuando Tared, Nashua y Julien lo hicieron frente a mis ojos, casi vomito. Sus cuerpos se encogieron al igual que el cuero del que se habían desprendido, el cual se transformó en un trozo de piel que usaron para cubrir su desnudez.

"No pongas esa cara, Elisse, que llegando a la reserva curtiremos estas pieles. ¡Verás que nos darán buen dinero por ellas!"

Julien no bromeaba, y con ese par de enormes cuernos negros sobre su cabeza, tampoco era difícil tomarlo en serio. Les pregunté cómo demonios era posible que una persona pudiese aguantar semejante proceso, y me contestaron con sentido común. Si un errante no se quita su piel por un largo periodo de tiempo, su mente no distingue si es un animal o una persona; enloquece por el miedo, su cuerpo se deforma de maneras inenarrables y comienza a actuar con violencia, tal cual lo hacen las almas que permanecen demasiado tiempo en el plano medio.

—Está todo listo, muchacho.

Muata surge del umbral de una puerta al fondo de la cabaña. El hombre palpa las paredes para apartarse a un lado y dejarme ver la negrura del fondo.

Carcomido por una mezcla de miedo e incertidumbre, cruzo la habitación. Llego hasta el marco y contemplo el abismo frente a mí.

Sólo cuando doy un paso adentro, todo se ilumina por un resplandor difuso que revela algo que descompone mi rostro.

La habitación estaría completamente vacía de no ser porque un impresionante animal está en el medio, rodeado de paredes de madera que no son capaces de opacar su imponente silueta.

Es un ciervo, grande y magnífico. Su pelaje y su cornamenta son grises como la ceniza, mientras ésta última es casi tan grande como su propio cuerpo, llena de tantas puntas y terminaciones que parece un árbol grueso y seco. Sus ojos son de un azul celeste, en los cuales, inclusive a esta distancia, puedo reflejarme como en el agua de un estanque.

Es tan sublime y a la vez tan oscuro que me atrevo a compararlo con la sombra de la misma naturaleza.

Otro milagro ocurre. Muata pasa a mi lado y se dirige hacia el ciervo mientras, paso a paso, rejuvenece ante mis asombrados ojos. Su cabello ennegrece, su piel se estira, su espalda se yergue y sus facciones se llenan de una belleza tan extraordinaria como extraña, creando un puente al pasado donde puedo ver a este hombre en todo su esplendor. Se erige frente a mí un completo ser andrógino, de piel morena y ojos tan negros que parecen contener un abismo en ellos.

—Éste es Ciervo Piel de Sombras —dice con una voz muy joven, al tiempo que acaricia la mejilla del ancestro—. Los antiguos errantes lo bautizaron con ese nombre porque dicen que su pelaje fue heredado del plano medio.

El ancestro restriega su oscuro hocico contra la mano de Muata, desprendiendo una ligera capa de humo, como si estuviese hecho de polvo.

—Es uno de los ancestros más viejos del pantano —dice Muata—, y me ha pedido que interceda para entregarte a él, así que considérate afortunado.

Atraído por un magnetismo inevitable, avanzo hacia el ancestro. Diminuto ante su magnífica presencia, me pongo de puntillas para poder tocar su cabeza. Lo acaricio y siento que la frialdad de su cuerpo se trasmite por mis venas. Nos miramos y lo escucho hablarme. No con una voz humana, sino con los latidos de su ser.

Su hocico se pasea por mis cabellos y un abismo comienza a expandirse en mí con una sensación indescifrable: es una especie de dolor, algo que se abre paso dentro de mi ser, como si mi cuerpo se ensanchara por dentro.

Cierro los ojos para soportar el dolor pero, casi de inmediato soy envuelto por un repentino aroma a tierra de bosque que comienza a aliviar el sufrimiento; me fusiono con el latido del corazón de este espíritu. Su piel me cubre, sus cuernos me coronan, sus huesos se incrustan en los míos...

Abro los ojos y el ciervo ha desaparecido. De pronto, me encuentro en una habitación tan atiborrada de objetos como la otra, mientras el viejo Muata me contempla desde la puerta, tan viejo y ciego como siempre.

—Los contemplasombras tenemos la labor de entregar ancestros a los errantes que no han podido conseguirlo por sí mismos —dice—. Es una lástima que no todos los miembros de esta tribu aprecien la transmisión indígena de las enseñanzas a través de las estirpes, puesto que esa antigua tradición está inspirada en nosotros.

—¿Adónde se ha ido? —abuelo Muata sólo se da media vuelta y comienza a marcharse, palpando las paredes.

—Ahora está dentro de ti.

CAPÍTULO 25
ALGO HUMANO

Si me lo preguntasen, diría que hoy es la tercera vez que nazco porque, justo ahora, siento que algo ha vuelto a cambiar poderosamente en mí.

El cielo pintado de matices naranjas y rosas, la silueta oscura de los árboles contra el firmamento, la luna delgada sobre las copas… aprecio todo con mucha más nitidez, como si este paisaje fuese el recuerdo de un hogar que he abandonado muchas vidas atrás y al que, por fin, he regresado.

El olor a asado y especias llega a mi nariz. Para mí, han transcurrido apenas unos minutos desde que entré a la cabaña de Muata, pero al ver a los demás alrededor de la fogata, con las llamas rodeadas por un montón de estacas que atraviesan enormes trozos de carne y verduras que se asan con su calor, me doy cuenta de que ha pasado más tiempo del que pude percibir. Empujo la silla de abuelo Muata hacia la comunidad y lo dejo junto a padre Trueno. Mi mirada viaja hacia los azules ojos de Tared, quien me sonríe y me invita a sentarme a su lado.

—Te ves más limpio que como te dejé hace rato —le digo al notar su ropa distinta y los cabellos un poco humedecidos.

Su camiseta de manga corta deja expuestos los extensos tatuajes que lleva en los hombros, los cuales noto un poco más descoloridos de lo que recuerdo. ¿Será debido al hecho de haberse arrancado la piel?

—Me gustaría decir lo mismo de ti —habla, a la par que me mira de arriba abajo. Me encojo un poco en el asiento, algo incómodo debido a que yo sigo tan sucio como un cerdo.

—Lo sé, pero creo que la sangre seca me confiere un toque genial —él menea la cabeza de un lado a otro y aprieta una sonrisa en la comisura de sus labios.

A decir verdad, me alegra que se haya dado un baño.

No tenía idea de que los errantes, además de parecer animales salvajes, también olían como tales. El pelaje de mis hermanos arrojaba un aroma tan penetrante que casi estaban compitiendo contra los dos cadáveres de los errantes muertos, aunque supongo que es normal. Dicen que el hedor de un oso salvaje es similar al de la basura que ha estado pudriéndose bajo el sol.

Y también, agradezco que ya nadie esté... desnudo. Ni en su forma bestial ni en la humana, porque después de la batalla hubo algo que no pude evitar notar.

Después de que Tared, Julien y Nashua se arrancasen las pieles, no me atreví a mirarlos demasiado, y no por que estuviesen cubiertos de sangre, sino porque, aún transformados, los errantes siguen teniendo órganos sexuales. Cubiertos de pelo si quieren, pero no es que los puedan hacer desaparecer como por arte de magia. Irónicamente.

Me puse tan rojo que de inmediato me gané una risita burlona por parte del oso y el bisonte. Pero no pude evitarlo. Fui criado por tibetanos, y en esa cultura, no se es muy fanático de la desnudez.

Nashua aseguró que inclusive la propia Johanna no tiene ningún problema en ser vista desnuda por sus hermanos una vez que se libra una batalla, y que debía empezar a hacerme a la idea de que era algo inherente de nuestro mundo y que había que aprender a vivir con un poco menos de intimidad en ese sentido, muy a pesar de que podamos usar luego nuestras propias pieles para vestirnos.

—Hiciste un gran trabajo allá en la planicie —dice Tared, sacándome de mi larga cavilación—. Lamento haberte asustado.

—Bah, das más miedo cuando regañas a Julien —respondo, con una mala y nerviosa broma. Por suerte él ríe, quizá por compasión, y me propina un pequeño golpe en el brazo.

Intento reír también de mi broma, pero la verdad es que Tared es tan fascinante como aterrador en su forma de hombre lobo.

—¿Qué tal te sientes? Es decir, con todo esto de tu ancestro.

—Es raro tener a un ciervo en el estómago sin habérmelo comido, si eso es lo que quieres saber.

Vuelve a reír, pero ahora francamente.

—Vaya, qué personita más especial has resultado ser.

—Oh sí, decir chistes malos es sólo uno de mis tantos talentos —respondo, y me arqueo de hombros.

Sus ojos azules se clavan en mí con algo que percibo como curiosidad. Lamentablemente, no se me ocurre otra cosa estúpida que decir, pero pareciera que no hace falta añadir algo más.

La simple compañía del lobo ha bastado para hacerme sentir muy lejos de aquel cadáver que mutilé con mis propias manos. Y es extraño, porque, por lo general, los débiles tendemos a sentirnos todavía más vulnerables al lado de quienes nos superan en fuerza y temperamento. Pero Tared, él... quizá soy yo el que lo percibe de esta manera, pero de pronto, la distancia que nos separa se me antoja como un espacio vacío que clama por ser ocupado.

—Tared —palidezco un poco ante lo que estoy a punto de decirle—, aquellos errantes que... *asesinamos*, eran también personas, ¿no? Tal como nosotros, ¿crees que tenían familia? ¿Alguien que tal vez esté buscándolos ahora?

Tared parece sorprendido, así que me muerdo los labios y bajo la mirada.

—¡Anda, bebe un trago! —exclama Julien, quien me cae encima como un saco de papas, a la vez que me ofrece una lata helada—. No me veas así, Tared, si puede destripar un errante, también puede tomarse una cerveza.

Tared mueve la cabeza de un lado a otro, no sé si ante la poca sutileza de Julien o porque no pudo decirme nada respecto a lo que le pregunté.

Resignado, acepto la bebida y miro la herida que se hizo Julien en la frente, ahora blanca y cicatrizada. Le doy un trago a la cerveza y siento el amargo pero delicioso sabor bajar por mi garganta. No es la primera vez que bebo, pero ahora se siente más confortante que nunca.

Nashua pasa frente a nosotros con una enorme botella de licor, y Julien de inmediato se le lanza encima.

—¡Dameee de lo que llevas ahí, por favooor! —exclama, aferrándose a los hombros del nativo americano.

—¡Quítate de encima, vaca estúpida! —grita Nashua, moviéndose en círculos para zafarse del agarre del pelirrojo, en tanto Tared y yo comenzamos a partirnos de la risa.

—¡Soy un bisonte, BI-SON-TE, analfabeta!

Mamá Tallulah, para nuestra sorpresa, estalla en carcajadas junto con Johanna. En segundos, Nashua lo hace también, dándole un ligero golpe a Julien en la cabeza. Todos estamos tan relajados que de pronto pareciera que no acabamos de matar a dos errantes de una manera tan sangrienta, cosa que me hace reflexionar en que si esta naturaleza, este salvajismo, no es sino otra parte de la vida diaria de una familia de errantes.

Una familia.

Algo dentro de mí crece y palpita con tanta fuerza que parece estar a punto de romper mi caja torácica.

Padre Trueno se pone en pie y alza su brazo hacia mí.

—¡Comus Bayou! —grita—. ¡Tenemos un nuevo guerrero!

Todos los jóvenes aúllan, gritan y vitorean. La sangre sube a mis mejillas, pero tomo el coraje que hace falta para levantar mi lata de cerveza, agradeciendo su ovación.

—Festejemos, hijos míos, porque Ciervo Piel de Sombras ha reclamado a este muchacho como su oráculo. ¡Aullemos, gritemos, comamos y bebamos, porque una bendición ha caído sobre nuestras tierras!

Una nueva ola de gritos estalla en la fogata, mientras todos se abalanzan hacia las brochetas. Inclusive Johanna ha perdido la timidez, ya que devora su trozo de carne en pocos mordiscos; yo en cambio, miro con vacilación la comida.

—¿No tienes hambre? —me pregunta Tared.

—Ah, no es eso, es que… es decir, mi ancestro es un ciervo. ¿No se ofenderá si me como a otro herbívoro?

—Tal vez si te lo comes a él —dice Julien con la boca llena. Tared en cambio ríe muy bajo mientras se inclina hacia la hoguera y toma una brocheta para pasármela.

—No te preocupes, Elisse. La única manera en la que puedes ofenderlo es incumpliendo con tus deberes hacia tu tribu, pero de allí en más, eres libre de alimentarte de la naturaleza como cualquier otra criatura.

Con timidez, acepto la comida. Le doy un mordisco y el jugoso sabor embriaga mi lengua de especias y condimentos. No había comido nada desde hacía bastantes horas.

Trago y mis ojos viajan por el círculo de la fogata, sintiendo que mis células comienzan a evaporarse. Las llamas son intensas, pero es otro tipo de calor lo que me abraza.

Es la cercanía de Tared; la manera en la que mi instinto me guía siempre hacia él, la forma en la que su presencia me quema apenas con respirar. Es la voz de mamá Tallulah, semejante a un susurro sobre los árboles. Son los ojos de Johanna, que parecieran mirar hacia sitios tan lejanos. Es la gentileza de Julien, que me hace sentir que no es ni más ni menos que un hermano arrancado de mi propia cuna. Inclusive la pasión de Nashua, la fortaleza de padre Trueno y el silencio de abuelo Muata.

Es lo que todos y cada uno de los miembros de esta tribu están creando a mi lado: lazos, lealtad, hermandad, recuerdos, nostalgia... es justo aquí, bajo este atardecer repleto de estrellas y la silueta de los árboles detrás de la fogata, cuando me doy cuenta de que daría lo que fuera por esta gente. Por el amor que con tanta prontitud he desarrollado por ellos.

Comus Bayou, el bosque, la naturaleza. Todo me está provocando melancolía y felicidad.

Después de haber comido, padre Trueno, con todo y su piel de lobo encima, pronuncia de nuevo su discurso sobre las historias junto al fuego, por lo que Johanna saca el libro de las generaciones y empieza a escribir en él bajo mi inquieta mirada.

Una vez le pregunté si podía echarle un vistazo, pero me advirtió que únicamente encontraría páginas en blanco, puesto que sólo los perpetuasangre pueden leer las palabras escritas en la niebla del tiempo. Dijo que sus ojos no eran grises, sino que estaban cubiertos de memorias empolvadas.

Julien y Nashua se ponen en pie, comenzando a contar la historia de la batalla en el prado. Ambos se quitan las camisas y muestran sus heridas con orgullo, marcas de guerra que, dicen, honran a sus ancestros.

Al ver que esas heridas ya están curadas casi por completo, miro a la que yo tengo en la pierna, hecha por la cría de caimán. Tardará semanas en cicatrizar por sí sola, así que tomo nota mental de pedirle a Johanna que me ayude con ella.

Los ancianos se muestran impresionados por las demostraciones de mis hermanos, sobre todo padre Trueno, quien parece sentir especial afecto por los devorapieles.

Bajo la mirada y me hundo en un charquito de envidia. Me siento como el hijo que, sin importar lo que haga, nunca podrá hacer sentir orgulloso a su padre. La simple idea me duele y me hace recordar a mi padre biológico; pensamientos crueles asaltan mi mente, aquellos que siempre trato de evitar cuando pienso en él. ¿Acaso sabía que yo era un errante? ¿Fue mi naturaleza inusual la que lo obligó a abandonarme?

Nashua y Julien homenajean a Tared y cuentan su asombrosa hazaña con la lanza, pero él se limita a sonreír y callar. No creo que quiera callar cuál ha sido su papel, él sabe que la historia se escribe a sí misma a través de la lengua de sus guerreros.

Después, llega el momento en el que el hombre lobo, ahora sí hinchando el pecho, narra lo que yo hice, con una voz tan profunda y gruesa que parece la de un lobo. Mamá Tallulah y Johanna aplauden mis actos, mientras padre Trueno reconoce que mis dones de contemplasombras comienzan a servir con dignidad a la tribu.

En cambio, yo no estoy muy seguro todavía de cómo sentirme respecto a lo que le hice al carnero errante. Pareciera sencillo sólo decir que acabé con algo que era mitad animal, pero no es verdad. No puedo pensar así de criaturas que son como mis hermanas, que son como yo, que sienten y razonan, y cuyas vidas son igual de importantes que las de un ser humano.

Enloquecido o no, aquellos errantes que matamos en la pradera eran *personas*. Y, por los dioses, ¡el caimán errante!

Miro mis manos. Tal vez tienen más sangre de lo que esperaba, pero si sigo pensando en esto, no seré capaz ni de mirarme al espejo de nuevo.

Noto un peso sobre mi cabeza. Levanto la barbilla y percibe la "mirada" de Muata. Sus ojos en blanco están fijos en mí, como si me analizara a través de las sombras y no por medio de la vista.

No tengo la certeza de qué es lo que este hombre piensa sobre mí ni qué lo motiva a no querer enseñarme sobre mis poderes como contemplasombras, pero ahora que tengo a mi ancestro, tal vez deba aprenderlo por mi cuenta en vez de esperar algo de él.

Termino otra brocheta y miro hacia arriba. Me gustaría que este momento durase para siempre, aún tengo demasiadas cosas en qué pensar y de las cuales arrepentirme, pero al ver que el cielo ya lleva buen rato en plena oscuridad, sé que es hora de marcharme. Toco el brazo de Tared, quien se gira hacia mí y parece entenderme de inmediato.

—Padre Trueno, debo llevar a Elisse de regreso a la ciudad.

El anciano asiente, sin dar importancia al asunto. Es egoísta decirlo, pero siento una ligera alegría al ver que mis hermanos muestran una cara de inconformidad, prueba de que estaban disfrutando de mi compañía.

Estoy a punto de ir a darme una necesaria ducha —y después, ver si Johanna puede echar un vistazo a mi pierna—, cuando la voz de Muata me detiene.

—¡Elisse! —exclama—. Ahora que Ciervo Piel de Sombras está a tu lado, es tiempo de encomendarte tu primera misión, muchacho —las rodillas se me acalambran, pero asiento de inmediato para demostrar un poco de firmeza—. Si eres lo bastante listo, sabrás que nada en esta ciudad es una coincidencia. El olor a cadáver, la falta de voluntad, los vevés en sus cuerpos... hay que ser idiota para no darse cuenta de que esos errantes son los restos robados de las tumbas de Saint Louis.

—¿Qué?

—¿Han resucitado? —pregunta Johanna.

—No, mi niña. Nadie es capaz de traer a la vida lo que está muerto. Aquellos errantes eran sólo carcasas, seres sin mente y cuyas vidas se extinguieron hace cientos de años; tal vez aún con algún mínimo rastro de su espíritu humano que les permitió hablar, manifestarse como fantasmas después de que volvieron a matarlos, pero nada más.

El alma me vuelve al cuerpo, y gran parte de culpa es retirada de mis hombros. No estaban vivos. No tenían seres amados que pudiesen llorarles.

Eso significa... que mis manos están limpias. Que no he asesinado.

Suspiro de alivio, para después notar la mirada de Tared puesta sobre mí, ésa que pareciera saber a la perfección lo que estoy pensando.

—Pero no por eso, la situación es menos riesgosa —continúa Muata—. Hay alguien jugando a los muñecos, alguien que ha elegido errantes fallecidos hace casi dos siglos para que ni siquiera yo fuese capaz de reconocerlos.

—¡¿Acaso hay quien tenga un poder semejante?! —exclama padre Trueno.

—Esos muertos vivientes son la muestra, Lansa —responde el anciano, llamando a padre Trueno por su verdadero nombre—. Son cadáveres, ya no tienen ancestros, pero al ser poseídos por espíritus que habitan el plano medio, conservan el aroma que sólo los contemplasombras percibimos. Imagino que habrán atraído recuerdos para poder transformarse y recuperar un poco de lo que eran antes de morir.

—Espere, ¿dice que atrajeron recuerdos? —pregunto al anciano.

—A veces los seres con magia podemos materializar los recuerdos de los muertos, pero es una práctica casi tan poco común como difícil —contesta con algo de reticencia—. De esa manera es como los cadáveres han podido tomar la forma de sus ancestros sin tenerlos.

—Eso también explicaría por qué, luego de matarlos, se pudrieron tan rápido. Y además se les cayó la piel, se encogieron… volvieron a parecer humanos —añade Johanna.

—Nos estamos enfrentando a un verdadero nigromante —murmura padre Trueno, aún con el semblante perturbado.

—¡Niño! —me llama Muata—. Ha llegado la hora de encomendarte tu primera misión, la cual te dará la oportunidad de demostrar si eres digno de convertirte en el nuevo contemplasombras de Comus Bayou.

La mirada de todos recae sobre mí y la angustia me revuelve el estómago. Los ojos ciegos de Muata me atraviesan junto con un escalofrío, y más al escucharlo pronunciar su fatídica encomienda:

—Humano o errante, encuentra a quien sea que esté detrás de todo esto, Elisse. Y cuando lo hagas, ¡tu deber será asesinarlo!

CAPÍTULO 26
CENIZAS Y HUESO

—¿Ya se han marchado? —preguntas a padre Trueno.

—Sí, y mis muchachos también se han ido ya a dormir —contesta, sentándose a tu lado—. Y después de lo de hoy, no los culpo si no se levantan en tres días.

—Tared debe estar igual de cansado —señalas—, pero, aun así, fue a llevar al niño a la ciudad cuando tal vez habría sido mejor que se quedase a dormir aquí. A decir verdad, me sorprende que no lo estés presionando para mudarse a la reserva; es un gasto de energía y dinero estar haciendo esos viajes casi a diario.

Tus palabras hacen estremecer los dedos de padre Trueno, pero algo en tu semblante me hace saber que es justo lo que estás buscando, Muata.

El líder de Comus Bayou carraspea. Te inclinas desde tu silla de ruedas para revolver los restos de la fogata con el dedo, un puñado de cenizas calientes donde trazas patrones que, para mi sorpresa, parecen pequeñas serpientes.

—Él insiste en que no le molesta porque no viven tan lejos el uno del otro. Y esta vez en particular, parecía feliz de complacerlo —alega, para después entrecerrar la mirada—.

Hoy... Elisse nos demostró que es capaz, incluso más de lo que él mismo cree comprender.

—Y al parecer, tus chiquillos cada día se apegan más a él. Sobre todo Tared.

—¡Bah! Si quiere asumir la responsabilidad sobre ese niño, no me importa.

—Te conozco desde que tú también eras un niño, Lansa —dices con calma—. Y estoy seguro de que tus motivos para no traerlo a vivir a la aldea son más preocupantes de lo que te atreves a aceptar.

Padre Trueno te mira por el rabillo del ojo. Después, levanta la frente hacia el cielo y, consciente de que nunca será capaz de engañarte, suspira.

—Ellos no se han dado cuenta, ni siquiera Tared, pero no puedo culparlos, ya que yo tampoco había percibido algo así antes —hace una pausa y toma aire—. Lo sabes bien. Los errantes sin ancestro no tienen olores importantes, y cuando adquieren el suyo, su esencia se impregna de la bestia que portan. De la naturaleza que reside en ellos. Pero... nunca había conocido a un errante que oliese a hueso. Y ese olor no se ha disipado, ni siquiera ahora que Ciervo Piel de Sombras está en su interior.

Ante sus palabras, tú no mueves un solo músculo; nada de sobresaltos ni sorpresas, es evidente que lo esperabas. A pesar de ya no ser ni la mitad del errante de hace unos meses, sigues siendo una criatura extraordinaria, Muata.

Te veo echar la silla hacia atrás, para después alejarte despacio de la fogata, a pesar de tu ceguera.

—Lo sé —confirmas—. Y es por eso que hay algo importante que debes saber.

CAPÍTULO 27
UN DOLOR INEVITABLE

A nadie le gustan los ladrones. Sin importar lo pequeños que hayan sido tus robos o los motivos que te llevaron a hacerlo, si le confiesas a alguien que en algún punto lo hiciste, como mínimo dejará de confiar en ti y, con el tiempo, arrugará la nariz al verte y guardará todo lo que tenga al alcance para que no pases siquiera la mirada sobre sus cosas. Después, empezar a odiarte será muy sencillo.

Y robar, en aquel tiempo, también era muy sencillo.

Cuando era niño formé parte de un grupo de chicos hambrientos del campamento de refugiados. No éramos amigos, sólo una veintena de huérfanos que se reunían de vez en cuando para ir a la ciudad a mendigar, a rebuscar en la basura y, sobre todo, a asaltar.

Al ser yo un occidental, solía hacerme pasar por un chiquillo perdido que necesitaba ayuda para encontrar a mis padres. Una vez que convencía a mi víctima, la llevaba a un rincón alejado, un callejón o algo parecido; allí, entre todos, le robábamos hasta los zapatos, pero no sin antes propinarle un linchamiento digno de diez diminutos pares de pies descalzos. Era una forma de supervivencia que nos funcionaba de maravilla... hasta el día en que quisimos robar a un hombre armado.

Disparó al azar, y acertó a uno de los niños de nuestro grupo, mientras los demás huíamos despavoridos hacia los callejones, temblando por nuestras vidas. No tengo idea de si sobrevivió, pero a veces, cuando pienso en esa escena de mi pasado, me convenzo de que no, porque el chico jamás regresó al campo de refugiados.

Esa vez sentí un nudo en el estómago tan fuerte que creí me abriría las entrañas. Y cuando escuché la misión que me encomendó Muata, la sensación que experimenté fue muy parecida.

¿Cómo puede pedirme con tanta ligereza que asesine? Errante o no, yo no aprendí a valorar tan poco la vida de una persona. ¡Matar está mal, lo veas desde el ángulo que lo veas! No se trata de si puedo hacerlo, *no quiero hacerlo*.

No podría soportar de nuevo la sensación de la sangre entre mis dedos, del aire escapándose del pecho de mi víctima. ¿Cómo podría vivir así? ¿Cómo podría volver a ser la misma persona, a mirarme en el espejo sin ver un reflejo de la vida que he arrebatado?

—Elisse, ¿es ése el coche?

Apenas reacciono cuando Tared me llama. Su dedo apunta hacia un costado del camino. Aliviado, reconozco el auto de Louisa aún estacionado donde lo dejé.

El hombre lobo estaciona la Suburban negra delante del coche y ambos bajamos a enfrentarnos con el frío aliento de la carretera. Me hago un capullo con una capa de lana de mamá Tallulah y la camisa de franela que me ha prestado Tared, pues casi toda mi ropa descansa dentro de una bolsa de plástico en el asiento trasero. Mis pantalones fueron de lo poco que no perdí en la persecución, ya que varias cosas que llevaba dentro del morral y los bolsillos, entre ellas el muñeco vudú y el poco dinero que me quedaba, desaparecieron en alguna parte de la reserva.

Tared saca los ganchos y la cadena de la camioneta para remolcar el coche de Louisa. Mientras tanto, yo le doy una nueva revisada al capó para ver en qué estado ha quedado después del incidente.

Lo abro y me recibe un tufo de humo. Mascullo un "carajo" y doy un paso atrás, tosiendo por la bocanada que me he tragado.

—Elisse, ¿estás bien?

No contesto. Mi cara está clavada en el interior del coche.

—Tared —lo llamo y él acude de inmediato a mi lado.

—¿Qué pasa?

—Mira eso —señalo el montoncito de paja chamuscada que hay sobre el motor. Él arquea ambas cejas y parpadea.

—Ah... vamos, no se ve tan mal.

Aprieto el entrecejo.

—¿No puedes ver la paja?

—¿Paja? —eso responde a mi pregunta. Al ver mi cara de abatimiento, se inclina hacia mí y me contempla un momento con una expresión de... ¿fascinación?

—Entiendo. Estás viendo cosas del plano medio.

—¿Qué?

—Tus ojos.

Tared apunta hacia uno de los retrovisores del coche, así que me acerco para ver mi reflejo. Siento un escalofrío al notar que mis pupilas se han dilatado tanto que mis ojos parecen negros.

—Por lo poco que tengo entendido, los contemplasombras a veces pueden ver lo que sucede en el plano medio sin tener que entrar en él —me dice—. ¿Recuerdas lo que dijo el abuelo Muata? Es como un lugar distinto al mundo humano, pero comparte el mismo espacio.

—Hay tantas cosas que no entiendo…

—¡Y lo que falta! Te sorprendería saber todo lo que podía hacer el abuelo.

Sí, claro, entenderé muchas cosas cuando al maldito viejo le dé la gana enseñarme algo, porque todo lo que he aprendido hasta ahora ha sido gracias a experiencias de infarto.

Veo de nuevo la paja en el coche y los escritos del libro rojo vuelan hacia mi memoria, al igual que Laurele.

—Ahora sé qué le ocurrió al coche —susurro, más para mí que para Tared—. La paja es el artículo más común para hacer vudú. Quema rápido y facilita la influencia de los espíritus a través del fuego, pero, sin importar los recursos que uses, necesitas algo que pertenezca a la persona que desees hechizar para que funcione: ropa, residuos, sangre… —digo, casi temblando ante mis propias conclusiones.

El hombre lobo me mira desconcertado y a mí me cuesta hilar las palabras.

—Quien sea que quiera acabar con nosotros ha estropeado el coche a propósito para que los errantes me alcanzaran. Y no sólo eso. Es alguien que tiene acceso a mí, a mis cosas.

Él endurece la mirada.

Ya todos lo sabemos, alguien que practica vudú está tramando algo contra nuestra tribu y, a pesar de que Laurele es la primera persona que acude a mi mente, no tengo ninguna prueba más allá del profundo desagrado que ella me provoca, además de que no es la única hechicera vudú de la ciudad. Eso y que no hay manera de que la mujer haya conseguido algún objeto mío. ¿O alguien en el centro budista le estará…? ¿Carlton? ¡No, no es posible! ¿Por qué haría algo así? Además, la tribu Comus Bayou es bastante vieja. ¿Cómo saber si no tienen más enemigos?

Con la idea dando vueltas en la cabeza, voy hacia la puerta del conductor para ayudar a dirigir el coche de Louisa mientras lo remolcamos, pero la mano de Tared se cierra en mi antebrazo antes de que pueda llegar a él.

—No. Ponlo en neutral, me las arreglaré para llevar ambos coches. Ven en la camioneta conmigo.

—Pero...

—¿En verdad vas a contradecirme?

He aquí el Tared autoritario contra el Elisse desobediente, pero como llevo las de perder, me resigno a subir a la Suburban de mala gana. Con estas dos chatarras enganchadas y sin nadie que dirija el Cadillac, tardaremos el doble en llegar al centro.

Me cruzo de brazos y observo el reloj del tablero. Pasan de las ocho de la noche, así que me espera otra reprimenda por parte de Louisa, a quien prometí llamar en cuanto llegase a la reserva. Pero después de todo lo que pasó hoy, eso era lo último que me pasaba por la cabeza.

Y ahora, estoy segurísimo de que va a matarme.

Arrancamos a paso tortuga, mientras Tared enciende un cigarrillo para pretender que no estamos sumidos en el más incómodo de los silencios. Lo miro de reojo de vez en cuando, a pesar de que trato de mantener mi cara lo más cerca posible de la ventanilla. Unos veinte minutos después, lo escucho suspirar.

—Diles que se averió el coche —me sugiere.

—Y que, casualmente, pasabas por allí —replico con una nota de sarcasmo.

Él me responde con un resoplido, sin decir una palabra más.

No hay que ser un genio para adivinar que no le ha caído bien mi comentario. Diablos, ¡estoy comportándome como un niño! Él sólo quiere protegerme, y no es su culpa que yo haya olvidado llamar a Louisa.

Me revuelvo en el asiento, algo incómodo conmigo mismo. No estoy acostumbrado a discutir con él, es muy raro cuando tenemos diferencias y el lobo siempre es muy paciente conmigo, hasta el punto que Nashua dice que me malcría. Además de todo, es mi líder y me ha salvado el pellejo varias veces, así que lo mínimo que le debo es un poco de respeto.

—Lo siento. No debí hablarte así —susurro, dando mi brazo a torcer.

No dice nada, pero no hace falta; sé que está mucho más relajado, ya que su presencia me pesa menos. Después de un rato, sus dedos revuelven un poco los cabellos de mi nuca, lo que me hace sonreír.

Miro la pata de venado que se balancea en el retrovisor.

—¿Lidian mucho con esto del vudú? —pregunto.

—No, realmente no —responde, dejando el cigarrillo en el cenicero—. Tratamos de no meternos con eso. La gente que practica magia suele ser demasiado perspicaz, así que el abuelo Muata siempre se encargaba de hacer lo posible por mantener a raya a los brujos curiosos. Además, es el único que sabe algo sobre chamanería, vudú, o lo que sea, porque el resto de nosotros no entendemos ni poseemos ningún tipo de magia.

—¿Qué me dices de Johanna y mamá Tallulah? Es decir, ellas también hacen cosas bastante peculiares.

—Sí, han heredado algunas cualidades de los trotapieles, como el acceso al libro de las generaciones, pero aun así, no se acercan ni de broma a lo que puede hacer un contemplasombras. Los perpetuasangre son muy, muy especiales a su manera. No pueden curar por arte de magia; entienden muy bien de herbolaria y pócimas, de cómo funcionan en relación no sólo al cuerpo, sino también al espíritu. Tienen una habilidad innata para aprender cosas útiles, incluso sus cuerpos poseen propiedades curativas extraordinarias.

—Suena un poco injusto —murmuro—. Lo más conveniente sería que todos pudiéramos tener un poco de las habilidades de cada estirpe, ¿no crees? —Tared sonríe.

—¿Te sientes vulnerable?

—Bastante. Al menos, físicamente.

—La naturaleza funciona de acuerdo a un equilibrio que pocas veces el humano es capaz de comprender, menos aún imitar. ¿Imaginas lo que pasaría si todas las especies fueran depredadoras? Cuando un errante entiende el delicado papel que desarrolla dentro de una tribu, por más o menos hábil que sea, se vuelve igual de importante que los demás. Aquí no existen alfas, ni elegidos, ni realeza, y nadie merece ser más o menos protegido por el resto de nosotros. Ésta no es una manada. Es una familia. El liderazgo que padre Trueno y yo ostentamos es una mera formalidad para tomar decisiones, pero no somos más importantes o valiosos que ustedes bajo ningún sentido. Todos somos parte del Atrapasueños; por ende, Elisse, todos ayudamos a mantenerlo cerrado, firme y funcional.

No hago más que asentir. Sus palabras son tan maravillosas como razonables, así que no tardo en reconocerme como la persona más estúpida dentro de este coche. Me hundo un poco en el asiento.

—De cualquier forma, sigo sin tener a quien culpar de lo que está pasando.

—Sólo adivino que quien está intentando acabar con nosotros, tal vez te creía una presa fácil por ser el más nuevo de la tribu. Y porque además no tenías un ancestro.

Bueno, ahora que menciona los ancestros, arde una enorme duda a mi cabeza.

—¿Qué se siente cambiar? —pregunto con algo de temor. Hasta ahora siempre creí que era indoloro, tal como se ve en muchas películas y libros de fantasía y superhéroes, pero después de hoy, ya no estoy tan seguro.

—¿Cambiar?

—Sí. Es decir, cuando uno se transforma en su ancestro. ¿Es como arrancarse la piel? Y con todo lo que pasó esta tarde, ya no hay motivo para que no me respondas.

Él toma su cigarrillo y le da otra bocanada, para después apagarlo en el cenicero. Aprieto los labios. Siempre que hace eso es señal de que va a decirme algo que no va a gustarme en absoluto.

—¿Te soy honesto? Es mucho peor —gira su cara hacia mí, apenas lo suficiente para verme palidecer—. Cuando te arrancas la piel, sólo es eso, piel. En cambio, al tomar la forma de tu ancestro, todas y cada una de las partes de tu ser, por más pequeñas que sean, duelen como si estuvieran agonizando. La carne se expande, tus músculos se estiran hasta reventar, tus huesos crecen tan rápido que te destrozan los tendones. Y no hablo de la primera vez que te transformas, siempre sientes lo mismo, una y otra vez, porque cuando el cuerpo cambia de una forma tan abrupta, sería ridículo que no sintieras nada, ¿no crees?

Enmudezco gracias a una mezcla de horror y curiosidad, sensaciones que no tengo claro en qué momento han empezado a ser compatibles.

—No... no entiendo por qué duele tanto. Creí que ser errante era ya una condición más natural que mágica.

—Los partos son naturales, Elisse, y aun así, resultan tremendamente dolorosos. El dolor es inherente a la naturaleza, está presente en todas las etapas de la vida, sólo que estamos acostumbrados a verlo como algo dañino en vez de un indicio de que algo está cambiando. Y tal vez para nuestro beneficio.

—Sí, incluso recuerdo que cuando era niño, me dolían mucho los huesos cuando estaba aprendiendo a caminar.

—Imagino que a los cuatro años, ¿no? Todos los errantes lo hacemos más o menos a esa edad. Nos cuesta tanto alejarnos de nuestra naturaleza bestial que nuestros cuerpos luchan durante años para seguir siendo cuadrúpedos —intento hablar, pero ya no puedo ni despegar los labios. Él sonríe—. ¿Sorprendido?

—Como no tienes una idea... —susurro, al tiempo que miro hacia la ventanilla.

Las sombras al lado de la carretera, siluetas que se antojan seres que transitan entre los vivos como en un mundo paralelo, empiezan a verse menos aterradoras y más familiares.

Pierdo la mirada en el cielo, cuyas estrellas brillantes han dejado de parecer puntos blancos para convertirse en nubes de polvo resplandeciente, envueltas en oscuridad. La vía láctea se mueve sobre nuestras cabezas. Un espectáculo tan hermoso, tan absoluto, con esa inmensidad y misterio, que sólo los abismos de los cielos son capaces de ofrecer. Una belleza que no había podido apreciar hasta el día de hoy, en medio de una carretera fría en una tierra totalmente desconocida, con un ser extraordinario a mi lado que me está haciendo sentir y pensar cosas que jamás había experimentado.

Sigo cambiando, y de maneras que cada vez me asombran más. O tal vez no esté cambiando, tal vez sólo estoy volviendo a mi verdadera naturaleza.

Louisa da un salto al vernos llegar con el coche remolcado.

—¡¿Y ahora qué ha pasado?! —exclama, corriendo hacia nosotros desde la entrada del centro.

—Lo siento, Louisa, iba a mitad de camino cuando el carro se descompuso.

—¡Santo cielo! —grita, mientras se lleva una mano al pecho—. ¿Estás bien, te ha pasado algo?

—No, para nada. Tared me salvó el pellejo de nuevo —digo para tranquilizarla, mientras el hombre lobo sonríe y se encoge de hombros.

—¡Por los Budas, Elisse! ¿Cuándo se te va a quitar esa horrible costumbre de no llamarme cuando estas cosas pasan?

—¡Lo siento! Es que…

—Señora Fiquette, si me permite —interrumpe Tared—, ¿puedo llevar su coche a mi taller? Sé algo de mecánica, podría echarle un vistazo. No le cobraré.

—¡Oh, querido, nada de eso! Ya demasiado has hecho por este niño para que encima no te recompensemos.

Louisa me pellizca el brazo, provocándome un buen respingo. Otra vez, Tared aprieta los labios para no reír.

—Llamaré a Geshe para avisarle que has llegado —me dice, alejándose y entrando al centro sin darme oportunidad de defenderme.

Cuando la veo perderse en el pasillo, le suelto un buen puñetazo en el brazo a Tared a la par que él se echa a reír. Me contagio de su risa, aliviado de que no me haya ido tan mal.

—¿Regresarás a la reserva? —le pregunto al fin. Él juguetea un poco con sus llaves y mira hacia un lado.

—No. La verdad es que estoy algo cansado, así que mejor
iré a casa.

—Sí, creo que yo mejor me iré a la cama de una vez.

—Pero todavía es temprano, ¿no piensas salir al carnaval?
El *Mardi Gras* se acerca y ya empiezan los mejores desfiles.

—Pues... no. La verdad es que no tengo pensado ir —respondo, con un poco de calor en las mejillas.

Es algo triste que estando en una ciudad tan hermosa
como Nueva Orleans no salga a conocerla demasiado, pero
mis deseos de andar de turista desaparecieron la noche que
me encontré con el monstruo de hueso en el Barrio Francés.

—¡Caramba! ¿Seguro que tienes dieciocho años? Te estás
perdiendo el mejor carnaval del país.

—Tal vez es que está dirigido para ancianos como tú
—bromeo. Él ríe de nuevo y me da un ligero empujón en el
hombro.

—Pero ya en serio, Elisse, por más errante que seas, también deberías divertirte un poco. Si quieres, los muchachos
y yo te llevaremos mañana para que conozcas la auténtica
Nueva Orleans.

La idea de volver al Barrio Francés no me acaba de gustar.
Me rasco un poco la nuca, pero al ver la mirada de genuino
interés de Tared, no me queda más que asentir.

Pero otra pregunta me asalta.

—Tared, dime una cosa.

—¿Sí?

—Si ustedes no pueden percibir el olor de los errantes
muertos, ni el mío, ¿cómo supiste que yo...? —no necesito
decir más. Él se cruza de brazos y acaricia un poco su barba.
Mira hacia el suelo y suspira.

—Instinto, Elisse. Yo puedo cuidar lo que es valioso para mí gracias a los lazos que tengo con mi gente, y si algo acecha a mi familia, entonces mi instinto me lo hace saber de inmediato.

Tared se marcha y yo entro al edificio, aún meditando sus palabras. Tal vez por esto, padre Trueno le ha cedido algo de liderazgo al hombre lobo, porque por más errante que uno sea, creo que no todos pueden tener un sentido de protección tan agudo como el de Tared.

De pronto, me encuentro con Louisa en el pasillo, quien me mira con una ceja tan arqueada que casi roza su cabello.

CAPÍTULO 28
EL LADRÓN HONRADO

Lo admito. No llevo ni cinco minutos aquí, en el lugar que tantas veces aseguré que no quería volver a pisar, pero ya estoy enamorado. El Barrio Francés ha pasado de ser un sitio de pesadilla a un sueño del que no estoy seguro de querer despertar. La luna está alta sobre Bourbon Street, por lo que subo a una banca para contemplar el sitio desde arriba.

Justicia, fe y poder. Morado, verde y amarillo resplandecen en todos lados, como fantasmas coloridos entre las cabezas de la gente y en los collares de cuentas esparcidos y colgados sobre cada centímetro de esta legendaria calle.

Un susurro dulce, sensual y vibrante llega hasta mis oídos, acaramelándolos con voces de saxofones y contrabajos. El *jazz* brota de cada esquina con una belleza acústica que me trasporta a un sitio antiguo y repleto de matices dorados.

La neblina seductora de Nueva Orleans me entra por cada poro en la piel y me embriaga con su misticismo.

Crecí en la India, uno de los sitios culturalmente más ricos del planeta, pero esto me parece todavía más extraordinario. No sé si es la belleza de sus calles o lo sombrío de su cultura y su gente, pero el Barrio Francés que me aterraba sobremanera, ahora mismo, bajo la luna de Bourbon Street, me hace sentir verdadera magia.

El enorme letrero de neón del bar Louis Armstrong, a sólo una cuadra de donde estoy, es justo el sitio donde quedé con Tared y los demás, por lo que le obsequio un último suspiro a la luna y me marcho.

Aún en mi ensoñación, no puedo evitar pensar en la tienda de Laurele, pero no es el momento para entrar en conflicto con esa mujer, a pesar de que me arde la lengua por hacerle unas cuantas preguntas.

A pesar de que no veo a nadie de la tribu cerca del bar, sé que están en alguna parte, entre la multitud; ahora puedo sentirlos. Es como si toda la gente tuviese la misma presencia gris y plana, sin olor ni nada que los diferencie, mientras que los errantes emiten algo que puedo percibir a través del ambiente cuando están cerca. El aroma del cabello de Johanna, las corrientes de aire que mueve Julien al pasar, la quietud de Nashua, la mirada de Tared…

Esto último me hace dar media vuelta.

Escucho a una mujer cantar desde el bar. Su voz se eleva sobre un contrabajo suave y una batería que retumba en mi pecho. Las luces del fondo se desenfocan y crean un mar de tenues motas amarillas, verdes y violetas.

Lo veo justo allí, de brazos cruzados y recargado en el mismo poste de luz en el que yo estuve la primera vez que visité Bourbon Street. Nuestras miradas se cruzan; me sonríe y el mundo se hace diminuto.

Cuando estoy a punto de acercarme, cambio de opinión al ver que un par de tipos llegan primero a saludarlo. Siento una mano en el hombro y me giro para encontrar la mirada gris de Johanna.

—¡Hola! —ella sonríe y me abraza—. ¿Cómo te sientes?

Antes de que pueda contestar, un grueso brazo se engancha en mi cuello, aprisionándolo. Los nudillos de Julien se frotan contra mi cabello una y otra vez.

—¡Diez puntos por encender fuego en la cabeza de Elisse!

—¡Suéltame, maldito hombre salchicha!

Johanna se echa a reír, divertida por nuestra idiotez.

—¡Oh, demonios, has descubierto mi verdadero ancestro! —el pelirrojo me suelta y se muerde las uñas en un gesto ridículo. Al verlo, no puedo evitar unirme a la carcajada de mi hermana.

—Deja de ponerte en ridículo, Julien. Pareces un idiota —le reprende Nashua, brotando de entre la gente y con una esplendorosa cara amarga.

—¡Por Dios, que alguien le consiga un trago a este hombre! —replica Julien, y le propina un sonoro manotazo en el brazo. Muevo la cabeza de un lado a otro, pero sin borrar la sonrisa del rostro.

Ahora que lo pienso, nunca me había reunido con mis hermanos fuera de la reserva, así que es la primera vez que los veo desenvolverse entre gente común. Si ignoramos el hecho de que me abruma estar en medio de tipos del tamaño de un poste y una chica que rebasa mi triste metro sesenta y tres de estatura, creo que en general parecen bastante normales.

—Entonces, ¿qué? ¿Empezamos la novatada? —dice nuestro líder, acercándose a nosotros mientras pasa su brazo sobre mis hombros y me aprieta contra su costado.

—¡Oh, no empiecen con sus niñerías! —me defiende Johanna.

—Aguafiestas —susurra Nashua, y a pesar de la dureza de su tono, siento un agradable vuelco en el estómago.

—Bueno —comienza Julien—, empezaríamos con una ronda de *bourbon*, pero como Elisse todavía es un bebé no podemos entrar a un bar sin que nos arresten.

—Perdona por no tener el carnet, abuelito —respondo. El hombre bisonte se lleva una mano al pecho y hace gesto de indignación.

—Bueno, ¿qué les parece si tomamos unos tragos aquí en la calle y luego vamos a ver el desfile en Saint Charles? —sugiere Tared, así que todos accedemos de buena gana.

Él y Nashua se apretujan entre la multitud para ir a un bar cercano. Regresan un largo momento después con unos enormes vasos desechables repletos de espumosa cerveza. Pruebo el mío y me encuentro con una tristísima bebida sin alcohol, por lo que miro a Tared con decepción.

—Lo siento. En la reserva, toda la que quieras, pero en público, hasta que seas mayor de edad.

—Qué asco. Yo ya sería mayor de edad en la India —reclamo.

—Las reglas son las reglas, Elisse —me dice con seriedad y dando por zanjado el asunto.

Suspiro mientras todos nos dirigimos a la famosa calle de Saint Charles donde, a empujones, nos abrimos paso hacia la acera.

Un hombre colosal con cola de pez se asoma sobre la gente alzando un enorme tridente dorado, y una caravana de espectaculares criaturas lo siguen: un rey de cabello blanco y alas de mariposa, la gigantesca cabeza de una mujer repleta de pétalos de rosa, hadas que se contonean cargando canastas llenas de flores artificiales, seres con cabellos multicolores que arrojan collares a la multitud que los ovaciona desde la acera. Son carros alegóricos hechos con un arte tan magnífico que de pronto siento haber entrado a un mundo de fantasía.

Nunca había visto un desfile, ni siquiera en mi país, así que el baño de luces, colores y música me obliga a abrirme paso para ver todo más de cerca sin importar que mi bebida se derrame con cada tropezón que me doy con la gente.

—Johanna, mira… —le digo a la chica, pero al volver la mirada, no hay rastro de ella. Muevo la cabeza de un lado a otro, pero no veo ni siento a mis hermanos por ningún lado. ¡Seré idiota!

Regreso al mar de gente y trato de encontrarlos, pero hay tantas personas que me es imposible distinguir a nadie en particular, así que me quedo rodeado de ruido, multitud y desorden… hasta que siento una mirada a mis espaldas.

El monstruo de hueso, aquella criatura que casi me arranca las costillas, se levanta sobre las cabezas de la multitud y me mira a través de sus cuencas vacías, a sólo unos metros de mí, con su capa ondeando entre las piernas de las personas como un ente invisible.

Me sujeto el vientre y contengo un grito en la garganta, porque algo ha comenzado a brincar dentro de mí, como si una especie de energía tomase fuerza y se estrellase contra el interior de mi ser para tratar de escapar.

Un par de golpes más y me queda claro: es Ciervo Piel de Sombras, quien "clava" su cornamenta en las paredes de mi cuerpo, arremetiendo contra ellas una y otra vez.

—¿Qué demonios estás haciendo? —le siseo a mi ancestro con los dientes apretados. Cierro los ojos y trato de contener el dolor al percatarme de que la mirada curiosa de varias personas empieza a posarse sobre mí.

Abro los ojos de nuevo y retrocedo de una zancada, y me encuentro con el monstruo de hueso a unos pasos de mí. Me estrello contra algo sólido y escucho un grito a mis espaldas al tiempo que derramo la bebida sobre mi ropa. Volteo y encuentro a una chica de bruces en el suelo.

—¡Ah, lo siento! —digo con un hilo de voz; miro a un lado y a otro, pero el monstruo ha desaparecido.

Cuando intento ayudarla a levantarse, una fuerte mano se cierra sobre mi muñeca como la garra de un águila, la cual me aleja de la chica de un tirón.

—Oye, mocoso, ¿estás causando problemas? —mi captor es un hombre de cabello oscuro y tez oliva que me mira con ojos de ira.

—No, yo… Ah, no quería… —contesto con torpeza, debido al dolor que aún siento en el vientre.

—Estoy bien, oficial, fue un accidente —exclama la chica a la que he derribado.

¿Oficial?

Mis ojos viajan hacia la placa de policía que sobresale del bolsillo de su chamarra. Él ignora a la mujer y me jala con brusquedad, acercando mi rostro hacia el suyo y dejando una separación entre nosotros de apenas unos centímetros. Me olfatea.

—¿Acaso has estado bebiendo?

—¿Qué? ¡No! Yo… —volteo hacia la chica, quien retrocede ante la mirada furibunda del agente.

—Señor, en verdad… —tartamudea ella.

—¡Lárguese de aquí! —ruge el hombre. La joven dirige una mirada vidriosa, como disculpándose, para después huir despavorida.

—Perdone, esto es un error… —digo en un balbuceo poco elocuente que no ayuda.

—¿Qué edad tienes, chiquillo? ¿Quince?

—¡No, espere, yo…!

—Detective Hoffman.

El hombre pone los ojos en blanco y se gira hacia quien lo ha llamado. El oxígeno vuelve a mi pecho al ver a Tared, rígido como un poste y a sólo unos pasos de nosotros.

—Pero mira al héroe que tenemos aquí —responde el agente—. El mismísimo Tared Miller, ¿ahora te juntas con niños?

—¿Hay algún problema? —responde el lobo, mirándome de una manera que me cuesta descifrar.

—Sólo si has permitido que bebiera algo más que la leche de su biberón.

—¿Disculpe? —azotado por la ira, me libero del hombre de un tirón—. Yo no he hecho nada por lo que deba tratarme de esta manera.

—Muchacho, compórtate y no le hables así al agente —ordena Tared.

—¡Pero si yo no he hecho nada! —replico a todo pulmón.

—¡Elisse! ¡Ven aquí ahora mismo!

Su grito retumba entre la gente, que vira la cabeza ante el espectáculo. La sorpresa abre paso a la indignación y me calienta las venas.

—Conque Elisse, ¿eh? —dice el detective al tiempo que saca un cigarrillo del bolsillo de su chamarra—. Ya decía yo que me resultabas familiar. Fuiste tema en la comisaría por todos los problemas que, al parecer, te gusta causar.

¿De qué rayos me está hablando este tipo?, me pregunto. Sus ojos oscuros se clavan de nuevo en mí y una sonrisa desagradable se le dibuja en la boca.

—Dime, ¿has gastado bien el dinero que has robado del centro budista? Debería darte vergüenza, después de que te dan techo y comida…

Pierdo el control.

Me lanzo hacia él con la intención de hacer un molde de mis nudillos en su cara, importándome muy poco si me manda a dormir a prisión, pero mi ambición se cae a pedazos cuando Tared me sujeta la muñeca y me jala hacia atrás antes de que siquiera pueda tocar al agente.

—¡Suéltame! —exijo, pero él me arrastra unos metros lejos del tipo. Su rostro está enrojecido y las venas del cuello le resaltan como raíces de un árbol.

—¡Mis órdenes se respetan lo quieras o no, Elisse! —susurra con los dientes apretados, pero de una manera tan severa que siento como si me hubiese gritado con un altavoz—. Y si te vas a comportar como un imbécil cada vez que te diga qué hacer, ve despidiéndote de la tribu y de la maldita reserva. ¡¿Me oíste?!

En un parpadear, me lanzo hacia la multitud y me escabullo entre la gente. Escucho a Tared gritar, pero no miro atrás, sólo me abalanzo a través de brazos y costados para alejarme lo más rápido posible. Recorro unas dos o tres cuadras, no lo sé, pero sigo una línea zigzagueante imaginaria mientras rezo a todo lo divino que nadie me capture en mi trayecto.

Después de varios minutos de huida, llego hasta el borde de la acera, justo cuando otras carrozas están pasando. Trato de enfocar la mirada en ellas para calmarme con el vaivén de sus resplandores, así como presiono el puente de la nariz con índice y pulgar para intentar drenar el estrés. Pero es inútil. Las luces de pronto me parecen demasiado brillantes, el bullicio demasiado molesto, y eso, sumado a mi corazón desbocado, me impide pensar con claridad.

Echarme. Arrancarme, así sin más, de Comus Bayou. Yo creí que esto era permanente, que una vez que entrabas a la familia ya no había vuelta atrás, creí que...

Levanto la mirada y la ira se me esfuma como por arte de magia.

Desfilando en la calle y arrojando collares, hay un hombre vestido de negro y con sombrero de copa que baila de forma extraña. Voltea hacia mí y doy un paso hacia atrás al ver su rostro pintado como una calavera. ¡Es el mismo tipo que vi en el centro budista!

Uno tras otro, montones de hombres iguales a él desfilan, todos bailando de un lado a otro y arrojando collares a la gente; gritan y se mueven con frenesí por el asfalto. Los miro estupefacto, cuando alguien alcanza mi brazo.

—¿Elisse? ¿Estás bien?

Enfoco la vista y me encuentro con la mirada consternada de Johanna. Señalo hacia los hombres de traje.

—¿Puedes verlos? —ella frunce el ceño.

—Pues, sí. Sí, claro.

Ahora sí que tengo la cabeza hecha un lío. Vuelvo a mirar para encontrarme ahora con otra carroza, que lleva la escultura gigante de un hombre. Sombrero de copa, traje sastre y una máscara de pintura semejante a una calavera.

—¿Qué es *eso?* —pregunto, apuntando tembloroso al coche alegórico. Ella parpadea varias veces y me mira como si me hubiese vuelto loco.

—Pues... Es la carroza de Barón Samedi, una deidad vudú.

Un escalofrío me recorre la columna. Conozco ese nombre, conozco quién es ese Loa, puesto que en el libro rojo de Laurele había un pequeño apartado sobre él, y si no lo reconocí hasta ahora era porque nada decía sobre su apariencia física, sólo sus cualidades y dones. Cuencas sin ojos, rostro blanco, piel de petróleo.

Las piezas encajan.

Quien quiere entrar en contacto conmigo es el Barón Samedi, el Loa de la Muerte. El Señor del Sabbath.

CAPÍTULO 29
SENTIMIENTOS COMPLEJOS

—¿Se puede saber por qué no me habías hablado hasta ahora de esta supuesta visita? ¿Y cómo se te ocurre ir a investigar sin decirme nada de lo que has estado viendo?

—¡Si usted se dedicara a enseñarme algo, yo no tomaría decisiones por mi cuenta!

—¡Y encima me hablas así, muchacho estúpido!

—¿Y eso qué más da? El monstruo de hueso, los cadáveres, los errantes resucitados, las partes del vevé. ¡O el Señor de la Muerte está tratando de decirme algo o su seguidor está intentando matarnos!

Mi brazo se agita de arriba abajo tratando de dar fuerza a mi argumento, muy a pesar de que sé que Muata sólo puede escucharme a través del teléfono.

—¿Y por qué diablos no buscas a esa persona, en vez de estar haciendo tonterías en el carnaval? ¿Cómo quieres que te introduzca al mundo de los contemplasombras si no puedes tener un poco de criterio? ¡Deja de perder el tiempo con ridiculeces y haz bien tu trabajo!

La línea muerta me silba desde el auricular. Azoto el inocente aparato contra la cabina y me recargo contra la pared de vidrio ante la cara asustada de Johanna, quien espera afuera. Me pregunta con gestos lo que ocurre, pero yo sólo meneo la cabeza de un lado a otro.

Permanezco unos momentos en el diminuto espacio para recuperarme de la frustración, puesto que una noche que había nacido para ser increíble, termina siendo un desastre.

—¿Qué te ha dicho? —me pregunta ella una vez que salgo de allí.

—Que soy un idiota.

Johanna pone los ojos en blanco.

—No te ofendas. No es un hombre muy sutil.

—Tampoco tú. Le acabas de dar la razón.

—No quise decir eso.

Me encojo de hombros y le resto importancia al asunto. Ella juega un poco con sus dedos y, por un momento, me recuerda a Carlton y aquella vez que quiso arreglar el malentendido cuando me confundió con una chica.

—Los demás están en un bar a una calle de aquí —me dice, yendo de nuevo a la carga—. ¿Quieres que vayamos con ellos?

—¿Tared también? —ella asiente y yo resoplo—. Creo que mejor voy a casa. Se hace tarde.

—Deja que al menos te lleve, si vas caminando llegarás demasiado tarde a casa.

—¿Traes tu coche?

La chica asiente de nuevo. Estoy enojado, pero no tanto para no saber que sería muy idiota ir a pie desde aquí hasta el centro budista, por lo que ambos nos dirigimos hacia el estacionamiento. Pasamos frente al bar donde me ha dicho que están los otros, así que la espero afuera, sin ganas de entrar en conflicto de nuevo con Tared.

Johanna sale casi de inmediato. Llegamos hasta su pequeño coche plateado —ése que casi siempre está metido bajo un toldo en la reserva— y después de veinte minutos de lidiar con el tráfico, salimos del Barrio Francés.

Sus insistentes miradas de reojo me hacen revolverme en el asiento.

—¿Qué pasa? —pregunto, impulsado más por la incomodidad que por el afán de platicar.

—¿Ocurrió algo malo entre Tared y tú?

Le cuento lo sucedido con el agente manteniendo la mirada en la ventanilla, ya que con sólo pensar en la acusación de robo, los ojos se me humedecen por la rabia.

—Ay, Elisse, cuánto lo siento —dice finalmente—. Qué mal que te hayas encontrado con Hoffman.

—¿Lo conoces?

—Todo el que viva en Nueva Orleans lo conoce, a él y su pésima actitud. Si no lo han echado de la policía es porque, para bien o para mal, es muy buen agente.

—Sí, ya me di cuenta —respondo con sarcasmo.

—Bueno, sí…, creo que Hoffman no tenía derecho a acusarte de esa manera —dice titubeante, como si no quisiera darme la razón. Y algo me dice que es por Tared, así que prefiero no contestar.

Por fin nos detenemos en la entrada del centro budista. Al ver que estoy a punto de salir, echa seguro al coche.

—Elisse, por favor, no te enojes con Tared. Mira, no creo que haya querido ser tan duro contigo. Es sólo que… Hoffman es un tema difícil para él.

—¿Y yo qué culpa tengo? Que se las arregle con él y no conmigo —exclamo, al borde de mi paciencia.

—¡Elisse, por favor, escúchame! —ella cierra sus dedos alrededor de mi brazo y me obliga a mirarla—. Mamá Tallulah me dijo que los lobos son de los ancestros más sabios de la tierra, y que nunca escogerían nacer dentro de alguien que no fuese adecuado para guiar a una tribu, por eso padre Trueno lo puso a cargo de nosotros. Puede que a veces sus métodos no sean los más gentiles, pero Tared sabe lo que hace.

Su labio inferior tiembla y yo siento una punzada incómoda ante su reacción.

—¿Haces esto por él? —le pregunto, sintiéndome un poco mal por no evitar escucharme molesto.

—¡Hago esto por todos nosotros! Somos una familia, Elisse, y lo último que quiero es verla pelear entre sí cuando tenemos tantos enemigos allá afuera —se acerca, sosteniendo aún mi brazo—. Tared nunca te apartaría de él ni de nosotros, estoy segura de que si se puso del lado de Hoffman fue porque creyó que era lo mejor para ti. Debes creerme.

Siento un poco de pena por ella. La desesperación ha humedecido sus ojos de nube, por lo que mi maldita debilidad hace que dé mi brazo a torcer.

—Está bien, está bien. ¿Qué quieres que haga?

—Sólo ten paciencia, confía en él. Eso es todo lo que te pido.

Tanto drama para que, en resumidas cuentas, sólo me diga que aguante los regaños de Tared.

Bajo del coche y ella se despide de mí con un movimiento de mano; arranca y la veo marcharse con los faros de su coche perdiéndose entre la espesa negrura de la noche. Resignado, entro a la casa sin ganas de volver a encerrarme en mi cuarto.

Desde la entrada, escucho la voz de Louisa proveniente de la sala. Cruzo el pasillo y abro la puerta, la encuentro sentada en el sillón.

—¡Oh, por fin llegas, Elisse! Este muchacho lleva esperándote casi veinte minutos. ¡Debería darte vergüenza!

La sangre se me va a los pies cuando veo a Tared sentado frente a ella.

—¿Qué diablos haces aquí? —pregunto a secas.

La pesada mano de Louisa se estrella contra mi nuca con la suficiente fuerza para que yo emita una silenciosa mueca de dolor.

—¡No seas maleducado! —exclama, y mi cara enrojece como un pimiento. *¡Caray! Sí que tiene la palma dura.*

Me sobo un poco el golpe mientras ella toma su bolsa y se marcha como si nada. Escucho que azota la puerta y fulmino con la mirada a Tared al ver que su boca se tuerce al intentar no reír. Él carraspea para luego ponerse en pie y acercarse a mí. Yo, en cambio, doy un paso atrás.

—No debiste irte así —me reprende en un tono bastante suave, pero ni siquiera lo miro.

Temo que la ira me vuelva a dominar y, la verdad, sigo sin estar muy seguro de si aquello de echarme de la tribu iba en serio, por lo que prefiero guardar silencio. El lobo suspira y se rasca la nuca.

—Mira… con Hoffman hay que andarse con cuidado. Es mejor darle por su lado.

—También tengo que darte por tu lado a ti, ¿verdad?

¡Elisse, carajo!, me regaño. No puedo creer que haya tenido el descaro de decir eso aun cuando le prometí a Johanna que daría mi brazo a torcer.

—Vine hasta aquí para darte una explicación, pero ni siquiera sé por qué me molesto. Eres un terco.

—¿Qué? ¡He soportado suficiente mierda durante toda la vida para encima dejar que te alíes con un policía abusivo que me acusa de ladrón!

—¡¿Quién te está acusando?!

—¡Te pusiste de su lado!

—¡Porque te estabas portando como un mocoso estúpido!

—¡Y él me estaba acusando de algo que no hice! ¿No me crees? —exclamo, cada vez más desesperado—. ¿No confías en mí?

—¿Y para qué quieres que confíe en ti? ¡Tú haz tu maldito trabajo y ya está! —grita.

Las piernas me tiemblan al tiempo que las palabras de Muata explotan en mi cabeza como pólvora.

—¿Mi trabajo? ¿Eso es lo que soy para ti, para Muata? ¿Alguien que debe hacer un trabajo? ¡Debieron decir eso antes de hacerme creer que era parte de su familia! —grito a todo pulmón, para después dar un paso atrás y enterrarme en el sillón. Tared no responde, sólo me observa con absoluta perplejidad.

Incapaz de sostenerle la mirada, escondo mi rostro entre las manos, con la cabeza y el corazón hechos un nudo; no es simplemente que odie que me llamen ladrón o que me acusen de algo que no he hecho. Es que tengo tanto miedo de volver a estar solo que la idea me desmorona.

—Oye, oye... Lo siento, ¿está bien? —susurra, poniendo las manos sobre mis hombros—. No quise decir algo así, no iba en serio. Nunca te apartaría de la tribu, pero no sabía qué decir para que te calmaras. Estaba tan tenso que fue lo primero que se me ocurrió y estuvo mal, lo admito, pero si me das la oportunidad de explicártelo...

El tacto de sus dedos empieza a quemarme sobre la ropa, demasiado caliente para que lo soporte más. Él me suelta y se sienta en el sillón de dos piezas frente a mí. Señala el espacio que hay a su lado, pero yo, aún dolido, no me muevo de mi lugar. Tared sólo asiente, como si comprendiera la barrera que he impuesto.

—Creo que si te hablo de mí, entenderás un poco mejor por qué hago las cosas.

Él me mira con los ojos ligeramente tambaleantes. Algo se vuelca en mi estómago; nunca había visto la mirada de Tared temblar, y tampoco es el tipo de hombre de quien te esperarías el más pequeño atisbo de debilidad.

La decencia me dice que no debería dejar que me hablara de su pasado, pero la curiosidad suele llevar las de ganar contra el resto de mis emociones, así que lo dejo empezar. Se peina el cabello, echando los mechones hacia atrás y toma aire.

—Soy originario de Minnesota. Hace ocho años dejé a mi madre y a mi hermano para venir a Nueva Orleans a trabajar en la herrería de mi único abuelo vivo. Para el viejo estaba siendo difícil hacer varios trabajos, la muñeca ya no le funcionaba muy bien, así que no le vino nada mal mi mudanza —dice. De pronto, el espacio entre los dos sillones se encoge. O soy yo, que me he acercado unos centímetros para escucharlo con más claridad.

—La cosa no empezó fácil para mí. Siempre tuve un carácter algo complicado, y mi abuelo falleció a los pocos meses de que yo llegase…

—Lo siento —interrumpo en un susurro, porque no puedo evitar sentir un pincho en el corazón al escuchar algo tan doloroso. Y personal.

Tared se encoje de hombros.

—En resumidas cuentas, tenía varias deudas que contraje en Minnesota y el taller no dejaba tanto como hubiese querido, sobre todo porque yo no sabía lo suficiente y los pedidos se iban acumulando. Llegó un punto en el que los acreedores no cesaban de llamarme, así que sólo me quedaba buscar otro trabajo para ver si podía salir del apuro. Hasta que un amigo que hice aquí me recomendó que entrara al cuerpo de policía.

No me sorprende demasiado. Con su fuerza y su estatura, Tared sin duda cubre el perfil, pero… por otro lado, me pregunto cuáles serían sus deudas, si sigue en comunicación con su familia o por qué había abandonado Minnesota, pero es obvio que mi curiosa gran boca sólo me ha traído problemas, así que opto por callar y dejar que continúe.

—Entrar a la academia fue pan comido. Avancé tan rápido en el entrenamiento policial que en pocos meses ya me habían asignado una ruta, una patrulla y un compañero con más experiencia para ayudarme a empezar mis rondas. El sueldo era bueno, estaba pagando mis deudas y todo iba sobre ruedas.

Hace una pequeña pausa para asegurarse de que sigo el hilo de la historia. Es evidente que mi ira ha cedido al interés, así que se pone en pie, da un par de vueltas breves y, finalmente, camina hacia la ventana que da al patio. Abre y cierra la boca repetidas veces, como si le costase hablar. Suspira y mira al techo, abatido y un poco… ¿tembloroso?

De pronto, empiezo a sentirme bastante culpable.

—En una guardia de noche —dice—, nos reportaron la presencia de dos sujetos que vagueaban por uno de los barrios más pobres de la ciudad, molestando y causando problemas. Confiados en que podríamos lidiar con ellos, mi compañero y yo fuimos allá a eso de las dos de la mañana. Pero cuando llegamos, descubrimos que no eran sólo dos. Fue demasiado para nosotros.

Una sensación espantosa me sube por la columna con aquel "demasiado". Me levanto para acercarme a Tared, quien contempla la noche a través del cristal. Su cara está rígida, pero sus ojos parecen oscurecerse; quizá sea el movimiento de las nubes cubriendo la luna lo que le da ese aspecto tan doloroso, como si estuviese a punto de quebrarse.

—En medio de la brutal paliza que nos estaban propinando, tuve mi primer despertar —dice casi en un suspiro, como si acabase de expulsar todo el aire de sus pulmones—. Perdí el control y…

—Basta —interrumpo, mientras Tared y yo vemos con igual sorpresa cómo mis dedos se han alzado por sí solos para jalarlo de la chamarra—. No tienes que…

—No dejé nada en una sola pieza, Elisse. Ni de ellos ni de mi compañero —dice con frialdad.

Mis dedos se desprenden de su chamarra para cubrir mis labios. Y, para mi horror, él se da cuenta de las estremecedoras emociones que me sacuden.

—Tared, por favor, no tienes que… —insisto.

—Los demás llegaron más rápido de lo que pude procesar. Entre padre Trueno, Nashua y Julien me sometieron, me arrancaron la piel e hicieron lo posible por encubrir la escena, como si hubiesen estado acostumbrados a hacerlo.

—¿Pero cómo…?

—Al parecer, hacía mucho tiempo que me vigilaban.

Me estremezco de pies a cabeza al recordar la eficacia con la que mis hermanos borraron todo rastro de violencia cuando tuve el incidente en el parque y, también, la forma en la que me acecharon en el Barrio Francés después de eso.

—Lo más difícil fue lo que vino después, cuando llegó el resto de la policía a la escena. No tenía explicación racional para lo que había pasado, los había hecho pedazos a todos, así que tuve que mentir. Dije a mis compañeros que me había desmayado por los golpes y que debido a eso no podía saber quién o qué había hecho tal carnicería. Por años sostuve en público esa versión y no hubo pruebas de lo contrario; pensaron en la historia hasta tal punto que dejaron de preguntarse qué había pasado. El caso quedó cerrado y ellos me creyeron. Todos, excepto una persona.

—Hoffman —susurro, con la sangre helada.

Caigo en la cuenta de que he sido un imbécil. No es que Tared no me creyera. Fui yo quien no confiaba en él.

—Lo siento —le digo por segunda vez, y lleno de vergüenza—. He sido un idiota.

Me mira un instante, para después darme la espalda mientras yo me transformo en la criatura más diminuta del mundo. ¿Serviría de algo si le dijese que lo siento de nuevo? ¿Que me siento una escoria por haberlo obligado a revivir algo así? Y no porque me asuste lo que hizo, sino por lo que sus ojos me han mostrado al dejar desnuda su alma. No me atrevo a tomar un paso hacia él, a su cercanía, al desesperado deseo que tengo por envolverlo entre mis frágiles extremidades, para ver si soy capaz de dejar de temblar.

Tared se marcha a casa sin decir una sola palabra, dejando en este cuarto una ausencia que me duele de una manera indescriptible. Que me hace sentir más solo que nunca.

Me quedo sentado en el sillón mirando la abrumadora nada, porque, por los dioses, ¿Cómo es posible que él sea capaz de hacerme sentir todo esto?

CAPÍTULO 30
SENTIMIENTOS (Y HABITACIONES) ATROCES

Apenas pasan de las seis de la mañana, cuando alguien toca tan estrepitosamente la puerta del centro budista que casi tiro el café sobre la alfombra. Maldigo en voz baja y el estómago me ruge por el hambre, ya que ni siquiera he podido desayunar.

Veo por la mirilla de la puerta a Louisa, quien gira la cabeza de un lado a otro como un aspersor. De inmediato sé que algo muy malo le ocurre, ya que está bastante pálida.

—¿Louisa? ¿Qué te pasa? —pongo las manos sobre sus hombros y siento su cuerpo temblar bajo mis dedos.

—Elisse, ¡tengo que hablar contigo!

Ahora el nervioso soy yo. Louisa me lleva a la cocina en completo silencio y me sienta a la mesa, para luego dar vueltas como una leona enjaulada.

—¿Qué ocurre? Dime, por favor…

—Mira —se gira bruscamente hacia mí y se quita los anteojos—. Ya estás bastante grande para saber lo que haces, pero no por eso voy a dejar de preocuparme por ti, ¿me entiendes?

—¿A qué viene esto? ¿Hice algo malo? —ella suspira.

—Laurele me dijo que fuiste a verla —De pronto, me siento como un chiquillo que le ha dado una patada a su madre.

—Louisa, yo… —balbuceo, tratando de ocultar mi vergüenza—. Lo siento, me dijiste que no me acercara a ella, pero… —levanta su rígida palma frente a mí.

—Tendrás tus razones. No soy tu madre para decirte qué hacer.

Las palabras le brotan como un suspiro. Y me han dolido al igual que a ella, puesto que su mirada se ha tornado vidriosa.

—Pero he venido por otra cosa, Elisse. Por algo mucho más importante.

Rebusca en su bolso bajo mi mirada culpable. Me echo hacia atrás al ver lo que saca de allí: es el muñeco vudú, ése que apareció la noche de la visita del Loa.

—¿De dónde sacaste eso? —pregunto, boquiabierto.

—Mi hermana lo dejó en mi casa anoche y, encima, tuvo el descaro de pedir que te lo entregara.

No puede ser. ¿Cómo fui tan idiota? ¡No perdí el muñeco en la persecución del pantano, lo dejé en la tienda de Laurele!

—¿Y las agujas? —pregunto en voz baja, incapaz siquiera de respirar bien.

—¿Qué agujas?

—El muñeco tenía un montón ensartadas por todos lados, hasta me pinché la mano con ellas y…

Sangré.

El aliento se me corta. Intento mantener la compostura para no alterar a Louisa, pero no puedo evitar que el alma se me vaya a los pies. Ella palidece todavía más, como si me hubiese leído la mente.

—Elisse, por lo que más quieras, no te acerques a mi hermana —me pide—. ¡Esa mujer es mucho más peligrosa de lo que crees! ¡Lo que sea que quiera de ti, no es bueno!

—Louisa, ¿Qué es lo que te ha hecho?

Ella parece a punto de llorar. Se lleva las manos al pecho e inhala.

—Desde que éramos niñas, Laurele siempre estuvo fascinada con nuestras raíces haitianas, leía todo lo que podía sobre vudú, lo memorizaba y se relacionaba con los curanderos y brujas de nuestro barrio. Soñaba con convertirse en la siguiente Marie Laveau y yo siempre traté de mantenerme fuera de sus cosas, porque había algo en el semblante de mi hermana, algo que me ponía los pelos de punta y que me hacía sentir que, poco a poco, entraba en un mundo del que tal vez no podríamos sacarla.

Louisa huye hacia la ventana del lavabo, abre el cristal y respira profundo, como si necesitase una bocanada de oxígeno para no desmayarse. Le miro la espalda temblorosa, ahogando el deseo de ir a abrazarla hasta calmar las inclementes sacudidas de su cuerpo. Pero, tal como hace un animal espantado, permanezco quieto en la silla.

—Con el tiempo, se volvió muy famosa y a los diecisiete años de edad ya era toda una experta —continúa—. La gente comenzó a tocar a nuestra puerta pidiendo ver a mi hermana, y cada vez hacía cosas más raras que requerían más ingredientes, uno más macabro que el anterior. Su habitación se volvió un cementerio de huesos y su cara no expresaba otra cosa que desprecio cada vez que nos miraba a mi madre y a mí. Se volvió tan extraña que ambas empezamos a temerle, hasta que un día se marchó.

—¿Dejaron de hablarse?

—Sí, y también porque al poco tiempo me casé. Un hombre terrible, violento, la peor elección de mi vida, pero no tenía otra opción.

¿Violento? Intento no imaginarme lo peor, pero cuando ella pasa la mano por su mejilla, como si rememorase el fantasma de un moretón en la cara, el pecho se me encoge por la rabia. ¿Cómo alguien podría tener la podredumbre suficiente para ponerle un dedo encima a una mujer como Louisa?

—Hijo de puta...

—Ay, Elisse, en aquel tiempo, ser negro era lo mismo que ser un animal, sin derechos, sin igualdad, sin sueldos decentes, así que ser negra, mujer y, encima, soltera, era la forma más segura para morir de hambre. Estaba sola, y mi madre falleció al poco tiempo de que Laurele se fuera de casa —explica, como si quisiera justificarse, aun cuando yo jamás tendría el poco corazón para juzgarla.

—¿Qué pasó con tu marido? —intervengo una vez más.

—Mira, él... —se cubre los ojos con las manos y deja escapar un ruido suave, ahogado. Louisa solloza y me arrepiento de inmediato por haberle preguntado—. Elisse, ¿sabes lo que es un aborto?

Mis labios forman una línea recta. Crecí en un país donde las violaciones estaban a la orden del día, así que no era raro que algunas mujeres del campo de refugiados se viesen orilladas a practicarlo.

Asiento despacio y Louisa exhala aliviada, imagino que por no tener que explicarlo ella misma.

—Durante los años que duró mi matrimonio, no pude tener un niño. Estuve embarazada varias veces, pero ninguno de mis pequeños lo logró. Ninguno, excepto...

Louisa rompe a llorar y yo me levanto para acercarme a ella. Mis manos acunan con suavidad sus mejillas y mis pulgares limpian sus lágrimas. El corazón se me hace pedazos al verla así; al ver cómo el brillo maternal que ella siempre ha desprendido comienza a ser devorado por una tristeza abrumadora.

—Nadie podía explicarme lo que pasaba —dice entre sollozos, mientras atrapa una de mis manos entre las suyas—, lo único que sé es que cuando comenzaba a percibir un olor extraño, significaba que estaba a punto de perder a mi niño.

—¿Un olor extraño?

—Sí, como si de pronto hubiese un cadáver metido en objetos que yo destapaba, como botellas o contenedores.

Inhalo despacio, tratando de no mostrar el horror que me invade al escuchar aquella descripción tan espantosamente familiar.

—La única vez que fui a casa de mi hermana, no me molesté en avisarle. Mi esposo acababa de dejarme por otra mujer y yo quería hablar con alguien, pero cuando llegué a su puerta, el mismo olor repugnante llegó hasta mis narices. Fue allí cuando supe que, de alguna manera, Laurele...

Ella acalla un gemido. No es necesario que explique el resto. Pero, ¿por qué querría Laurele hacer abortar a su propia hermana? ¿Qué tipo de beneficio podría tener ella de algo tan monstruoso?

Louisa solloza de nuevo, así que la estrecho entre mis brazos, soportando el peso de sus lágrimas entre mis clavículas.

—Yo habría podido perdonarla, Elisse, si eso hubiese sido lo peor de todo lo que me hizo.

¿Es en serio? ¿Acaso podría haber algo peor? Ella se enjuga las lágrimas y endurece la mirada, como si un fuego de desprecio la devorara por dentro.

—Antes de marcharse, mi marido me dejó un milagro: mi primer y único hijo nació meses después de que se marchara. El único que me dejaron tener... Y con ello, mi pequeño me dio los veinte años más felices de mi vida antes de que muriera de un ataque al corazón.

—¿Un infarto? ¿Tan joven?

La mirada de Louisa se desvía hacia la ventana, como si buscase en el exterior algún rastro de aquel hijo perdido.

—Imposible, ¿verdad? Pero pasó. Desde entonces, no importa cuánta gente esté a mi alrededor o qué tanto me esté divirtiendo. Siempre me siento sola.

La abrazo de nuevo. No es difícil imaginar que parte del apego que tiene Louisa hacia mí es por la ausencia de su hijo, pero la idea no me lastima; al contrario, la entiendo a la perfección, puesto que yo también he buscado siempre compensar la ausencia de mi padre.

Ella sonríe un poco y se enjuga las lágrimas, como si ya no le quedase otra cosa que esconderme.

—Nunca imaginé que mi propia hermana mayor sería tan abominable, capaz de hacerme eso.

Dejo de respirar. Me inclino hacia adelante, y miro a Louisa sin mover una sola pestaña.

—¿Dijiste hermana mayor?

—Su magia es real, Elisse. Mi hermana tiene cincuenta y nueve años, pero desde la muerte de mi hijo, no volvió a envejecer.

Creo que debería empezar a considerar comprar un coche, ya que a este paso terminaré haciendo pedazos el de Louisa. Es una suerte que Tared haya reparado el vehículo tan pronto, de otra manera habría tardado años en conseguir un taxi para llegar al Barrio Francés en pleno carnaval. Y la verdad es que tiempo es lo último que tengo.

Llamé a la reserva hace sólo treinta minutos, pero al no recibir respuesta era obvio que tenía que hacer las cosas por mi cuenta, además de que con la frente caliente por la rabia al enterarme de lo que esa perra le hizo a Louisa, no me lo pensé demasiado.

Mi cabeza da vueltas mientras me repito lo estúpido que fui al dejar el jodido muñeco en la tienda de Laurele. Había sangrado al pincharme con las agujas, de ahí que le di todas las armas a esa maldita mujer para que pudiese embrujarme, así que ahora estoy seguro de que fue ella quien hizo que el coche se descompusiese en medio de la carretera. Y también tengo la certeza de que es quien está reviviendo a los errantes.

Pero, ¿por qué? ¿Qué rayos ganaría con matarnos? ¡¿Y cómo demonios fue capaz de hacerle algo tan atroz a su propia hermana?!

Estaciono lo más cerca que puedo del barrio y bajo como si me persiguiera un demonio. Espero encontrar a Laurele en su tienda, y si no, ¡como mínimo le prenderé fuego a su maldito nido de...!

A unos metros del local, veo las rejillas de protección firmemente cerradas. Me acerco, miro por el escaparate y mi corazón bombea al ver barrotes de hierro incrustados de arriba abajo delante de las cortinas, los cuales estoy seguro que no estaban antes allí. Corro hacia las puertas y me asomo entre el pequeño espacio que las separa, pero me encuentro con todo apagado y...

Vacío. ¡El local está vacío! ¡La hija de puta se ha largado!

—¡Carajo! —exclamo al tiempo que suelto una patada.

Para mi sorpresa, la entrada se abre con un rechinido. Miro a ambos lados de la calle para asegurarme de que nadie me ha visto, pero está tan vacía gracias a que todo mundo se atiborra en Bourbon Street que me animo a empujar poco a poco las rejillas, lo suficiente para introducirme en la tienda.

La madera del piso cruje bajo mis botas, mientras que la sensación de vacío me sacude la nuca.

Ahora que está vacío, el espacio se ve mucho más grande, ya que lo único que la bruja ha dejado es el recibidor de madera. A un costado de la tienda hay una escalera que conduce al segundo piso y, detrás de la recepción, el umbral de la trastienda. Avanzo despacio, todavía impulsado por una rabia que burbujea bajo la primera capa de piel.

Saco el encendedor que he traído conmigo e ilumino un poco la entrada. Subo el nivel de la llama al máximo, y me encuentro con un pequeño pasillo. Las paredes amarillentas están sucias y vacías, con las huellas mugrientas de lo que debieron ser unos retratos colgados.

Es escalofriante, porque por momentos pareciera que aún quedan rostros impregnados en esas siluetas de polvo.

Hay un par de puertas a ambos lados del corredor, pero ninguna llama tan poderosamente mi atención como la que está incrustada al fondo, que es negra como el petróleo. Llego despacio hasta ella y distingo, con un escalofrío en la nuca, que está repleta de... ¿arañazos?

Poso la mano sobre la perilla y giro, mirando con cautela hacia el interior.

No sé qué me provoca más pavor, el silencio tan penetrante que me ha acompañado desde que entré a la tienda o el vacío que me encuentro en esta habitación. La luz de mi encendedor es escasa, pero suficiente para dejarme distinguir una ventana al fondo del cuarto, así como la pintura hinchada en las paredes que se cae a pedazos.

Es extraño. No se trata de una habitación cuadrada, sino ovalada, algo peculiar para una casa vieja del Barrio Francés.

Intento buscar un interruptor, pero ni siquiera hay una lámpara en el techo. Reúno todo mi valor y me acerco hacia la ventana para tratar de abrirla, pero está sellada con clavos y cubierta por una gruesa capa de plástico y cinta aislante que impide el paso del sol. En el marco de la ventana distingo cinco hendiduras. Son largas y gruesas, tan separadas entre sí que abarcan casi todo el tablón. Las examino a fondo y palidezco.

Son las marcas de una mano gigantesca.

Un paso resuena detrás de mí. Doy media vuelta y, para mi horror, la puerta se cierra hasta hacer un único clic. Troto hacia ella e intento girar la perilla, pero está inerte como una tumba. Escucho que algo se arrastra y lo primero que hago es elevar el encendedor hacia el techo.

Nada.

Susurros se elevan a mi alrededor. Viro la cabeza de un lado a otro, pero nada distingo más allá de la tenue luz de mi llama. Respiro profundamente y trato de prestar atención a aquellas voces que cada vez aumentan en número y... no, no se están volviendo más numerosas, son ecos de las mismas voces, retumbando una y otra vez en las paredes.

Armándome de valor, acerco el encendedor hacia uno de los descarapelados muros. Mis ojos se abren de asombro al ver que distintas figuras comienzan a hundirse en la pared, como si fuesen talladas con cuchillo a medida que paso las llamas sobre el concreto. Estrellas, cruces, criptas, todo se despliega ante mí.

—Vevés —murmuro—. Cientos de ellos.

Camino contra la pared develando el mural de símbolos que me hiela la sangre. Llego de nuevo hasta la ventana y otro paso suena a mis espaldas. Doy media vuelta.

¡Pum! La flama del encendedor en mi mano estalla como una antorcha, iluminando toda la habitación.

Grito. Tan fuerte que casi me destrozo la garganta. El fuego me quema los dedos y dejo caer el mechero, quedándome sumido en una completa oscuridad.

—¡Mierda, mierda…! —susurro, temblando como una hoja a punto de caer de un árbol.

La habitación estaba repleta de cadáveres de hombres, mujeres y animales colgando del techo, ahorcados, desnudos, mutilados y con muecas abominables en sus caras. Y lo más espantoso de todo, es que había unos tan pequeños que estoy seguro de que fueron niños.

—Ayúdame, ayúdame, por favor… —suplico a Ciervo Piel de Sombras, muerto de miedo. Al no tener ni señal de él, ni siquiera un desgarro en mi interior, me pongo en cuclillas y avanzo en medio de la oscuridad, aferrado a la pared como si la vida me fuese en ello y temiendo que los pies de alguno de los cadáveres rozaran mi coronilla. La habitación no es muy grande, por lo que si me guío por los muros, sé que podré encontrar la puerta para largarme de aquí.

Avanzo, avanzo, avanzo.

La desesperación me carcome, porque es como si la habitación se hubiese vuelto infinita. Mi cuerpo se empapa de un sudor frío y mi corazón late tan rápido que me mareo por la falta de aire. Doy vueltas una y otra vez por esta pared ovalada como si de pronto hubiese caído en un pozo, y no hallo más que silencio y oscuridad.

—¿Qué diablos es esto? —comienzo a gemir—. ¿Dónde carajos está la puerta?

Escucho pasos firmes a mis espaldas. Corro con las manos pegadas a las paredes y arrastro el hombro contra ellas, aferrándome a la esperanza de que lo que sea que esté en este lugar, conmigo, no pueda escucharme. O alcanzarme.

Los minutos trascurren y yo sigo sin encontrar la puta salida.

Jalo mis cabellos, me agito, gimo, sudo, aprieto los dientes y luego sigo corriendo en la más profunda oscuridad.

Cuando la línea entre la desesperación y la esquizofrenia empieza a diluirse, mis pies patean algo que rebota y sale volando lejos de mí. Abro bien los ojos y sigo atentamente el ruido, o al menos eso creo que hago, porque me siento tan aterrado y confundido que ya no estoy seguro de si mis sentidos me engañan.

Me pongo a gatas en el piso y me alejo de la pared para buscar el objeto, muy a pesar de que eso signifique abandonar la seguridad del muro por unos momentos.

Entonces, mis manos palpan algo más que suelo. Una sonrisa estúpida brota en mis labios cuando reconozco mi encendedor entre los temblorosos dedos. Enciendo la flama y miro de un lado a otro para hallar, de nuevo, sólo una infinita negrura.

Echo a correr entre metros y metros de oscuridad absoluta. Mi corazón se detiene al darme cuenta de que las paredes han desaparecido.

—¡No, no, no! —comienzo a gemir con más fuerza.

—*Elisssee...*

Me cubro los labios para no gritar al escuchar mi nombre pronunciado en un siseo. Me detengo y muevo la flama de un lado a otro. Entre la penumbra, veo una cola blanca que se desliza entre las sombras.

Escucho de nuevo el llamado y concibo la idea enferma de que es esa cosa la que me ha llamado. ¡Por todo lo sagrado! ¿Será una trampa de Laurele?

Veo que la silueta comienza a perderse en la oscuridad, así que, por puro instinto echo a correr detrás de ella. La cola se mueve a un par de metros delante de mí como un hilo de luz, hasta que al fin alcanzo a distinguir a la criatura.

Una serpiente.

La sigo hasta que la sangre me regresa al rostro cuando veo que el rabo blanco desaparece por debajo de la puerta.

—Gracias, gracias, gracias… —susurro una y otra vez, a punto de estallar en una risa nerviosa.

Cuando mis dedos se aferran a la perilla, la puerta se abre desde el otro lado, jalándome en el acto y haciéndome caer de bruces al suelo.

—¿Qué demonios haces aquí? —exclama una voz, mientras una luz brillante me penetra directamente en los ojos.

Apuntándome con una linterna de bolsillo, el agente Hoffman me mira con el ceño fruncido. ¡Por su bendita madre! ¡Nunca creí que estaría tan endemoniadamente feliz de ver a este cretino! Me pongo en pie, temblando y reprimiendo las enormes ganas de abrazarlo.

—Ah, yo… —balbuceo como un idiota y miro una y otra vez a mis espaldas, aún incapaz de recuperarme del maldito susto.

Mierda. Los contemplasombras debemos de tener la tasa más alta de mortalidad entre los errantes, porque a este paso terminaré muriendo de un jodido ataque cardiaco.

—Te pregunté qué rayos haces aquí, mocoso.

Limpio el sudor en mi frente y trago saliva.

—Vine a buscar a la señorita que tenía una tienda aquí. Yo…

—La mujer cerró anoche y se largó. Creo que es lo bastante evidente para que sepas que entrar aquí es un delito.

—Ah, es que, ella me debe algo y yo pensé que...

La mirada de Hoffman es tan pesada que la siento como una roca aplastándome la coronilla. De inmediato, me doy cuenta de que le importa un carajo lo que estoy diciendo, así que tomo aire.

—Mire, si lo que quiere es...

—Dime, niño, ¿de qué conoces a Tared? —su pregunta me perturba, por lo que abro y cierro la boca un par de veces—. ¡Contesta!

—Ah, bueno, yo... Una vez vino al centro budista. Me cayó bien....

Él se inclina hacia mí y deja su rostro a escasos centímetros del mío.

—Supiste que alguien ha estado jugueteando con los muertos del cementerio de Saint Louis, ¿verdad? —una vez más, sudo frío.

—Bueno, sí, todo el mundo lo sabe, ¿pero a qué viene eso? —respondo.

—Ve con cuidado. No sabes con quién podrías estar relacionándote en realidad. Y ahora, vete de aquí antes de que te interne en una maldita celda para menores.

No tiene que decirlo dos veces. Me levanto como un rayo y salgo disparado hacia la cabina telefónica más cercana.

CAPÍTULO 31
EL PRIMER AMOR

Dentro de la cabaña de Muata, toda la tribu rodea mi silla. Mamá Tallulah me acaricia la espalda y trata de calmar mis temblores con algunas hierbas relajantes que de vez en cuando pasea bajo mi nariz.

—La bruja Fiquette. Ya decía yo que nos daría problemas, tarde o temprano —dice mamá Tallulah, mientras mira a padre Trueno con preocupación.

—¿La conocían?

—Hace años fue la hechicera más famosa del rumbo —responde padre Trueno—. Todos decían que era una de las encarnaciones de Marie Laveau, pero de un día para otro se retiró. Dejó de hacer encargos y abrió una tienda vudú en el Barrio Francés.

—Yo digo que vayamos ahora mismo a romperle el cuello.

Por primera vez estoy de acuerdo con Nashua.

—Abuelo, ¿qué pasó en ese cuarto? —pregunto, pronunciar esa primera palabra me deja una sensación extraña en la lengua, como si acabase de cumplir más con una formalidad que haber tenido un intento de afecto.

El anciano mueve la cabeza de un lado a otro.

—Aquella gente, aquellos cadáveres, seguramente fueron víctimas de la hechicera Fiquette. Los muertos también pueden quedar atrapados en el plano humano, creando aquello a lo que llamamos "fantasmas". A veces se quedan aquí debido a que el final de sus días fue repentino o confuso; es difícil saber a dónde ir si no sabes que estás muerto.

Una gota helada me recorre la nuca al pensar en la posibilidad de que alguno de los niños que vi hubiese sido uno de los bebés de Louisa.

—Maldita zorra, ¡pudo haberte matado! —grita Tared, con un semblante tan iracundo que por instantes se asemeja al de su estado de hombre lobo.

—¿Y qué hay de la habitación? —pregunto al anciano.

—Esa bruja ha colocado un hechizo para entorpecer tu mente, una trampa para enloquecer a todo aquel que ose entrar a ese cuarto. Te aseguro, muchacho, que todo el tiempo estuviste dando vueltas allí mismo, en la habitación, porque tu cabeza te hacía creer que era un lugar infinito. Tal vez la serpiente que viste era un ancestro guiándote a través de la oscuridad para encontrar la salida. Los contemplasombras somos los únicos errantes que podemos interactuar con otros ancestros además del propio.

Siento una mezcla de asombro e impotencia ante sus palabras. Estoy seguro de que sin la guía de Muata no podría entender ni una cuarta parte sobre el mundo de los espíritus.

—¿Qué hacemos ahora, padre Trueno? —pregunta Julien, quien, por primera vez desde que lo conozco, está tomando las cosas en serio.

—¿Nosotros? ¿No es tarea de Elisse matar a esa mujer? —reclama Nashua. Endurezco la mirada.

—Eso no significa que deba hacerlo solo, Nashua —replica Johanna—. ¡Doce tumbas! ¿Recuerdas? ¡Quién sabe cuántos errantes estén custodiándola!

—Nashua tiene razón. No deberían ir por ella si es mi deber —digo, más por enfado que por gusto.

—Ni hablar —exclama Tared, acercándose a zancadas y plantándose en frente de mí—. No vas a poder con ella si tiene errantes a su lado, así que olvídate de eso.

—¡Pero…!

—¡A la mierda, Tared! Hasta Ciervo Piel de Sombras se negó a ayudarlo, así que no hay razón para que lo hagamos nosotros —grita Nashua.

—¿Te atreves a dar la espalda a tu familia? —exclama el lobo.

—¡Ese mocoso no es mi familia!

Tared lanza un rugido bestial, y todos retrocedemos cuando cruza la habitación a grandes zancadas. Nashua reacciona de la misma manera y ambos parecen listos para pelear.

Johanna grita de espanto y, ante la mirada desorbitada de mamá Tallulah, Julien y yo nos lanzamos en medio de ellos antes de que comiencen a golpearse; el bisonte sujeta a Nashua del cuello con su antebrazo y lo jala hacia atrás, mientras yo me interpongo en el camino de Tared y encierro su cintura en mis brazos, empujándolo con todas mis fuerzas hasta hacer que sus piernas se estrellen contra la cama de Muata.

—¡Basta ya!

Varios frascos caen al suelo, y cada madera de la cabaña vibra por un instante. Padre Trueno, hace honor a su nombre al gritar con tal estruendo que la barraca se ha sacudido por completo.

Callamos como conejos asustados; el silencio es perturbado sólo por los jadeos de Nashua y Tared, quienes aún se miran como si quisieran arrancarse la cabeza uno al otro. Nuestro líder, el hombre más sensato de los dos, es el primero en ceder. Pone su mano sobre mi hombro y, a pesar de que sigue respirando con agitación, sé que ya está bajo control.

—Nashua —dice padre Trueno, con un tono tan gélido que me da escalofríos—, vuelve a faltar al respeto a tu líder y yo mismo me aseguraré de propinarte el más severo de los castigos. No toleraré una rebelión en mi tribu, ¿me escuchaste?

—Sí, padre… —responde el nativo entre dientes, mientras Julien por fin lo libera.

—Tared, ¿cuál es tu plan de acción? ¡Rápido! —exige de nuevo el anciano y el lobo gira su cabeza hacia mí unos segundos. Lo suelto porque parece buscar la respuesta en mi mirada. Alza el rostro de nuevo y contempla a todos los que están a su alrededor.

—Elisse, has dicho que la señora Louisa es hermana de esa mujer. ¿Tendrá idea de dónde vive?

—No lo creo. Louisa hace lo posible por no saber nada de ella.

Él gruñe, descontento.

—Nashua, Johanna. Vayan inmediatamente a la ciudad y averigüen dónde vive, lleven las armas que necesiten y no se atrevan a volver sin esa información.

Ambos asienten, mientras se marchan sin preguntar nada más.

—¿Armas? —pregunto, confundido.

—Recuerda que nuestra prioridad siempre será mantener nuestra especie en secreto, y no es buena idea cambiar de forma en medio de la ciudad, así que cargamos armas y silenciadores por si hay que tomar medidas desesperadas —me responde Julien, y el inevitable recuerdo de la escopeta que llevaba Tared en su camioneta el día que se nos apareció el caimán errante asalta mi cabeza.

—¿En verdad vamos a matarla? —pregunto, aún atormentado por la idea.

—Nosotros no, Elisse —contesta padre Trueno—. Tus hermanos te protegerán lo suficiente para que llegues a ella, pero, tal como lo ordenó el abuelo Muata, quien debe matar a Laurele Fiquette eres tú.

—¿Sí, diga? —la voz de Louisa, del otro lado del teléfono, me desconcierta. Su respiración se escucha agitada, como si hubiese corrido para tomar la llamada.

—Louisa, soy Elisse.

—¡Por los Budas! —susurra—. ¿Dónde estás?

—En la reserva. ¿Qué ocurre?

—¡Algo terrible ha pasado! Ha vuelto a faltar dinero, ¡otros dos mil dólares de la caja fuerte! Carlton se puso histérico, entró a tu cuarto hace rato y puso todo de cabeza. Encontró un montón de billetes detrás de la estantería y llamó a la policía. ¡Están buscándote!

—¿Qué? ¡No, no! ¡Louisa, yo no he robado nada, alguien está tratando de inculparme! —exclamo, agitando el brazo de un lado a otro.

—Lo sé, lo sé, mi niño, yo te creo. ¡Incluso Geshe te defendió! Pero no ha podido hacer nada porque todos en el centro están como locos. Por ahora, lo mejor es que no regreses hasta que las cosas se calmen.

—¿Pero quién está detrás de todo esto?

—Debo irme, mi cielo, ahora estoy sola en el centro, pero quién sabe cuándo lleguen los demás... Cuídate, por favor, y no te muevas de donde estás. Yo te llamaré.

Sin darme tiempo para contestarle, corta la llamada. Aprieto el puente de mi nariz y trato de no temblar.

—¿Ya has avisado que te quedarás aquí hoy?

Doy un brinco y miro a mis espaldas. Mamá Tallulah entra despacio a la cocina, sonriendo.

—¿No han llegado todavía?

—No, pero apenas empezará a caer la tarde, así que aún hay tiempo.

—Ya veo.

—Mejor sal de aquí, muchacho. Julien no tardará en venir a hacer la comida y no querrás ser su asistente.

No lo pienso dos veces. Cruzo el cuarto y paso al lado de mamá Tallulah, pero ella me detiene posando su mano sobre mi pecho. Miro sus ojos de niebla y los veo brillar de una forma que me cuesta mucho descifrar.

—Elisse... Eres *mi hijo*. Eres *mi niño*, al igual que todos los otros niños de esta tribu. Y nada le duele más a una madre que ver a su pequeño desolado. No tienes que decirme lo que te pasa, pero si me necesitas, aquí estoy para ti. Siempre.

Y sin esperar respuesta, mamá Tallulah me abraza. Ella es casi de mi estatura, por lo que alcanza a estrujarme con su cuerpo y su presencia. La siento tibia y suave, desprendiendo ese olor a bosque que me hace sentir tan melancólico.

Correspondo a su abrazo y la aprieto contra mi pecho con la suficiente fuerza para sentir que no podría escapar de mis brazos. Tengo deseos de llorar, pero los empujo al fondo de mi estómago, al lugar donde siempre entierro todo sentimiento que amenaza con romperme.

✦ ✦ ✦ ✦

La noche cae y mis botas rechinan sobre la madera del húmedo muelle, mientras veo al sol morir detrás de los árboles que
rodean el lago. El cielo rosado se salpica poco a poco de preciosas estrellas resplandecientes que me hacen una tentadora
invitación a adorar esta naturaleza desde el fondo de mi ser.
Las emociones me ahogan, todas a la vez, pero la decepción
las anula, ya que no puedo apreciar esta vasta belleza de la
forma que me gustaría. Estoy demasiado...

—¿Nervioso?

Me estremezco al escuchar a Tared a mis espaldas. Lo veo
acercarse, mirándome de esa forma que me hace sentir que
puede leer todos y cada uno de mis pensamientos.

Viste botas militares, se ha echado el cabello hacia atrás y
carga una reluciente pistola en el cinturón de su pantalón de
mezclilla. Parece un soldado listo para la batalla, ahora que lo
pienso, ambos nos preparamos precisamente para eso.

—Demasiado —contesto, estrujando un poco la chamarra
de piel que llevo encima—. Ni siquiera sé si voy a poder ser útil.

—¿Por qué dices eso?

—Nashua mismo lo dijo —respondo un poco irritado—.
Sentí a Ciervo Piel de Sombras querer escapar de mi cuerpo
cuando vi al monstruo de hueso en el desfile, pero cuando
le pedí ayuda en el cuarto ovalado, no pude transformarme.

—Elisse —el hombre lobo se acerca, dejando apenas unos
pasos de distancia entre nosotros—, tu error fue pedir a Ciervo Piel de Sombras que hiciese algo por ti. Los ancestros no
son seres independientes de nosotros, ellos son nosotros, aun
cuando tú no hayas nacido con él. En vez de solicitar que te
hagan un favor, sé inteligente, exígete hacer algo que te sea
útil, piensa en hallar soluciones para aquello a lo que estás

enfrentándote. ¿Necesitas fuerza? Exígetela. ¿Necesitas un milagro? Exígetelo. Ellos te otorgarán sus dones con sabiduría.

Me esfuerzo por sonreír. Sus palabras tienen sentido y hasta algo de magia, pero aun así, no puedo evitar sentir escalofrío ante lo que nos espera.

Avanzo hasta la orilla del muelle y contemplo los nenúfares balancearse en el lago. Me siento tan frágil como la superficie del agua, como si la más pequeña cosa fuese capaz de hacerme polvo ahora mismo.

—¿Tienes miedo? —me pregunta Tared.

—Más que nunca —respondo con sinceridad.

—Aprecias demasiado tu vida.

—Claro que me importa, no quiero morir. Pero no es eso lo que me asusta.

—¿Entonces?

—Para mí, la familia no es importante, Tared. Lo es todo, y no quiero que… —no me atrevo a terminar la frase, pero sé que no hace falta que termine.

Sé que los errantes no somos animales ni humanos. De hecho, creo que no está bien que piense en Tared como un "hombre lobo", pero eso no significa que no seamos tan perceptivos como nuestros ancestros, así que estoy seguro de que mi asqueroso olor a miedo debe estar entrando a raudales por su nariz.

—A veces es inevitable —dice—. Ahora sólo nos ha atacado a nosotros, pero imagínate si decide usar a los errantes para otros fines. Podrían lastimar a Louisa o revelar nuestra existencia. Laurele no puede seguir así.

—¿Qué pasará si uno de nosotros muere? —interrumpo, imaginando la espantosa posibilidad. Ambos posamos la mirada en el agua, la cual refleja la tenue luz que queda del atardecer.

—Nuestra vida jamás va a estar asegurada —dice—, pero recuerda que hemos pactado morir por los nuestros, al lado de los nuestros. Porque si no vemos que más allá de un deber, es un honor, entonces ninguna de nuestras luchas estaría justificada.

El corazón se me inflama hasta dolerme dentro del pecho. El Atrapasueños siempre toca fibras importantes en mí.

—Tared —susurro, dando un paso hacia él bajo su atenta mirada—, no quiero matar a Laurele.

—Lo sé.

—¿Lo sabes?

—No tengo mucho de conocerte, Elisse, pero extrañamente, nunca me ha costado entenderte. Sé que no quieres matar, sé que sientes que está mal y que si lo haces, vas a cambiar de una forma que no te permitirá vivir tranquilo.

—Debes pensar que soy un cobarde.

—Al contrario —dice, mirando hacia el lago—. Te respeto muchísimo.

—¿Por qué? —pregunto algo agitado.

—Los muchachos, padre Trueno, yo… Todos nos hemos resignado al papel que la naturaleza nos ha otorgado como errantes, como devorapieles. Inclusive Johanna no dudaría en matar con tal de honrar nuestro propósito, pero tú eres diferente a todo lo que he conocido hasta ahora, Elisse. Hay algo en ti que me inspira mucha nostalgia, que me recuerda eso que hay de humano dentro de todos nosotros, que nos debe impedir tomar decisiones a la ligera sobre la vida de otras criaturas. Yo admiro eso como no tienes idea.

Se gira y clava en mí esos gélidos ojos azules, que de pronto parecen haberse tragado la luna. Levanto la mirada para buscarla en el cielo, asegurándome de que siga allí.

—Tú no te preocupes por Laurele —me dice—. Yo me haré cargo de ella.

Me siento tentado a dar un paso atrás. No estaba seguro de querer acabar con la vida de una persona, pero tampoco estoy seguro de querer que Tared cumpla esa tarea por mí. Sé que no es la primera vez que mis hermanos acaban con alguna criatura del plano medio, son devorapieles, están hechos para ello, pero... estamos hablando de un ser humano. ¿Acaso no existe otra manera?

—Tú sólo preocúpate de no salir herido, ¿está bien? —dice con tranquilidad, como tratando de romper la tensión—. Te necesitamos casi tanto como te amamos.

Amor.

Es la primera vez que alguien dice amarme.

Mi lengua se adhiere a mi paladar, y mis ojos se humedecen. Quisiera decirle que no se preocupe por mí, pero las palabras no salen de mi boca.

No quiero perder esta familia ni su amor. El hogar que he encontrado, después de haber estado solo por tantos años.

Nuestras miradas se cruzan por milésima vez, pero nuestros labios no son capaces de decir palabra. Siento un escalofrío. ¿Eso que veo en los ojos de mi líder es miedo?

—¡Tared, Elisse! —giramos para ver a Julien trotar hacia nosotros—. ¡La han encontrado!

CAPÍTULO 32
ATRAPAHUESOS

Son las cuatro de la mañana, pero yo no tengo ni pizca de sueño. Johanna y Tared parecen bastante relajados, así que intento disimular un poco mi cobardía para no desentonar con ellos.

Doy un vistazo por el retrovisor, y veo la Suburban negra apenas a unos metros detrás de nosotros. Julien y Nashua viajan en ella, y ambos portan un semblante tan tranquilo que parecieran estar dando un simple paseo.

Miro la mano del hombre lobo posada sobre la palanca del Jeep y, casi como si me hubiese leído la mente, la dirige hacia mi hombro para apretarlo.

—Todo va a salir bien —me susurra—. Vas con nosotros, ¿recuerdas?

Asiento muy apenas, al tiempo que el frío objeto que está entre mis manos empieza a tomar un peso considerable. "Sólo por si acaso", me dijo Johanna al darme esta pequeña pistola equipada con un silenciador.

Está claro que por más resistentes que seamos en nuestra forma de bestia, seguimos siendo de carne y hueso, así que nunca está de más ir armados, aun cuando sea complicado disparar estando transformado: unos dedos gruesos y cubiertos de pelo no son ideales a la hora de apretar el gatillo.

—¿Por aquí? —pregunta nuestro líder a Johanna, quien responde afirmativamente desde el asiento trasero e indica una desviación en el camino.

—Da vuelta allí. Entra en el primer camino de terracería que veas y continúa de frente. Es la única casa que hay en los alrededores —Tared aplasta su cigarrillo en el cenicero y comienza a acelerar.

Atravesamos una larga hilera de árboles iluminados tétricamente con la luz de los faros de los vehículos. La grava del camino resuena bajo las llantas, lo cual, sumado a la oscuridad, me hace pensar que nos adentramos en nuestra propia película de terror, ya que todo rastro de civilización quedó perdido muchos kilómetros atrás.

Nashua y Johanna descubrieron que Laurele posee una cabaña a las afueras de Nueva Orleans. Preguntaron en bares y locales cercanos a la tienda de vudú si sabían dónde vivía la mujer, pero era tan reservada que los lugareños no solían cruzar palabra con ella.

Fue entonces cuando mis hermanos preguntaron por la mudanza. Indagaron si alguno de los vecinos sabía cómo se había llevado sus baratijas, y ellos les dieron el nombre de una empresa. Recordaban bien la compañía, ya que el camión había provocado un terrible alboroto en el tráfico al entrar a la estrecha calle.

Llamar a la empresa y preguntar por la dirección donde habían entregado todas las cosas de Laurele había sido la cosa más sencilla del mundo. Ir a investigar la propiedad sin ser descubiertos, no tanto, pero Nashua y Johanna habían vuelto con toda la información del terreno y los alrededores. Incluso habían visto a la bruja acomodando cajas dentro de la cabaña.

Todo estaba listo para tenderle una emboscada, y ya no había tiempo que perder.

No tenemos idea de qué tan poderosa es en realidad, y tampoco tenemos certeza de cuántos errantes falsos ha podido crear hasta ahora. Podrían rebasarnos en número y en fuerza, pero, al parecer, apostar el todo por el todo en una situación de riesgo es algo a lo que los de nuestra especie debemos habituarnos.

Yo tampoco estoy dispuesto a dar un paso atrás, a pesar de que me muero del miedo.

—¿Cuánto nos falta? —le pregunta Tared a Johanna, una vez que el camino de grava se vuelve un sendero fangoso.

—Unos trescientos metros.

—Bien, entonces pararemos aquí.

El Jeep sale del camino, introduciéndose en el bosque. La Suburban nos sigue y nos detenemos en medio de un pequeño claro.

Todos bajamos, dejando las llaves en los vehículos, por si hay que hacer un escape furtivo, y procuramos no dejar una sola luz encendida.

—La cabaña está detrás de aquel molino —señala Nashua, levantando el brazo y apuntando hacia una vieja estructura que se alza a lo lejos.

—De acuerdo. Hagámoslo.

Como si estuviesen siguiendo una orden inherente a la voz de Tared, mis hermanos comienzan a desnudarse.

Casi por reflejo, miro hacia otro lado, a pesar de que sólo logro distinguir sus siluetas a la luz de la luna. Pero cuando terminan de quitarse la ropa, para luego dejarla doblada dentro de las camionetas, no puedo evitar mirar de reojo, sabiendo bien lo que viene a continuación.

Ellos empiezan a transformarse. Y el proceso es completamente extraordinario.

Sus cuerpos comienzan a estirarse y a llenarse de pelo en un parpadear; escucho sus huesos romperse y alargarse. Sus rostros se deforman sin un ápice de belleza, invadiéndose de colmillos, cuernos y ojos que resplandecen en la noche. Puedo sentir... la magia que desprenden sus células al cambiar, la violenta naturaleza que les da vida bajo la luna.

No hay sangre. No hay piel humana reventada. Sólo dolor soportado con brutal entereza, porque ni uno de ellos grita, ni se queja. Ni una sola vez.

Pronto me veo paralizado, rodeado de cuatro hermosas y letales criaturas. Cuatro hijos de la naturaleza, tan impresionantes que el bosque palidece ante ellos.

Se alzan como gigantes alrededor de mí. Incluso Johanna, la más pequeña, es una cabeza más alta que yo. Sus garras carmesí parecen compensar con creces su compacta anatomía femenina, poblada de músculos y un grueso pelaje color arena, acompañada de una cola negra que se menea detrás.

Una vez que terminan, nos reunimos en círculo.

—A partir de ahora, cada quien tomará un camino distinto —indica nuestro líder—. La idea es atacar la cabaña desde varios ángulos por si Laurele decide escapar y, sobre todo, debemos ser discretos. Si se encuentran con un enemigo en el camino, mátenlo con el menor ruido posible. Usen sus armas como primer recurso, para eso son los silenciadores. Si la cosa se pone muy difícil: griten, aúllen, rujan. El punto es no perder a nadie esta noche.

De pronto, al ver los rostros de mis hermanos sumidos en la más profunda seriedad, caigo en la cuenta de que esto va a ocurrir en verdad. Estamos a punto de arriesgar nuestras vidas. De librar una batalla.

Tared extiende sus gruesos brazos y, como si se hubiese vuelto un imán atrayendo nuestro espíritu de hierro, todos nos acercamos a él. Mis hermanos, con una ternura y dignidad abrumadora, se inclinan para que yo pueda alcanzarles con mis humanas extremidades.

Los cinco nos unimos en un abrazo impenetrable, y nuestros brazos forman un atrapasueños en el que terminamos de tejer los hilos de nuestra hermandad. Incluso el brazo de Nashua me estruja con fuerza, apretando las almohadillas de sus garras contra mi hombro.

El olor de todos ellos me inunda: sus pelajes, sus respiraciones, el calor que emanan sus cuerpos bestiales. Es un aroma fuerte, y si bien al principio me parecía desagradable, ahora me transmite una calidez protectora. Este círculo es mi familia.

Y me aterra la posibilidad de perderla esta noche.

Cuando nos separamos, dejamos un frío vacío en el aire y, casi de forma instintiva avanzamos por diversos caminos entre los árboles, diluyendo nuestras siluetas en la oscuridad.

Las ramas crujen a mi paso mientras el bosque se cierne sobre mi cabeza como una jaula repleta de hojas y la niebla cubre el suelo con un manto espeso.

No pierdo de vista el molino, cuyas aspas giran despacio a medida que el viento sopla con un poco más de fuerza. Aprieto la pistola metida en mi cinturón, mientras repaso en mi cabeza una y otra vez la rápida práctica que tuve con ella antes de venir aquí.

Apenas pude acertar cinco tiros de quince, pero aun así, creo que necesitaré más que buena puntería para acabar con un enemigo si se me presenta. Por ello, cargo mi cuchillo del otro lado del cinto.

Aunque no puedo verlos, sí puedo sentir a mis hermanos a varios metros de distancia, deslizándose sigilosamente como fantasmas.

Por fin distingo el pie del molino entre los huecos de la maleza y, un poco más allá, la cabaña de Laurele. Hay una lámpara colgando del molino que ilumina el terreno y la casucha con una espectral luz blanquecina que rebota entre barriles, troncos apilados y una barca vieja y rota.

Las ramas crujen detrás de mí y un tufo asqueroso me golpea, mientras veo una silueta a lo lejos, cuyas formas apenas se distinguen entre la oscuridad. Escucho un jadeo insistente, como el gorgoteo de algo arrastrándose por el lodo. Saco mi arma y apunto, dubitativo, al ver que una figura se acerca hacia mí muy despacio.

Empiezo a sudar frío al escuchar gemidos rasposos provenientes de aquella silueta que cada vez se vuelve más humana.

Mi arma apunta hacia su cabeza, echo el gatillo hacia atrás... pero me quedo mudo cuando la luz de la luna cae sobre el rostro de la figura. Es un hombre deformado por una extraña putrefacción en la cara; tiene una mejilla ennegrecida mientras que la otra rebosa de pus verde. Los labios están reventados, un trozo de cráneo se asoma donde antes hubo nariz, y sus ojos están en blanco, pero se dirige hacia mí como si pudiese verme. Está todo hinchado, con tumores negruzcos que se asoman por sus desgarradas ropas y sus brazos repletos de llagas agusanadas que se alzan en dirección a mí.

Levanto el arma, apunto a su frente y, sin pensarlo dos veces, disparo.

La bala atraviesa su cráneo y el cuerpo cae de espaldas, inerte. Me acerco, estremeciéndome al ver otra parte del vevé de Barón Samedi aparecer en su brazo.

La figura se desvanece. Miro al monstruo y siento una mezcla de horror y consternación; éste ser apesta como una de mis pesadillas, y no hay que ser un genio para saber lo que es.

—Un zombi —susurro, al contemplar el cadáver descomponerse en segundos como si fuese un caldo hirviente que no deja más que una espuma asquerosa.

Debo advertir a los otros.

Voy rápidamente hacia la cabaña. Miro hacia mi lado derecho y distingo a Nashua a varios metros de mí, oculto detrás de un par de barriles gracias a su negro pelaje. Detrás de la cabaña, sobre los arbustos, veo y escucho más movimiento, cosa que me hace pensar que el resto de mis hermanos ya está rodeando la zona.

—Dioses… —mascullo, porque no podría advertirles de los zombis sin delatarnos.

De pronto, la lámpara del molino estalla; alguien le ha disparado, dándonos la ventaja de una completa penumbra. Espero unos segundos, quieto en mi lugar, en completo silencio.

Tared emerge entre las sombras y va de frente hacia la puerta principal de la cabaña, arriesgándose a sufrir el primer ataque.

Los pasos de Tared crujen sobre la tierra y la luna hace resplandecer todavía más su pelaje plateado. El viento deja de soplar entre los árboles, los grillos enmudecen y a mi corazón se le atraganta un latido. Escucho el clic de un seguro y luego… Un crujido. Otro, y otro.

Silencio.

¡Pum! De las puertas, de las ventanas y por debajo del cobertizo, un montón de criaturas emergen disparadas desde todos los rincones de la cabaña. En unos segundos cuento a casi una docena de seres abalanzándose contra Tared como una multitud de demonios.

Mis hermanos brotan del follaje y se lanzan a la batalla, prensando los gatillos de sus pistolas contra el huracán.

Los cuerpos de tres de nuestros atacantes se despedazan para dar paso a masas gigantescas de músculos y pelo negro; una jauría de perros exactamente iguales. Las balas los perforan, pero pareciera que el dolor no tiene efecto en ellos, por lo que las armas no tardan en caer al suelo.

El resto de los monstruos parecen simples zombis que apenas pueden trotar, mientras yo, a pesar de que me lo exijo desde lo más profundo de mi voluntad, sigo sin poder transformarme. Frustrado y con el corazón bombeando como loco, salgo de la maleza y disparo una y otra vez contra los muertos vivientes.

Nuestro líder enfrenta al primer errante; le clava sus garras de acero en el rostro y le destroza un trozo de mejilla que sale volando. La otra bestia brama, escupe un amasijo de dientes y sangre, y dirige sus fauces sobre el brazo de Tared. El hombre lobo embiste con una fuerza brutal, arrancando al monstruo de su brazo y arrojándolo contra el suelo.

Allí, se enfrascan en una pelea de rugidos, zarpazos y mordeduras cuya violencia me hiela la sangre.

Un gemido estalla contra mi costado; viro a la izquierda y el hocico putrefacto de un zombi se lanza contra mí.

—¡Mierda!

Doy un salto atrás y ensarto mi cuchillo tembloroso en medio de su rostro deformado. Un torrente de sangre negruzca me salpica cuando arranco el metal de su cráneo. El zombi cae al suelo como un saco y tarda apenas un segundo en comenzar a burbujear.

Frente a mí, Julien despeja de una embestida a un puñado de muertos, elevándolos por los aires para después ser atacado por uno de los perros monstruosos, del cual se defiende con su cornamenta. Estrella su cabeza contra el can una y otra vez como si se tratase de un pesado martillo.

Avanzo a zancadas con el revólver entre manos y empiezo a disparar a todas las cabezas que veo a mi paso, desperdiciando una cantidad espantosa de balas debido a la mala puntería.

Nashua parte la cabeza de uno de los muertos vivientes de un zarpazo, mientras un par más trepan por su cuerpo para morderlo como si fuesen pirañas. De los bosques surgen más zombis, y pronto estamos rodeados de casi una veintena de ellos.

—¡¿Qué diablos son estas cosas?! —exclama Tared, deshaciéndose del errante canino al arrojarlo contra una pila de barriles.

—¡Zombis! —grito, mientras mi pistola escupe sólo humo. ¡Está vacía!

—¡¿De dónde han salido tantos?! —grita Johanna a mis espaldas, pero eso mismo quisiera saber yo. Éstos no han sido sacados del cementerio.

—¡Carajo, carajo! —diviso otra arma en el suelo a unos metros de mí, por lo que me abalanzo sobre ella. Pero una invisible puñalada de dolor se inserta en mi estómago, tumbándome de rodillas a sólo un metro de la pistola. Tenso el vientre, y mis entrañas se retuercen de agonía; Ciervo Piel de Sombras patea y malluga mi ser, como si intentara salir de él a costa de desgarrarme por dentro.

—Por los dioses, ¿qué estás haciendo?

Veo siluetas difusas que se aglomeran a mi alrededor y escucho la voz de Tared gritarme; los zombis me rodean como buitres. Estrujo las encías y me arrastro para alcanzar la pistola y después lanzarme fuera del alcance de aquel círculo de monstruos.

Sin poder transformarme y con un solo tambor de balas, soy menos que peso muerto, así que pienso lo más rápido que puedo para encontrar una forma de ayudar. Al ver la puerta de la cabaña entreabierta, pienso que lo único que puedo hacer es tratar de encontrar a Laurele para intentar detenerla.

Un torrente de adrenalina me hace ponerme en pie. Salgo disparado hacia la cabaña mientras me sostengo el estómago aún jodido por el dolor. Levanto el arma, acierto un tiro en el cuello a un zombi que me bloquea el camino y, sin más obstáculos, subo de un salto al cobertizo.

Escucho un rugido a mis espaldas; un errante canino se abalanza contra mí a toda velocidad, supurando espuma verdosa del hocico. Me arrojo de espaldas contra la puerta, al tiempo que Johanna derriba a la criatura de una sola embestida.

No me quedo a ver el resto de la pelea.

—¡Laurele! —grito a todo pulmón, mientras cierro la puerta a mis espaldas, aun a sabiendas de que esa barrera no resistirá si un errante la embiste.

Nada escucho dentro de la cabaña, pero aun así sé que me he arriesgado demasiado al entrar. Podría haber un zombi aquí mismo o, peor aún, un errante.

A tientas busco el interruptor en la pared y lo enciendo. Una luz sepia ilumina la habitación, pero, abrumado, la encuentro vacía en toda la extensión de la palabra. Paredes y piso, todo está totalmente desnudo, ni siquiera hay más cuartos, es un espacio cuadrado y hueco donde sólo hay pisadas sobre el polvo del suelo. Atravieso la cabaña y abro la puerta trasera de un golpe.

A través de la luz de la luna veo los restos de una fogata. Me acerco corriendo y me tropiezo con bultos bajo las cenizas: pedazos de muñecos, frascos, huesos, trozos de cajas y demás objetos chamuscados salen volando. Son las cosas que vendía Laurele en su tienda.

Ella no está aquí.

Mis hermanos rugen detrás de la cabaña, mientras más gemidos de muertos andantes se arrastran detrás de la espesura del bosque, aglomerándose a nuestro alrededor.

—¡Carajo, carajo! —exclamo—. ¡De haber sabido que habría zombis aquí, habríamos traído a…!

Mi corazón se detiene. Miro a mis espaldas, hacia la cabaña, e imagino a los tres errantes contra los que pelean Tared y los otros.

Tres… errantes. Doce tumbas.

—¡El refugio! —grito a todo pulmón—. ¡El refugio está desprotegido! ¡Es una trampa!

Sin siquiera asegurarme de que los demás me hayan escuchado, salgo disparado. Cruzo la cabaña, salto del cobertizo y me lanzo hacia la maleza. Atravieso el campo de batalla con el grito de Tared a mis espaldas, seguro de que es mi sangre de errante la que me impulsa.

Sudo copiosamente, envuelto en la oscuridad del bosque, guiado sólo por mi instinto para poder llegar hasta los vehículos. Todo en mí tiembla de adrenalina mientras vislumbro siluetas de zombis a mi paso, demasiado lentos y estúpidos para alcanzarme, pero capaces de llenar el ambiente de gemidos estremecedores.

En cuanto diviso el Jeep, me abalanzo dentro de él. Piso el acelerador, enfilo al camino y atravieso la carretera a toda velocidad.

La aguja del kilometraje sube a cada segundo, mientras diviso la reserva apenas unos minutos después. Atravieso la caseta de vigilancia y entro al pantano como si fuese la boca del infierno.

La luz del amanecer empieza a iluminar el horizonte, lo que me da la horripilante sensación de que el tiempo se me acaba. Reconozco el muro de árboles contra el que alguna vez aplasté al caimán, así que debo estar a menos de un kilómetro de la aldea.

Unos metros más y el cofre del Jeep rebota bruscamente, escupiendo una ráfaga de humo. Me detengo abruptamente, viendo cómo una cortina de vapor negro se eleva desde el hocico del vehículo.

—¿Pero qué diablos? —bajo, doy unas zancadas y abro la tapa metálica—. ¡Mierda, no tengo tiempo para esto!

Salgo corriendo hacia el refugio después de ver un montón de paja humear sobre el motor.

El cielo se torna grisáceo mientras la espesa niebla cubre la hierba, difuminando todo a su paso. Me introduzco entre los árboles para acortar el camino hacia las cabañas, trozando tanto ramas como pedazos de mi cordura en el camino.

Pero mi instinto me hace detenerme, tan pronto que casi caigo de bruces al suelo.

Sobre mis jadeos, escucho la hierba estremecerse a lo lejos acompañada de un sonido pastoso, como el regurgitar de una boca repleta de carne.

Es otro errante, exactamente igual a los que nos atacaron en la cabaña de Laurele y que, por suerte, no se ha percatado de mi presencia. Me pido ignorarlo, seguir corriendo hacia la aldea antes de que sea tarde... Pero no lo hago, porque los ruidos que emite ese monstruo me hacen saber que está devorando algo.

Un rastro de plumas blancas se extiende desde la criatura hasta unos metros de mis pies.

Mis ojos estallan en lágrimas. El cadáver de mamá Tallulah yace inerte, despedazado bajo las fauces del errante.

—¡No, no, no! —grito como un loco. El monstruo levanta su enorme cabeza y mira hacia mí.

Ruge con ferocidad y abre sus fauces, rojas como el interior de un sarcófago. En un segundo está ya corriendo hacia mí, pisoteando todo a su paso como un toro embravecido.

Con el corazón desbocado, corro hacia las cabañas, mientras mis lágrimas se arrojan hacia la niebla, sabiendo que soy incapaz de hacerle frente al errante. La criatura viene detrás de mí, me pisa los talones y, poco a poco, se abre paso hasta llegar a mi lado.

Está a punto de atacarme, pero para mi sorpresa se aleja dando un brusco salto hacia atrás, huyendo despavorido hacia la espesura del bosque.

Mientras continúo corriendo, una presencia revienta un costado del cuerpo. Escucho a Ciervo Piel de Sombras gritar dentro de mi cuerpo.

Y entonces, lo veo. Flanqueando los árboles entre la niebla, haciéndose cada vez más nítido a medida que se acerca.

Su cuerpo enorme, sus colmillos inundados de sangre y su capa negra batiéndose contra el viento.

El monstruo de hueso corre hacia mí a cuatro patas, como una bestia espantosa que acaba de surgir del sitio más recóndito de mis pesadillas. El pecho me estalla de hondo terror.

La capa negra se desprende de su cuerpo para mostrarme por fin lo que hay debajo de ella: un esqueleto conformado por muchísimos huesos, multitudes de costillas forman su caja torácica, montones de huesos púbicos se apilan para hacer sus caderas, columnas vertebrales se alinean para crear la suya, fémures y tibias para sus piernas… Un verdadero monstruo, tan horrible que jamás habría sido capaz de imaginarlo si no lo estuviese viendo ahora.

Corro con todas mis fuerzas, pero aun así, sus largos dedos me alcanzan el hombro en un parpadear. Tiran de él con una fuerza tan brutal que escucho mis propios huesos tronar y zafarse, al tiempo que un grito escapa de mi garganta mientras caigo y ruedo por el suelo.

Yazgo boca arriba sobre la hierba y arrastro mi mano temblorosa hasta ponerla sobre mi hombro lacerante. Escupo otro grito ante el espantoso dolor, y siento un bulto duro sobresaliendo de mi piel. Estoy seguro de que es mi hueso.

Me lo ha dislocado.

Aquella cosa se posa sobre mí. Sus garras, las únicas cosas en su cuerpo que parecen estar conformadas de un sólo juego, se cierran contra mi garganta mientras siento el grito de Ciervo Piel de Sombras como un eco dentro de mí. El monstruo me acerca su cráneo y abre sus fauces sobre mi rostro, y la sangre de sus colmillos se derrama sobre mi piel.

—Elisse… —me llama en un siseo, para después levantarme por el cuello. Un gemido se me escapa al sentir el peso del brazo tirar de mi hombro dislocado.

Se pone a dos patas y comienza a caminar, llevándome alzado de la garganta como una gallina de matadero. Me retuerzo, pataleo en el aire sin poder alcanzarlo, y siento que me ahogo ante su estrecho agarre.

Me lleva hasta las cabañas, donde empiezo a sentirme mareado por la falta de oxígeno. Estoy a punto de perder la consciencia cuando me arroja sobre la fogata de piedra.

Las cenizas, aún calientes, se restriegan en mi espalda, toso una y otra vez, y miro a mi alrededor, encontrándome la aldea desolada. La criatura se inclina de nuevo sobre mí y me respira en la cara con un aliento que hiede a sangre fresca.

—*Mío, Elisse…* —susurra como un silbido espantoso.

Sus monstruosas garras se clavan en mi pecho, penetran mi piel y comienzan a jalonearla como si quisiera arrancarla de tajo. El dolor me hace gritar hasta el punto de percibir el sabor de la sangre en mi garganta, y más al ver cómo mi piel empieza a estirarse bajo sus garras como una película plástica.

Va a despellejarme.

Estoy a punto de quedarme sordo por mis propios gritos, cuando algo me hace enmudecer de súbito. El trozo de cuero que el monstruo está arrancando de mi cuerpo empieza a poblarse de pelos oscuros y a tomar forma, como si fuese un lomo de algo que se retuerce a voluntad.

Aquello… Aquello que la criatura está arrancando de mi cuerpo no es mi piel. Es Ciervo Piel de Sombras.

Desafiando toda lógica, termina de sacarlo de mi pecho, y lo arroja varios metros a lo lejos. Cuando mi ancestro cae contra el suelo, se revuelve como un animal cualquiera e intenta ponerse en pie, pero la criatura de huesos brinca sobre él. Indefenso, Ciervo Piel de Sombras grita, gime y se retuerce en la tierra al tiempo que el monstruo hinca los colmillos en su cuello.

—¡No, no, basta! —ante mi horror, el monstruo de hueso comienza a devorarse a mi ancestro.

Ciervo Piel de Sombras es desmembrado a mordiscos con una facilidad espeluznante. La criatura arranca piel, huesos y carne y los tritura entre sus gigantescas mandíbulas. Los engulle en un estómago invisible, puesto que todo lo que ingiere desaparece en el interior de su hocico.

Quiero gritar, pedir auxilio, pero ya nada sale de mi boca. El sabor metálico de la sangre en mi lengua se hace cada vez más abundante, toso y siento arcadas; estoy a punto de vomitar.

Miro a mi alrededor y veo la cabaña de Muata, cuya puerta ha sido derribada. Sendos rastros de sangre se extienden por las paredes de la entrada como si se hubiesen arrastrado manos por la madera, y a pesar de que no veo su cuerpo por ninguna parte, es evidente lo que ha ocurrido.

Miro de nuevo y, cuando creo que ese monstruo no puede ser más espantoso, se transforma. A medida que come, la cornamenta de Ciervo Piel de Sombras crece en su horripilante cabeza, pero ya no es gris, sino de un color rojo intenso, como pintada de sangre fresca. Las oscuras cuencas de aquella bestia se clavan en mí.

El corazón me salta al estómago cuando el monstruo de hueso se lanza de nuevo sobre mi cuerpo. Me toma de la cintura y me arroja contra lo poco que ha dejado de Ciervo Piel de Sombras. Lanzo un mudo gemido de dolor cuando mi hombro dislocado se estrella contra el suelo. Se coloca sobre mí una vez más, con ese abominable olor a sangre expeliendo por el hocico.

—*Mío* —me susurra con esa voz que parecen cientos. Cierro los ojos y aprieto los párpados con fuerza, esperando sentir sus garras, sus colmillos, cualquier cosa, enterrándose en mi carne.

Nada.

Abro los ojos y me encuentro solo, sobre los restos de Ciervo Piel de Sombras. Miro a mi alrededor y no veo al monstruo de hueso por ninguna parte. Ha desaparecido.

Estoy a punto de quedarme sin aire, pero en vez de respirar, vomito un charco de sangre. Vuelvo a toser y me agarro el hombro con la mano temblorosa, arrastrándome como puedo lejos de la pila de intestinos y carne de mi ancestro. Hago acopio de fuerzas para sentarme en el suelo, gimiendo de dolor y sin posibilidades de levantarme.

—¿Qué es lo que has hecho? —escucho a mis espaldas.

Veo a padre Trueno al pie de la fogata, con el costado sangrándole abundantemente y la cara marcada por un profundo rasguño.

—¡Has matado a Ciervo Piel de Sombras! —ruge.

Abro los ojos de par en par.

—¡No, no! —exclamo, con la voz acatarrada— ¡El monstruo de hueso…!

—¡Has asesinado a Ciervo Piel de Sombras!

Tiembla de pies a cabeza, tiene la mirada enloquecida y avanza cojeando hacia mí mientras yo retrocedo a trompicones.

—¡Escúcheme! —escupo sangre y me abrazo la garganta con los dedos.

—¡Padre Trueno, padre Trueno! —los gritos de Johanna a mis espaldas me estremecen.

Ella corre hacia nosotros, con el resto de mis hermanos detrás. Todos aún en su forma de bestias y empapados en sangre.

—¡Han matado a Muata, han matado a mamá Tallulah! ¡Están muertos, están muertos! —grita ella con desesperación, pero enmudece al verme, y al ver los restos de Ciervo Piel de Sombras.

—¿Qué diablos ha pasado aquí? —pregunta Nashua, con su mirada de oso tan vidriosa como desorbitada.

El brazo de padre Trueno apunta hacia mí.

—¡Elisse lo ha matado! ¡Es uno de ellos, es un enviado de Laurele!

La mirada de todos cae sobre mí, pero yo sólo busco la de Tared. Sus ojos azules se clavan en los míos con incredulidad, mientras yo agito mi cabeza de un lado a otro en medio de un aterrador silencio.

—Esto debe ser un error —susurra Johanna, horrorizada.

—No puede ser cierto, ¡Elisse no podría hacer algo así! —exclama Julien a espaldas de mi líder, quien está rígido como una roca.

—¡Asesino! —ruge Nashua.

—¡El monstruo de hueso...! —grito, logrando finalmente ponerme en pie.

—¡Mentiras, desde que has llegado aquí no has dicho más que mentiras! ¡Muata lo sabía, lo sabía todo! —brama el anciano.

—¡No, no, yo no sé cómo...!

—¡Muata me lo dijo, pero no le creí, y ahora están muertos!

—¡No, espere! —exclamo, desesperado porque no parece escucharme.

—¡Padre, por favor, esto no...! —exclama Julien, dando un tembloroso paso hacia él.

—¡Mátenlo, maten a Elisse antes de que él y Laurele acaben con el resto de nosotros!

El corazón se me parte. La indecisión en la mirada de Julien y Johanna no cede, pero sólo basta un parpadear para que Nashua se lance sobre mí.

Retrocedo y un zarpazo suyo me arroja a lo lejos. Ruedo por el suelo y grito una vez más, o lo intento, pero de mi boca sólo brota otro escupitajo de sangre. Nashua se planta frente a mí, me sujeta por el cuello y me levanta lo más alto que puede, comenzando a asfixiarme entre sus garras mientras mis pocas fuerzas no me dejan ni patalear.

—¡No!

Nashua es sacudido por una embestida, dejándome caer al suelo como un peso muerto. Gimo ante el dolor de mi hombro para ver a Tared interponerse entre el hombre oso y yo, irguiéndose en toda su envergadura.

—Vete… —me susurra.

—¡Te, te matarán! —grito, pero él no se mueve ni un centímetro.

—¡Tared! ¡¿Cómo te atreves a traicionarnos?! —exclama padre Trueno—. ¡Confié en ti, te entregué hermanos, te encomendé nuestras vidas y tú nos haces esto!

—¡He dicho que te largues! —ruge el lobo. Me levanto a tropezones y salgo disparado hacia el bosque, apretando mi hombro.

Miro hacia atrás antes de entrar en la maleza y veo a Nashua lanzándose sobre Tared, mientras los gritos de padre Trueno muy apenas logran hacer reaccionar a Johanna y Julien.

Instantes después, emprenden la carrera y me persiguen.

Me muevo sorprendentemente rápido entre la espesura del bosque, deslizándome e intentando salir de la vista de mis hermanos. El dolor de mi hombro dislocado me está haciendo añicos, pero no me concedo siquiera el lujo de tomar aire.

Los escucho venir. Bramidos, jadeos, voces entrecortadas que pisan mis talones; el miedo y la confusión me arañan la piel de la espalda.

Llego hasta el camino de terracería; me encuentro con el muro de árboles y me dirijo hacia él. Jadeo y me aprieto el hombro, incapaz de soportarlo más.

Comienzo a ver borroso, pero aun así distingo la maleza agitarse a lo lejos, señal de que Johanna y Julien están a punto de alcanzarme. Aprieto los dientes y pienso en Tared; siento que la vida se desvanece frente a mis narices por enésima vez. Veo muy apenas la cornamenta de Julien asomarse entre los árboles; se adelanta, pisa el camino, está a un suspiro de alcanzarme…

¡Pum! Un coche se estampa contra él con tanta fuerza que lo arroja a varios metros de distancia. Johanna chilla mientras la puerta del conductor del vehículo se abre de par en par.

Atónito, descubro que el detective Hoffman me mira desde el asiento del conductor.

—¡Sube! —grita a todo pulmón.

Sin pensarlo dos veces, me levanto y me lanzo como puedo hacia el regazo del detective sin siquiera cerrar la puerta. Hoffman pisa de reversa, activa el acelerador y juntos nos largamos de la reserva.

TERCERA PARTE

UN MONSTRUO

DENTRO DE MÍ

CAPÍTULO 33
EL MUNDO EN PEDAZOS

—Muerde esto —me pide Hoffman, a la par que me tiende un trapo de cocina enrollado.

Lo coloco entre mis dientes y muerdo con fuerza, mientras una de las firmes manos del detective se planta en mi pecho a la vez que la otra jala mi brazo hacia él.

Escucho un crujido seguido de un potente azote de dolor, pero al fin mi hombro vuelve a su lugar. El alivio es inmediato, así que ya puedo respirar con normalidad. Cuando soy capaz de percibir algo más que siluetas borrosas, me veo sentado en una mullida cama, rodeado de paredes blancas desnudas.

—¿Mejor? —pregunta el agente. Asiento despacio, jadeando por el esfuerzo.

—El baño está allá. Termínate el jarabe —indica, señalando el umbral de una puerta entreabierta al fondo del cuarto. Él se levanta con el balde con agua rojiza que ha usado para lavar mis heridas y se va.

Mis ojos se desvían primero al medicamento que está junto a la cama y luego a las toallas limpias que están sobre una silla, junto a una muda de ropa. Cojeo hasta el mueble, tomo las prendas y avanzo hacia el cuarto de baño.

Entro y siento las frías baldosas bajo mis pies. Es blanco y espacioso, y no tiene decoración. Al pasar frente al espejo, clavo mi vista en el suelo hasta que llego a la ducha de cristal.

Las heridas comienzan a trazar un mapa en mi piel a medida que me quito la ropa hecha jirones. Giro la primera perilla y cae agua helada.

Mis rodillas pierden fuerza, así que hago acopio de la poca que me queda para mantenerme en pie. Quiero gritar, pero mi garganta destrozada me lo impide, así que estrello un puño en la pared. El dolor en los nudillos me recorre hasta el codo, y una fina línea rosa pálido se desliza por los blancos mosaicos.

Me importaría una mierda destrozarme el brazo. Todo lo que era valioso para mí pereció allá afuera, así que el sufrimiento físico es apenas un cosquilleo comparado con lo jodido que estoy por dentro. Mi cabeza es bombardeada por tantas dudas, tanto dolor e impotencia que siento unas ganas tremendas de azotarla contra la pared una y otra vez hasta desmayarme. Quiero llorar, quiero arrancarme la piel, los cabellos, los ojos, quiero arrojarme de cabeza por la ventana.... Pero me limito a morderme los labios.

Mamá Tallulah, aquella mujer a la que adoré hasta el punto de verla como una madre, está muerta. Muata está muerto. *¡Mi ancestro está muerto!* Y Hoffman, ¡mierda! Si no fuese por él, Julien y Johanna me habrían hecho pedazos. Me estremezco de agonía al recordar a mis hermanos persiguiéndome por el pantano, pero no conforme con eso, mi mente me hace pensar en algo todavía más doloroso.

—Tared —susurro, con horror impregnado en cada letra.

Al menos tengo la certeza de lo que ha pasado con mamá Tallulah y Muata, pero no tengo ni la más remota idea sobre lo que haya podido ocurrir con él. ¿Y si está herido? ¿Y si Nashua y padre Trueno lo han matado?

Termino de ducharme y me siento en la cama, vestido con una camiseta blanca y unos pantalones vaqueros, para mí un par de tallas muy grande, pero no estoy en posición de pedir. Entierro mi cabeza entre las manos.

Todo es culpa mía, *¡todo es culpa mía!* Si no hubiese corrido solo hasta la reserva, si hubiese llevado a alguien conmigo, esto no habría pasado. Pero no, tuve que ser un idiota compulsivo, tuve que echarlo todo a perder.

Estoy aterrado y dolido, más de lo que mi cuerpo puede soportar. Y por lo más divino, ¿cómo rayos es que aquel monstruo pudo asesinar a Ciervo Piel de Sombras? ¡A un ancestro, a un espíritu de la naturaleza! Nunca me imaginé que Laurele podría crear a un demonio con una capacidad tan increíble como ésa. ¿Cómo diablos íbamos a tener oportunidad frente a ella? Y padre Trueno… ¿Por qué Muata predijo que yo mataría a Ciervo Piel de Sombras? ¿Es por eso que me trataba de una manera tan fría?

La puerta del cuarto se abre de súbito. Hoffman me arroja un suéter de color negro al regazo.

—Toma. Es el más pequeño que encontré.

—¿Por qué me has ayudado? —pregunto ignorando el flagelo en mi garganta, demasiado cansado para pretender que el dolor o el miedo importan ahora.

Él me mira y sonríe.

—Siempre creí que Miller era mucho más de lo que aparentaba. Pero ni en mis más locos sueños creí que sería un *monstruo.*

Mis puños se aprietan hasta que me escuecen las palmas.

—Tared no es ningún *monstruo* —siseo—, me protegió en el pantano.

—Es un hijo de puta, Elisse, un asesino —exclama, acercándose a mí de una zancada—. Él y todo lo que hay en la reserva son monstruos, Elisse, criaturas despiadadas y hambrientas... Pero tú eres el menor de esos males —espeta y me da la espalda.

—Te equivocas —susurro, inclinando la barbilla al suelo—. Soy mucho peor.

Hoffman saca un cigarro y un encendedor de su bolsillo, como si no me hubiese escuchado. Lo enciende, camina hasta la ventana del cuarto y echa una bocanada de tabaco sobre el cristal. La fría luz de la mañana le golpea la cara. Siento que ha transcurrido una eternidad desde que escapamos de la reserva, pero estoy seguro de que no han pasado ni dos horas.

—¿Sabes? Desde el principio supe que eras un mocoso problemático —dice—, y desde que te vi en el local vacío de Laurele Fiquette supe que no andabas en nada bueno. Y luego tus amiguitos en el Barrio Francés, preguntaron por la mudanza... Seguirte hasta esa cabaña fue bastante sencillo.

—Viste todo lo que ocurrió, ¿verdad? —pregunto lo obvio—. ¿Por qué me ayudaste?

—¿Ayudarte? —exclama, cruzando la habitación con un par de zancadas, rompiendo la distancia entre nosotros con brutal rapidez.

Coloca su mano en mi hombro, pero la retira casi de inmediato cuando hago una mueca de dolor, como si el contacto le hubiese quemado la piel. Da vueltas por la habitación como un león enjaulado y echa su cabello hacia atrás en un gesto que me recuerda mucho a Tared cuando está nervioso.

—Yo no sé si también eres uno de ellos, Elisse, pero creo que de toda esa manada de fenómenos, tú eres el único que puede servirme. Así que no pienses que estoy de tu parte. No hago esto para salvarte a ti o a los monstruos a quienes llamas hermanos.

—¡Calla! ¡Era mi familia la que acaba de morir asesinada!

—Pues al único al que me gustaría meterle una bala entre los ojos es a Miller.

Levanto mi mano para lanzarle un merecido puñetazo, pero él captura mi muñeca en el aire y me tuerce el brazo hacia abajo.

—Pero… —dice y aprieta con más fuerza—. Fiquette y yo tenemos cuentas aún más grandes que saldar. Y nada me alegraría más que verla con la garganta partida en dos, aun cuando eso implique ponerme de parte de este monstruo.

Por fin me suelta.

—¿Qué quieres de mí?

—Estamos de acuerdo en que el meollo del asunto aquí es Laurele Fiquette, ¿verdad? Algo tiene esa mujer que los ha desquiciado a ustedes.

—Es mucho peor que eso.

—Entonces, explícame qué demonios pasa aquí. Y más te vale que lo hagas bien, porque si lo consigues, te ayudaré a atraparla.

—No me hagas reír —contesto, burlándome ahora yo de él—. ¿En serio crees que puedes hacer algo? ¿No viste contra qué nos estamos enfrentando?

—¿Tenemos un trato o no, Elisse? —me dice, ignorándome por completo.

—Debería irme ya —me dirijo hacia la puerta y paso a su lado. Con un carácter como el suyo y mi poca estabilidad mental no vamos a llegar a ningún lado.

—¿Y a dónde irás? ¿Al centro para que te metan a una celda, a la reserva para que te arranquen la cabeza? No seas idiota, niño.

—¿Y qué pretendes que haga? Ya sé que acabo de perder todo lo que me importaba. No necesito que un cabrón como tú me lo recuerde.

Me jala de regreso, justo del brazo que me acaba de reacomodar.

—Te estoy diciendo que voy a protegerte, y eso significa que puedes quedarte aquí, imbécil. ¿Qué parte no entiendes?

Ambos nos miramos con los ojos entrecerrados.

—¿Quién me asegura que no vas a lastimar a mis hermanos?

—¿Llamas hermanos a quienes querían asesinarte?

—¡Eso debe importarte una mierda, contéstame! —para mi sorpresa, no responde con un grito esta vez. Su mirada se ensombrece al tiempo que parece estudiarme con una especie de curiosidad retorcida.

—¿Tanto valen para ti?

—Lo que ha pasado no es su culpa.

Pierdo el aliento al volver a pensar en Tared. Su cuerpo frente a mí, enfrentándose a Nashua, pasa por mi cabeza una y otra vez.

—Ni siquiera sé si Tared sigue con vida —confieso en un tono de voz muy bajo, sin avergonzarme ya por mis lágrimas.

Hoffman pone los ojos en blanco.

—¿Qué más da, mocoso? Nunca lo sabrás si te quedas aquí lloriqueando, así que vamos, ¿aceptas el trato o no?

Intento indagar en las intenciones que hay detrás de esos abismos oscuros que tiene por ojos. No confío en él, pero es la única esperanza que me queda si quiero detener a Laurele.

—Lo que sea con tal de salvarlos —respondo con un murmullo, pero lejos de conmoverse, me mira con asco.

Un dolor semejante a un martillazo me golpea el pecho y me hace sentar en la cama. Sin Ciervo Piel de Sombras en mi interior, siento como si me hubiesen extraído un órgano, como si por dentro existiese un hueco que mi cuerpo no entiende cómo llenar y en respuesta envía señales para que sepa que algo anda mal.

Hoffman me mira con los ojos entrecerrados, como presenciando un espectáculo grotesco.

—¿Por qué haces esto? —pregunta—. ¿Por qué intentas detener a Laurele? Podrías huir de todo, largarte a otro lugar y evitar todos estos problemas. Aquí no sólo te enfrentas a ella, sino al resto de la gente de la reserva.

—Instinto —respondo de inmediato—. Mi familia no es importante. Lo es todo. Está en mi instinto protegerla sin importar lo que me cueste.

Hoffman me mira con el ceño fruncido y luego mueve la cabeza de un lado a otro, como si le acabase de decir la cosa más estúpida del mundo. Pero no es más que la verdad. Si algo bueno aprendí de Tared, fue precisamente a dejarme guiar por mi instinto.

—Iré a buscar algo para el desayuno, así que tú quédate aquí y no toques nada.

Pone la mano en la perilla y me mira por encima de su hombro.

—Repito. Nada de cosas raras, ¿me oíste? —bajo la mirada al suelo y dejo que, por fin, una tristeza desesperante empiece a devorarme.

—Hoffman —llamo de forma casi mecánica. Me mira con fastidio y mi labio tiembla de indecisión—. ¿Puedo... pedirte un favor?

✦ ✦ ✦ ✦

La tetera comienza a silbar, así que salgo de mi trance. Cojeo hacia la estufa y me llevo el agua caliente a una parrilla de cerámica sobre la mesa.

Sirvo café en polvo, doy un sorbo a mi taza y siseo al sentir las heridas de mi garganta, todavía sensibles a pesar del jarabe y el anestésico que he ingerido en todo este rato, en un intento por adormecer tanto el dolor emocional como el físico.

Preparar café sólo es una excusa para mantener mi cabeza alejada del cadáver de mamá Tallulah, de la sangre en las paredes de la cabaña de Muata, de Tared dándome la espalda para protegerme...

Hubiese querido quedarme más tiempo en la habitación para acabar de inundar las almohadas y llorar hasta secarme, pero no pude soportar estar tendido sobre el colchón, intercambiando gemidos por sobresaltos a cada momento que escuchaba un sonido en la casa.

Dejo la taza sobre la mesa al verla bailar en mis dedos. Mis mejillas se humedecen de nuevo, pero intento por todos los medios reemplazar tristeza por ira, luto por venganza, lo más rápido posible... porque también soy consciente de que lo menos que tengo es tiempo. Me obligo a ser fuerte, a levantarme.

—Louisa... —susurro.

Estoy que muero de ganas por llamarla, por acudir a su lado, hacerme pequeño entre sus brazos y sentir la calidez de su cercanía, pero sé que es imposible. Con todo el lío del dinero robado sería meterla tanto a ella como a Hoffman en problemas, y creo que a estas alturas es lo menos conveniente.

Y hablando de Hoffman, hay algo que no termino de comprender, tanto de él como de la forma en la que vive.

En la cocina apenas hay platos y ni hablar de sartenes. No hay fotos en la sala, no hay adornos, ni cojines en sus planos sillones color mayonesa, nada. Es como estar en una casa lista para venderse. O en la guarida de una especie de psicópata.

Las paredes desnudas, blanquísimas, de pronto parecen observarme. El vello de mi nuca se eriza, doy un respingo y brinco de la silla que cae al suelo.

Me acabo de dar cuenta de que ya no estoy solo.

Viro la cabeza de un lado a otro. Los muros, los muebles en su lugar, el olor del café que es perdido por la putrefacción.

—¿Quién está ahí? —pregunto, aun a sabiendas de que, a excepción del olor a cadáver, no he escuchado sonido ni he visto nada moverse.

Sólo siento que hay algo ahí cuya presencia se arrastra, se agita, deja una marca a su paso y exuda un olor repugnante.

¿Una pesadilla?

Troto hacia el único espejo de la planta inferior, el del baño. Me asomo en él y me estremezco al ver que las pupilas de mis ojos se han dilatado: estoy viendo a través del plano medio.

Una presencia se mueve justo sobre mi cabeza. Miro al techo y lo encuentro vacío, así que supongo que esa cosa está en el piso de arriba.

Un torrente de emociones dispares me acosa, que me deja aterrado y a la vez muerto de ansiedad por saber lo que mora en esta casa.

Decido trepar por la escalera a grandes saltos e ignorar lo mejor que puedo el dolor de mis heridas. Mi pulso se acelera a medida que abro puertas a diestra y siniestra; el baño, el cuarto de visitas, la recámara de Hoffman, el de los juguetes…

Un momento. *¿Juguetes?* El rechinido de la puerta hace eco en la casa. Me encuentro frente a un mar de ojos enormes y brillantes. Un zoológico de peluches esparcidos en todas partes me mira desde el interior de la habitación de muros rosa pálido. El color ahoga cada espacio, cada mueble y cada prenda del lugar como si me introdujese en un cuento de fantasía.

Es la habitación de una bebita.

La presencia vuelve a sacudirme. Hay una cuna junto a una de las paredes, cubierta por delicados velos traslúcidos. El olor a cadáver mezclado con talco y flores es cada vez más repugnante, por lo que me cubro la boca y la nariz con la manga del suéter.

El horror me carcome las tripas a la vez que doy pasos lentos hacia la cuna. Escucho que algo se mueve; un cuerpo revolviéndose entre sábanas y cobijas. Con la mano temblorosa, remuevo las capas de velo. Miro dentro y una bomba estalla en el interior de mi estómago.

Un pequeño bulto se retuerce debajo de una frazada manchada de sangre. Sangre fresca.

Tiemblo de pies a cabeza, pero mis dedos se dirigen hacia la cobija como si tuviesen voluntad propia. Tomo el borde y comienzo a levantarlo. El olor se vuelve vomitivo y el llanto de un bebé me revienta en los oídos.

—¿Qué demonios estás haciendo?

Doy un brinco al escuchar a Hoffman a mis espaldas, quien mira desde la puerta con la mandíbula desencajada.

—Hoffman, yo… —miro de nuevo a la cuna y parpadeo para asegurarme de que mis ojos no me engañan.

La habitación está vacía, con paredes blancas y desnudas. Todo lo que había aquí, peluches, adornos, velos… Todo ha desaparecido.

—¿De dónde carajos has sacado eso? —pregunta con los dientes apretados. De pronto, siento un peso en mi mano.

Boqueo como un pez al ver que una cobija de bebé yace en mi puño cerrado.

—¡Contesta!

—Veía a través del plano medio —respondo en un susurro, sin estar seguro de mis palabras—. Hoffman... ¿Murió alguien aquí? ¿Un bebé, tal vez?

El agente palidece, me da la espalda y se retira del marco de la puerta escaleras abajo. Veo la manta y me doy cuenta de que las manchas de sangre están ahora secas y la tela roída, como si hubiesen pasado años sobre ella en sólo unos segundos. *¿Acaso... atraje un recuerdo? ¿Cómo pude hacer algo así?*

Dejo caer la frazada al suelo y comienzo a hiperventilar.

—Joder, joder, Laurele. ¿Qué has hecho?

Me doy unos minutos para calmarme antes de bajar a la cocina, donde encuentro a Hoffman sentado y con la mirada perdida en el goteo del lavabo. Ha dejado una caja de cereal en la mesa junto con un cartón de leche.

—Hoffman, yo...

El hombre toma la caja de cereal y la estrella sobre mi silla. Es obvio que no piensa hablar de esto, así que no me aventuro a hacer el intento. Levanto el paquete y lo coloco en la mesa, me siento en silencio y le doy un sorbo a mi taza de café, cuyo amargo sabor deciende desagradablemente por mi garganta. El bebé de Hoffman, Laurele... tengo miedo de encajar las piezas.

—Tal vez deba irme —susurro.

—¿Qué has dicho?

—Laurele hallará la manera de dar conmigo. Si me quedo, estarás en peligro también.

—Me importa una mierda. Que venga. Mejor para mí.

—¿Acaso no entiendes lo estúpido que es? No hay forma de que tú puedas enfrentar a estas cosas, te harán pedazos antes de que puedas siquiera ayudarme.

—¿Piensas que tengo algo que perder, mocoso idiota? —su mano se lanza contra mi taza, la cual se estrella contra la pared y se parte en pedazos—. ¿Crees que hago esto por ti? ¡No me hagas reír! Lo único que quiero es enfrentarme a Laurele, y ni tú ni un montón de monstruos van a impedir que ponga mis manos alrededor del cuello de esa zorra. ¿Me oíste?

Su grito retumba por la casa. La cólera, la desesperación, el resentimiento. Puedo sentirlo todo en él y de alguna manera retorcida... empiezo a entenderlo.

Fijo la mirada en la mancha de café y el vidrio roto en el piso.

Busco un tazón y una cuchara, y trato de ignorar las borrascosas emociones de este hombre, aunque a estas alturas, no sé si puedo culparlo por ser de esta manera, por reaccionar de formas tan violentas para protegerse de semejante dolor que se esconde bajo su piel.

—¿No encontraste el libro? —le pregunto, arriesgándome a otro ataque de cólera, y recordando el favor que le pedí antes de que se fuera de la casa.

—No, y no me pidas que vaya a buscarlo de nuevo. Fue prácticamente imposible registrar tu cuarto con el estúpido de Carlton Lone respirándome en la nuca —responde, con más calma de la que esperaba.

—Si fueses más amable, la gente no te haría las cosas más difíciles.

—A la mierda con la gente.

—Como quieras —respondo, rendido y sin ganas de seguir discutiendo o de volver a ver otra explosión de cólera.

Me recargo en el respaldo de la silla y me cruzo de brazos. El libro rojo de Laurel era casi su diario personal, había muchas cosas que yo no podía entender ni siquiera estando en inglés, así que podría tener oculta la identidad del monstruo de hueso y su forma de eliminarlo o, por lo menos, podría saber cómo consiguió los favores de Barón Samedi, porque, ¡diablos!, ¡hasta pudo invocar zombis! Si recuerdo bien, el mito de los zombis se originó gracias a las leyendas vudú haitianas y son una de las criaturas que los brujos se desviven por invocar cuando se amparan de los poderes de Barón Samedi.

Algo debe haber en ese libro que me ayude a regresar a todos esos monstruos al infierno. Pero parece que ya lo he perdido.

Derrotado, sacudo la cabeza de un lado a otro y miro la leche con desgana. Tengo el estómago revuelto, pero si rechazo la comida de este desquiciado, seguro me pega un tiro. Tomo la caja de cereal, abro el paquete de hojuelas y lo agito sobre mi recipiente para servirme.

Hoffman y yo nos miramos con los ojos abiertos de par en par. El libro rojo ha caído desde el interior de la caja, aterrizando directamente sobre el tazón.

CAPÍTULO 34
LOS NIÑOS NUNCA VUELVEN

Suena la alarma del microondas, así que, con el corazón dándote saltos, vas a tu reducida cocina para tomar el plato caliente que te espera. Abres la puertecilla del aparato y miras con algo de frustración el humeante fideo. No tienes mucha hambre, pero comer es una de esas cosas que te suelen calmar cuando estás ansiosa; ambos sabemos que no es el mejor hábito del mundo, pero para una mujer solitaria como tú, es lo único que te queda por hacer, Louisa.

Ablandado por este pensamiento, me deslizo hasta tu tobillo, acurrucándome en el empeine de tu pie para hacerte sentir mi invisible cercanía. Cada hora que pasa sin tener noticias de Elisse se vuelve una tortura para tus nervios, tanto así que has sido incapaz de acercarte al centro budista desde ayer. Supongo que temes llegar y ver al chico siendo apresado por la policía o enterarte de algo incluso más espantoso.

No sé qué ha sido peor, verte llamar cada veinte minutos a la reserva sabiendo que nadie te contestaría del otro lado o contemplarte suspirar cada vez que le dabas un vistazo a una habitación vacía en tu pequeña casa, seguramente desempolvando el deseo de algún día ver a Elisse habitando ese cuarto.

Te acercas al sillón de la sala y arrastras el peso de tu soledad detrás de tus tobillos; miras por unos segundos la televisión sobre el mueble de tu sala, cuando el timbre chillón de la puerta te hace saltar. Respiras profundo y aprietas los párpados.

—¿Quién es? —gritas, pero nadie responde. Dejas el plato sobre el sillón y caminas sólo un metro hacia la entrada, demostrando una vez más el reducido espacio que constituye tu casa—. ¿Quién es? —vuelves a preguntar, pero sigues sin recibir respuesta.

A falta de una mirilla, te resignas a retirar los pestillos y abrir la puerta, segura de que el cancel de hierro te protegerá en caso de que se trate de un asaltante.

Pero cuando ves a la persona que está en el cobertizo, habrías preferido mil veces a un demonio de cien cabezas.

—¡¿Qué estás haciendo aquí?! —exclamas, dando un paso atrás.

—¡Hola, hola! —responde Laurele, sonriéndote desde la entrada.

La miras de arriba abajo, espantada al ver su ropa desordenada y manchas de maquillaje por toda su cara, como si algo la hubiese arrollado. Además, expide un intenso olor a quemado que te provoca una desagradable sensación.

—¡Lárgate de aquí antes de que llame a la policía! —gritas, dando otro paso hacia atrás.

—¡No, no, Louisa, tienes que escucharme! —te implora, recargando su peso contra la reja de metal.

Se aferra a los barrotes y mete su cara entre dos de las varillas, mirándote con los ojos brillantes.

—Tengo una muy buena noticia para ti, ¡no la vas a creer!

—¡No quiero saber nada de ti! Te has estado metiendo con Elisse, haciéndole quién sabe qué cosas a ese pobre muchacho.

¡Más te vale que lo dejes en paz! —gritas desde el fondo de tus cansados pulmones.

—¡Precisamente de eso te quiero hablar, escúchame! —la cara de Laurele se transforma en una mueca retorcida y grotesca, como a la mitad de una sonrisa que está a punto de volverse grito—. Dime, ¿no quieres ver al pequeño Devon?

Ahora eres tú quien tiene la cara desorbitada de asombro.

—Mira, tu niño era precioso. ¿No te gustaría tenerlo de vuelta? —dice ella sacando de su bolso una fotografía tuya y de tu hijo Devon, aquella que siempre mantenía sobre su altar vudú.

Horrorizada, te acercas para mirar la foto que habías creído perdida muchos años atrás.

—Dime dónde está Elisse y te juro que te devolveré a tu hijo, puedo traerlo a la vida. ¡Puedo traerlo a la vida, pero… perdóname! ¡Por favor, perdóname! —grita Laurele como si un monstruo la devorara. Das unos pasos temblorosos hacia atrás y cierras la puerta en la cara de tu hermana con un azote—. ¡Louisa, hermanita, por favor! —la escuchas gritar desde el otro lado mientras aseguras los pestillos y das vuelta a la llave.

No te atreves a moverte de tu lugar, te limitas a morderte los labios y a derramar lágrimas de impotencia.

—¡Louisa, Louisa! ¡Te extraño, por favor, por favor…!

Los gritos de tu hermana parecen acelerar la agitación de tu agotado pecho. Te cubres los oídos con las palmas de las manos y los aprietas tan fuerte que los cartílagos de tus orejas se ponen colorados.

Corres hacia tu habitación y la cierras de un portazo, haciendo lo imposible por dejar de escuchar los llamados de tu hermana desde la puerta. La voz de Laurele se transforma en un solitario eco en medio de la noche, mientras yo abrazo tus hombros para tratar de calmar los temblores de tu atormentado cuerpo.

CAPÍTULO 35
LA HOGUERA DE LOS MILAGROS

Mezcle la sangre con cenizas de paja para arrastrar hacia la desgracia a…

… amarre nueve nudos, pronuncie la maldición adecuada en cada nudo hasta que la tela tome la medida de un bebé. Ate otros tres nudos y entierre la prenda bajo la puerta de la enemiga. Cuando la mujer haya cruzado la puerta nueve veces, entonces…

… la sangre fuerte es manantial de larga vida y juventud. Trace un talismán en el suelo, que debe ser de madera, trace un sarcófago, invoque…

… pero también grandes sacrificios son las exigencias del Señor de la Muerte, cuya paga debe ser entregada al pie de la letra. El Señor del Sábado, oculto entre las sombras de la agonía, y dueño de las almas que le son ofrecidas, puede brindar vida a cuerpos inertes que…

Incapaz de soportarlo más, cierro el libro con fuerza y lo arrojo al otro lado del sillón. Entierro el rostro entre las manos, aún sin creer cómo los hechizos del libro empiezan a cobrar sentido, a encajar como un rompecabezas. Y, a pesar de que no entiendo gran parte de lo que hay aquí, lo poco que entiendo es simplemente escalofriante.

Todo apunta a que Laurele quiere conseguir *sangre fuerte*, es decir, la nuestra, la de los errantes, para prolongar más su juventud —como hizo con el hijo de Louisa—. ¿Pero qué hay de los abortos? ¿Por qué tomar la vida de fetos inocentes? ¿Y la bebé de Hoffman…? Demonios, ni siquiera voy a intentar preguntarle cómo es que se involucró con esa bruja.

Y lo peor de todo: Laurele ha estado reviviendo a esos errantes e invocando zombis gracias a los poderes de Barón Samedi. Y si puede hacer esas cosas tan espantosas con sus favores, ¿cómo demonios se supone que venceré al Señor del Sabbath? ¿Al líder de los Loas que se encargan de administrar la muerte? ¿Le clavo una estaca, lo relleno con ajo?

—Demonios, no es suficiente. Necesito más información.

—¿Y qué se supone que estás buscando? —me pregunta Hoffman desde la entrada de la cocina, tomando una taza de café.

—Algo de vudú avanzado —me siento algo estúpido al decirlo de esa manera, pero es que no puedo describirlo de otra forma.

—¿No me dijiste que eso es un manual hecho por Laurele?

—Sí, pero no hay nada de lo que necesito en él, además de que muchas cosas están escritas en un idioma que no comprendo.

El agente camina hacia mí y toma el libro del sillón. Le echa una ojeada, poniéndolo de cabeza un par de veces y arrugando el entrecejo, como si las páginas lo estuviesen retando.

—Esto está en francés. No tengo ni puta idea de lo que dice.

—¿Francés? ¿Conoces a alguien que pueda ayudarnos a traducirlo?

—¿Te parezco alguien que anda por ahí haciendo amiguitos bilingües?

—Joder, Hoffman… bueno, de todas maneras, no hay nada sobre cómo revocar los favores de un Loa.

—¿Favores de un Loa? Estás enfermo.

Arroja el libro a la mesa para después sentarse a mi lado. Llevo desde ayer reposando en este maldito sillón, recuperándome todavía de mis heridas, memorizando todas y cada una de las páginas, pero sigo sin encontrar lo que necesito. Podría tratar de traducir con un diccionario, pero tardaría demasiado y dudo ser capaz de hilar algunas ideas. Una vez más, siento que el tiempo se acaba.

Veo las tapas rojas, y siento escalofríos al recordar la manera en la que ese libro apareció. No tengo idea cómo es que llega una y otra vez a mí; es como si alguien estuviese empeñado en que yo lo tenga. ¿Laurele? Imposible, me estaría dando ventaja sobre ella, e incluso se veía perturbada cuando se lo mostré en su tienda, aunque… podría ser que lo haga por orden de Barón Samedi; su apartado dice que es un ser al que le gustan las apuestas y los tratos, aún más que al resto de los Loas, así que tal vez quiere divertirse conmigo para ver qué tan lejos puedo llegar. Pero de no ser así, ¿entonces quién?

—¿Y bien? ¿Ahora qué? —Hoffman tamborilea los dedos contra su brazo sin dejar de lanzarme esa mirada escéptica.

—Necesito salir a buscar información sobre cómo combatir los poderes de un Loa —respondo—. Porque de otra manera, ella seguirá buscando la forma de asesinarnos a todos.

—El único que va a morir aquí vas a ser tú si el tal Nashua te encuentra en la calle.

—No es tan tonto para hacerme daño a plena luz del día. Además, podrías acompañarme…

—Claro, para que el resto de los policías de la ciudad nos vean juntos y sepan que tenemos algo entre manos.

—¿Vas a poner un pretexto cada vez que te pido algo? Si es así, ve olvidando nuestro trato.

Me rechinan los dientes al pensar en el pleito que tuve con el cretino de Hoffman en la mañana —bueno, uno de tantos—, cuando le pedí que investigase algo sobre el hombre lobo, que buscase en su taller, que llamara a hospitales, a farmacias, cualquier cosa que me dijese que alguien lo había visto. Renegó un buen rato, pero terminó haciéndolo de mala gana, aunque no pudo conseguir ninguna información al respecto, así que me recriminó todo el tiempo que le hice perder.

Miro hacia la ventana a la vez que me siento enloquecer, sin poder buscar a Tared.

—Hoffman, ¿hay más hechiceros como Laurele por aquí?

—Joder, Elisse, estás en Nueva Orleans, aquí pulula gentuza así.

—No, hay estafadores, gente que te hace creer que sabe de estas cosas, pero no quienes se las tomen en serio... ¿Puedes llevarme con alguien que sepa realmente de vudú?

—Estás chiflado. ¿Quién dice que esa gente no se ha aliado con ella? Son el mismo tipo de locos, ¿recuerdas?

—¿Se te ocurre una idea mejor? Anda, soy todo oídos.

Chasquea la lengua y se cruza de brazos. Se revuelve en su asiento como un perro enojado y, finalmente, muerde su propia cola; sabe que tengo razón.

—Bien, tú ganas —dice—. Sé bien a dónde necesitas ir, pero deberás esperar un par de horas. Todavía es muy temprano.

✦ ✦ ✦ ✦

El sol se ahoga bajo las aguas del Misisipi dando paso a la noche, mientras contemplo la transformación de las calles a través de la ventana del coche de Hoffman.

El lugar al que nos dirigimos dista mucho de la riqueza visual del Barrio Francés; las viviendas están viejas, negruzcas, roídas y llenas de moho, como si la humedad las hubiese devorado a través de las gargantas de los huracanes. Las paredes de los edificios, los señalamientos, los negocios, todo está tapizado de abundantes grafitis y letreros sin sentido, opacando cualquier rastro de belleza que pudiese tener la arquitectura de esta parte de la ciudad. Los jardines de las casas son simples trozos de tierra seca con despuntes de mala hierba, cercados por rejas de acero que acentúan el aire sombrío del vecindario.

Pero hay algo más aquí. Algo que dista mucho de la pobreza y la inseguridad, algo que hace que mi corazón se dispare y empiece a bombear sangre como un poseso.

Bajamos por una cuesta hasta dirigirnos a una calle con pocas casas, tan lúgubres como las anteriores. Pocos faros de luz funcionan, pero puedo distinguir en los cobertizos cosas inusuales, como mecedoras cubiertas con pieles de animales, veladoras posadas en las marquesinas de las ventanas y algunos huesos colgando de los techos y en los barandales.

Dejamos el auto en una de las esquinas de la calle, abro la puerta del coche para bajarme y respiro profundamente, aliviado por tener un escape del asqueroso humo de cigarro que ha estado apestando el interior durante todo el camino. Parece ser que lo único que tienen en común Hoffman y Tared es el síndrome de la chimenea.

Toso y me acomodo la capucha de la sudadera lo suficiente para esconder mi cabello rubio. Es un disfraz muy simple, pero con la oscuridad puede que me haga pasar desapercibido por si algún conocido de Hoffman llega a reconocernos.

El agente baja y me susurra un "sígueme".

A primera vista la calle parece vacía, pero conforme un mar lavanda recubre el cielo, luces anaranjadas brotan de las ventanas. Veo movimiento en ellas y, poco a poco, la gente comienza a salir de las casas: hombres, mujeres, niños, familias completas se dirigen calle abajo, tal como nosotros.

Caminamos unas cuadras y llegamos a una casa de tamaño más considerable en comparación a las del resto del vecindario, y con una fachada blanca salpicada de collares del *Mardi Gras*. La multitud se dirige al patio, así que Hoffman y yo nos sumamos al rebaño.

El césped parece haber desaparecido hace años, dando paso a hierba amarillenta y rasposa. Han trazado un gran círculo de cal en el piso, en cuyo centro está colocado un altar. Conformado por una manta de color rojo extendida en el piso, en el altar hay botellas de licor y veladoras de cristal ya ennegrecidas por el uso, que exhiben imágenes de santos y vírgenes de la religión católica. También hay huesos, cestos, cajas, cráneos, montones de monedas y estatuas humanas alargadas, esqueléticas y de color negro. Sus cuellos exhiben escapularios y collares, como si se hubiesen llenado de ofrendas a través del tiempo.

Frente al altar hay palomas y gallinas enjauladas que chillan con frenesí y se arrojan contra los barrotes en un intento frustrado por escapar. Mi corazón se encoge al verlas; es como si presintiesen que su estancia allí tiene un propósito espantoso. Varias mujeres negras rodean el altar, vestidas de blanco y cargando ramilletes de flores y hierbas entre los brazos, mientras los recién llegados comienzan a colocarse en círculo alrededor de ellas.

A pesar de que la mayoría de las personas aquí reunidas son negras o latinas, nadie parece incomodarse con nuestra presencia; de hecho, hay varios turistas, cuyas cámaras parecen buscar con desesperación una toma de tan extraño ritual.

De pronto, de la puerta trasera de la casa sale una mujer cuya presencia impone un absoluto silencio. Es robusta, también negra y le calculo unos sesenta años; parece ser la sacerdotisa mayor, ya que a diferencia del resto de las mujeres es la única que viste de rojo y lleva un sinfín de collares y adornos hechos con huesos y piedras.

Ella alza sus manos y comienza a hablar en una lengua que desconozco, pero cuya pronunciación me es familiar, como una especie de ronquido gangoso.

—¿Qué está diciendo? —le susurro a Hoffman.

—Ni puta idea. Ya te dije que no hablo francés.

Abro los ojos como platos.

Ella es justo la persona que necesito.

La mujer camina hacia el altar, recoge unas ramas secas y les prende fuego para después pasar el humo alrededor de las estatuillas. Las mujeres de blanco levantan los brazos y aplauden, al tiempo que sus bocas comienzan a vociferar una extraña mezcla de gritos y cánticos que no parecen tener sentido.

Comienzan a moverse en vaivenes que nacen suaves como una marea, para después embravecerse. Los cuerpos brincan, se contorsionan y se sacuden mientras los tambores provenientes del interior de la casa comienzan a desbocarse en un ritmo estridente y violento, el cual parece tener una armonía arrancada de la locura.

Las voces de las familias se unen y se elevan hacia la noche, como si sus gargantas fuesen poseídas por el mismo espíritu delirante que parece haber asaltado a las mujeres de blanco.

Una de ellas se arroja al piso y el resto corre a tomar las botellas de alcohol. Empapan los ramos que llevan en las manos y comienzan a golpearla mientras ella rueda una y otra vez en el suelo, gritando con euforia en medio de voces colectivas. Todas se convulsionan, sus ojos giran y sus cuerpos se sacuden en bailes que hacen que su esencia física se mezcle con las fumarolas de las antorchas que la sacerdotisa ha comenzado a encender alrededor del círculo de cal.

La cortina de humo se espesa y el verdadero espectáculo comienza, al menos para mí. Hay siluetas humanas totalmente negras, entre el humo, alrededor de estas mujeres; las toman de los brazos y de las piernas, las agitan, las arrojan y se frotan contra ellas con movimientos eróticos y estridentes.

Me doy cuenta de que no es que ellas bailen de forma histérica. Es que esos espíritus las mueven como si fuesen marionetas.

La mano de Hoffman se posa sobre mi hombro y su aliento encuentra mi oído.

—Bienvenido a la Hoguera de los Milagros —susurra.

Una sacudida de emoción me posee como esos fantasmas a los cuerpos de las exaltadas mujeres, y estoy convencido de que mi excitación por todo este misticismo es culpa de mi sangre de chamán.

Mi mano se cierra en la gabardina de Hoffman; jadeo de embriaguez al darme cuenta de que aquellos espíritus giran sus cabezas hacia aquí, mientras sus manos se contorsionan entre los senos y entrepiernas de aquellas mujeres.

Me están mirando.

—¿Cómo te enteraste de este lugar? —pregunto, con el estómago hecho un nudo.

—Tengo más de veinte años siendo policía. Te sorprendería lo mucho que conozco esta ciudad —responde casi con burla, como si todo este asunto le hiciera mucha gracia.

La sacerdotisa comienza a pasearse frente a la gente, tocando cabezas y provocando convulsiones violentas en sus seguidores para deleite de las cámaras... hasta que sus ojos desorbitados se clavan en los míos. Su cara se tiñe de locura y su cuerpo robusto se abalanza sobre la multitud, que abre una brecha para dejarla pasar. Levanta un dedo y me señala.

—Ven conmigo. Ahora —me ordena, dando media vuelta en dirección a la casona blanca.

Observo indeciso a Hoffman, pero él sólo se encoge de hombros y me deja a la deriva. El muy cretino no dará un paso por mí, así que hago acopio valor y la sigo ante la mirada atónita de los turistas, quienes parecen morir de ganas por estar en mi lugar.

Si supieran lo que yo sé.

Cruzo el umbral de la casa y trato de distinguir entre las sombras del pasillo a la mujer que va delante. El olor a humedad e incienso que despiden las paredes me envuelve poco a poco.

Hay varias puertas a ambos lados del pasillo que me traen malos recuerdos de la tienda de Laurele, lo cual me hace preguntarme si no estoy cometiendo un error. Al final, la sacerdotisa abre una de ellas y me pide que entre con un movimiento de cabeza.

Doy unos pasos hacia el interior, y soy recibido por un leve resplandor anaranjado. Es una habitación pequeña, con dos sillones rojos en el medio y repleta de cosas como las que tenía Laurele en su tienda. La mayor diferencia radica en que ahora hay más imágenes católicas, las cuales cuelgan de las paredes en marcos dorados; vírgenes y santos me miran fijamente mientras las veladoras los iluminan en un tétrico claroscuro.

La sacerdotisa toma asiento frente a mí y me invita a hacer lo mismo.

—No voy a morder, Elisse. Quédate tranquilo.

—¿Sabe quién soy? —pregunto, no tan sorprendido como creí que lo estaría.

—Todos en este barrio lo saben, muchacho. Envía saludos a Louisa de mi parte, si es que vuelves a verla.

Retiro la capucha y restriego mis manos una contra la otra con nerviosismo, tratando de no parecer un tonto.

—¿Sabía que yo vendría?

Ella alza una ceja. Por los dioses, Elisse, ¡deja de preguntar cosas estúpidas!

—Supongo que también sabe por qué estoy aquí.

—Laurele, ¿verdad?

Mi rostro lo dice todo, pero el de ella se ensombrece todavía más, no sé si a causa de las llamas tambaleantes de las velas o por el aparente desprecio que se refleja en su mirada.

—Ah, las Fiquette. Tanto su *ma* como Louisa eran mujeres muy dulces, a diferencia de Laurele, quien siempre fue más retraída. Más… ambiciosa.

La mujer mete la mano dentro del bolsillo de su larga falda y saca un habano.

Un espasmo me recorre de pies a cabeza al ver que se enciende solo, tal como hizo el de Laurele en su tienda.

De pronto puedo sentir algo alrededor de mí, lo que me hace girar la cabeza a todas las esquinas oscuras del cuarto. Es como sentir voces que me hablan. Confundido por la enorme cantidad de señales que me son enviadas, vuelvo a mirar a la sacerdotisa, quien cada vez parece más sombría.

—Ella intenta matarme.

—Lo sé, muchacho —dice, despreocupada.

Últimamente, el valor de la vida, sobre todo la mía, parece ser algo que tiene a todo el mundo sin cuidado.

—Los Loas estuvieron muy inquietos ayer, presagiando cosas escalofriantes. Y de hecho, anoche me hicieron soñar contigo. Tuviste unos días difíciles, ¿no?

—¿Usted sabe cómo puedo detenerla? —pregunto con cautela.

—¿Detenerla? ¿Acaso sabes contra quién te enfrentas? —responde, elevando el timbre de su voz—. Elisse, ¿sabes cuál es uno de los métodos más efectivos para aumentar el poder de un hechicero? —niego, incapaz de saber si debería avergonzarme por mi ignorancia—. Digerir los restos de un ser más poderoso que él mismo. ¿Y sabes lo que dicen de Laurele Fiquette? Que ella estuvo mascando las cenizas de Marie Laveau por diez años. ¿Entiendes lo que te digo?

Temblores de pavor inundan mi espina. Como si no supiera que esa mujer es casi invencible... Pero aun así, no puedo darme por vencido.

—Tal vez tenga una oportunidad —susurro con ansiedad, pensando en las escasas posibilidades que mi estirpe de contemplasombras podría brindarme.

Aun sin mi ancestro y sin magia, si es que alguna vez la tuve, todavía tengo sangre de chamán, ¿cierto? Tiene que haber algo que pueda hacer.

—¿Te das cuenta de lo que estás diciendo?

—Señora, esta mujer debe tener un fin más allá de asesinarme.

—¿Y crees que no lo sé? —replica, mientras vuelve a chupar el habano.

Echa la cabeza hacia atrás y expulsa una densa capa de humo a sus espaldas. Aprieto las manos en los reposabrazos del sillón al ver que hay una oscura silueta detrás de ella, igual a las que estaban afuera en el altar.

—Pero estoy segura de que a estas alturas, ya sabes quién está de su parte.

—Barón Samedi —susurro con cuidado, como si me quemase el nombre en la lengua—. ¿Usted puede comunicarse con él? —pregunto, aguantándome el miedo cuando el espectro detrás de la mujer abre los ojos: están totalmente en blanco.

—¿Crees que he descabezado cincuenta gallinas en un mes por mera diversión? No, muchacho. He tratado de volver a recibir respuesta de Barón Samedi, durante casi veinte años, pero él nos ha dado la espalda, y a nosotros ya se nos agotaron los recursos. Todo por culpa de Laurele. No nos queda más que abandonarnos a la voluntad de los dioses —*¡Veinte años!*, pienso. Aprieto el puente de mi nariz—. Y si el Loa de la muerte se rehúsa a hablar con nosotros, quienes hemos sido sus sirvientes por tantos siglos, dudo mucho que dé su brazo a torcer por ti.

—No si lo obligo a escucharme.

—Te hará pedazos.

—Entonces, lo mataré primero.

—¿Pero qué tonterías dices, niño? Es un Loa. Nadie puede matar a un dios.

—Pues, para ser un dios tiene tendencias bastante humanas —replico, recordando que Barón Samedi, además de ser un Loa muy sádico, también tiene una pasión desmedida por el sexo y el alcohol—. Y todo lo humano se acaba tarde o temprano. Todo —me cruzo de brazos. Ella me mira por largos segundos y luego echa a reír como una desquiciada bajo mi estupefacta mirada. Escupe una última risa gangosa y se limpia una lágrima con el faldón.

—Ah, pequeño, con razón Louisa te ha tomado cariño. Tienes un espíritu inquebrantable, aunque eres necio como una mula —dice, haciéndome enrojecer.

Al escuchar el nombre de Louisa pienso en todo lo que ha tenido que pasar por culpa de la desalmada de Laurele, y en si la maldita bruja piensa lastimarla ahora que Comus Bayou se ha fracturado.

Tomo las manos de la sacerdotisa entre las mías y se las aprieto, muy a pesar de que el gesto parece serle indiferente.

—Necesito que me ayude, por favor —le suplico—. No tengo a quien más acudir.

—Elisse, ni siquiera los de tu raza han podido hacer nada. ¿Cómo pretendes que yo sea capaz de ayudarte?

Me levanto de un salto y retrocedo; el impulso echa el sillón hacia atrás y cae sobre su respaldo con un sonoro golpe contra el piso.

—Calma, muchacho. Creo que tú podrías hacerme más daño que yo a ti.

—¿Sabe de nuestra existencia?

Ella permanece serena y apaga el habano en la madera del piso, bajo mi tensa mirada.

—Soy la única que lo sabe, al menos entre los hechiceros de la ciudad, y si esto te deja más tranquilo, ni siquiera estoy segura de conocer qué tipo de criatura eres. Tengo muy poco de haberme enterado.

—¿Cómo lo...?

—¿De qué te sirve saberlo? Probablemente estés muerto en un par de días.

Mis puños se abren y cierran, como si tratasen de buscar algo a que aferrarse.

—Supongo que no va a ayudarme.

—Si pudiera, lo haría. ¿Pero cómo se supone que puedo detener a una mujer que ya ha recibido los dones para revivir a los muertos de las cenizas y el polvo?

—¡Y no sólo eso! —grito—. También ha invocado a un demonio espantoso que ha devorado a uno de nuestros espíritus y...

—¿Que ha hecho qué? —exclama—. ¿Devorar a un espíritu? Niño, en mi vida había escuchado algo semejante. Debes estar loco si crees que hay forma de detener a esa mujer si ya es capaz de hacer lo que acabas de mencionar.

—¿Al menos puede decirme dónde encontrarla? Fuimos a buscarla a su cabaña en el pantano, pero ella ya no estaba allí.

—¿Cabaña? —ella frunce el ceño—. Laurele no vive en ninguna cabaña.

—¿Qué? Pero hubo una mudanza, se llevaron sus cosas allá. ¡Las vi quemadas en su propio patio!

—No, Elisse. Mira, Laurele fue muy rica en el pasado, pero llegó un punto en el que ya no quiso hacer hechizos o amuletos grisgrís, nada, así que se dedicó a vender todas sus cosas. La cabaña de la que hablas es donde ella vivió en sus tiempos de fama, pero la abandonó hace casi veinte años para mudarse a la ciudad cuando empezó a quedarse sin dinero. Compró un local en el Barrio Francés o embrujó a alguien para que se lo dejara, no lo sé, pero ha vivido allí desde entonces.

—¡Joder! —exclamo, jalándome los cabellos y recordando la escalera que pasé de largo en el local de Laurele—. Estaba justo frente a mis narices. ¡Necesito ir allí, debo encontrarla, hallar la forma de vencer a Samedi!

—Niño. No se puede vencer a Barón Samedi. No se puede vencer a la muerte a menos que seas la muerte misma.

—¿Ah, no? ¿Y cómo es que Laurele recibe tantos favores de la dichosa muerte?

—Laurele es una bruja muy poderosa, Elisse. Los tratos que ella le ofreció, te aseguro, fueron muy generosos y…

—Eso es —interrumpo—. El Señor del Sabbath es el Loa que más afición tiene por los trueques. ¡Si le ofrezco un trato lo bastante bueno, podría revertir sus alianzas! —exclamo, más para mí que para ella. La sacerdotisa, en cambio, deja los ojos perdidos en la inmensidad de la nada.

—Tengo que ofrecerle a Samedi algo que desee más que ninguna otra cosa —insisto—, algo que nadie antes le haya ofrecido, algo… algo que lo haga retractarse de su trato con Laurele y que vaya mucho más allá de lo que ella misma ya le ha ofrecido.

De inmediato, me doy cuenta de lo ridículo que suena. Y, al parecer, ella también, pues una risa escapa de sus labios.

—No te lo tomes a mal, mi niño, pero lo que pienses ofrecerle, te aseguro que no podrá igualar el valor que alcanza la vida de tu propia familia. Y eso, tanto Louisa como tú, lo saben bastante bien.

El regreso a la casa de Hoffman es más silencioso que incómodo. Miro por la ventana y pierdo mi atención en las escasas estrellas que adornan el manto de la noche. Veo algunas personas deambulando por la calle y, por unos segundos, envidio su tranquila ignorancia. Tan apacible y ajena al infierno que podría desatarse en cualquier momento.

Me siento desamparado bajo este cielo nocturno, como si me hubiese vuelto un alma solitaria cruzando una carretera que me lleva hacia un precipicio de horror e incertidumbre.

—¿Qué te ocurre? —pregunta Hoffman.

Lo miro de reojo. Él fija su vista en el camino, quejándose de cada coche que pasa como si él tampoco estuviese muy consciente del peligro que corremos.

—Ya sé lo que tengo que hacer —le digo.

—¿Y no se supone que eso es bueno?

No lo sé, respondo para mis adentros. Tengo que hacer un trato con Barón Samedi, y para hablar con él debo invocarlo. Pero ¿cómo?, si al parecer Laurele es la única persona a quien él escucha. Tal vez si pudiese entrar al plano medio me pondría en contacto con él; a fin de cuentas, es un Loa intermediario entre nuestro mundo y el otro. Pero no tengo ni la más remota idea de cómo hacerlo. Muata debía enseñarme, pero ahora es imposible. Y encima, está ese maldito monstruo de hueso. ¿Cómo diablos acabaré con él? Le describí la criatura a la sacerdotisa, pero tampoco tiene idea de qué puede ser y menos cómo matarla.

—¿Y bien? —pregunta Hoffman, impaciente.

—El problema es que no sé si voy a ser capaz de lograrlo —susurro—. No soy lo bastante fuerte. Ni comprendo demasiado sobre esto.

—Bueno, podría ser peor.

—¿Ah, sí?

—Podrías estar muerto.

En serio, este hombre haría mejor quedándose callado.

Salimos por fin de la selva de asfalto. La casa de Hoffman está en la parroquia de Jefferson,[14] por lo tanto, hay que cru-

---

[14] En Luisiana, a los condados se les denominan parroquias.

zar el Misisipi y seguir varios minutos de carretera para llegar hasta allá, lo que me permite contemplar el bosque pantanoso a través de mi ventana. La hierba crecida y los árboles altos y delgados al lado del camino me hacen sentir un poco más en paz. El contacto con la naturaleza, aunque sea sólo de vista, se ha convertido para mí en un refugio que, por momentos, ayuda a evitar que me den ganas de darme un tiro.

Algo se mueve en los árboles. Entrecierro los párpados e incluso giro mi cabeza para no perderlo de vista. Mi pulso se dispara al distinguir un resplandor plateado entre la espesura de la hierba.

—¡Para, para, para! —grito a todo pulmón y Hoffman frena de inmediato.

—¡¿Qué... qué... qué carajos pasa?!

Ni siquiera me preocupo en contestar. Abro la portezuela del coche y me lanzo a toda velocidad hacia el bosque pantanoso con los gritos de Hoffman a mis espaldas. Un lomo plateado corre a varios metros delante de mí mientras mi corazón se inflama de adrenalina.

—¡Tared, Tared! —grito a todo pulmón, pero aquella criatura no se detiene.

Por unos instantes llego a creer que no es real, que estoy imaginándolo todo, pero cuando el lobo se detiene por unos segundos y gira su cabeza hacia mí, lo veo: sus ojos azules. Escucho un trueno en el cielo.

¡Es real! ¡Tiene que ser él!

Vuelve a huir. Mis pies se despegan del piso; la hierba azota mi cuerpo a medida que me abro camino a través de ella y los árboles se estrechan a cada paso. *¿Por qué huyes? ¿Por qué?*, me pregunto, mientras llego a un prado que se extiende delante de mí. Corremos a través de él bañados por la luz de la luna que asoma entre las nubes, resplandeciendo contra el lomo de Tared como si fuese un espejo. Los truenos se vuelven más y más poderosos, estoy a nada de alcanzarlo.

Él salta y, de pronto, se desvanece.

Mis pies se elevan del suelo porque un par de potentes brazos me sujetan desde atrás, levantándome con una fuerza a la que soy incapaz de hacer frente. Pataleo mientras mi captor y yo caemos de espaldas al suelo.

—¡No, no, suéltame! —grito con desesperación y me revuelvo con violencia, pero el agarre se vuelve más firme.

—¡Elisse, reacciona, carajo!

La voz de Hoffman retumba en mis oídos como un tambor. Abro los ojos de par en par y veo lo que hay delante de mí, a menos de un metro: una enorme y profunda zanja, en cuyo fondo corre el río embravecido, golpeando con ferocidad contra las rocas y haciendo un sonido parecido al de los truenos.

—Por los dioses... —susurro, y la sangre se me va a los pies.

Si hubiese caído allí, la corriente me habría arrastrado hasta ahogarme. Los brazos de Hoffman me siguen sujetando con fuerza, como si temiese que, de un momento a otro, decida lanzarme al vacío.

Mi mente se arroja a la nada, ya que no percibo con claridad cuando Hoffman me conduce de regreso al coche. No siento cuando me empuja sobre el asiento, no escucho sus gritos, ni siquiera soy muy consciente del momento en el que volvemos a su casa, ni de la forma violenta en la que me sienta en el sillón de la sala.

Sólo percibo, a través de mis aturdidos oídos, sus pasos alejándose de mí y el azote de la puerta de su habitación.

No sé cuánto tiempo permanezco contemplando la nada, luchando por no entregarme a los gritos.

Ése no era Tared. Era sólo su ancestro.

CAPÍTULO 36
LEALTAD

Alzas la cabeza al sentirlo llegar. Sabes que se trata de él, puesto que aun cuando Ciervo Piel de Sombras fue arrancado de su cuerpo, su esencia, su aroma indescifrable y su presencia temblorosa siguen siendo las mismas.

El vello rojizo de tu nuca se eriza y tus ojos se dilatan. El sonido de sus pies enguantados con cuero estrellándose contra el suelo se dispara en tus oídos, se asemeja al tictac de un reloj, como si estuviese contándote el tiempo antes de estallarte en la cara como una bomba.

Con la cabeza perfectamente cubierta por la capucha de la sudadera, trota por el solitario callejón y pasa justo debajo de ti. Tu respiración se transforma en un pesado siseo.

—Ya casi… —susurras, mientras desfilas con extremo sigilo entre los tejados y los delgados bordes de yeso.

Tu presa llega hasta el final del callejón y se detiene en seco. Metes la mano en tu bolsillo y sacas el catalizador de tu propósito: un silencioso disparo. Uno solo y la tarea estará terminada.

Te acercas más y bajas por una escalera contra incendios sin hacer rechinar tus zapatos ni una sola vez. Estás a sólo unos metros, tu pistola apunta a la cabeza de tu víctima, quien observa el croquis que lleva en la mano. Empujas el gatillo hacia atrás mientras tu respiración se hace cada vez más y más pesada.

Tu presa se retira el gorro para rascarse la cabeza, cosa que te permite no sólo verlo con más claridad, sino sentirlo con más fuerza. Se te escapa el aliento y la mano te tiembla al compás del movimiento de esos rubios cabellos.

Elisse mira hacia acá al percibir un atisbo de tu presencia, pero tú te escabulles entre las sombras de los techos para evitar que te vea.

Confundido, el chico se da por vencido con el mapa y sale del callejón hacia la acera para mezclarse con la multitud que se encuentra justo al otro lado de la calle. Te restriegas la palma de la mano en la cara, aún con el nerviosismo subiéndote por la columna.

—¿Por qué lo has dejado ir, Julien? —pregunta Johanna con una expresión vacía y sin vida. Mira con sus ojos grises la pistola que aún reposa entre tus dedos temblorosos.

—No puedo. No puedo hacerlo, Johanna.

—Tal vez era nuestra única oportunidad —la miras como si te hubiese acabado de patear—. Julien, padre Trueno va a enloquecer si se entera de que lo dejaste ir.

—¿Tú lo habrías hecho? ¿Habrías matado a Elisse? —preguntas con el pecho agitado, acercándote a ella y mirándola con un gesto desencajado por la frustración.

Tu hermana muerde su labio inferior, seguro para contrarrestar con dolor la impotencia que siente. Desvía la mirada, se cruza de brazos y da unas vueltas antes de mirarte de nuevo, con los ojos humedecidos y la garganta árida.

—Eso creí —susurras, ocultando el arma entre tus ropas—. Volvamos a la reserva, ya veremos qué excusa inventar cuando estemos allí.

Bajas, junto con ella, de la escalera de emergencias de un salto, cayendo desde una altura de seis metros como si hubiese sido un mero escalón. Caminan en silencio por casi diez minutos hasta llegar al pequeño auto plateado de Johanna, estacionado a un par de calles de allí.

—¿Cómo sabías que lo encontraríamos aquí? —le preguntas, mientras abres la portezuela del vehículo para dejarla entrar.

—Si hay algo que doy por sentado, es que mucho ignora sobre sus poderes de contemplasombras. Y sin el abuelo Muata… —dice con la voz quebrada—, es más que obvio que quiera buscar dónde aprender.

—No creo que encuentre gran cosa —comentas mientras subes al auto, a pesar de que mi niña Johanna tiene toda la razón.

El callejón donde encontraron a Elisse está a un par de calles de una biblioteca.

El auto enciende y te marchas con ella a la reserva, ambos sumidos en sus propios pensamientos, mientras yo me enrosco en la palanca de velocidades. Después de unos cuantos minutos de silencio, cedes ante el escozor de tu lengua.

—Ambos sabemos que está con Hoffman, Johanna —susurras. La espina de la joven errante se tensa—. Es obvio que debemos dar con ese tipo para encontrar a Elisse.

—¡Ni se te ocurra decir a Nashua o a papá Trueno que fue él quien lo rescató de la reserva! —exclama la chica, dejando en evidencia su nulo deseo de ver muerto a Elisse.

—Tranquila. Si no se lo *dijimos* ese día, no hay motivo para hacerlo hoy —replicas en defensa propia—. También… Creo que tú y yo sentimos más alivio que desesperación cuando vimos que Hoffman se lo llevó, ¿verdad?

Ella no levanta la barbilla, pero tampoco es capaz de negar tus palabras. Sabes que está nerviosa y confundida, lo ha estado desde el día del ataque, pero es la primera vez que ella y tú se atreven a hablar al respecto.

—¿Tú crees que en verdad haya hecho eso? Es decir, ¿crees que Elisse sea aliado de esa mujer...? —preguntas en voz baja, como si temieses que tus palabras lleguen hasta los oídos de padre Trueno.

Johanna suspira.

—No quiero creerlo. El abuelo Muata interpretó un presagio donde Ciervo Piel de Sombras moría a manos de un errante, y él supuso que ese errante era Elisse. Se lo contó a padre Trueno, pero él nunca quiso creerle y pienso que, muy en el fondo, fue porque todos nos apegamos muy rápido a él; porque queríamos demasiado a Elisse. Creo que hasta Nashua estaba empezando a hacerlo, a su modo.

—¿Y por eso, Tared lo protegió?

Johanna desvía su mirada hacia la ventanilla, con el corazón encogido al recordar la pelea entre el lobo y Nashua.

—No lo sé. Tared se arriesgó a ganarse algo peor que un castigo, porque no sólo le fue más leal que a padre Trueno, él...

—Apostó su cuello por Elisse —interrumpes con la voz temblorosa—. Le dio la espalda al Atrapasueños por él.

Johanna vuelve a morderse los labios, sucumbiendo ante la incertidumbre. Aprieta los párpados hasta que empiezan a enrojecer, preguntándose quién de todos ha cometido el verdadero error.

CAPÍTULO 37
DOLOR

Meto la llave en la cerradura, le doy vuelta y con un sonoro clic me deja entrar. Cierro la puerta con un pie, y me tambaleo hasta la sala, donde dejo caer una pila de papeles sobre la mesa ratona. Dejo, con un poco de más cuidado, la identificación de Hoffman sobre el vidrio.

—¿Dónde diablos estabas? —pregunta el agente, bajando la escalera al tiempo que me siento en el tapete bajo la mesita.

—Te dije que iba a salir.

—¡Hace tres horas!

—No dije cuándo iba a volver —respondo, dejando claras mis pocas ganas por comenzar a discutir.

Pasa de largo y entra en la cocina mientras lo escucho decir cosas como "mocoso de mierda", y "crío maleducado". Trato de no prestarle demasiada atención, así que tomo la primera hoja. No es más que un fragmento de una página de internet que habla sobre leyendas nativas americanas, la única que pude abrir en la media hora que estuve frente a la computadora de la biblioteca.

También tengo un montón de libros que tal vez podrían ayudarme a conocer un poco más sobre los errantes. No sabía bien por dónde empezar, así que tomé todo lo que encontré. Libros sobre culturas antiguas, leyendas sobrenaturales, mitos...

Veo de reojo un artículo sobre animales totémicos. La fotografía de un lobo me observa desde el pie de página. Necesito saber por qué Lobo Piel de Trueno estaba ayer en la carretera, llevándome hacia un precipicio donde pude haber muerto.

¿Por qué estaba fuera de Tared? ¿Acaso ese monstruo se lo habrá arrancado como hizo con Ciervo Piel de Sombras o...?

No, no, por favor, no, suplico a todo lo divino, jalándome los cabellos y apretando los párpados con fuerza.

Tared *no puede* estar muerto, y no lo pienso sólo como consuelo; él es, por mucho, el errante más fuerte de todos nosotros. Un hombre como él no sucumbiría tan fácilmente, ante nadie. Está vivo. Debe estar vivo.

Quisiera salir a buscarlo, pero tengo bien claro que, por ahora, mi prioridad es descubrir qué tipo de criatura es el monstruo de hueso y encontrar una forma de acabar con él; pero si no la hay, al menos debo encontrar la manera de entrar al plano medio y comenzar a aprender magia. Aun cuando soy consciente de que, sin un ancestro, tal vez sea imposible.

Quizás algo entre toda esta pila de información ayude.

Y una mierda. Llevo aquí sentado dos horas y no he conseguido nada. Hay artículos que hablan de hombres que se transforman en bestias, pero son leyendas muy alejadas de la verdadera historia de los errantes.

Tampoco he podido encontrar al monstruo de hueso en ningún bestiario, y a pesar de que tengo recortes que hablan de formas para comunicarse con los espíritus, nada dicen sobre cómo pasar físicamente a su plano sin morir en el intento.

Arrojo el montón de hojas con desgana, pensando en el tiempo que he perdido en esto. Mis hermanos tenían razón cuando me dijeron que la existencia de nuestra raza era un secreto bien guardado; además, fui un ingenuo al creer que podía alcanzar algún conocimiento ocultista con sólo leer sobre hechizos. Podría volver a la biblioteca a buscar más información, ¿pero qué diablos voy a ganar? Tardaría demasiado y no puedo aprender magia así, sin más.

Y ni hablar de vudú. Se necesita experiencia, tener antepasados susceptibles e inclusive cosas que requieren suerte, como haber sido el séptimo hijo de siete hermanos, o haber nacido un día noveno de un mes noveno y otras cosas que tienen que ver con la numerología vudú.

—¿Acabaste con eso? —pregunta Hoffman, entrando a la sala para sentarse en un sillón a mi lado.

—Nada, es inútil.

—¿Y ahora qué es lo que buscas?

—Mira, aunque sé que debo hacer un trato con Barón Samedi, eso no significa que él vaya a acceder. Si decide arrancarme la cabeza, al menos necesito saber si tengo alguna oportunidad contra él.

—¿Por qué no llevas una maldita arma y ya está?

—¿En serio crees que es de alguna utilidad? Hablamos de un Loa.

—¿Y qué más da? Si no puedes enfrentarte a él a la manera de los... errantes, nada pierdes con estar protegido de otras formas —extiende el brazo y deja caer un pesado objeto sobre los papeles de la mesa. Alzo una ceja al ver que es una reluciente pistola—. Anda, levanta tu minúsculo cuerpo, que vamos afuera a practicar.

—¿Practicar?

—Sí, joder. Te vi disparando a esos zombis en la cabaña de Laurele, y la verdad es que das pena.

Hoffman no espera mi respuesta; cruza la sala y se dirige hacia la puerta que conduce al patio trasero. Contemplo los papeles sobre la mesa, las letras bailan en las hojas y los símbolos parecen demasiado insulsos. Como si se burlaran de mis esfuerzos.

¿Para qué me sigo engañando? Busco como un idiota la solución a todo esto, cuando supe lo que tenía que hacer desde que la sacerdotisa me dijo que sólo Laurele se comunicaba con Barón Samedi: debo obligarla, a que revierta su pacto, o a que interceda por mí para ofrecerle uno mejor al Señor del Sabbath.

No sé si podremos lograr algo así sin matar a esa mujer en el intento —cosa que al parecer Hoffman no tendría problema en hacer—, pero yo sólo espero que podamos convencerla de hacer lo primero, porque de otra manera no quiero ni pensar en qué podría pedirme el Loa a cambio de eso.

—Dioses… —entierro el rostro entre mis manos Necesito un guía, alguien que me oriente sobre el infierno por el que estoy caminando.

Muata. Maldita sea, todo este tiempo supo que Ciervo Piel de Sombras moriría. Pero él creía que yo iba a matarlo. ¿Acaso eso también fue una ilusión provocada por Laurele para ponerlo en mi contra? ¿Cómo diablos se puede matar algo que nunca ha estado vivo?

Miro hacia las paredes desnudas. El blanco de su pintura y el vacío de sus muros me hacen pensar en mamá Tallulah. El horrible recuerdo de su cuerpo siendo devorado por aquel errante me azota como un látigo, y humedece mis ojos de inmediato.

—¿Por qué tenía que ser ella? —susurro, empapado en dolor.

¿Habría tenido oportunidad de salvarla? La mujer más dulce de la Tierra, sepultada bajo las garras de un ente sin corazón, sin mente, sin voluntad.

Me han arrebatado a mi madre; me han hecho sentir que, una vez más, estoy solo.

El arma en la mesa parece apuntar hacia mí, como implicando una indirecta.

"Dispara, acaba con esto de una vez", susurra una voz extraña dentro de mi cabeza. Levanto la pistola y siento su peso. Está cargada con remordimiento y unas balas que claman por entrar en mi pecho. Los segundos se vuelven una eternidad.

—No. Éstas no son para mí.

Coloco el seguro en el arma y mis ojos regresan a la blanca pared, al recuerdo de mamá Tallulah. Un sentimiento casi olvidado empieza a brotar de mis recuerdos.

Cuando era pequeño, más que las enseñanzas budistas que me fueron impartidas, el hambre y la miseria me ayudaron a sepultar un montón de emociones negativas en el abismo de mi ser, y me propuse nunca perder la esperanza en la gente. Me forcé a creer que había gentileza en cada corazón humano, que el mundo aún estaba lleno de bondad.

Porque si no había compasión en la gente, ¿cómo se supone que iba a provocar en ellos la suficiente lástima para conseguir un poco de comida o de dinero? No. Perder la fe en la humanidad era un lujo que no podía permitirme; no por la pureza de mi corazón, sino porque necesitaba sobrevivir.

Pero ahora, esos sentimientos oprimidos empiezan a renacer en mí de una forma tan brutal que me colapsa los nervios. Siento odio. Un odio espantoso, tan hambriento que me devora las entrañas y las pulveriza junto con mi espíritu.

Pienso en Laurele y unos deseos perversos acuden a mi cabeza, deseos de enroscar las manos alrededor de su cuello, de atravesarle el pecho, de abrir un tercer ojo en su frente con el cañón de mi pistola.

Arrojo el arma a la mesilla, horrorizado ante mis pensamientos, repletos de una maldad que no me conocía capaz de poseer. Me aprieto las sienes con las palmas de las manos, tratando de apaciguar mi agitada mente.

Me repito una y otra vez que mi propósito no es matar. Que matar no es heroico ni admirable; es un acto obsceno, y no va a devolver a quienes ya perdí por culpa de la maldad de Laurele.

No soy un asesino. Y el único motivo por el que estoy dispuesto a pelear es para no perder al resto, a mi familia, a las personas a las que me aferro y por quienes estaría dispuesto a dar hasta la propia vida.

Debe haber otra manera.

La voz en mi cabeza, la ira en mi estómago, el dolor en mi corazón, todo es reemplazado por una curativa tristeza bajo una frágil coraza de valor. Tomo la empuñadura de la pistola y me levanto, iré hacia el patio trasero donde Hoffman me espera.

CAPÍTULO 38
MARDI GRAS
LA NOCHE DE LOS ESPÍRITUS

Lo primero que veo al despertar es el arma que Hoffman me dio ayer, sobre el buró, al lado de la cama. La miro casi durante diez minutos, como si fuese la persona con quien he elegido pasar el resto de mi vida. Y es que en mi posición, desamparado frente a la sombra de lo desconocido y sin ser capaz de comprender mis capacidades, esa pistola parece ser mi única fortaleza.

Me levanto sobre mis codos con esfuerzo. Como casi no pude dormir, me siento como si estuviese pasando por una resaca. Estiro los dedos para tomar la sábana y quitármela de encima, pero éstos se tambalean como ramas agitadas por el viento.

No me cuesta admitir que siento más miedo ahora que en la madrugada cuando atacamos la cabaña —o cuando fuimos emboscados en ella, quiero decir—. Y es que anoche caí en la cuenta de que esto es infinitamente distinto. En ese momento yo no estaba solo, a mi lado iban cuatro errantes experimentados capaces de levantar una camioneta sin sudar, pero ahora sólo estamos esa pistola de nueve milímetros, que poco o nada podrá hacer ante Laurele, y yo.

Escucho los pasos de Hoffman andar por el pasillo, seguro preparándose para algo que ni siquiera va a pasar dentro de las próximas doce horas. Y es que acordamos que debe ser hoy, en el día del *Mardi Gras*. Hoy debemos parar toda esta locura, aunque ni siquiera sé si estoy listo para ello.

Me levanto y asomo por la ventana para ver el movimiento en la calle, algo abundante a pesar de que no son ni las ocho de la mañana. A pesar de que estamos bastante lejos del Barrio Francés, me es fácil imaginar el alboroto que debe azotarlo en este momento. El festejo se percibe; se escucha en las risas que llegan hasta mis oídos, se ve en los vecinos que salen de sus casas vestidos con atuendos chillones y en la exuberancia de collares multicolores que inundan la ciudad.

Me alejo de la ventana y me dirijo al baño, donde tomo una breve ducha con agua bien caliente. Minutos más tarde, bajo a la cocina para desayunar.

Veo el plato de huevos frente a mí y repaso las fatídicas conclusiones a las que llegué anoche: no podemos matar a Laurele, y no sólo por mi sentido de la ética. Si lo hacemos, el trato que ella haya hecho con el Señor del Sabbath quedará truncado y, posiblemente, él arremeterá contra nosotros por haber interferido en sus "negocios".

No, no podemos arriesgarnos a algo así. Debemos hacer todo lo que esté en nuestras manos para que ella misma nos dé posibilidad de revertir todo este problema, de hacer que los muertos vuelvan a sus tumbas y que el monstruo de hueso desaparezca.

Con todos estos pensamientos revolviéndome el estómago, aparto el plato.

—Si sigues así, vas a desaparecer —dice Hoffman desde la entrada de la cocina, refiriéndose a la pérdida de peso que he sufrido durante estos últimos días.

—Hablemos de otra cosa, ¿está bien?

Veo que ha dejado atrás la estereotipada gabardina de detective y su placa para disfrazarse de civil, cosa que ha hecho para que esta noche pasemos un poco más desapercibidos.

—Como quieras. Ya sabes cuál es la parte del plan que yo ideé para que podamos entrar en casa de Laurele. ¿Qué hay de ti? Me pediste la noche de ayer para pensarlo, así que espero que tengas algo bueno —dice, refiriéndose a lo que haremos una vez que logremos entrar en el nido de la bruja.

—Tú sólo cuídame las espaldas. Yo me encargaré de hablar con Laurele para…

—¿Hablar? ¡Serás idiota! En cuanto la vea, voy a ponerle un tiro entre los ojos.

—¿Pero qué estás diciendo? ¡Si la matas no podré…! —Hoffman martillea la mesa con su puño.

—¡Pensé que te había quedado claro, mocoso! Si no maté a Laurele años atrás, es porque sólo necesitaba una maldita prueba para convencerme de que no estaba loco, y si no acabo ahora con ella, ¡nunca seré capaz de volver a mirarme a la cara! —Se larga de la cocina, arrollando los escasos objetos que encuentra a su paso. Me levanto como un rayo y corro detrás de él.

—¡Escúchame! ¡Hoffman, Hoffman! —grito, persiguiéndolo por las escaleras hasta su cuarto, pero él azota la puerta en mis narices. Estrello un puño contra la madera—. ¡Abre, carajo! ¡No seas necio!

Y lo hace, pero el cañón de su pistola me apunta; retrocedo y levanto las manos, pero el policía da un paso hacia mí y toca mi frente con la punta del arma.

—Hoffman, calma…

—Sé un buen niño y quédate en tu maldito cuarto antes de que te vuele la cabeza —sisea, y cierra la puerta con un azote.

Permanezco mirando la madera blanca el tiempo suficiente para que mi mente reaccione. Doy media vuelta y, tal como me lo ha pedido, entro en el cuarto de huéspedes y me encierro. Me siento en la cama y paso las manos por mi cabello.

Estoy lidiando con un problema gordo. Hoffman ya no está en sus cabales y lo único que quiere es vengarse de Laurele, así que no va a titubear en dispararle en cuanto la vea. No, no puedo permitir que la mate. ¡Al menos no hasta que ella me ayude a hablar con Barón Samedi! Así que, además de lidiar con lo que sea que nos espera dentro de esa casa, también voy a tener que arreglármelas para detener a Hoffman, de ser necesario.

Mierda. Como si no tuviese suficientes cosas de qué preocuparme.

Nos dirigimos al corazón del Barrio Francés envueltos en un pacto silencioso, como si Hoffman no me hubiese amenazado con su pistola esta mañana.

Oculto bien mi arma en el pantalón y miro el reloj del tablero que marca las once y media de la noche, así que vamos según el tiempo previsto. Lanzándonos una mirada nerviosa, dejamos el coche en un estacionamiento y caminamos a paso rápido por el asfalto, recorriendo la avenida hasta llegar a Bourbon Street.

La fiesta que la gente se está dando aquí es campal. Todo el mundo grita, baila y celebra, apilados los unos contra los otros en una calle donde ya no cabe ni un alfiler. Hay gente vestida de formas tan extrañas que estoy seguro de que habríamos podido venir desnudos y nadie lo habría notado.

—No te vayas a despegar de mí —me advierte Hoffman, y rodea mis hombros con su brazo para apretarme contra su costado.

Me sonrojo intensamente al percatarme de lo que ocurre a mi alrededor. A pesar de que no llevo ni diez minutos en esta calle, he visto más genitales y pechos que en los otros dieciocho años de mi vida. Mostrar el sexo aquí —tanto masculino como femenino— parece una tradición. Los jóvenes se aglomeran bajo los balcones de la calle y hacen cosas de lo más extravagantes para recibir collares, regalos y objetos variopintos, los cuales, estoy seguro, terminarán en un contenedor de basura para el final de la noche.

La gente danza, arroja ofrendas, se empapa en alcohol, muestra sus cuerpos al ritmo de la música estridente en cada esquina; gritos, euforia… si *Mardi Gras* no es un enorme ritual de vudú, entonces no sé lo que es.

—¡Elisse! —me grita Hoffman al oído—. ¡Las patrullas!

Me hace una seña con la cabeza hacia el final de Bourbon Street. La policía empieza a aglomerarse con coches, caballos y unidades a pie para dar cierre al festival con un ruidoso desfile de sirenas policiales, tal como dicta la tradición, por lo que debemos darnos prisa. Librándonos del bullicio a trompicones, llegamos a la calle adyacente donde está el local de la bruja. Al ver que hay un par de chicos medio borrachos tambaleándose por la calle, avanzamos con calma hasta llegar a la cuadra de Laurele, tratando de no levantar sospechas.

La primera sirena se enciende y, como si fuesen succionadas por una aspiradora, las pocas personas que hay en el asfalto se abalanzan hacia la calle más famosa de Luisiana para presenciar el último desfile simbólico del carnaval, por lo que salimos disparados hacia el callejón que hay al lado de la tienda de vudú. Por suerte, la puerta no tiene espigas de Romeo,[15] así que Hoffman me ayuda a trepar por ella. Después de brincar al otro lado, abro el portal y ambos entramos hasta el patio de la casa de Laurele.

Pero al ver la única ventana del primer piso empotrada en la pared, no soy capaz de dar un paso más. Es la ventana del cuarto ovalado.

Miro aquel grueso tapizado negro y la espantosa experiencia que tuve me camina por la espalda. Repito una y mil veces que no volveré a cometer el mismo error de entrar allí, por lo que paso de largo aquel espantoso portal.

Por suerte, a unos metros de esa ventana, hay una puerta cerrada.

Hoffman saca de su bolsillo un picahielos para forzar la cerradura. La manija se abre, pero tres cerrojos de cadena gruesa impiden que la puerta se abra por completo. Introduce el picahielos por la abertura y hace lo posible por destartalar los mecanismos, pero sus esfuerzos resultan inútiles.

—Joder, ¿y ahora qué? Esto no se caerá ni a patadas —me grita, acercándose a mi oído para que su voz sobrepase el estruendo de las patrullas, el cual es muy audible incluso desde aquí.

Ambos vemos una hilera de tres ventanas en el segundo piso, a unos cuatro metros de altura. La de en medio y la del lado derecho están bloqueadas con gruesos tablones de madera, pero la última está libre y abierta.

---

[15] "Romeo Spikes", hilera de picos o ganchos metálicos que se colocaban sobre las puertas de los patios traseros en el siglo pasado, con el fin de mantener alejados a los pretendientes de las mujeres jóvenes que vivían en la casa.

Hoffman y yo nos miramos, pensando exactamente lo mismo: demasiado oportuno.

—Ni hablar, tendrás que subir —dice, para luego mirar alrededor.

Encuentro un contenedor de basura bastante voluminoso a nuestras espaldas, por lo que doy un suave golpe en el brazo a Hoffman y le señalo el depósito.

Entre los dos empujamos el contenedor hasta la pared de la casa, colocándolo justo debajo de la ventana. Ponemos encima la tapa y, haciendo malabares, nos subimos a él. Hoffman coloca sus palmas, una sobre la otra, encima de su rodilla. Subo mi pie en ellas y, con una facilidad que demuestra la fuerza física de este hombre, se pone en pie y me empuja hacia arriba, haciéndome flotar en el aire unos instantes. Alcanzo la cornisa de la ventana y me cuelgo de ella.

—¡No te vayas a soltar! —grita Hoffman, empujándome desde abajo para ayudar a que mis codos suban al yeso.

Mis pies se plantan en la pared y me ayudan a escalar, por lo que logro meter la cabeza y los brazos a través de la ventana. Con un último esfuerzo me impulso para dejarme caer en el interior de la casa.

El sonido estruendoso de las patrullas opaca el golpe seco que resuena contra el suelo. Me levanto de inmediato, y me encuentro en un largo pasillo salpicado por la luz azulada de la luna. La poca visibilidad me permite ver lo suficiente para distinguir las descarapeladas paredes y una mesita con un florero justo a mitad del pasillo. A mi lado está la escalera que vi cuando quedé atrapado en el cuarto infernal, pero mis ojos permanecen fijos al fondo del corredor.

Una puerta roja, de un carmesí tan intenso que parece pintada con sangre, me atrae de una forma incontrolable.

Algo en mi estómago busca girar la perilla desgastada de esa puerta, mientras me llega un curioso aroma a cera, hierbas y paja. Laurele está allí. Puedo sentirla.

La tentación toca mis entrañas y clama para que cruce el umbral, pero mi instinto me hace descender la escalera hasta llegar al primer piso. La luz amarillenta de los faros de la calle traspasa los amplios ventanales de la tienda. Cruzo lo más rápido que puedo hasta llegar al pasillo que lleva al cuarto ovalado. Me detengo justo en el marco y le hago frente a la honda penumbra de esa tripa de concreto.

Tembloroso, tomo valor y entro palpando las paredes, me encuentro con las puertas que están a los lados de la galería. Llego hasta la última, justo al lado del cuarto ovalado y la abro, aliviado al hallar una pequeña cocina, en cuyo fondo se asoma la salida al patio trasero.

Retiro las cadenas y Hoffman se echa hacia delante.

—¡Espera, no entres aún, tenemos que hablar! —le pongo la mano en el pecho y lo empujo hacia atrás, y ambos nos tambaleamos hasta el patio.

—¡¿Hablar, ahora?! ¡¿Estás loco?!

—¡Hoffman, debes dejar a Laurele con vida, la necesito!

—¿Qué? ¿Otra vez con esa mierda?

—La necesito para llegar a Barón Samedi. ¡Si la matas, no podré hacer un trato con él!

—Me importa una mierda. Te dije bien claro que no hago esto por ti ni por nadie.

—¡Pero…!

—¡Quítate, con un carajo!

Me aparta y entra a la casa con la fuerza de un tifón, desenfunda su arma y la sujeta con fuerza entre sus dedos. Aprieto los dientes lleno de enojo, incapaz de creer lo egoísta que es.

Saco el arma de mi cinturón y me acerco hacia él de una zancada. Antes de que pueda girarse hacia mí, lo golpeo en el costado de su cabeza con todas mis fuerzas. No termino de respirar cuando cae de bruces sobre el piso de la cocina.

Por unos segundos me quedo estático, con los ojos abiertos como platos y fijos en el cuerpo inerte de Hoffman.

—Maldición —mascullo, y el corazón se me acatarra al pensar que tal vez lo he matado.

Despacio, me agacho hacia él, lo jalo del brazo para ponerlo boca arriba y, de un salto, me echo hacia atrás. Aliviado, observo el oscilar de su pecho, así que me arriesgo y lo pateo en las costillas, pero al no recibir ni siquiera un gruñido como respuesta, estoy seguro de que está inconsciente.

Hago acopio de todas mis fuerzas y arrastro el pesado cuerpo del agente fuera de la casa. Jadeo un poco, pero aun así me sorprende que no me haya costado tanto trabajo. Es decir, a pesar de que poco a poco me he vuelto más fuerte, Hoffman debe pesar algo así como el doble que yo, y es casi tan alto como Julien.

Dejo al hombre en el patio y lo cubro de pies a cabeza con algunas bolsas de basura. Regreso a la casa y aseguro la puerta con los tres pasadores, para asegurarme de que si Hoffman despierta, no pueda entrar de nuevo.

Me detengo, aún con los dedos sobre el último pasador. Estoy a punto de enfrentarme a Laurele, la mujer que fue capaz de invocar a unas criaturas que casi aniquilan Comus Bayou en un par de horas. Y voy a hacerlo solo, con apenas quince balas en el cargador de mi pequeña pistola.

Retiro el seguro del arma y cruzo la cocina con pasos temblorosos para salir al pasillo donde algo me hace mirar hacia la puerta del cuarto ovalado.

Las sirenas de las patrullas son cada vez más estruendosas, pero aun así escucho esa habitación gritar de forma insonora. No sé si puedo explicarlo, es decir, no *escucho*, *siento* voces, que claman por mí detrás de la madera.

Un escalofrío me recorre la espalda y hace que la piel se me erice, pero soy muy consciente de lo que he venido a hacer, así que ignoro el espectral llamado y subo las escaleras tan rápido como mis agallas me lo permiten, hasta llegar a la puerta carmesí.

Pero al poner la mano sobre la perilla, la retiro como si fuese hierro candente. Las grietas ennegrecidas como raíces enterradas en el rojo se me clavan en la memoria, me siento frente al umbral del mismísimo infierno. Esta puerta es lo que vi en el sueño que tuve la noche que escapé a la India. Pero no, no fue un sueño. Fue una premonición.

Tembloroso, abro la puerta. La luna, enorme y redonda como un ojo, se asoma sobre el tragaluz circular que hay en el tejado del amplio cuarto, creando una aureola que acentúa fuera de su perímetro una profunda oscuridad. El lugar parece vacío, pero Laurele está aquí, puedo sentirla.

Entro a la habitación muy despacio, aplastado de inmediato por su naturaleza espectral. El sonido de las sirenas se apaga dando paso a un silencio inquietante que me hace sentir que he entrado a otra dimensión.

Mis ojos viran de un lado a otro y escucho el eco de mis pasos en las paredes. La puerta se azota detrás de mí. Me sobresalto y miro a mis espaldas, pero al no encontrar nada, al menos nada que pueda ver, vuelvo la mirada hacia el frente.

Algo se enciende en la oscuridad. Entrecierro los ojos y distingo un diminuto punto de luz rojo que comienza a desprender un espeso humo. La densa cortina de vapor se expande como la chimenea de una locomotora y desciende hasta asentarse en el suelo, repta por las paredes y sale por el tragaluz, atravesando el cristal como si esa barrera no estuviese allí.

Otra pieza del misterio encaja frente a mis ojos: la inusual neblina de Nueva Orleans fue provocada aquí, por algún motivo extraño que mi estúpida cabeza no alcanza a comprender.

Escucho un gemido, un lamento rasposo que se arrastra entre la nada. Aprieto suavemente el gatillo.

—¡Laurele, sal de allí! —exclamo.

—¡Chisssss....!

Los vellos de mi nuca se erizan. La diminuta luz roja retrocede y, de pronto, es arrojada hacia mí. Cae al suelo y parece rebotar un par de veces hasta quedar inmóvil bajo el tragaluz: es un habano encendido.

El puro revienta en una explosión de fuego, de la misma manera que mi encendedor cuando estuve en el cuarto oval. La flama vuela en ondas flotantes que, para mi asombro, se transfiguran en velas esparcidas en distintos puntos de la habitación, alumbrándola lo suficiente para ver lo que se oculta en las esquinas.

Me siento tentado a dar media vuelta y salir de allí, pero el mismo miedo me traiciona, plantando mis pies en el suelo como dos losas de cemento. Unos dientes amarillentos se asoman desde el otro lado del cuarto.

Sentado sobre una cama de sábanas desvencijadas, y envuelto en el claroscuro de las llamas, un ser me mira con cuencas vacías en vez de ojos. Su piel como el petróleo, los pies descalzos, el sombrero de copa, aquella calavera blanca pintada en su rostro…

Barón Samedi, el mismísimo Señor del Sabbath, me sonríe desde el otro extremo de la habitación.

—¿Cómo has...?

—¿Pasado a tu plano? —pregunta con una sonrisa torcida—. Oh, todos los grandes espíritus podemos manifestarnos de alguna forma en el plano humano, Elisse. Sólo que corrí con la suerte de hacerlo en carne propia, por así decirlo. *Mardi Gras*, los rituales involuntarios, cosas que incrementan mi poder —dice con ligereza, como si diera por sentado que sé a lo que se refiere—. Además, alguien ha estado ayudándome bastante durante casi veinte años.

Cuando el espectro señala a sus espaldas, mi horror no hace más que empezar. Laurele yace recostada detrás de él, completamente desnuda. Su piel luce brillosa, como si estuviese sudando; no se mueve ni se exalta ante mi presencia, ya que parece estar dormida... o muerta, porque una enorme mancha rojiza se derrama desde su sexo bañándole el muslo.

—Por los dioses. ¿Qué le has hecho?

Moribunda y desnuda por motivos que no me aventuro a imaginar, el aspecto de Laurele hace que el corazón se me encoja de espanto.

—La pobre mujer no puede atenderte ahora, pero estoy seguro de que no es ella a quien buscas.

Me estremezco al escuchar al Loa. Su voz parece el siseo de una serpiente; tan aterciopelada y suave, pero a la vez macabra, con un tono grueso que parece de ultratumba.

Saca del bolsillo de su elegante traje un cigarrillo —el cual ya está encendido—, le da unas bocanadas y expulsa el humo desde unos pulmones que no estoy seguro que existan. Se pone en pie y camina hacia mí. Incapaz de dominarme, doy un paso atrás y le apunto con el arma.

—¿En verdad vas a dispararme? —pregunta burlándose de mi obvia estupidez y de mi aún más evidente pavor.

¿Pero cómo se supone que no voy a sentir miedo? ¡Es un Loa! ¡Un ser impalpable del que ningún arma puede defenderme!

Él llega hasta el tragaluz, y el resplandor azulado de la luna me deja ver una boca anormalmente grande con una cantidad de dientes que rebasa el límite humano. Hago acopio de toda mi fuerza de voluntad para que mi voz no tiemble tanto como mis manos.

—¿Qué es lo que quieres de mí?

—¿Yo? Oh, muchacho —dice con una voz más aterciopelada, casi lastimera—. ¿No eres tú el que quieres pedirme algo?

El arma es arrebatada de mis manos por una fuerza invisible. La pistola vuela hacia una esquina del cuarto y se azota contra la pared, cayendo muy lejos de mí. Despojado de mi única defensa, lo escucho reír. Está jugando conmigo.

—Dejaste unas monedas para mí, un muñeco… —siseo.

—Ah, sí. El muñeco fue cortesía de Laurele —señala hacia el cuerpo de la mujer, quien continúa inerte sobre la cama—. Los humanos tienen formas extrañas de conseguir lo que quieren, ¿no crees?

Creo que se ha complacido con mi cara de horror, ya que su sonrisa se vuelve aún más amplia, mostrándome una espeluznante segunda hilera de dientes en la parte superior de sus encías.

—Pero, vamos; las monedas fueron un regalo, una exclusiva cortesía de mi parte. No tienes que agradecerme por ello, aunque no las has cuidado bien.

Mete la mano en el bolsillo y saca dichas monedas, que vi por última vez en el buró junto a mi cama en el centro budista. Su resplandor dorado titila y siento un vacío en el estómago a medida que el Loa empieza a dar vueltas dentro del círculo de luz. Pasea delante de mí y aspiro un penetrante olor a alcohol mezclado con putrefacción.

—¿Qué es lo que deseas, Elisse? —pregunta el espectro.

—Ofrecerte un trato.

El Loa se detiene frente a mí, a un par de metros de distancia.

—¿Un trato, eh? Interesante, cuéntame más.

—La vida de mis hermanos, quiero que…

Echa a reír estridentemente, arqueándose hacia adelante y señalándome con un dedo flacucho.

—¿Suplicas por su vida? ¿A eso has venido hasta aquí?

—Laurele ha intentado matarnos, y tú la ayudaste. ¡Quiero revertir el pacto que ella ha hecho contigo! —exclamo. Él, poco a poco, cesa de reír. Se vuelve a erguir y me mira, sin descolgar esa sonrisa desquiciada de su repugnante cara.

—Oh, Elisse, Elisse, Elisse —el Loa hace una pausa, contemplándome con sus cuencas vacías—. ¿No se te ocurrió, ni por un instante, que quien te quiere muerto soy yo?

—¿Qué? —es lo único que alcanzo a balbucear.

—Ay, Elisse. Laurele es increíblemente buena en lo que hace, en manipular la mente, ¿verdad? Porque parece ser que, desde que te puso tres dedos encima, te cuesta todavía más recordar cosas importantes…

¿Tres dedos?

—Déjame explicarte algo acerca del vudú, muchacho.

Retrocedo, mientras algo en lo recóndito de mi memoria me golpea como una ola: Laurele, sujetándome la barbilla en la tienda de vudú. Barón Samedi y múltiples seres iguales a él bailando a mi alrededor. Y yo mismo, incinerado en una hoguera.

No es que olvidara ese "sueño", o el símbolo en la frente del hombre caimán, o que dejara el muñeco vudú en la tienda…

Es que han estado jugando conmigo todo este tiempo.

Me echo hacia atrás para escapar por la puerta roja, pero algo se enreda en mis tobillos y me tumba contra el suelo. Unas manos negras, surgidas de la niebla, me arrastran hacia el tragaluz.

Barón Samedi se acuclilla sobre mi tembloroso ser y escupe una bocanada de humo en mi rostro.

—Tu familia de errantes no me importa, Elisse —dice—. Simplemente consideré que sería más fácil llegar hasta ti si los quitaba del camino. Por fortuna, ninguno de ustedes pudo darse cuenta a tiempo.

Intento zafarme de aquellas manos oscuras, pero sólo consigo retorcerme en el suelo como un gusano. Su mano huesuda apresa mi mandíbula, y me obliga a mirar esos pozos infinitos que tiene por ojos. Mis manos se lanzan hacia su brazo, pero, para mi horror, lo atraviesan como si estuviese hecho de humo.

Barón Samedi mueve la cabeza con sutileza, como si me estudiase. Sonríe de nuevo con esas hileras infinitas de dientes torcidos y amarillentos que me recuerdan la visión de tumbas apiladas.

—¿Por qué…? —pregunto, apenas logrando que las palabras salgan de mi boca.

—*Psch*, pero mira qué cara más bonita tienes —susurra, ignorando mi pregunta. Su aliento alcohólico se estrella contra mi rostro.

Saboreo mi propia bilis ante el asqueroso olor y la naturaleza escalofriante de sus palabras.

—Suéltame... —susurro cuando afianza su agarre en mi barbilla hasta clavar sus uñas en mi piel.

—Confieso que prefiero a las mujeres, porque si hay algo que no puedo resistir, es cogerme a esas criaturas deliciosas, a las putas que saben bien lo que tienen que hacer —dice, mientras gira un poco su cabeza hacia la cama donde yace Laurele. Ella nos mira a ambos con unos ojos casi carentes de vida.

Barón Samedi alza la mano libre y chasquea los dedos; la neblina se traga a la mujer, haciéndola desaparecer por completo.

—Pero tú —me mira de arriba abajo—, eres una criatura tan hermosa que estoy tentado a hacer una excepción.

La rabia me hace estallar. Mi puño cerrado se estampa contra su rostro, y mis nudillos crujen contra su cráneo. La mandíbula del Loa se desencaja y su sombrero de copa cae al suelo por la sacudida, para después desvanecerse entre la neblina. El agarre en mis piernas se afloja.

Barón Samedi se tambalea y yo me arrastro hasta la puerta carmesí, mientras siento un dolor espantoso en la mano, tan horrible que parece me han arrancado los dedos. Los miro y el alma se me va a los pies al ver que, de los nudillos hacia las puntas, han sido despojados de carne, reducidos a huesos pálidos cuya carne pareciese haber sido cercenada con fuego, pues no sangran.

Miro a Barón Samedi, quien parece tan asombrado como yo.

—¡Vaya, vaya! ¡Pero qué sorpresa! —exclama.

Aquellos brazos invisibles vuelven a surgir de entre la niebla, pero esta vez me sujetan de todas las extremidades para estrellarme de espaldas contra la puerta roja con tanta fuerza que escucho la madera astillarse. Mi primer instinto es gritar, pero quedo tan sofocado por el golpe que apenas puedo respirar. Esas extremidades me elevan a unos centímetros del piso, me hacen flotar entre sombras y velas hasta el centro de la habitación.

El Loa vuelve a plantarse frente a mí.

—¿Sabes? Por unos segundos, cuando me golpeaste, consideré el trato. Casi me convences —dice el Señor del Sabbath mientras se acaricia la barbilla, justo donde conecté el puñetazo—. Casi.

El espectro posa sus manos sobre mi cuello y comienza a apretarlo con la fuerza necesaria para ahogarme poco a poco. Impulsado por mi instinto de supervivencia, intento moverme, pero mis energías menguan rápidamente ante la falta de aire. Las cosas alrededor de mí dejan de tener forma, mi respiración se convierte en un débil suspiro...

—Bien, así, muchacho —susurra—. Una vez estés fuera del camino, los demás serán cosa fácil.

En el umbral de la inconsciencia, un brazo toma fuerza y se alza, rompiendo el agarre de las extremidades espectrales. Mi mano descarnada se aferra al brazo de Samedi, quien mira con una curiosidad que, aun en mi letargo de muerte, me ofende.

Me debilito cada vez más por la falta de oxígeno. Mis dedos ceden y se arrastran por el brazo del Loa; rasgan su traje y arrancan un extraño gemido de sus labios. Él sigue su trayecto hasta verlos caer lánguidamente a mi costado. Sonríe.

—Oh, si eso quieres, hagámoslo más divertido.

Libera mi cuello y, al instante, mis pulmones se llenan de aire. No alcanzo a volver a boquear cuando mi mano despellejada es atrapada por varios puños que se cierran en todo mi brazo, impidiendo que lo pueda mover.

—¿Sabes por qué te di esas dos monedas, Elisse? —lo miro muy apenas, aún tambaleándome en la inconsciencia—. Contemplasombras. Criaturas extraordinarias cuyos ojos, al ser cubiertos por el velo de la ceguera pierden a su ancestro, su magia y, por lo tanto, su utilidad. Se vuelven... hum... ¿cómo decirlo? —finge pensar un momento—. Ah, sí. Humanos.

Saca las monedas de su bolsillo y las coloca sobre mis ojos. Los cierro instintivamente y él presiona los metales contra mis párpados con suavidad. El miedo me carcome con una fuerza que soy incapaz de describir a la vez que él retira las monedas y las coloca en el bolsillo de mi pantalón.

—¿No te gustaría saber si eres capaz de enfrentarte a mí como un común e indefenso humano? Parece una apuesta interesante, ¿no?

Sus manos se elevan, se colocan sobre mis mejillas y las acarician con delicadeza, para luego dirigir sus pulgares a mis ojos.

—Y, Elisse... —me susurra al oído—, tú sabes que me encantan las apuestas.

Grito, grito desde lo más profundo de mis pulmones cuando él entierra con brutalidad sus yemas en mis ojos y murmura algo que no puedo entender debido a los aullidos que brotan de mi garganta.

El dolor, ¡por los dioses, EL DOLOR!

Barón Samedi me destroza los ojos mientras clamo a todo lo divino ser liberado de tan espantosa tortura, retorciéndome, convulsionándome y tragando la sangre que se desliza con rapidez por mis mejillas.

De pronto, sus dedos se desencajan de mis cuencas como si fuesen puñales. Los espectros me sueltan, dejándome caer al piso como un simple bulto de carne. Me llevo las palmas a la cara y continúo aullando en un mundo negro. Mis manos se bañan en sangre.

—Una lástima. Tenías unos ojos preciosos —sisea mientras su voz se vuelve un eco espectral y lejano.

Las sirenas de las patrullas entran como una tormenta al cuarto, mezclándose con su espeluznante inmensidad.

El dolor es tan intenso que, poco a poco, comienza a sedarme. Gimoteo, me agito, me ahogo en mi sangre mientras el tiempo pasa, no sé si mucho o poco, ya que soy incapaz de percibirlo con claridad. La debilidad me devora, los sonidos comienzan a hacerse lejanos, la realidad se torna un sueño distante.

Empiezo a morir.

Barón Samedi me arrancó todo lo que había dado sentido a mi vida sin que yo pudiese levantar un dedo para impedirlo, todo por un propósito que jamás descubriré.

Siento la eternidad en un parpadeo doloroso; la lejanía, la impotencia.

"Elisse…"

El nombre llega hasta mis oídos como un susurro.

"Elisse, Elisse…"

El susurro se acerca, convirtiéndose en un sonido que se alza entre la oscuridad de mi inconsciencia. ¿Estaré delirando a las puertas de la muerte?

"¡ELISSE!"

La voz se convierte en un grito que mis oídos perciben con una claridad imposible en mi estado moribundo. Una luz se enciende, no en mis ojos, sino en mi despedazado espíritu. Reconozco la voz de Tared.

—¡DIOS MÍO, NO, NO, NO! ¡ELISSE!

Puedo sentir cómo sus brazos me elevan en la oscuridad. Son fuertes y me levantan como si no pesase nada, como si la sangre derramada se hubiese llevado toda mi presencia en esta tierra. Lo percibo a él. Tared me aprieta contra su pecho y lo escucho gemir. ¿O será un grito?

La muerte me abate, me arranca de sus brazos y me sepulta en esta habitación abandonada por la esperanza.

CAPÍTULO 39
PIEL DE LOBO

$\mathcal{M}$ ás de una vez llegué a encontrarte viendo melancólicamente hacia la nada, perdido en una mente que, lejos de sanar heridas emocionales, se dedicaba a ocultar bajo capas de aspereza todas aquellas cosas dolorosas a las que fuiste sometido durante toda una vida. Creías que lo peor que podía pasarte lo habías enfrentado mucho tiempo atrás, al ser víctima de experiencias que pocas personas habrían podido atravesar sin rozar la locura.

Y la peor de todas fue saber que eras una incomprensible criatura mitad lobo, un ser nacido de los más espantosos mitos cuya brutalidad no podías controlar. Terminaste cometiendo atrocidades que nunca te atreverías a confesar, actos horripilantes enterrados bajo miles de mentiras.

Todo para que pudieras volver a conciliar el sueño.

Pero había cosas más espantosas que enfrentarse a la verdadera maldad de uno mismo. Y lo peor estaba destinado a ocurrir la noche en la que tú y tus hermanos atacaron la cabaña de Laurele.

Lealtad, hermandad, Comus Bayou, el anciano a quien habías considerado un padre…, nada de eso importó porque lo único que se apoderó de tu voluntad en ese momento fue el deseo incontenible de proteger a Elisse, de mantenerlo con vida incluso a costa de la tuya.

No estabas dispuesto a perder tu hogar una vez más.

Pero cuando Nashua soltó el primer zarpazo, todo se tornó tan violento y confuso que ese golpe desgarró algo más que la carne de tu pecho. Si bien, siempre tuvieron sus diferencias, él era tu hermano, alguien con quien habías crecido y aprendido en muchos sentidos. Y pelear de una forma tan brutal contra un ser tan querido, fue algo que sin duda te dejó el corazón destrozado.

Te lanzaste contra él. Tus fauces se clavaron en la piel del oso y éste enterró sus garras en esos brazos que alguna vez lo sostuvieron en la batalla.

Al principio, aquella pelea fue dispareja. El ancestro de Nashua, Oso Furia Nocturna, es de una naturaleza tan abrumadora como poderosa, aun así, no podía compararse con Lobo Piel de Trueno.

Aunque las cosas cambiaron cuando padre Trueno, aún convaleciente de sus profundas heridas, hizo un llamado a su ancestro. Lobo Manto Azul emergió y con ello supiste que lo más prudente era emprender la retirada. No porque temieras enfrentarte a ambos, sino porque no estabas dispuesto a que uno más de tu clan muriese.

Herido, confundido y a sabiendas de que no había vuelta atrás, huiste de la aldea. Acorralado en tu propio pantano, no te quedó más opción que tirarte de cabeza en el río de la reserva, cuya corriente te arrastró de una forma tan violenta que las probabilidades de que sobrevivieras eran casi nulas ante los ojos de Comus Bayou.

El agua te arrastró a la cuenca de uno de los meandros del Misisipi, donde adoptaste la forma más pura de lobo para pasar relativamente desapercibido, y así sobrevivir a las inclemencias del hambre y la incertidumbre.

No tenías la certeza de que los tuyos aún estuviesen con vida. La sola idea era insoportable, y dolorosa. Te negabas a aceptar que la tribu Comus Bayou, tu tribu, aquella que habías cuidado con tanto esmero durante siete largos años, se había disuelto en sólo unas horas. Esa familia te había acogido, te había enseñado que no eras un monstruo, sino un ser arraigado al seno de la naturaleza, cuyo lugar en el mundo de los humanos había quedado relegado a la mitología. Un grupo de seres que te mostraron que seguías siendo una criatura digna de la más profunda compasión, y cuyo papel en esta tierra era tan relevante como el mismo ciclo de la vida.

Ellos eran fuertes. Estaban unidos. Y eso era lo que te ofrecían.

Pero con el tiempo comprendiste que aún había un hueco dentro de ti. Una herida que no parecía querer cerrar. Nunca imaginaste que un día encontrarías la sanación en la sobrecogedora soledad de un muchacho. Un muchacho que te hizo despertar del letargo. Que te hizo creer que vivías una segunda oportunidad.

Sin pensarlo dos veces abrazaste esa oportunidad. Porque esa criatura te miraba como si fueses una fogata en la noche, un recoveco entre la nieve. Un sitio adónde llegar después de viajar toda una vida.

Él no te veía como líder, ni como una tormenta. Para él tú eras como el hogar. Y deseaste, con todo tu ser y toda tu brutalidad, merecerlo. Ser un hogar para él, así como Comus Bayou lo había sido para ti.

Pero refugiado en un nido de maleza como una bestia completa, y abatido en medio de un destino incierto, comprendiste que todo eso se había esfumado en un abrir y cerrar de ojos. Ahora eras un desertor, un errante sin cabida en el hogar del que alguna vez fuiste parte. Ese mundo, esa familia, esos lazos que se habían fortalecido a través de la cuna de los tiempos, habían acabado de la peor forma posible: contigo, su líder, dándole la espalda por un chico que parecía haberse confabulado con la perversa Laurele para acabar con tu gente.

Porque, *¿cómo no iba a ser así?* En cuanto él puso un pie en Nueva Orleans, los ataques a la reserva comenzaron. Muata nunca confió en él y padre Trueno siempre albergó dudas. Entonces, ¿por qué? *¿Por qué habías decidido defenderlo a él?*

Estabas solo, abatido y envenenado por la incertidumbre. ¿Acaso habías cometido un error al proteger a Elisse? No querías creerlo. Te negabas a aceptar que ese chico, que ese fuego abrumador, te hubiese traicionado.

Y la respuesta se te reveló, para mi pesar, de la peor forma posible.

Esa misma noche, contra toda ley mística de los errantes, Lobo Piel de Trueno te abandonó.

Despertaste de tu letargo cuando un dolor espantoso sacudió tanto tus huesos como la carne que les recubre. Tu ancestro se arrancó de tu pecho, ante tus ojos luchó por salir de tu cuerpo para emprender carrera hacia la llanura, dejándote empapado en sangre y adolorido hasta la médula.

No podías creer lo que veías, porque a la perfección sabías que lo que estaba pasando no era normal. ¿Un ancestro abandonando a un devorapieles?

Aquello no era natural.

Confundido, te cubriste con los rastros de piel que quedaron de tu transformación, e incapaz de saber qué tanto habías perdido de tu naturaleza errante, ahora que tu ancestro te había abandonado, corriste despavorido tras él.

Lobo Piel de Trueno llegó a un barranco en cuyo fondo corría el río y, de un salto, se fundió en el viento. Te detuviste ante la empinada caída hacia el agua, para luego mirar a tu ancestro del otro lado del río, donde ya eras incapaz de seguir su paso. La criatura corrió lejos de ti y se perdió entre la hierba.

Andando de un lado a otro en la orilla del peñasco, jadeaste, desesperado. Te sentías desnudo e incompleto sin el lobo dentro de ti, aún no podías comprender lo que había ocurrido.

No tenías idea cómo seguías vivo sin tu ancestro.

Más abatido y aterrado que nunca, casi comenzaste a gritar. Y un grito surgió, pero no de tu garganta. Tu nombre fue exclamado en la lejanía, una y otra vez por una voz que conocías a la perfección. Te ocultaste entre la hierba, viendo con incredulidad cómo Lobo Piel de Trueno volvía hacia el río… con Elisse corriendo detrás de él.

Pero no estaba solo. Hoffman surgió también de la maleza y saltó por los aires antes de que el muchacho se arrojara al vacío, hacia una muerte casi segura.

Como un espectro invisible, Lobo Piel de Trueno cruzó de nuevo el río para volver a tu lado. La mirada de aquel ancestro no se despegaba del chico, mientras éste se perdía en la lejanía siendo arrastrado por el agente.

Una vez más, la criatura regresó a tu cuerpo, sacudiéndote cada célula a latigazos y poniéndote los pies en la tierra.

Elisse era inocente, ya no te cabía duda, porque además de buscarte desesperadamente, estaba con Hoffman. Y una alianza entre el detective y Laurele era una cosa que ni en los más retorcidos enredos de la humanidad podría suceder.

✦ ✦ ✦ ✦

Tu reacción natural habría sido ir a casa de Hoffman en busca de Elisse, pero eres un líder, una criatura cuya naturaleza te incita a ser consciente de la mejor decisión, así que decidiste analizarlo a fondo.

El chico estaba viviendo bajo el techo de alguien a quien considerabas demasiado peligroso y volátil. Acercarse a su casa sería una pésima idea con el antecedente de odio que ese hombre albergaba por ti.

Así que, en lugar de arriesgarte a ser visto por ellos, preferiste vigilarlos hasta la fatídica noche del *Mardi Gras*.

Distante y discreto, fuiste tras ellos por los callejones, para presenciar la audacia del joven contemplasombras al colarse por la ventana de la casa de Laurele. Después, tus nervios terminaron por estrellarse contra un muro al verlo sacar a un inconsciente Hoffman del nido de brujería y enterrarlo bajo una pila de basura.

El joven regresó a la casona y esperaste hasta el momento en el que su silueta atravesó la ventana del segundo piso. Decidiste que era hora de alcanzarlo, así que, después de una mirada rápida a Hoffman y amparándote bajo los estruendosos aullidos azules y rojos de las patrullas, arrancaste la puerta sin esfuerzo y te lanzaste a la oscuridad.

Pero no pudiste dar ni unos cuantos pasos cuando una alarma disparada por tu instinto te hizo mirar hacia atrás: Johanna te contemplaba desde el patio, tan pálida como si hubiese visto un fantasma.

Ella y tú se miraron largos segundos, hasta que la joven dibujó la silueta de unas palabras en sus labios.

"Vienen hacia acá."

No pudiste pensar mucho en aquella advertencia, ya que un llamado silencioso llegó hasta tus sentidos, tan potente que te hizo echar a correr hacia el interior de la casa y subir como un desquiciado las escaleras hacia el segundo piso. Ese llamado, aquella voz que te jaloneaba la carne, era tu instinto: Elisse estaba en grave peligro.

El portal carmesí se alzaba al final del pasillo. Te detuviste, incapaz de mover tus piernas ante la avalancha que se arrojó sobre ti. Primero, un olor penetrante, asqueroso como el de cientos de cadáveres infectándote las fosas nasales. Y después, la sensación más espeluznante de tu vida, como si una soledad abrumadora estuviese colándose por todos y cada uno de tus poros.

Era Elisse, era su miedo, más estremecedor que nunca. Y fue tu turno de temblar, porque supiste que lo estabas perdiendo.

Tus piernas te lanzaron hacia la madera rojiza. La perilla no giró ni un milímetro, por lo que te transformaste sin pensarlo dos veces. Azotaste la madera, la rasgaste, la pateaste, la golpeaste con todas sus fuerzas hasta que el pelaje plateado de tus nudillos se manchó de tu propia sangre. Pero la puerta no cedió; era como tratar de atravesar un muro de roca.

Aun así, no diste un paso atrás, machacándote las garras inclusive cuando Nashua y Julien llegaron a tus espaldas, porque sólo tenías cabeza para la barrera que te separaba de Elisse.

Ellos, en cambio, tomaron posesión de sus ancestros y se arrojaron sobre ti. Cada uno de ellos te asió por un brazo y, juntos, te echaron hacia atrás y te alejaron de la puerta, lanzándote hasta el otro lado del pasillo. Te levantaste y sacudiste la cabeza.

Lejos de preocuparte por su presencia, tus hermanos sólo significaban un obstáculo, una barrera con la que no tenías tiempo de lidiar si querías salvar al contemplasombras. Sólo tenías cabeza para la brillante puerta roja al final del corredor.

Reaccionaste como hacía muchos años no lo hacías: con ciega brutalidad. Te abalanzaste contra los otros dos errantes y tu garra cayó primero sobre la cabeza de Julien. Sujetaste la base de su cornamenta y lo estrellaste contra Nashua, fue casi como si se tratase de un simple muñeco. Los tablones de madera de las ventanas se partieron con el golpe y los gemidos de ambas criaturas retumbaron por la galería.

Johanna no se atrevió a parpadear, estaba petrificada. Incapaz de tomar partido, presenció cómo Nashua se levantaba para arremeter contra ti desde el filo de la escalera.

—¡Tared, no! —gritó ella cuando el cuello de tu hermano fue recibido por tus fauces.

Nashua se retorció bajo tus colmillos y te rasgó el rostro de un zarpazo, lo que te hizo retroceder. El oso se sujetó la garganta como pudo y la chica portadora de Coyote Garras Rojas ahogó un gemido al ver el abundante río de sangre que brotaba de la herida.

Pero antes de que pudiese dar un paso, un brazo la jaló hacia atrás. En cuestión de segundos, se vio a sí misma siendo arrojada por las escaleras y rodando cuesta abajo, sin siquiera poder anteponer sus brazos para detener la estrepitosa caída.

En tanto, y aún con la duda sembrada en su rostro, Julien embistió contra ti. Su sólida frente se estrelló en tu pecho y te sepultó contra la pared de la casa, dejándote encajado en el concreto; más desesperado estaba por detenerte que por lastimarte. Nashua, aún con la herida reciente, se levantó para apoyar a Julien.

Ambos estaban a punto de arrojarse de nuevo sobre ti cuando el sonido de un disparo retumbó sobre sus rugidos. Un potente dolor impactó en el brazo del bisonte, quien gritó y se echó hacia atrás para estrellarse contra una de las ventanas del pasillo.

Hoffman apuntaba hacia los perplejos errantes con el hocico humeante de su reluciente pistola.

—¡Miller! —gritó—. ¡¿Dónde está Elisse?!

—¡La puerta! —rugiste, arrancándote del muro.

Embestiste a Nashua, arrojándolo al lado de Julien. Los dos, después de recuperarse de la sacudida, te miraron tanto a ti como a Hoffman con los ojos desorbitados, perplejos ante la incomprensible alianza que se formaba frente a ellos. Aún en el furor de la batalla, y con el dolor de sus heridas, era evidente para ambos que algo no encajaba en toda esta locura.

Se pusieron en pie para continuar la contienda, pero cuando el sonido estruendoso de las patrullas comenzó a distanciarse, algo más que el ruido de tus puños arremetiendo contra la puerta se escuchó al fondo del pasillo, petrificando a todas las bestias que poblaban esa galería de terror.

Gritos. Gritos desgarradores; la voz de Elisse rompiendo el aire como si sufriera la más espantosa de las torturas.

Los lamentos se convirtieron en débiles gemidos y, finalmente, la puerta cedió. Entraste furiosamente, encontrando algo que te hizo aullar desde lo más profundo de tu ser, mientras eras contemplado por el blanco ojo de la luna a través del cristal del tragaluz.

CAPÍTULO 40
OSCURIDAD

Dicen que cuando uno queda ciego, los demás sentidos se agudizan, como si tu cuerpo quisiera compensar para hacerte menos vulnerable al quedar desprovisto de lo más esencial que puede tener un ser humano.

Si es así, entonces ¿por qué me siento tan desorientado dentro de mi propio cuerpo? ¿Cuántas horas, cuántos días he estado postrado aquí? No lo sé, es muy complicado saberlo dentro de esta terrible oscuridad, incapaz de dormir debido al dolor.

Yazgo en una cama, hay una venda en mis ojos y otra sobre mi mano deshuesada, ésa en la que aún siento la carne viva rozándose contra la tela. Y también soy consciente de que, sin importar el tiempo que transcurra, siempre hay alguien en este lugar. Y ese alguien suele ser Tared.

Él viene, me toma de la mano, la aprieta contra su piel, tal vez de su frente o su mejilla, y susurra cosas sobre el dorso que no alcanzo a distinguir bien. ¿Oraciones, tal vez? Suele pedirme perdón, pero no sé bien por qué.

Nada de esto ha sido su culpa. Yo me lo busqué. Fui imprudente al haber ido a la reserva por mi cuenta cuando ocurrió el ataque a la cabaña, y también al haber querido enfrentar a Laurele sin ayuda. Y fui mucho más que un imbécil al pensar que podría hacer un trato con Barón Samedi.

Todo esto sólo ha sido consecuencia de mi estupidez. En mi lugar, Muata habría sido más inteligente, Tared más precavido, Nashua más fuerte... y ahora sólo me queda reposar aquí, y resignarme a que llegue la hora de mi muerte. Porque, ¿qué más se supone que me espera? Ya no soy un contemplasombras. Soy sólo un cuerpo envuelto en impotencia, aguardando el día en que el Señor del Sabbath decida que es tiempo de acabar conmigo.

Es por eso que me niego a contestar, a moverme o a hacer siquiera un gesto que les indique que estoy consciente de lo que ocurre. No ingiero lo que me acercan a la boca a pesar de que mi estómago arde en su propio ácido, tampoco abro mis labios para beber el agua que derraman sobre ellos, aunque tengo la garganta reseca como un desierto; porque en mi condición sería inútil buscar otra forma de suicidarme, que no sea sucumbir ante el hambre y la sed.

Y a veces me siento espantado de mí mismo. A pesar del ardor en mis ojos y la constante quemadura que siento en mi mano descarnada, no gimo, no grito, no me revuelco en mi dolor; dejo que Johanna haga lo que sea que esté haciendo en mis heridas sin siquiera darle una señal de vida. Por momentos me entran ganas de llorar, pero me contengo reuniendo la escasa voluntad que aún me queda.

Y así paso las horas, divagando sobre mi propia muerte y encontrando espacios de alivio en los escasos momentos de soledad, espacios que son ocupados por lo que viene ahora mismo, resonando sobre una madera astillada y vieja.

La puerta de la habitación se abre una vez más, así que vuelvo a sumergirme en mi letargo voluntario, mientras deseo con todas mis fuerzas que no traigan un plato de comida con el cual quieran alimentarme de nuevo.

—¿Está dormido? —pregunta una voz rasposa y poco amable: Hoffman.

—Espero que sí —responde Tared, a quien reconocería aunque estuviese susurrando.

Su presencia errante es abrumadora, la cual, sorprendentemente, soy capaz de percibir aun sin tener a Ciervo Piel de Sombras dentro de mí.

—¿Cómo va su mano? —pregunta el agente.

—Fatal. La carne ni siquiera cicatriza.

—¿En verdad no quieres que traiga un médico?

—No —contesta el hombre lobo con voz cansada—. No sangra, sólo está abierta, como un trozo de carne del congelador. Johanna ha tratado de curarla, pero...

—Bueno, ¿es alguna mierda esotérica?

—No lo sé. Pudo haber pasado cualquier cosa dentro de ese cuarto.

—¿Y sus ojos? ¿No se pueden regenerar?

—No preguntes idioteces. Si pudiésemos hacer eso, Julien ya habría repuesto el dedo que le falta.

Casi me sobresalto. La única vez que vi a estos dos juntos, Tared era un mar de sumisión, pero al parecer se ha cansado de ese teatro.

—¡Serás idiota! —contesta Hoffman con ferocidad—. ¿Yo qué voy a saber de estas porquerías?

—Voy a cambiarle las vendas —sisea el lobo—. Lárgate de aquí.

—Vete a la mierda, Miller.

—No lo diré dos veces.

—¿O qué? ¿Vas a arrancarme la cabeza como el animal que eres?

Gruño lo bastante alto para elevar mi voz sobre la de ellos, cosa que los hace gemir de sobresalto. No tengo muchas ganas de intervenir en su riña, pero creo que en este punto prefiero eso a seguir aguantando su absurdo pleito.

—¡Elisse! ¿Estás despierto? —exclama Tared. La cama se inclina hacia mi costado—. ¿Cómo te encuentras?

Sus dedos se entierran entre mis cabellos para echarlos hacia atrás, y a pesar de que su tacto me proporciona una sensación casi reconfortante, contengo tanto el movimiento como las palabras.

En mi ceguera siento que las cosas se encuentran más lejos de lo que en realidad están, así que no puedo predecir cuando alguien va a tocarme.

El hombre lobo mueve la venda en mi cabeza al tiempo que escucho la puerta azotarse, acompañada por las quejas de Hoffman. Imagino que se ha marchado del cuarto, dejándonos solos, tal como Tared ha pedido.

—Elisse —vuelve a llamarme, pero me niego a responder—. ¿Puedes oírme?

Sus dedos regresan a peinar los costados de mi cabeza.

—Ya casi termino de quitarte esto —dice con una voz tierna, como si estuviese tratando con un niño. O con un imbécil—. Tus heridas son recientes, así que no abras los ojos mientras te limpio.

—¿No se supone que Johanna hace estas cosas? —pregunto, y él deja de moverse.

No tengo idea de la cara que ha puesto, pero debe estar sorprendido. Apuesto a que en verdad creía que estaba tan consciente como un vegetal.

—E-Elisse –balbucea—. Por Dios —la cama rebota—. ¿Acabas de despertar? ¿Podías escucharme? ¿Quieres que te traiga algo, agua o...?

—Quiero que me dejes morir en paz. Por favor.

Un súbito silencio se apodera de la habitación, mancillado sólo por la fuerte respiración de Tared.

—¿Qué estás diciendo?

—No lo hagas más difícil —suplico.

—Estás delirando, es el trauma por lo que ha pasado. Ya todo terminó, déjanos ayudarte.

—¿Terminó? —siseo. La sangre me hierve y la garganta me estalla—. ¡¿Piensas que todo terminó?!

—¡Elisse, calma! —la ira me hace apartar la frazada de mi cuerpo. Me yergo sobre la cama y me abalanzo hasta sentir el borde de la misma bajo mis débiles manos—. ¡¿Qué diablos estás haciendo?!

Tared me toma de las muñecas y me empuja de nuevo hacia las almohadas, destrozando toda ilusión de luchar por lo que me queda de dignidad. No sé qué me da más rabia: no poder hacer frente a la fuerza de Tared o que, precisamente por eso, él no necesite demasiada para reducirme.

—¿En verdad crees que tengo una maldita oportunidad, Tared? —exclamo, más furioso que nunca y agitándome para liberarme de su agarre.

—¡No voy a dejarte, no vas a pasar por esto solo! ¡Has perdido la vista, pero aún estás vivo, carajo! —contraataca, rugiendo con esa voz tan bestial y tan humana que me sacude cada poro de la piel.

Vivo, vivo. Esa palabra suena una y otra vez dentro de mi cabeza.

—¡¿Piensas que me basta con estar vivo?! ¿Y por cuánto tiempo, Tared? ¿Cuánto tiempo crees que serás capaz de retenerme aquí, en esta maldita cama, hasta que llegues un buen día y no encuentres otra cosa más que mi maldito cadáver?

Su agarre se afloja. No tengo idea de si me está mirando o si gira la cabeza hacia otro lado. No lo sé. No me importa, no siento otra cosa más que una profunda rabia mezclada con un miedo que mi cuerpo ya no es capaz de soportar. Mi lengua se afila como una lanza.

—Oh, no, no, Tared. Las cosas no acabaron en esa habitación donde recuperaste lo poco que quedó de mí. El Barón Samedi no ha terminado conmigo. Sólo se estaba divirtiendo. ¿Eso quieres, Tared? ¿Mantenerme vivo lo suficiente para que me encuentre y me haga pedazos por fin? ¡Sólo me quiere a mí! ¿Entiendes? Te matará si tratas de detenerlo. ¿Piensas que vas a poder con él? Si es así, ¡entonces eres un idiota!

Mis palabras surten efecto. Escucho sus pasos alejarse y después el azote de la puerta, como la losa de una lápida. De nuevo la oscuridad se cierne dentro de mí, y una resignación enfermiza se niega a apartarse de mi cabeza.

Me hago un ovillo entre las cobijas al tiempo que siento algo caliente bajar por mis mejillas, eso me provoca una nueva magulladura en el espíritu, pues caigo en la cuenta de que no soy capaz de saber si aquello son lágrimas, o si las heridas de mis ojos han vuelto a abrirse.

CAPÍTULO 41
ORGULLO

Han pasado dos días desde la noche de los espíritus y es la primera vez que te reúnes con Tared y con el niño al que protege tan celosamente.

A pesar de que tienes la mirada fija en el vacío de la casa, como si nada en este mundo fuese capaz de destruir tu espíritu de hierro, sé que por dentro no eres más que una sombra del hombre que alguna vez fuiste. Sin embargo, al igual que con todas las cosas difíciles que te han asediado durante la vida, no te permites demostrar un solo ápice de debilidad.

¿Cómo es posible, Lansa? ¿Cómo puedes sentarte firme como un tronco después de haber visto morir a tus seres amados de formas tan atroces? En tus negras pupilas llevas labrado el recuerdo de Muata siendo jalado a la oscuridad de su cabaña por unas fauces hambrientas, y en tus oídos tienes sembrada la voz de Tallulah, de su ulular perdiéndose entre la lejanía de los árboles y la niebla, presa de una criatura que ni siquiera le había dado tiempo a respirar. Y todo ante tus impotentes ojos, porque en ese momento sostenías tu envejecido cuerpo contra montones de criaturas que habían surgido del mismo polvo.

Es por eso que ahora, noche tras noche, ves a Muata morir en las sombras, escuchas a Tallulah gritar en el bosque, al tiempo que todo tu ser pide que le permitas, por una vez en tu vida, romper a llorar.

Pero en ese momento, la agonía de tu corazón era superada sólo por la rabia, porque lo último que había gritado Muata antes de morir dentro de su cabaña, de una manera que no me atrevo a narrar, fue el nombre de Elisse. Y allí todo cobró sentido para ti.

Era natural que, con el dolor y la evidente culpabilidad del joven, no vieses otra cosa que un asesino en la silueta de Elisse, una criatura engañosa que había llevado a la ruina a tu familia, a tus hijos, al refugio que tus ancestros habían protegido por tantas generaciones. No te culpé por ello, Lansa, así como tampoco te culpé cuando casi quisiste arrojarte por la ventana cuando tu niña Johanna te llamó ayer en la madrugada para contarte entre gritos y gimoteos todo lo que había ocurrido en el espantoso nido de Laurele.

Tus muchachos se las habían arreglado para sacar a Elisse del Barrio Francés. Se refugiaron en el hogar del detective, donde Tared recostó al niño en el cuarto de visitas, y permitió únicamente a tu joven perpetuasangre acercarse a él para curarlo.

Fue una madrugada larga, pero en cuanto la chica acabó, el lobo la echó casi a patadas de la habitación mientras yo me hice un ovillo a los pies de mi agonizante niño, atento a todo el alboroto que dominaba la alguna vez solitaria casa de Hoffman.

La confusión sigue dominando tu espíritu, parece que no tienes idea de cómo controlar la marea de emociones que están a punto de ahogarte. Y es que, en todos los años que llevas siendo el guía de la tribu, nunca habías tenido que enfrentar una prueba tan dura: soportar el doloroso luto de tus seres queridos, junto con la vergüenza de admitir que te habías equivocado, y todo sin romper tu dura fachada de líder. Porque si un líder no puede demostrar entereza en las más difíciles situaciones, ¿entonces para qué habías aceptado guiar a Comus Bayou? Y lo peor de todo es que, a pesar de que sabes que Elisse no es mas que una víctima, tú…

—¡Tared! ¿Qué ha sido eso? —la voz de Johanna te saca de tus pensamientos—. Escuchamos unos gritos y…

Ves a tu muchacho bajar a pasos gigantes por la escalera. Al no recibir respuesta, Johanna pone su mano sobre su hombro, pero el lobo la hace retroceder con un violento gruñido.

—¡Si alguien se acerca a esa escalera, le arranco la maldita cabeza! —exclama hacia todos los que aguardan en la sala, hasta detenerse en tu mirada.

Al ver ese trueno azul en sus ojos cargados de un gélido resentimiento, algo dentro de ti termina por morir. El joven abre —por no decir que casi arranca— la puerta de la salida, para luego cerrarla furiosamente, sin interesarse en ver el espectáculo de caras consternadas que ha dejado a sus espaldas.

—¿Qué diablos pasó allá arriba? —pregunta Nashua a Julien, quien baja despacio por las escaleras.

Aunque no lo dices, ver al pelirrojo con un brazo sujeto con un cabestrillo te causa un profundo dolor. Porque, a fin de cuentas, Johanna, Nashua, Julien, Tared…, todos son, ante tus ojos, tus hijos; unos niños que siempre has amado más con acciones que con palabras.

—Por lo que escuché desde el otro cuarto —responde Julien, recargándose en el marco que da a la sala—, Elisse la está pasando bastante mal.

—¿Tiene mucho que despertó? —pregunta la perpetuasangre, mientras toma asiento al lado de Nashua, cuyo cuello está cubierto por una gruesa cicatriz blanca que pareciera extenderse en una línea imaginaria hasta tu propio pecho.

—Tal vez nunca estuvo inconsciente. Y al parecer, el problema es personal —contesta el pelirrojo—. Laurele sólo quería a Elisse desde un principio, y eliminarnos a nosotros era una manera de llegar a él más fácilmente.

—No puede ser... —Johanna entierra el rostro entre sus manos y exhala, mientras tú tragas su aliento pesaroso.

—Se ha puesto a gritarle a Tared, aunque no lo culpo. Lo que vivió en ese cuarto debió ser horrible —comenta Julien, rascándose la nuca.

—Le destrozaron los ojos, ¿qué esperabas, pedazo de estúpido? —suelta Hoffman.

—¡¿Qué has dicho?!

El portador de Bisonte Lomo de Fuego reacciona con una insólita agresividad y se acerca al hombre mientras éste, actuando con la misma violencia, se levanta de un salto de su asiento.

—¿Qué? ¿Quieres que te incruste otra bala? —espeta el agente al tiempo que ambos avanzan para encontrarse a mitad de la sala.

—¡Basta, no es momento para pelear entre nosotros! ¡Estamos del mismo lado en esto! —grita Johanna, interponiéndose entre los dos hombres.

—¡Nunca dije que fuese su aliado! —exclama el policía.

—¡Pero eso no significa que nuestras causas sean distintas, agente! —tu voz explota en medio de la sala, haciendo que todos los presentes se giren hacia ti. Te pones en pie con esfuerzo, apoyándote en ese bastón que has dejado de usar por mera autoridad para empezar a tomarlo como una extensión de tu debilitado cuerpo—. Esa mujer sigue suelta y, al parecer, con más poder que nunca. Debemos encontrar la forma de evitar que nos asesine a todos.

—¿Y cómo se supone que haremos eso, anciano? —replica Hoffman, arrojando la colilla de su cigarro sobre la mesa—. Con Elisse ciego, ninguno de ustedes tiene posibilidad de saber a qué nos enfrentamos.

—¿Cómo demonios sabes eso? —gruñe Nashua.

—Me contó lo suficiente para darme cuenta de que, sin él, ustedes ya no son más que un montón de animales que sólo pueden defenderse con fuerza bruta.

—¿Pero qué mierda estás diciendo? —exclama el voluble Oso Furia Nocturna—. ¿Qué tanto te dijo Elisse de nuestra raza? ¡No sabes nada de nosotros, así que no te atrevas a subestimarnos!

—¿Te duele que te diga la verdad, niño? —sisea.

Tú, en cambio, te quedas estupefacto ante la idea de que Hoffman sepa sobre la vida que, por generaciones, tanto se han aferrado en ocultar.

Los humanos son esenciales para la supervivencia de los errantes, pero sólo si son parte del Atrapasueños, si son familia, si hay confianza vital entre todos, por tanto, que una persona como el detective sepa de la existencia de los errantes, te parece casi tan grave como el problema de Laurele.

En otras circunstancias sería obvio lo que tendrían que hacer respecto a Hoffman, pero a sabiendas de que ya no eres nadie para cuestionar las decisiones de Elisse, lo dejas pasar.

—¡Basta ya! —gritas, imponiéndote de nuevo—. Sean como sean las cosas, tenemos que idear un plan de acción. En cuanto Tared termine de enfriar su cabeza, nos sentaremos a pensar en el siguiente paso.

—No sé si Elisse podrá hacer mucho en su condición, padre. Escuché que Barón Samedi en persona le hizo... usted sabe, *eso* —dice Julien, señalándose los ojos.

—Me niego a creerlo. Muata lo dejó bien claro —replicas, procurando sonar lo más convencido posible, incluso ante tus oídos—. Los Loas no se internan en nuestro plano ni nosotros en el suyo. Laurele es quien ha hecho todo esto, y es de ella de quien debemos preocuparnos.

—¿Hasta cuándo va a dejar de ser un maldito viejo terco? —dice Hoffman.

—¿Cómo te atreves a hablarle de esa manera, imbécil? ¡Retráctate! —el bramido de la joven Johanna te sacude de asombro.

La chica respira agitadamente y mira al hombrecillo moreno con un gesto tan feroz que sólo le falta mostrar los colmillos, desplegando una lealtad que, por momentos, sientes desmerecer.

—¿Retractarme? —la ira muta la cara de Hoffman a un color escarlata—. ¡Todos ustedes vieron lo que ocurrió aquella noche! Si se trata de un truco de Laurele, ¿dónde estaba ella? Les aseguro que la maldita zorra no tenía manera de escapar de esa casa sin que ninguno de nosotros nos diésemos cuenta. ¡Ella no le hizo esas cosas a Elisse!

—¿Entiende la gravedad de lo que está diciendo, agente? —replicas con frialdad—. Si acaso insinúa que es verdad, que Barón Samedi es quien hizo eso al chico, entonces no tenemos ninguna oportunidad de ganar esta batalla.

—¿Y sugiere que nos sentemos aquí a beber café como pendejos sin hacer nada?

—Estoy sugiriendo que subamos a ese cuarto a interrogar al chico, lo quiera él o no.

Ante tus palabras, algo extraño ocurre. Hoffman relaja los músculos de la cara, se echa el cabello hacia atrás y suspira, como si de pronto toda la ira se le hubiese esfumado por los dedos.

—Escúchenme, por favor —pide el agente, mirando a todos con un semblante tan tranquilo como inquietante—. Yo no les puedo asegurar si Elisse es o no un errante. Yo no sé si él organizó todo esto de alguna retorcida manera para hacernos caer en una trampa, pero sí les puedo garantizar una cosa: si dan un paso hacia esa escalera, les voy a volar la maldita tapa de los sesos sin pensarlo dos veces. ¿Me oyeron? —Hoffman echa su gabardina hacia atrás, lo suficiente para que la pistola en su cintura sea vista por todos, y en especial por ti—. Y no soy estúpido. Esa noche me di cuenta de que las balas los lastiman tanto como a cualquier humano.

Nashua expulsa rabia por la nariz mientras sus hermanos se limitan a mirar al latino con recelo.

—¿Tan obsesionado está por proteger a ese niño? —preguntas, casi tan tranquilo como el propio Hoffman.

—¿Protegerlo? No sea idiota. Laurele y lo que sea que esté detrás de ella vendrán por este muchacho. Y si él muere antes, nadie me asegura que tendré la oportunidad de cerrar las manos alrededor del cuello de esa bruja. Y como no confío en sus intenciones, nadie pondrá un pie en ese jodido cuarto hasta que llegue Miller. ¿Entendido?

El silencio de la sala, pero sobre todo el de tus labios, le hace saber que ha sido bastante claro.

—No, señora, no se preocupe. Él está bien —dices con la mayor tranquilidad posible.

—¿Seguro? ¿No quieren que les lleve algo? Que no te de pena decírmelo, Tared, por favor —la voz de la mujer del otro lado del aparato baja su enérgico tono, en señal de que ahora se encuentra más tranquila.

Me deslizo por tus hombros hasta asentarme sobre la caja metálica que está frente a ti para tener una mejor vista de tus expresiones faciales.

—Lo mejor es que usted no sepa dónde nos encontramos, no queremos que la sigan hasta aquí —adviertes.

—¡Oh, es verdad! ¿No rastrearán esta llamada?

—No lo creo, es un teléfono público.

—¡Gracias a los cielos! De todas maneras, avísame si necesitan ayuda, en lo que sea. Y dile a Elisse, cuando se sienta mejor, que lo quiero. Y que estoy rezando para que vuelva pronto a casa.

—Por supuesto, señora Fiquette. Cualquier cosa, me pondré en contacto.

Te despides y cuelgas el auricular. Recargas tu frente contra el borde de la pequeña cabina telefónica, con la intención de que el frío del metal te ayude a pensar con un poco más de claridad.

No todo son malas noticias, dentro de lo que cabe. Al parecer, la policía ya no está tan enfrascada en la búsqueda del contemplasombras; tienen tanto trabajo debido a los estragos de la noche de los espíritus, que sólo se han dedicado a llamar de vez en cuando al centro budista para hacer preguntas de rutina, pero nada más.

Metes las manos en los bolsillos de tu chamarra y aprietas los párpados para eliminar un poco de tensión. Mi cuello se estira para acercarme a tu rostro y ver con claridad ese par de estanques helados que tienes por ojos.

Estoy seguro de que las palabras de Elisse te han dolido de una manera que no estás seguro poder soportar, y no por la forma en la que te habló, sino porque la simple idea de perderlo te asusta, ¿verdad? Y no sólo es porque se ha vuelto demasiado preciado para ti; es porque tiemblas ante la idea de que tal vez no haya nada que puedas hacer para salvarlo.

Entierras las manos en tus cabellos con la suficiente fuerza para hacerte apretar los dientes. Después, te diriges calle abajo para poder abordar el primer taxi que veas.

Veinte minutos más tarde te encuentras frente a aquella casa austera, cuyo interior resguarda a la gente que más te importa en este mundo. Reuniendo el valor que tanto te caracteriza, cruzas el umbral y te encuentras con una escena que yo ya venía prediciendo calles atrás.

El agente está sentado en la escalera y balancea de un lado a otro su arma como si se tratase de un inofensivo juguete, mientras los sobrevivientes de la tribu Comus Bayou aguardan repartidos por el pasillo. El único que no está en pie es padre Trueno.

Las miradas recaen sobre ti. Tus ojos azules se pasean por todos y cada uno de ellos, mientras la ausencia de mamá Tallulah y de abuelo Muata por fin empieza a calarte. Caminas hacia el agente, quien parece ser el único que no concede demasiada importancia a tu presencia.

—¿Cómo sigue? —preguntas, esforzándote para no sonar demasiado hostil.

Hoffman se encoge de hombros con genuino desinterés, mientras saca de su bolsillo un paquete de cigarros y su encendedor.

—¿No has subido a verlo?

—No soy su niñera.

A estas alturas, ya no sabes qué es peor: estar a la defensiva con tu tribu o tener que lidiar con un psicópata que sólo te ayuda a mantener a Elisse con vida por conveniencia propia. De pronto, es como si el mundo se hubiese puesto de cabeza.

—Tared —la voz de Nashua resuena a tus espaldas—. Queremos que vuelvas con nosotros.

Aquellas palabras, más que enternecerte, erizan los vellos de tu cuerpo con hostilidad. Tu mirada se clava en padre Trueno, quien está quieto, mirando un punto perdido en la pared.

—¿Se dan cuenta de que soy un desertor? ¿Entienden que escogí la vida de Elisse sobre mi lealtad hacia Comus Bayou? —siseas sin arrepentimiento. Johanna, en cambio, te dedica una mirada dolida, pero eso no logra ablandarte en absoluto.

—No había forma de que supiéramos lo que iba a pasar, Tared —comienza padre Trueno—. Laurele nos tendió una trampa a todos.

—Una trampa en la que usted cayó de lleno, ¿verdad, padre?

Ves un relámpago en la mirada de Lansa. El viejo se levanta, arrojando su silla hacia atrás y acercándose hacia ti como un rayo, muy a pesar de su cojera.

—Tú no estuviste allí, ninguno de ustedes vio lo que yo vi —dice—. ¡No puedes reclamarme el tratar de defender a mi familia!

—Y ninguno de nosotros vio lo que pasó dentro de ese cuarto. ¿Cómo sabe usted que lo que le ocurrió a Elisse no es sino otro engaño? ¿Cómo sé que no va a buscar la forma de matarlo?

—¡Porque preferiría mil veces ponerme de rodillas ante Laurele que perderte a ti! —Lansa jadea y da un paso atrás, como si ya no quedara fuerza en sus pulmones—. Inocente o no, yo siempre veré la sangre de Tallulah y Muata sobre las manos de ese niño —murmura, apuntando la barbilla al suelo—. Pero aun así, no puedo matarlo. Porque sé que eso sería arrancarte de mi lado.

Por un minuto olvidas respirar. Después, contemplas a los errantes frente a ti y piensas en los siete largos años que has dedicado a Comus Bayou. Te flaquean las piernas y te preguntas una y otra vez por qué las cosas tenían que ser así, ¿por qué tenías que estar tú, de entre todas las personas del mundo, debatiéndote sobre la lealtad de tu gente, de tu familia?

No. No podrías soportar perder a nadie más. Y estás totalmente seguro de que padre Trueno tampoco.

—¿Ha pensado en algo? —preguntas al fin.

—La única razón por la cual Laurele intentó aniquilarnos fue porque Elisse estaba bajo nuestra protección. Éramos su escudo. Y si lo que dice el niño es verdad, que el Señor del Sabbath está detrás de todo esto, entonces sólo existe un camino si queremos salvar lo que queda de Comus Bayou.

—¿A qué se refiere? —das un paso atrás, mientras yo me arrastro por las escaleras hacia la habitación del joven contemplasombras, consciente de que ahora me toca ayudar a mi pequeño. Y sólo escucho, como un eco distante, la sentencia de padre Trueno:

—Debemos marcharnos de Nueva Orleans, Tared. Sabes bien que debemos dejar a Elisse.

CAPÍTULO 42
FAMILIA DE UNO

La puerta de la habitación se abre despacio. Un par de pasos y, después, vuelve a cerrarse. El borde del colchón se hunde y el calor de un lobo irradia contra mi brazo.

Siento sus dedos sobre mi hombro y aprieto los puños lleno de frustración; es demasiado desesperante no preveer cuándo alguien va a ponerme la mano encima y, cada vez que pasa, reacciono como un maldito conejo asustado.

—¿Aún duele? —pregunta sin rodeos, refiriéndose a mis ojos.

—No —contesto con sequedad; las curaciones de Johanna han resultado bastante efectivas.

—Me alegro.

Es curioso. Si uno presta atención, puede *escuchar* a la gente sonreír; hay algo en el tono de voz de Tared que me indica que sus labios se han curvado hacia arriba.

—Déjame ver —me pide, pero yo me echo hacia atrás de inmediato.

La venda alrededor de mis ojos ya no se siente necesaria, pero aun así me invade una vergüenza terrible con sólo pensar en quitármela. Además de que debo tener un aspecto horroroso, esas heridas son la evidencia de mi fracaso.

Él suspira, y su aliento tibio roza mi mejilla; la primera cosa agradable que siento en días.

—¿Quieres cenar? Debes tener hambre, y se hace tarde; puedo traerte algo.

—¿Por qué sigues aquí? —espeto.

La cama rechina y el calor que irradia su ser se vuelve difuso. Puedo sentir todavía su peso a mi lado, pero ahora hay una tensión entre nosotros.

—¿Cómo que por qué? —su voz suena genuinamente desconcertada.

—Las paredes son demasiado delgadas, ¿sabes?

El resentimiento en mi voz ha sido demasiado evidente, a pesar de que la conversación de allá abajo me ha dolido menos de lo esperado. Semanas atrás estaría hecho añicos, pero a estas alturas no creo posible terminar más destrozado de lo que ya me encuentro.

—Elisse, por favor —dice con aparente calma—. No pienses tonterías. Lo que haya dicho padre Trueno no tiene nada que ver con lo que piensen Johanna o Julien. Y mucho menos conmigo.

Suena muy convencido, pero sus palabras no logran concederme ningún tipo de alivio. Si bien mis hermanos no dijeron estar de acuerdo con el anciano, tampoco se atrevieron a negarse. Pero ¿puedo culparlos? ¿Quién soy yo para hacer que cuestionen su lealtad hacia alguien a quien ven como su propio padre? ¿Qué soy comparado con lo que sienten por él?

—Deberían irse. Todos ustedes.

—No voy a dejarte —su firmeza me pesa como una lápida.

—¿En verdad prefieres perder a tu tribu sólo por mí?

El peso de su cuerpo sobre la cama desaparece.

—¿De qué estás hablando? ¡No voy a perder a nadie!

—Padre Trueno tiene razón, Tared. Barón Samedi sólo va tras de mí, y aunque yo no sea culpable de lo que ha pasado, eso no significa que resulte menos peligroso para ustedes. Para ti.

—Ya basta, Elisse —grita—. Por nada del mundo te dejaré aquí. ¡Laurele, Samedi, quien sea! ¡Ellos podrían venir en cualquier momento y tú...!

—Hoffman se quedará aquí, ¿no?

—Como si ese cabrón pudiese hacer algo contra ellos.

—¿Y tú sí?

—No, no insistas, Elisse. No importa lo que cueste, no voy a dejar que mueras.

—Ustedes ya eran una familia mucho antes de que yo llegase, así que es más razonable que vayas con ellos; que ustedes permanezcan unidos.

Por primera vez, me siento aliviado de no poder ver. No podría soportar la expresión de Tared ante mis palabras. Su peso vuelve al colchón y el calor de su cercanía se hace insoportable.

—No, no es verdad—sus dedos se deslizan hasta mi mano, atrapándola entre el calor de su palma—. Tú también eres parte de mi familia y una vez dentro de ella, siempre vas a ser parte de mí.

Casi quiero sonreír; su mano, tan grande y firme estrujando la mía, tan pequeña y débil, me incita a entrelazar mis dedos con los suyos en un apretón repleto de todas las cosas que quisiera decirle. De todo lo que él me hace sentir.

—Ya no hay mucho en mí que puedas rescatar, Tared. No pierdas a la gente que en verdad te interesa. Por favor.

Libero mi mano de su agarre.

—Elisse… —su voz se escucha quebradiza, débil, muy distante a esa fuerza que siempre ha demostrado. Me duele tanto oírlo pronunciar mi nombre de esa manera.

—Necesito dormir un poco. Por favor —le pido, para luego darle la espalda. Pasan los minutos y él se queda allí, contemplando el despojo tembloroso de lo que alguna vez fui.

Por fin comienzo a sentir el peso del cansancio, adormeciéndome y dejándome como último pensamiento una duda que no ha podido abandonar mi cabeza desde que fui sacado de aquel cuarto macabro: ¿por qué va trás de mí Barón Samedi? ¿Por qué quiere matarme?

CAPÍTULO 43
LA SERPIENTE Y LA LUNA

Abro los párpados e inhalo hasta inflar el pecho de aire frío. Miro a mi alrededor… *¿Miro?*

—¡Puedo ver! —susurro, asombrado.

Estoy en pie, en medio de un campo de flores multicolores. Un cielo nocturno, atravesado por cometas y estrellas, se cierne sobre mi cabeza, pero está claro, brillante e iluminado sobre la tierra, como si fuese mediodía. El día y la noche; conviviendo aquí y ahora, en una composición imposible que da a luz esta vasta belleza.

A la distancia se yergue un bosque de árboles oscuros, cubiertos por un cielo tan gris que pareciera un lugar ajeno al reino en el que me encuentro ahora. Ese bosque está salpicado de criptas abiertas. A pesar de la distancia, distingo el titilar de unas pequeñas luces metálicas que caen frente a las tumbas, como si la oscuridad vomitase lagunas de oro.

Un terror muy familiar despierta en mi estómago, así que me alejo de aquel sitio hasta que se vuelve una mancha oscura a mis espaldas. Mi cuerpo se siente extraño; no sé si corro o floto, es como si mi carne no estuviese conmigo a pesar de que la siento pegada a los huesos.

Delante de mí hay unas colinas cubiertas de hierba verde y caminos infinitos de árboles que serpentean entre ellas, mientras los campos de flores se expanden en todas las direcciones.

Acaricio las que están al alcance de mis manos, pero una punzada de dolor me hace retraer los dedos. Los miro y veo huesos expuestos, carne sanguinolenta. Mi mano destrozada me ha seguido hasta aquí, hasta este sueño.

Vaya, ¿un sueño?... yo nunca sueño, pero esta vez no quiero despertar. Aquí puedo ver de nuevo, puedo percibir los colores, el movimiento, el espacio. Sé que es un mundo imaginario, lejano, donde no existe mas que el recoveco que mi imaginación quiere llenar; pero es un sitio plagado de belleza donde no me siento abandonado ante el terror de la oscuridad.

"Elisse..."

El viento sisea a mis espaldas. El cielo nocturno se cierne y la tierra diurna comienza a oscurecerse, como si el tiempo empezara a avanzar muy rápido. El día y la noche bailan en una mezcla de luces y sombras hasta ajustarse en la misma hora, como marcando el inicio de un ciclo. La tarde inunda la planicie con una luz intensa y cálida que retumba por todos los rincones de la tierra sin fin.

Las flores comienzan a apartarse, abriendo un sendero hacia mí. Escamas blancas relucen bajo la luz de un sol que no existe en el cielo, coloreándose como un difuso arcoíris al compás del movimiento del enorme cuerpo al que pertenecen.

Palidezco.

Es la piel de una serpiente.

Retrocedo a trompicones. ¿Por qué siento tanta inquietud? ¡Esto es un sueño! Pero la lógica pierde contra el instinto, así que doy media vuelta y avanzo hacia un cerco de gruesos árboles al pie de las colinas.

Miro hacia atrás. El ser sigue abriéndose paso, avanzando con una rapidez pasmosa hasta quedar a unos cuantos metros de mí. Mi espalda se estrella contra uno de los árboles mientras mis manos se enroscan y se levantan a la altura de mi pecho para hacer frente a la criatura.

De entre la maleza brota una serpiente de proporciones imposibles. Su cabeza es enorme, casi del tamaño de mi torso, y su cuerpo es tan grueso y largo que su cola se pierde a lo lejos como un riachuelo; su lengua bífida es del color del carbón; sus impresionantes ojos, verdes como el jade, brillantes y lustrosos.

Y a pesar de su increíble belleza, mi respiración se agita a medida que la distancia entre nosotros se reduce.

—*Elisse* —quedo inmóvil de la sorpresa. ¡La serpiente ha hablado!—. *¿Por qué tienes miedo de mí?*

Estoy seguro de que sus labios se abrieron y articularon esas palabras con una voz masculina y profunda, y gentil. ¿Qué es esto? ¿Es un errante, un ancestro...?

—¿Quién eres? —pregunto, con los ojos abiertos de par en par para no perder detalle de aquella majestuosa serpiente.

—*No temas, Elisse. Mi nombre es Damballah.*

El canto de un riachuelo a lo lejos rebota contra las rocas y me endulza los tímpanos. Todo a mi alrededor parece tan increíble, tan fantástico y, al mismo tiempo, tan vívido.

La hierba se abre paso a mi lado, como formando un sendero para la extraordinaria criatura cuya presencia me provoca un extraño calor en el pecho. Estoy junto a Damballah, uno de los Loas más venerados y, según decía el libro de Laurele, cuyo lugar reside en la cúspide de los altares vudú. Es tan importante que inclusive su antigüedad precede a la del mismísimo Barón Samedi. Tan poderoso, tan viejo, y tan... distinto a lo que imaginé.

A pesar de su aspecto imponente, este Loa ha resultado ser asombrosamente dulce; sus palabras son gentiles, su presencia, tranquilizadora, y se refiere a mí con una familiaridad que sólo llegué a recibir de Louisa y mamá Tallulah.

El viento me sacude con más fuerza. Las hojas de los árboles se desprenden y se enredan en mis cabellos. Tomo una y la siento crujir entre los dedos.

—Esto parece tan real...

La serpiente gira su cabeza hacia mí y me contempla con esa hermosa mirada tan fuera de cualquier dimensión.

—En efecto, Elisse. Muy bien sabes que tú no puedes soñar. Sin embargo, mientras duermes, tu mente puede tener visiones o ser invocada por seres como yo. Una condición muy curiosa de tu propia naturaleza, a decir verdad.

—Entonces, tú me trajiste aquí —digo en voz baja—. Tal como lo hizo el Barón Samedi en aquella visión donde me prendió fuego.

—Así es, pequeño. Algo muy inusual, ya que los regidores espirituales no solemos traer la mente de los vivos a nuestros páramos. Considérate afortunado.

Afortunado. Me han llamado de esa manera tantas veces, pero a mí me parece sólo estar cayendo de desgracia en desgracia.

—¿Qué es este lugar?

—Estamos en Guinee, el reino de los Loas, el mundo de los espíritus que precede al fin de todo.

—¿Mundo de los espíritus? —pregunto, con más tranquilidad de la que en realidad siento—. ¿Te refieres al plano medio?

—No es tan sencillo, pequeño. Escúchame con atención, porque voy a explicarte cómo funciona aquello a lo que llamas "plano medio". El plano medio no sólo es un paraje de tránsito entre la vida y la muerte, esta condición de la existencia está compuesta de partes, como un rompecabezas, donde cada pieza es regida por familias de espíritus tan numerosas que necesitarías cientos de vidas para poder conocerlas a todas. Los Loas somos un ejemplo de esas familias.

"Cada uno de esos grupos de seres posee orígenes, ideales y un lenguaje común. Cuando una civilización o sociedad humana se encuentra con la manifestación de una de estas familias, el mundo de los mortales y los espíritus colisiona, creando aquello a lo que ustedes denominan *religión*.

—¿Me estás diciendo que todas las religiones son reales? —pregunto, casi tan asombrado como escéptico.

—En cierta medida, con todo y sus excepciones… sí.

—Entonces, ¿también existe un *Dios*? —la inevitable pregunta surge de mi lengua. Damballah en cambio, sonríe de forma misteriosa.

—Que te baste con saber, mi niño, que existe un aquí y un allá, un principio y un fin, y seres que estamos repartidos en medio de todo eso, de menor o mayor poder. Lo que hay más allá no incumbe a los mortales ni a los espíritus del plano medio.

—¿Y a qué parte del plano medio estuve entrando cuando tenía mis pesadillas? Aquel escenario de concreto…

—Esos lugares a los que eras traído cuando un espíritu perdido te invocaba se llaman *bardos* del plano medio.

—¿Bardos? —esa palabra me resulta familiar gracias a mi crianza budista.[16]

—Sí. Páramos desolados donde no existe luz ni oscuridad. Sitios de confusión muy semejantes a la realidad, sin espíritus regentes y donde muchísimas almas yacen perdidas, deformadas por el peso de su propia desesperación. No se necesita creer en ninguna familia espiritual para llegar a la muerte definitiva, pero siempre habrá muertos que se pierdan en los bardos. Al ser un sitio sin familias espirituales que lo manipulen, es simple que un contemplasombras pueda entrar en él de carne y hueso, y por voluntad propia, o incluso puede ser invocado allí. En cambio, resulta imposible entrar en un sitio regido por una familia espiritual sin ser invocado, ya que son lugares demasiado complejos e inaccesibles.

Poco a poco, no sólo fragmentos de mi vida, sino de la humanidad misma, empiezan a tener sentido.

Comienzo a entender que nada en este mundo es realmente místico. Religiones, mitos, historia, leyendas, todo encaja en una lógica apta sólo para aquellos que hemos tenido el honor de entenderla desde su perspectiva, tanto mágica como espiritual. Y no puedo dejar pasar el hecho de que hay gente que ha dedicado toda su vida a develar muchos de estos misterios; a conocer el fondo de la existencia humana, de esta vida y la otra. Y en apenas un parpadear, ¡casi todo me ha sido revelado!

Vaya. Creo que soy afortunado, después de todo.

—Entonces, ¿cada familia posee un trozo de plano medio que transforma a su antojo? —pregunto, embriagado por estos nuevos conocimientos.

---

[16] Bardo budista: la palabra tibetana *bardo* significa literalmente "estado intermedio", también traducido como "estado de transición".

—Sí. A cambio de oraciones, sacrificios y fe, las familias de espíritus recompensamos a los mortales guiándolos por nuestros terruños de plano medio y bajo nuestras reglas hasta el otro lado. Ellos nos dan culto y nosotros les concedemos *milagros*. A veces, hasta nos llaman *dioses*.

—¿Una familia espiritual puede entrar en territorio de otra familia? —pregunto, imaginando qué cara tengo que poner si de un momento a otro me encuentro a un Buda volando sobre mi cabeza.

—No. Los regentes espirituales tenemos bien claro que no conviene meternos con nadie, muy a pesar de que los hombres no parecen entender el mismo concepto. Tú ahora estás en mi páramo de Guinee, y aquí nada ni nadie puede hacerte daño, mi niño.

Mi corazón arde, tanto que ese fuego se transmite a mis mejillas al escuchar a este Loa llamarme de esa manera. Soy invadido por un *déjà vu*: no, no es que sienta familiaridad, es que algo me dice que no es la primera vez que nos vemos.

—¿Ya nos conocíamos?

—No en persona. Pero te he estado vigilando desde que llegaste a Nueva Orleans. A ti y a todo Comus Bayou.

—¿En verdad?

—Sí, incluso ayudé un poco a Hoffman, a Tared…, aunque lamento no haber podido hacer mucho por ti.

Abro los ojos de par en par y tartamudeo de asombro.

—¡E-eras tú! ¡T-tú me enviabas el libro rojo de Laurele! Y la serpiente, la que vi en el cuarto ovalado… —su enorme cabeza asiente despacio—. ¿Por qué me ayudaste?

—¿Qué más grande amenaza para el delicado equilibrio de Guinee que un Loa incapaz de aceptar su lugar en él? Peor aún, uno cuya tarea es tan importante: cruzar las almas de los muertos.

La tierra de ensueño parece haberse detenido en este maravilloso atardecer, como si la presencia de este Loa lo obligase a otorgarle una luz infinita.

La serpiente se detiene, echa la cabeza al piso y se enrosca. De forma casi natural me acerco a Damballah, como si un lazo invisible me jalase hacia su cuerpo. Me siento en el suelo y recargo la cabeza contra el cuello de la serpiente, sintiendo que irradia un agradable calor. Me hago un ovillo contra él y dejo que el tiempo avance mientras ambos contemplamos el bello paisaje a nuestro alrededor.

Él es tan distinto, tan diferente al horror que me inspira el Barón Samedi, que prueba que los Loas pueden ser gentiles, amorosos, seres que contemplan la vida de los mortales como un precioso tesoro, que no son como el espectro que destrozó mi cuerpo, mi espíritu y a mi familia.

—No quiero volver —susurro mientras su cola me rodea—. Quiero quedarme aquí, contigo.

—Los vivos que permanecen demasiado tiempo en el plano medio mueren antes de tiempo, pequeño. Y no quiero que eso te suceda —me advierte de una forma tan paternal que el pecho me escuece.

—Muata debía enseñarme sobre estas cosas… —susurro con una mezcla de rabia y tristeza, resentido más que nunca por el rechazo del anciano.

—No sientas dolor, mi pequeño. El anciano Muata, como el excelente oráculo que era, tuvo presagios sobre lo que ocurriría a la tribu, con Ciervo Piel de Sombras. Sólo que su vejez, junto al abandono de su ancestro, le impidieron ver con claridad lo que deparaba el futuro. Él no sabía qué papel te envolvía en el horroroso destino de Comus Bayou, y por eso prefirió no mostrarte ni la capacidad de tus poderes ni los secretos del plano medio hasta no saber quién eras en realidad. Y no porque te odiase, sino por el amor que sentía por su tribu, por el temor de verla caer. Y creo que eso es algo que cualquiera habría hecho estando en su lugar.

Soy incapaz de replicar porque, a pesar de mi dolor, sé que tiene razón. Acaricio las escamas del Loa; son muy diferentes a lo que sería la piel de un reptil, pues más me parece estar recargado contra un suave pelaje. La cabeza de Damballah se desliza hacia mí y estiro mi brazo para tocar su mejilla.

—¿Estás cansado de luchar? —me pregunta con gentileza.

—Ni siquiera sé de dónde saqué fuerzas para seguir vivo —respondo, atormentado tanto por todas las cosas que acabo de descubrir como por las que todavía me faltan por entender. ¿Por qué Samedi quiere matarme? ¿Por qué se rebaja a involucrarse con un simple mortal como yo?

—Hay cosas que necesitas saber, ¿verdad, Elisse? —respingo por la sorpresa. ¿Acaso puede leer mi mente?—. El Señor de la Muerte no nació de la naturaleza original de los primeros Loas. Es fruto de los ritos, las pasiones y necesidades humanas del Nuevo Mundo,[17] por ende, sus ambiciones son también bastante humanas: poder sobre el resto de los Loas, convertir Nueva Orleans en otra extensión de su reino. Eso es lo que busca Barón Samedi.

Me toma apenas unos segundos sacar conclusiones: la inusual ola de frío y niebla en Nueva Orleans seguro era una forma de comenzar a expandir sus tierras.

—¿Y cómo es que mi muerte podría ayudar en semejante cosa? —pregunto, alarmado ante la incertidumbre.

---

[17] Barón Samedi es una deidad vudú no originaria de África.

—No es que tu muerte ayude, Elisse. La manera en la que ese ser pretende alcanzar su propósito yace oculta en su propia consciencia y, lamentablemente, yo no tengo acceso a ella.

—¿Entonces…?

—De lo único que tenemos seguridad el resto de los Loas es que Barón Samedi necesita matarte por una razón mucho más poderosa que su ambición: miedo.

—¿Miedo?

—Miedo de ti, Elisse.

—¿Cómo es que Barón Samedi me teme? —musito, incrédulo—. No. No puedo creerlo. Nunca he sido fuerte ni especial, no tengo ancestro, no sé nada de cómo ser un contemplasombras. Debe haber un error.

—Aquí no hay ningún error, muchacho. Los otros Loas no podemos pelear contra él, ya que estamos usando todo nuestro poder para mantener el equilibrio que él ha roto. En cambio, tú sí puedes detenerlo, mostrarle que incluso el Señor del Sabbath puede ser derrotado por uno de esos mortales a los que tanto desprecia. Barón Samedi necesita deshacerse de ti, y eso es un evidente reflejo de que representas una amenaza para él. Y si tú, la única criatura en este mundo que inspira horror al mismísimo Loa de la muerte, te das por vencido, ¿qué nos queda por hacer a los demás?

Tiemblo de pies a cabeza, mientras mis ojos empiezan a humedecerse.

—¿Por qué habría de temer a alguien que ni siquiera puede defender su propia vida? No sé cómo enfrentarme a él. ¿Cómo puede uno vencer a la muerte?

—Pero, Elisse, ¿qué cosas dices? ¡Tú ya has vencido a la muerte infinidad de veces! ¿Acaso no has sobrevivido a una vida de penumbras y miseria? ¿No permaneciste vivo a pesar de ser atormentado desde niño por tus *pesadillas*? ¿No resististe cientos de veces la tentación de acabar con tu vida por puro y simple amor a la idea de encontrarte de nuevo con tu padre? ¿No es eso vencer a la muerte? ¿No es eso vencer al mismísimo Señor del Sabbath?

Hago todo lo posible por no llorar. Las palabras de este Loa, tan hermosas y a la vez tan tristes, me provocan un vuelco en el corazón. Agacho la cabeza y, de pronto, me siento como si hubiese vuelto a ser un niño pequeño.

—¿Tienes miedo, Elisse?

—Sí. Soy un cobarde —contesto, avergonzado.

—¿Cobarde? ¿Y por qué no tuviste miedo cuando cruzaste el océano para buscar a tu padre? ¿Por qué no tuviste miedo cuando te negaste a vivir con Louisa para que ella no resultara lastimada? ¿De dónde sacaste valor para enfrentarte a Laurele, aun cuando tu familia te había dado la espalda?

Las respuestas para mí son obvias:

—Siempre he querido a mi padre, a pesar de no conocerlo. Quería estar con él. Y no me importaba morir, si con eso podía salvarlos a ellos. A Louisa, mis hermanos, a Tared...

—Lo haces por la gente que amas. Eres más valiente de lo que crees, Elisse, porque a pesar de que sientes miedo, tu lealtad y tu sentido del sacrificio siempre te hacen dar un paso adelante. Y vencer a la muerte no es sólo sobrevivir: también se trata de decidir los motivos por los cuales enfrentarse a ella.

Mi mano vuelve a resbalar en mi rostro, ahora enjugando ambas mejillas. Sollozo, incapaz de descubrir cómo es que las palabras de este Loa han tenido un efecto tan poderoso en mí. ¿Es por su origen divino? ¿O es porque he imaginado a mi padre diciendo estas cosas?

—Hay algo en ti, muchacho, algo que tiene aterrado al Señor del Sabbath, algo que te hace capaz de ser, de entre todas las criaturas de la Tierra, el único que puede detenerlo. No sé tú, pero yo creo que esa mano debe significar algo.

—¿Esto? —murmuro, rozando la carne expuesta—. Sí, lo recuerdo…, esta mano parecía poder lastimar a Barón Samedi, pero ¿por qué? ¿Y cómo es que me hice esta herida?

Al no recibir respuesta, miro sobre mi hombro y me levanto de un salto. La serpiente se desenrosca lo suficiente para que la longitud de su ser se interponga delante de mí como una barrera.

—¡¿Cómo ha llegado hasta aquí?! —exclamo, mientras Damballah sigue con la mirada fija en la criatura que aparece a lo lejos.

El asesino de Ciervo Piel de Sombras, el monstruo de hueso, nos observa al pie de las colinas. Su enorme y espantoso cuerpo, cubierto por aquella manta negra que se balancea con el viento, forma un espectro que crea un macabro contraste ante la belleza del paisaje. Pétalos y hojas se estrellan contra la tela, la cual los absorbe como si se tratase de un agujero negro. Casi puedo escucharlo jadear.

—¡Márchate, Elisse!

—¡¿Y tú?!

—¡A quien busca es a ti! —y con esas palabras, mi cuerpo comienza a ser jalado sin dirección aparente, arrancándome poco a poco cada célula del cuerpo.

—¡Espera! ¡No! ¡¿Qué debo hacer ahora?! —grito, mientras mi esencia comienza a ser succionada.

—¡Ve al páramo de Barón Samedi y enfréntalo!

—¡¿Cuál es el don por el que quiere matarme?!

—¡No, no me has entendido, Elisse! —me grita—. ¡No es un don, es una maldición! ¡Levántate!

Y de pronto soy lanzado hacia atrás. Todo se reduce a un tamaño minúsculo, mientras mi periferia queda envuelta en una profunda oscuridad. Inhalo profundamente, mi espalda se despega de la cama como impulsada por un resorte, mientras empiezo a toser una y otra vez. Mi despertar es más violento que salir de mi inconsciente; es como si hubiese permanecido varios minutos debajo del agua.

La oscuridad reina a mi alrededor, lo que me indica que he vuelto a la realidad. Jadeo y me revuelvo entre las sábanas; intento ponerme en pie, pero mi ceguera me impide ver el borde de la cama y la debilidad de mi famélico cuerpo dobla mis articulaciones. Me precipito hacia el suelo y caigo con un golpe seco. Vuelvo a boquear y toser.

—¡Damballah! ¡Damballah! —grito desde el fondo de mis pulmones—. ¡Tared!

Escucho pesados y veloces pasos golpear contra el piso. La puerta de la habitación se abre de un golpe.

—¡Elisse! —la voz de Tared resuena en mis tímpanos; un segundo después, lo escucho caer a mi lado.

Me sujeta de la espalda y me yergue lo suficiente para sentarme en el suelo, mientras yo palpo frenéticamente su cuerpo para encontrar un punto de apoyo.

—… Qué ¡¿qué ocurre?! —la voz de Johanna se alza sobre frases inteligibles de Julien y Nashua, cosa que me provoca un profundo alivio. Aún no se han marchado de la ciudad.

—Damballah, él… —explico entre jadeos, consciente del poco sentido de mis palabras—. ¡Damballah me lo ha dicho todo! ¡Él…!

Un profundo silencio sigue a mis descontrolados gritos, como si mis palabras hubiesen hechizado la lengua a todos.

—La mujer tenía razón... —la voz de padre Trueno se levanta a lo lejos.

—¿Qué? —pregunto—. ¡¿Qué mujer?!

—Elisse...

Aquello retumba en mis oídos, mientras esa voz familiar, tensa y salpicada de algo que distingo como horror, se abre paso en mi mente. Segundos después, la reconozco: es la sacerdotisa de la Hoguera de los Milagros.

CAPÍTULO 44
SIETE

De contar con un poco más de energías, me concentraría en la presencia de esta mujer en la habitación, pero apenas tengo fuerzas para hacer otra cosa que llevar la temblorosa cuchara a la boca. La mano de Tared sigue recargada en mi espalda, sosteniendo mi debilitada espina mientras engullo comida; por lo que me han dicho, es la primera que ingiero en dos días.

Derramo un poco de gumbo sobre las comisuras de mis labios y paso furiosamente una servilleta para limpiarme. Más de uno en este cuarto se ofreció a alimentarme para que no tuviese que lidiar con esto, pero me negué con firmeza a sufrir esa humillación.

—Elisse —la voz de padre Trueno se alza a mi lado, aunque no estoy seguro de qué tan cerca esté de mí—. Esta mujer llegó minutos antes de que despertaras, diciéndonos que Damballah la había enviado a ayudarte y que estabas hablando con él justo en ese momento. La habríamos matado en la misma entrada de la casa de no ser porque te escuchamos gritar el nombre del Loa.

Habría girado mi cabeza hacia la sacerdotisa, pero como es obvio que no tengo idea de en qué parte de la habitación está, me limito a dejar la cuchara dentro del plato, para hacerle saber que tiene toda mi atención.

—Mi nombre es Zema, para quienes no me conozcan —el sonido de un encendedor viene acompañado del olor a cigarrillo. El humo me llega directamente a la cara, por lo que imagino que la mujer se encuentra frente a mí—. Te confieso que desde que llegaste a mi casa aquella noche no he vuelto a dormir tranquila, ¿sabes?

—¿Qué es lo que quiere?

—A estas alturas, ya estarás bien consciente de que necesitas entrar al reino de Barón Samedi para enfrentarlo.

—¿El plano medio? —dice Johanna.

—Es más complejo que eso —respondo—. Necesito entrar específicamente al reino del Señor del Sabbath, pero ni siquiera sé cómo entrar al simple plano medio.

—¿Lo dices en serio? —suelta Julien—. ¿Ni una pista?

—¿Acaso ninguno de ustedes sabe cómo hacer eso? —pregunta Hoffman detrás de todas las voces, pero el silencio por sí mismo es respuesta suficiente.

—El abuelo Muata era muy críptico. Siempre decía que no valía la pena instruirnos en algo que nunca íbamos a comprender —susurra Johanna con la voz quebradiza.

Antes, habría juzgado a Muata por ello, pero después de todo lo que me ha revelado Damballah, no me extrañaría que tuviese un fuerte motivo para no hablar mucho a los demás del plano medio.

—Y es por eso que yo estoy aquí —dice la sacerdotisa—. ¿Conoces la leyenda de las puertas de Guinee? —niego con la cabeza—. Bueno, serás el único en este cuarto que no haya escuchado sobre eso, ¿verdad? —varias voces murmuran en señal de acuerdo—. En Nueva Orleans tenemos una historia respecto a cómo entrar al reino de los Loas. Las siete puertas de Guinee te permiten traspasar el mundo de los muertos, y estos portales se encuentran repartidos por diversos puntos de la ciudad.

—Puras idioteces —dice Hoffman.

—Tan idiotas como hombres que se convierten en animales y detectives cuyas familias son destrozadas por hechizos vudú. ¿Verdad, agente?

—¿Qué ha dicho, vieja bruja?

—¡Hoffman, ya basta! —grito, exasperado ante su maldita actitud. El silencio prevalece unos segundos para ser cortado por un bufido del policía.

—Maldita sea, Elisse —replica en voz baja. Luego escucho pasos acelerados y un portazo.

Vaya, se ha largado, aunque me sorprende mucho que no haya comenzado a discutir conmigo.

—Como te decía, muchacho —continúa ella—. Estas siete puertas son abiertas con más contundencia en días sagrados como Año Nuevo, el Día de Todos los Santos y, sobre todo, en *Mardi Gras*.

"El Mardi Gras, los rituales involuntarios, cosas que incrementan mi poder."

—Así es como Samedi cruzó corporalmente nuestro plano —comento, recordando lo que él mismo me dijo la noche de *Mardi Gras*.

—Exacto —dice Zema—. Ningún Loa había roto el equilibrio espiritual con tanto atrevimiento hasta ahora. Damballah sólo se manifestaba a través de la energía que sus seguidores siempre le hemos proporcionado con nuestras oraciones y rituales. Cuando interpreté sus señales, supe que estaba tratando de ayudarte. ¡Y mira! Todas esas pobres gallinas no murieron en vano.

—¿Y por qué hasta ahora? ¿Por qué esperó hasta este momento para llevarme a su plano y hablar conmigo?

—Los Loas también requieren una poderosa energía para llevar a las almas de los seres aún vivos a su reino. Según nuestras reglas vudú, hay un día de la semana asignado para cada uno de ellos. El de Damballah es el jueves, así que tuvo que esperar al jueves posterior a *Mardi Gras* para poder acumular la suficiente energía espiritual y llevarte él mismo a su reino. En cambio, la de Barón Samedi...

—Llegó a ser lo bastante poderosa para pasar al mundo de los vivos antes de tiempo —termino su frase.

—¡Vaya que eres listo, niño! —exclama ella—. Efectivamente, y si Barón Samedi pudo lograrlo, es porque durante veinte años Laurele había estado preparando su llegada.

Las manos comienzan a temblarme, así que toco los dedos de Tared para indicarle que sostenga el plato. Él entiende a la perfección, por lo que retira el cuenco de mis palmas.

—¿Cómo?

—Almas en sacrificio, Elisse, almas inocentes y hasta prematuras. Todas las muertes que ella ofreció a Samedi durante su vida a cambio de sus favores de juventud y poder.

La sangre me baja a los pies. Los hijos de Louisa, los fantasmas del cuarto ovalado y el asesinato del bebé de Hoffman cobran un completo y total sentido. Ha sido un golpe de suerte que él se haya ido de la habitación, de otro modo, estoy seguro de que se habría puesto como loco al escuchar esto.

—Entonces, las puertas de Guinee pueden llevarme a Barón Samedi.

—Sólo una de ellas, muchacho —me corrige, aumentando el timbre de su voz—. Las siete puertas se abren sucesivamente, y si bien el Señor del Sabbath pudo cruzar por cualquiera de ellas, tú sólo podrás llegar a su reino a través de una.

—No puede hablar en serio —escucho a Johanna decir por lo bajo.

—¡Lo matará si entra allí! —replica Tared, quien despega su mano de mi espalda. Mi columna flaquea un poco por el peso de mi cuerpo.

—¿Se da cuenta de lo que está diciendo? —la voz de padre Trueno se levanta sobre nuestras cabezas—. ¡Este muchacho, así como está, no podrá hacer nada contra él!

Aprieto los puños. *¿Acaso soy el único que no sabe de lo que habla esta mujer?*

—¡Necios! —grita ella—. El portal para el umbral de Barón Samedi no es otro que la tumba marcada con cruces, ¡la sepultura de la mismísima reina vudú, Marie Laveau! Y tu deber es entrar al reino de los muertos para apaciguar al Señor del Sabbath. El destino ya pesa sobre tus hombros, y si fracasas, la muerte caerá sobre Nueva Orleans, y nunca podrás volver al mundo de los vivos. ¿Estás dispuesto a aceptar la tarea?

—Lo haré —contesto sin titubear.

—¡Elisse!

—¡Tengo que hacerlo, Tared! —replico, alzando la voz—. No tengo ancestro, no puedo luchar en una batalla con ustedes. La única pelea que puedo lidiar es la que se me ha impuesto contra Barón Samedi, y por ello, iré a esa tumba así tenga que arrastrarme hasta allá. Y juro por mi maldita vida que volveré con la cabeza del Señor del Sabbath entre los brazos.

Un súbito silencio se apodera de la habitación. Escucho las respiraciones de todos y, de una manera increíble, puedo distinguir el ritmo de cada una de ellas.

—Entonces, iré contigo —dice Tared, rompiendo al fin la tensión.

—¡Ni hablar! —replica padre Trueno—. ¡Tu lugar está al lado de tu familia, Tared!

—¡Elisse también es mi familia! Y si ustedes me consideraran parte de la suya, entonces lo entenderían —me quedo estático por su muestra de lealtad, indeciso entre comenzar a temblar o gritar de alivio.

—No tan rápido, guerreros —espeta la sacerdotisa—. Tendrán que prepararse para lo que sea que aguarde en el cementerio, y para ello, necesitarán toda la fuerza posible y la mayor suerte del mundo, así que mi recomendación es que elijan el sábado para atacar.

—¡Oiga! —reclamo—. ¿Acaso no le resulta familiar el significado del Señor del Sabbath? ¿Está pidiendo que nos aventuremos en el cementerio y que cruce el umbral en el día consagrado a Barón Samedi?

—Así es. Las aperturas de los portales duran siete días, y su cúspide sucede el sábado, en el día del Señor de la Muerte. Sí, será el momento en que Barón Samedi tendrá más poder, pero lo mismo sucede con su portal. Tendrás más probabilidades de pasar a su pedazo de Guinee con tu *peaje* sin perderte, así como de volver aquí intacto.

—¿Q-qué? —balbuceo—. ¿*Peaje*? ¿Cuál peaje?

—¿Cómo que cuál peaje? Damballah debió decírtelo. ¡Uno no puede ir al reino de los Loas sin ser invocado!

—¿De qué rayos está hablando?

—¡Niño! ¿Cómo crees que entrarás al mundo de los muertos sin peaje, sin una invitación del Loa a cuyo plano vas a cruzar? ¿Pensabas arrojarte dentro de la cripta sin más?

—¿Invitación? ¿Peaje? ¡No sé de qué diablos…! —estoy a

punto de decirle que es una completa loca, cuando algo destella dentro de mi cabeza. La imagen de Barón Samedi frente a mí, presionando dos brillantes monedas de oro sobre mis ojos me asalta con furia.

—¡Las monedas! ¡Tared! ¡¿Había unas monedas en mis pantalones cuando me trajeron aquí?!

—Ah, sí, están en el buró junto a la cama.

—Ahí lo tienes, niño —dice la sacerdotisa—. Cuando llegue el momento, ponlas sobre tus ojos. Te permitirán traspasar el portal, pero no por mucho tiempo, así que haz las cosas lo más rápido que puedas.

El muy bastardo de Barón Samedi se burló de mí hasta el final al entregarme él mismo el medio para ir a enfrentarlo, como si estuviese seguro de mi derrota. Palpo mis dedos vendados, convenciéndome de que el Loa de la muerte está cometiendo un grave error al subestimarme.

—Padre, por favor… —la voz suplicante de Tared retumba dentro de mí con violencia. Después de un largo minuto, el anciano suspira, acompañado de un golpe seco; tal vez su bastón se estrelló contra el suelo.

—Esperaremos al sábado en la madrugada para atacar —dice, resignado—. Pediremos al agente Hoffman que se encargue de dejar el camino libre de vigilancia, y así Elisse también tendrá tiempo para recuperar fuerzas. Roguemos a los dioses que nos concedan su bendición, que procuren que la tribu Comus Bayou no desaparezca de la faz de la Tierra bajo el manto del Señor del Sabbath.

CAPÍTULO 45
REINA DE CRUCES

Puedo olerlo en ellos y, estoy seguro que ellos también lo perciben en mí. Miedo, un asqueroso y repugnante olor a miedo mezclado con incertidumbre se vuelca dentro de la Suburban negra, donde vamos todos los que hemos decidido jugarnos la vida hoy.

Son las tres de la madrugada del sábado y me encuentro sentado en el asiento trasero junto a Johanna. Nashua y Tared van adelante y, por lo que han dicho, Hoffman nos sigue de cerca en su auto, acompañado de Julien y padre Trueno.

El anciano también viene con nosotros, muy a pesar de nuestros esfuerzos por hacerlo cambiar de parecer. Me gustaría decir que, después de todo lo que pasó, lo que le ocurra me importa poco, pero estaría mintiendo. Hay una parte de mí que siempre va a buscar su aceptación, su afecto, y el peligro de esta noche no cambia eso.

La camioneta se detiene y escucho los cinturones de todos desabrocharse. Palpo la puerta para encontrar la manija, pero alguien la abre antes de que yo pueda hacerlo. Bufo.

—Lo siento, Elisse, pero hay que agilizar esto —no replico a Tared ya que, en el fondo, sé que tiene razón.

Lleva mi mano a su hombro, el cual utilizo como guía para bajar de la camioneta. Escucho los pasos de los demás acercarse. Y no sólo eso, también sonidos metálicos que me ponen la piel helada: son armas siendo cargadas.

—¿Están listos? —pregunta Tared, al tiempo que su brazo me rodea los hombros—. Andando.

Su fuerza me guía a través de un mar de sensaciones desconocidas que amenazan con ahogarme. Y me sorprendo al percatarme de que, aun sin mi ancestro y sin mis ojos, todavía soy capaz de sentir la presencia de los demás alrededor, como lobos cubiertos por el sigilo de la noche. Pero eso no es lo único que puedo sentir. Lo percibo en la piel, en los huesos, el frío: el cementerio de Saint Louis se yergue ante nosotros.

—¿En qué parte estamos? —pregunto.

—A espaldas del cementerio —responde Julien.

—Habrá que entrar trepando por el muro —dice Hoffman detrás de mí—. Desde el robo de cadáveres, han estado probando un sistema de cámaras de seguridad, pero los muy idiotas sólo han podido colocarlas en la puerta de entrada.

—¿Lo dices en serio? —pregunto, alarmado ante mi obvia incapacidad de escalar la barda que, según me dijeron antes de venir acá, mide como tres metros—. ¿Y cómo es que voy a…?

Ni siquiera termino de preguntar cuando los brazos de Tared ya han aprisionado mi cuerpo. El vacío se arroja sobre mi estómago cuando mi cuerpo es elevado a toda velocidad de un salto, para aterrizar bruscamente en el suelo. No alcanzo a quejarme cuando escucho a los demás caer cerca de nosotros.

—Vamos, Elisse, no hay tiempo que perder —pide padre Trueno en voz baja.

Aún temblando por el vértigo, me suelto de Tared y busco las monedas de oro en mi bolsillo con algo de lentitud. De pronto, viene a mi mente una supuesta tradición de la antigua Grecia: se decía que los hombres eran enterrados o quemados con un par de monedas sobre los párpados, así ellos podrían pagar al barquero Caronte para ser llevados al otro lado del río de las almas hasta el inframundo.

Pues bien, ahora mismo la comparación me pone los pelos de punta.

Sosteniendo mi ofrenda con firmeza, abro los párpados, invadido por un escalofrío cuando rozan la venda alrededor de mis ojos. Con cuidado, introduzco las monedas debajo, ajustándolas sobre mis cuencas destrozadas.

El dolor es inevitable.

Transcurren unos segundos cuando el metal empieza a desprender un extraño calor. Por unos momentos, me debato entre retirar las monedas o no, temiendo que se tornen tan calientes que lleguen a quemarme, pero todo mi cuerpo se congela al ver un tenue resplandor en medio de la oscuridad.

Respiro con fuerza. El cementerio toma forma frente a mí, como si esas monedas se hubiesen vuelto oráculos entre la realidad y yo.

—Elisse, ¿qué ocurre?

Contemplo a Tared, a mi lado. Lleva una larga escopeta detrás de su espalda y sostiene una linterna. Me mira con una profunda preocupación.

Veo al resto, boquiabierto. Nashua también porta una escopeta, mientras Julien, Johanna y Hoffman cargan una pistola cada uno; todas equipadas con silenciadores. Padre Trueno es el único que va desarmado. Es difícil describirlo, tienen el mismo aspecto que en el mundo real, pero hay algo distinto en su presencia, como si pudiese traspasarlos con sólo tocarlos.

—Puedo ver —murmuro, lo que arranca un atisbo de asombro de las bocas de mis hermanos.

—No te apegues, muchacho, sabes que es temporal.

Padre Trueno no necesita recordármelo. Estoy bien consciente de ello.

—Bueno, ¡felicidades! ¿Podemos seguir? —la voz arrogante de Hoffman nos hace movilizarnos.

—Elisse...

Tared saca de su cinturón una pequeña pistola plateada con su respectivo silenciador, la cual tiende hacia mí junto con unas cuantas balas extra y una linterna.

Las tomo con la mayor firmeza que mis nervios permiten, inhalo con fuerza y me enfrento, por primera vez, al cementerio de Saint Louis.

El lugar desprende una energía tan abismal que retuerce cada trozo de magia que llevo dentro de mí y la exalta con su brutal oscuridad.

Las criptas, al menos las mejor preservadas, son blancas, rodeadas de cercos de metal como si tuviesen jardines personales. Hay unas tan impresionantes que parecen capillas, e incluso hay una en forma de pirámide. En contraste, las más viejas están tan corroídas que ahora parecen un montón de ladrillos apilados. No hay césped, sólo senderos de tierra o cemento, como si de pronto hubiese entrado a una ciudad en miniatura. Una auténtica necrópolis infernal, fría y cubierta de niebla.

—Vamos, la tumba de Marie Laveau está casi a la entrada del cementerio —susurra Johanna. Todos avanzamos despacio, virando la cabeza de un lado a otro a medida que el frío aumenta, como si cada paso fuese un grado de temperatura menos; no sé si los demás puedan percibirlo, pero a mí se me comienzan a helar los huesos.

—Diablos, ¿qué ha pasado aquí? —murmura Nashua y, al igual que él, los demás observamos con consternación cómo una cripta, tan vieja que ya carece de pintura, yace abierta de par en par.

—Es el mismo patrón —dice Hoffman, señalando los pedazos de concreto que hay en el suelo—. Cuando los doce restos fueron robados hace unos meses, noté que los trozos de piedra estaban desparramados en el exterior y ninguno dentro de la cripta. No parecía que se hubiesen derribado las placas desde afuera; era más como si hubiesen sido abiertas desde dentro. Y con un solo golpe.

—Esto no pinta nada bien —susurra Julien, y la verdad es que no puedo estar más de acuerdo.

De los doce restos robados acabamos con ocho, porque, por lo que me dijeron, nunca pudieron encontrar al cuarto can errante, el que devoró a mamá Tallulah, así que en el mejor de los casos, nos enfrentaremos por lo menos a cuatro errantes falsos y quién sabe a cuántos zombis.

Que lo más divino de este mundo nos ampare.

Tared y Nashua apuntan sus linternas hacia la abertura de la cripta, pero no hay nada además de polvo y los cajones donde se guardan los restos, intactos, así que volvemos a avanzar hacia la tumba.

—Allá está. El sepulcro de Marie Laveau —apunta Johanna con el dedo. Distingo la construcción a lo lejos, a unos treinta metros.

Para pertenecer a la reina vudú, la tumba es fea y poco impresionante, cuadrada y sin ningún adorno especialmente llamativo. De hecho, algo no parece encajar.

Las paredes de la tumba son lisas y blancas.

—¿Están seguros? —pregunto en voz baja—. ¿No debería estar cubierta de cruces?

—La tumba fue pintada hace unos años —asegura Johanna—. Los creyentes venían aquí y marcaban tres cruces para pedir deseos a Marie Laveau, pero con el tiempo, las autoridades decidieron prohibir la práctica para preservar la cripta.

Mi sorpresa se vuelve considerable cuando, al acercarnos para rodear la entrada, veo que las cruces empiezan a brotar de la pintura, expidiendo un casi imperceptible brillo violeta.

Una sensación de vértigo se desprende de mi estómago cuando veo que la placa de concreto de la entrada se desvanece, dejando a su paso un abismo negro e infinito.

—¿Están viendo lo mismo que yo?

Las caras consternadas de todos, quienes me miran como si me hubiese salido otro ojo, es respuesta suficiente.

—Bueno, ¿y ahora qué? —me pregunta Nashua.

—Supongo que debo entrar a la tumba —respondo con la voz titubeante.

De pronto, Tared levanta un puño, pidiendo silencio.

—Escucho algo —nos avisa, descolgando su escopeta—. Estén atentos.

Todos cabeceamos de un lado a otro. Miro alrededor de la tumba hasta que un resplandor ajeno a las cruces llama mi atención. Viene de un muro de criptas empotradas, uno que reconozco casi de inmediato, puesto que vi la fotografía de esa pared en el periódico: es la tumba de donde fueron robados los doce restos.

Lo que me inquieta es que, según recuerdo, habían vuelto a sellar esa tumba, pero ahora hay en ella un pequeño hueco, apenas del tamaño de un plato.

Me acerco un poco y escucho el crujir del cemento bajo mis pies. Son un par de destellos, pequeños y amarillentos, que se mueven muy levemente. Entrecierro los párpados y los miro detenidamente; titilan y palidezco.

Son ojos.

—¡Tared!

Un bramido monstruoso retumba en la oscuridad. La pared revienta y, de pronto, soy embestido por una enorme criatura que me arroja contra el muro de otra cripta. Pierdo mi arma y mi linterna.

El golpe me deja aturdido unos instantes cuando escucho a los demás gritar, me levanto tan rápido como puedo y corro por el pasillo de criptas, con el monstruo pisándome los talones. Miro hacia atrás y lo reconozco de inmediato: es el asesino de mamá Tallulah.

Su garra me alcanza el tobillo y me tira de bruces al suelo. El errante se cierne sobre mí, pero el tiro de una escopeta se le ensarta en el lomo antes de que pueda enterrarme las garras.

La criatura brama, pero aun así intenta morderme. Por instinto levanto la mano vendada para tratar de protegerme.

Apenas el monstruo pone sus colmillos sobre mis dedos, retrocede y aúlla, agitando su hocico de un lado a otro mientras un vapor espeso brota de sus fauces.

—¡Elisse, levántate! —grita Nashua a lo lejos.

Con el corazón aplastado por la adrenalina, me incorporo a trompicones. Rodeo a la bestia y diviso a unos metros mi pistola; me lanzo sobre ella.

—¡Nos rodean, cuidado! —exclama Hoffman, disparando a la oscuridad.

De las entrañas de los pasillos surgen tres enormes errantes. Uno de ellos parece ser una especie de reptil sin dientes, de cuello largo y grueso como un tronco; otro es un jabalí, y el último una especie de alce o venado. Los tres aún conservan torsos humanos, pero están tan deformes que colmillos y cuernos se han ensartado a lo largo de sus caras hasta darles un aspecto grotesco.

Mis hermanos aúllan, braman y se transforman para recibir a la oleada de monstruos. Sus pieles se estiran, sus músculos crecen y trozos de ropa y zapatos salen volando en todas las direcciones.

El canino errante arremete de nuevo contra mí, por lo que apunto con mi arma y disparo a su hocico, lo reviento en un grotesco estallido de sangre que salpica mi cara. La criatura se arroja hacia atrás por el impacto, pero vuelve a la carga con un trozo de mandíbula colgándole por un costado.

—¡Maldita sea, muérete ya!

Disparo una y otra vez, pero aquella cosa avanza como si las balas no le hicieran ni cosquillas.

La criatura de pronto es embestida por otra que arremete contra su cuello, usando sus enormes fauces para aplastárselo. Boqueo, siendo testigo por primera vez de la forma bestial de padre Trueno: es un lobo, gris como las cenizas, pero con una extraña iridiscencia azul en su cuerpo al moverse.

—¡Elisse! —me grita, sujetando al enorme perro rabioso por el cuello con largas garras plateadas—. ¡La tumba!

Ni siquiera respondo, pues ya tengo los pies sobre la tierra. Corro hacia la cripta de Marie Laveau y veo a Tared, mutado en su imponente hombre lobo, vaciar un cartucho sobre el jabalí errante y después lanzarle un zarpazo al hocico.

Julien y Nashua embisten al reptil errante, mientras Hoffman descarga una lluvia de balas sobre el canino errante para ayudar a un debilitado padre Trueno. Incluso en su forma de guerreros, todos siguen disparando las armas, como si fuesen consciente de que tal vez son más efectivas que sus propias garras y dientes.

Johanna, a pesar de su tamaño y complexión reducidos, en comparación con un devorapieles, derriba sin mucho problema al alce errante y entierra sus fauces en su hombro. Jala la piel de la criatura hasta rasgarla, y haciendo brotar un manantial de sangre que empapa su pelaje. A continuación dispara justo en la herida que acaba de hacer.

Escucho los disparos sordos de los silenciadores, los gritos de Hoffman y los aullidos, bramidos y chillidos de los errantes a mis espaldas mientras las cruces de la tumba brillan con mucha más intensidad a medida que me acerco. De pronto empiezan a bailar, a moverse a través del concreto como si se tratase de proyecciones sobre una pantalla.

Mis huesos tiemblan al ver que las cruces se deshacen, se alargan y unen formando lazos entre ellas hasta crear el vevé de Barón Samedi, enorme y fulgurante en el costado de la tumba.

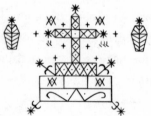

—¡Elisse, cuidado!

Giro y me encuentro cara a cara con un zombi que se lanza contra mí y abre su asquerosa mandíbula repleta de dientes putrefactos.

Disparo contra su cabeza y la reviento como un globo grotesco. Un par de zombis más aparecen frente a la entrada de la tumba. Agradeciendo entre dientes a Hoffman por la práctica de tiro, disparo contra ellos para derribarlos hasta que se vuelven burbujeantes espumas en el suelo.

—¡Necesito ayuda! —grito al ver que más se acercan a mis espaldas. Disparo una y otra vez hasta que tengo que cambiar el cargador de la pistola.

Julien corre hacia mí para auxiliarme, pero es interceptado por un grupo de zombis que le impiden avanzar. Las armas se vacían, las fuerzas comienzan a menguar y las heridas se vuelven más y más profusas a medida que crece el número de muertos vivientes; los errantes resucitados no ceden a pesar de los disparos, mientras los zombis se multiplican como parásitos que brincan desde la oscuridad.

—¿De dónde carajos salen tantos? —mi boca se cierra al recordar la tumba abierta que dejamos atrás—. ¡Imposible, salen del plano medio! ¡Tared, Tared, la otra tumba! —exclamo a todo pulmón mientras golpeo con la culata a uno de los cadáveres para alejarlo de mí.

El lobo desconcierta de un zarpazo al errante jabalí con el que estaba luchando; dejándolo aturdido, aprovecha para correr hacia mí y atacar a los zombis que me rodean.

—¡Johanna, Hoffman, la otra cripta! —grita Tared como un trueno.

El detective y la chica pasan corriendo a mi lado instantes después, con el maldito errante alce detrás de ellos.

Tared se desvive acribillando a los zombis que brotan uno tras otro como pirañas cerniéndose sobre una carnada. Detrás de mí, padre Trueno se debate con ferocidad contra el canino errante, pero un muerto viviente se abalanza sobre su pantorrilla y le incrusta sus putrefactos dientes.

No soy capaz de seguir mirando, por el número de enemigos, las posibilidades de que sobrevivamos son tan escasas que apenas quiero considerarlas. Mi sangre hierve y miro la tumba frente a mí, con su boca negra abierta de par en par esperando a engullirme. Desgarro los vendajes de mi mano descarnada y me encuentro de nuevo con esos huesos expuestos, acompañados de un lacerante ardor por dejar la herida al contacto con el aire.

Me lanzo hacia la entrada de la cripta de Marie Laveau, pero soy detenido por un zombi que se arroja a mis espaldas. Doy un codazo, encajando mi hueso sobre su desgarrado pecho con la suficiente fuerza para derribarlo. Un gemido retumba a mi lado: otro zombi me ataca, clavándome la mandíbula en el hombro.

—¡Aaaah, suéltame ahora mismo! —le lanzo un rasguño al zombi con mi mano descarnada y el cadáver se pudre al contacto.

Pero mi asombro es reemplazado por horror cuando las monedas de Samedi sobre mis ojos comienzan a calentarse, desenfocando todo a mi alrededor. Unos potentes aullidos se levantan a mis espaldas, a mi lado, frente a mí, gritos que no soy capaz de reconocer. No sé si los que aúllan de dolor son los miembros de mi tribu o los errantes resucitados, ya que mi atención se enfoca en el zombi que he derribado. Mis *garras* se ensartan en su cuello de un zarpazo, y el espantoso monstruo se desintegra en un instante.

Todo empeora en cuestión de segundos. El metal se enciende con un calor tan abrasador que me hace gritar a todo pulmón; es como si me hubiesen puesto hierro candente sobre la cara y me quemara al rojo vivo. En segundos, quedo ciego una vez más.

Ahogado en adrenalina y dolor, me tiro y me arrastro, palpando desesperadamente el suelo para encontrar el borde de la tumba al tiempo que las quemaduras empeoran.

Una garra se cierra alrededor de mi tobillo y me jala hacia atrás; mis uñas rasguñan el concreto, casi desprendiéndose de mi carne por aferrarse al suelo.

Distingo el aullido de aquel canino errante a mis espaldas, por lo que lanzo un zarpazo a ciegas contra él. Su pelaje apelmazado resbala contra mi mano descarnada y lo escucho chillar, por fin me suelta. Gateo lo más rápido que puedo hasta toparme de nuevo con la entrada de la cripta; me aferro a los bordes y, sin pensarlo dos veces, me arrojo de cabeza a la oscuridad.

CAPÍTULO 46
¡QUE ARDAN LAS BRUJAS!

Gritos, gemidos, disparos… La batalla ha dado paso a un profundo silencio. Caigo en picada mientras mi estómago es tragado por el vértigo más espantoso; la tumba de Marie Laveau se ha convertido en un agujero sin fondo, en el que sigo cayendo y cayendo. El vacío comienza a traspasar mi cuerpo, pasando por cada una de mis células como si fuesen agujeros de un colador. Entonces comienzo a rodar, una y otra vez sobre una superficie húmeda mientras mis ojos permanecen sumergidos en una completa oscuridad. ¿Cómo diablos he pasado de caer a rodar sin siquiera sentir el cambio? Un par de vueltas más y me detengo. Aprieto los párpados y gimoteo, más por desconcierto que por dolor.

—Maldición… —susurro.

Parpadeo un par de veces, acostumbrándome al blanco resplandor de una repentina luz que me rodea. Poco a poco, empiezo a ver de nuevo.

La venda y las monedas han caído, y tampoco queda rastro de quemaduras o dolor en mis ojos. ¿Me habrá sido ya cobrado el peaje? A mis espaldas yace la tumba de Marie Laveau, vacía, marcada con las cruces.

Distingo un cielo gris y una húmeda hierba color jade a mis pies. Hay criptas muy parecidas a las del cementerio de Saint Louis, pero muy separadas las unas de las otras y salpicadas por el prado como flores, con sus bocas abiertas y repletas de monedas de oro que resplandecen como tesoros abandonados. Un espeso y oscuro bosque rodea todo el páramo con sus altas copas alzándose como una barrera.

Estoy en el paisaje de mi sueño con Barón Samedi. En el trozo de Guinee del Señor del Sabbath.

El portal ha funcionado.

Reviso mi hombro mordido por el zombi: mi chamarra de cuero está desgarrada, y hay trozos de mi camiseta que se asoman por los agujeros. También hay sangre y piel penetrada por marcas de dientes, pero no hay dolor. Es como si estuviese sedado, ya que los golpes y rasguños que me hice en batalla tampoco duelen.

Una sombra pasa por el rabillo de mi ojo. Miro hacia las tumbas y distingo siluetas oscuras y transparentes que se mueven de un lado a otro, se echan unas encima de otras para luego alejarse y volver a colisionar después. Se hacen sólidas poco a poco hasta que algunas toman la forma de espectros vestidos como Barón Samedi, con paja y trozos de huesos atados a las ropas. El resto de las sombras son...

—Comus Bayou —susurro—. ¡Es la pelea!

Lo que estoy viendo no es otra cosa que una proyección de la batalla en el cementerio. Los zombis, así como los errantes resucitados, son espectros del Señor del Sabbath que poseen señuelos, lo que explica por qué hay tantos.

—Interesante forma de ver las cosas, ¿no crees? —escucho a mis espaldas.

Barón Samedi está sobre una de las tumbas. Fumando aquel habano que expide una densa neblina, sostiene un largo bastón negro. Su aspecto es muy distinto al que vi en casa de Laurele: ha dejado el sombrero a un lado, el traje negro se ha transformado en pliegos de piel que le cuelgan del cuerpo, y de su rostro se ha desvanecido la pintura para convertirse en una calavera despellejada, tomando un aspecto mucho más terrorífico que cuando se manifiesta en el plano de los vivos.

Mis pensamientos son interrumpidos por un gemido. Al pie de la tumba yace Laurele, desnuda y muy pálida, con una escalofriante mancha de sangre seca entre los muslos. Ella utiliza sus codos para arrastrarse hacia un lado, como intentando escapar de nosotros dos, pero la bolsa marrón que lleva atada a la cintura parece pesarle demasiado.

—Mírala, se está llevando tu dinero. ¿No piensas detenerla? —sisea, señalando el pequeño saco—. ¡Ah, nunca te lo conté! Cierto, cierto.

El espectro arroja su habano a la hierba y baja de un salto fantasmagóricamente lento, sonriendo como desquiciado. Da una vuelta alrededor de Laurele, quien sigue arrastrándose y dejando una mancha rojiza entre la hierba. Se refugia detrás de una tumba y se aferra al muro de concreto mientras los dientes le castañetean como si muriese de frío.

El Señor del Sabbath echa a reír. Una botella de cristal se materializa en su mano, con un líquido ámbar que baila en el interior.

—Debiste ver la cara del idiota de Carlton Lone cuando encontró el dinero robado en tu cuarto, ¡y la que pondrá cuando se dé cuenta de que ha vuelto a desaparecer! ¿Quién diría que sería tan divertido verte siendo acusado por crímenes que no cometiste, ver cómo toda tu gente te da la espalda sin siquiera darte oportunidad de probar tu inocencia? Humanos, errantes, todos son muy crueles, ¿verdad?

—Bastardo… —casi se me evapora la sangre. Él fue quien robó el dinero del centro para inculparme—. ¡Te arrepentirás de todo lo que has hecho!

—¿Y qué piensas hacer al respecto? ¿Vas a molerme a golpes?

—Te voy a arrancar la puta garganta.

Por instinto enrosco un puño hasta que los dedos se clavan en mi palma. El Loa inclina un poco la cabeza hacia mi mano.

—Ya veremos si eres siquiera capaz de acercarte a mí, muchacho.

El chillido de miles de voces aquejan mis tímpanos; entre las tumbas brotan un puñado de sirvientes del Loa, pequeños, caóticos, como un montón de monos vestidos exactamente como él. Alzan sus manos negras hacia mí y las reconozco: son las que me mantenían sujeto la noche en que Barón Samedi me destrozó los ojos.

El primero se arroja directo a mi pecho. Su peso es considerable para su tamaño, pero logro mantenerme en pie. Sus largos brazos se enredan en mi cuello, y cuando trato de liberarme, mi mano humana lo traspasa como si fuese de humo.

Pero mi garra de hueso sí logra atraparlo.

Un vapor espeso brota de su piel al ser desgarrada por mis uñas, tal como le ocurrió al canino errante. El ser chilla y se lanza al piso, retorciéndose de dolor ante la mirada estupefacta, tanto de los otros espectros como de la mía. ¿Qué diablos le está pasando a mi mano?

No puedo pensarlo demasiado, puesto que los monstruos salen de su trance para volver a abalanzarse sobre mí. ¡Son demasiados, no voy a poder con todos ellos al mismo tiempo!

Huyo hacia la espesura del bosque, pero ahogo un gemido al ver que comienza a desaparecer y que, en su lugar, surgen más tumbas, como si el cementerio se expandiese con mis pasos.

—¡Mierda, mierda! —exclamo, desesperado.

La única forma de salvarme es acabándolos uno por uno. ¿Pero cómo diablos voy a hacer eso? ¡Eres un puto genio, Elisse! ¡Venir hasta aquí sin un plan B! Si tan sólo tuviese un ancestro…

En medio de la persecución, me veo obligado a parar. A unos veinte metros, justo en lo que parece ser la mitad del cementerio, hay un grueso mástil de madera clavado en la hierba con un montón de paja al pie formando un círculo a su alrededor.

Es una hoguera.

Un potente golpe impacta contra mi nuca y me derrumba de bruces contra el suelo. Intento ponerme en pie, pero un mar de manos se cierne sobre mi cuerpo. Soy jalado de mis cabellos, de mis brazos, de mi ropa, de todos los sitios posibles; los espectros del Señor del Sabbath me arrastran como un costal hacia la hoguera. Intento liberarme, pero el golpe en mi cabeza ha sido tan efectivo que mis movimientos son torpes y débiles.

Los brazos de aquellos engendros se desprenden de sus cuerpos y me envuelven como gruesas sogas llenas de dedos. Mi espalda es azotada contra el asta y los amarres me aprietan hasta dificultarme la respiración. La muñeca de mi mano descarnada es sujetada con una fuerza todavía mayor, quedando tan inutilizada como el resto de mi cuerpo.

—¡Hijo de puta, hijo de puta! —exclamo, mientras me revuelvo con todas mis fuerzas, intentando liberarme.

Samedi viene hacia mí y sonríe con ese cementerio óseo asomándose en sus encías. Sus secuaces, ahora desprovistos de brazos, comienzan a bailar a mi alrededor. Me quedo helado; es obvio lo que este monstruo pretende.

—Diablos, Elisse —dice el Señor del Sabbath—. Me decepcionas. En verdad creí que matarte sería más complicado, pero supongo que lo divertido será acabar con tus amigos allá afuera, ¿no crees? —espeta con una sonrisa asquerosa—. Aunque si su líder ya ha muerto, supongo que no será tan difícil matar al resto.

Señala a sus espaldas con su bastón. Mis ojos viajan a las sombras de la batalla del plano humano. Puedo verlo: un cuerpo inerte, de gran tamaño y rodeado por otros que parecen protegerlo.

—¡Maldito, maldito! —grito una y otra vez, a punto de derramar lágrimas de rabia y desesperación. ¡No, por los dioses, Tared no! ¡Me niego a creerle a este infeliz! ¡Tared no puede estar muerto!

Mi brazo se libera de las manos de aquellos monstruos. Barón Samedi retrocede mientras yo uso mi mano descarnada para empezar a despedazar el nudo de brazos que tengo a mi alrededor.

—No tan rápido —susurra, apuntando su largo bastón hacia mi mano. Una nueva enredadera de brazos vuelve a pegar mi extremidad al costado de mi cuerpo, estrujándome la piel como si se tratase de una tuerca—. Esta vez no te daré oportunidad.

Las encías me duelen de tanto apretar los dientes, de lo visceral que se ha transformado mi rabia y desesperación. Pienso en Tared, en Louisa, en los demás, en las escasas posibilidades que le quedan a Nueva Orleans. Un milagro, por todos los dioses, ¡un milagro, por favor! Mi pecho se infla, mi garganta se cierra, mis párpados se aprietan hasta lastimar mis ojos. Estoy a punto de echarme a llorar.

"*Elisse...*"

Mis pensamientos son interrumpidos e incluso mi atención se desvía del Loa de la muerte. Detrás de él, a sólo unos metros, un espectro igual de monstruoso me mira a través de sus vacías cuencas. Su respiración expande y contrae los huesos de sus centenares de costillas, y su manto negro cubre parte de su esquelético cuerpo, esas astas, rojas y enormes que parecieran querer rozar el cielo.

El monstruo que devoró a Ciervo Piel de Sombras me contempla, espectador de mi propia hoguera.

—*Elisse...* —susurra la voz dentro de su cráneo.

Grito a todo pulmón al darme cuenta de que es él quien me llama. ¡Sabía que era un maldito sirviente de este Loa! ¡Lo sabía! Me revuelvo de nuevo, atormentado por la presencia de ese horripilante ser. Barón Samedi escupe carcajadas de placer, pero yo, en cambio, quedo mudo al ver que algo extraño sucede: la criatura se revuelve como si me imitase.

Parpadeo, confundido. Vuelvo a moverme y él me emula, copiando hasta mi respiración.

—¿Quién eres? —exclamo—. ¡¿Quién eres?!

Samedi ladea la cabeza y mira hacia atrás.

—¿Tan pronto has enloquecido, muchacho?

¿Barón Samedi no puede verlo? ¿Qué diablos está...? Mi mirada se congela en una de las garras del demonio de hueso. La punta de sus dedos está cubierta de algo que distingo como piel azulada y músculos violeta, como si su cuerpo estuviese regenerando su carne.

Lo que me impacta es descubrir que se trata de la misma mano, la mano que me ha sido descarnada. Los dedos cubiertos están desgarrados a la misma altura que los míos.

—*Eres mío...* —vuelve a musitar el monstruo de hueso.

Las palabras de Damballah me escuecen la memoria.

—"No es un poder" —susurro—, "es una maldición..."

—Que ardan —dice el Barón Samedi, recuperando mi atención—. Que ardan las brujas.

Chasquea los dedos y, en un instante, un poderoso fuego me envuelve. Mis gritos retumban en el cielo al sentir el infernal calor sobre mi piel. Un ardor por todo mi cuerpo junto con el horripilante olor que desprendo al ser incinerado. Cabello quemado, ropa quemada, piel quemada, todo se consume y me traga en un remolino de agonía. A pesar del ardor, aún distingo entre las llamas anaranjadas al monstruo de hueso, que se retuerce al compás de mi agonía.

—¡Acepto! —aúllo, arrastrando la lengua al sentir cómo se derrite a medida que las llamas me consumen—. ¡Soy tuyo, soy tuyo!

Barón Samedi estalla en carcajadas.

El monstruo de hueso se detiene. Baja su cabeza y me traga a través de su abismal mirada.

Lo veo sonreír.

En un instante, todo lo que estoy percibiendo, todo el dolor, toda la desesperación, se transforma. Los brazos a mi alrededor estallan, mientras la carne, los huesos, mi espíritu, todas y cada una de las partes que conforman mi ser, se alargan, se rompen, se estiran, alcanzan dimensiones donde la palabra dolor ya no puede describir la espantosa agonía a la que estoy siendo sometido. Simplemente morir quemado sería un paraíso, comparado con esto.

Sufro el parto de mi propio renacimiento.

Poco a poco, los gritos se convierten en rugidos y las flamas a mi alrededor dejan de quemar para volverse suaves lengüetadas contra mi cuerpo. Crezco en tamaño y volumen, siento una fuerza desconocida, una energía inexplicable que arde en cada una de mis células, a la par que mi ira. Surjo de entre las llamas como un fénix, arrastrando retazos de fuego a mis espaldas mientras los chillidos de los espectros de Barón Samedi me reciben como cánticos que honran mi resurrección.

Mis brazos tocan la tierra y elevo la mirada hacia el cielo gris. La luna menguante se alza sobre mi cabeza como una corona.

Arrasado por un instinto brutal, desconocido y salvaje, le aúllo, y la tierra, el cielo, las tumbas; todo tiembla ante mi grito.

Me he transformado en el mismísimo monstruo que me ha torturado desde que llegué a Nueva Orleans. Aquél que ha tomado el lugar de mi ancestro para darme su fuerza y su apariencia. Soy enorme. Soy poderoso. *Y estoy enfurecido.*

—No, no. ¡Es imposible! —la calavera de Barón Samedi se descompone en una mueca de auténtico desconcierto. Retrocede y yo avanzo, invadido por un gozo indescriptible.

—*¡Samedi!* —grito, y de mi garganta brota una voz espantosa, como si estuviese conformada por montones de voces que hablan al mismo tiempo, todas tan gruesas y severas que parecen sacadas del pozo más profundo del infierno—. *¡Samedi!* —vuelvo a gritar, mientras mis enormes patas huesudas me impulsan despacio hacia el Loa, quien desde aquí, parece *asquerosamente humano.*

El Señor del Sabbath empieza a expeler un olor delicioso que llega hasta los agujeros de mi hocico, lo cual me hace gruñir de deseo. Es un olor frío, a carne y sangre helada.

Es el olor del miedo.

El mismísimo Señor de la Muerte, Barón Samedi, me teme. Y eso me causa un placer inenarrable.

—¡Mátenlo! —ordena, y mi mandíbula exhala una risa hueca.

Al instante, los sirvientes de Barón Samedi que se han quedado sin brazos, junto con un puñado más que brota de las tumbas como fantasmas, corren hacia mí.

Los hago volar por los aires con un simple cabeceo de mi enorme cornamenta. Me abalanzo sobre uno de ellos y mi hocico dentado le arranca la cabeza como si fuese un muñeco, mientras mis garras se ciernen sobre todos los que puedo abarcar. En segundos, aquellos espectros asquerosos quedan reducidos a cadáveres.

Cadáveres. He asesinado a *espíritus*, a criaturas que nunca han estado vivas. ¿Acaso ésta es mi maldición? ¿Mi poder?

Siento el enorme deseo de pasar la lengua por la sangre que ha quedado en mis largos colmillos, pero soy enteramente hueso, así que el deseo se convierte en ira. Samedi con su bastón alzado delante de su cuerpo, como si tratase de protegerse con él.

—¿Tienes miedo? —pregunto, sintiendo una punzada de grotesco placer al verlo estremecerse—. ¿Tienes miedo? ¿Tienes miedo? ¿Tienes miedo?

Mis palabras, que a estas alturas parecen el parloteo de un poseído, me provocan una mezcla de horror y placer. Pero ¿no es así? ¿No acabo de ser poseído por una criatura monstruosa? ¿No soy acaso yo una?

Me acerco despacio y él una vez más retrocede. Chasquea sus dedos y una llamarada de fuego me envuelve. No siento nada cuando la lumbre lame mis huesos, por lo que la atravieso como si se tratase de una simple cortina de humo.

—Miedo… —balbuceo, y comprendo entonces que me cuesta expresarme con palabras, como si el lenguaje humano de pronto se volviese algo lejano y desconocido.

Me lanzo hacia Barón Samedi, quien da un paso atrás y toma un trago de su botella de cristal.

Me escupe, y un torrente negro brota de su boca, pestilente y espeso como el petróleo. Por instinto trato de evadir la asquerosa sustancia, pero alcanza a rozar uno de mis brazos. Mi hueso es corroído como si fuese ácido, y un dolor lacerante me hace retroceder.

Samedi echa a correr como un maldito cobarde, pero yo soy más rápido, así que en un par de zancadas logro darle alcance.

El bastardo ensarta su bastón contra mis huesos, y el dolor me hace aullar desde lo profundo de mis costillas; es como si hubiese atravesado carne invisible.

Aprovechando mi desconcierto, se libera de mi agarre, pero cae al piso cuando alcanzo a rasgar su tobillo. La botella de cristal cae de su mano y yo la aplasto con mi cornamenta.

—¡Maldito seas! —exclama, arrastrándose en el piso como un gusano. Lo sujeto por la espalda y arranco el bastón de sus manos para arrojarlo lejos de nosotros. Lo giro para que su cara quede frente a la mía.

Clavo mis fauces en su hombro y lo desgarro de una mordida; su sangre, negra como el petróleo, empapa mi cráneo y me hace sentir de nuevo el deseo de relamer mi hocico. Miro al Loa bajo mis garras y sonrío con labios invisibles. Mi garra se cierra contra su cuello para levantarlo frente a mis ojos.

—Por favor, por favor… —suplica, con sus manos apretando mi gruesa muñeca.

Mi corazón se llena de odio, incapaz de olvidar las atrocidades que ha cometido. No, no siento ni un ápice de piedad.

—Pagarás, Barón Samedi —clavo mis uñas en su cuello y siento que éste se contrae bajo mis dedos.

Mortal. Ahora Barón Samedi es mortal, y parece tenerlo bien claro, ya que se revuelve, gimotea y lucha como un animal asustado. El placer retuerce mis adentros.

—¡No, no, escucha, escucha! —exclama—. Yo no fui quien puso precio a tu cabeza. Yo sólo iba a cobrar la recompensa por matarte, ¡pero no soy tu verdadero enemigo!

—¿Cómo? —susurro muy levemente—. ¡Mentira!

El monstruoso Loa se retuerce bajo mis garras, con un esbozo de sonrisa entre los dientes.

—¡Es verdad, es verdad! ¡¿Por qué crees que Laurele estuvo aumentando mi poder y preparando mi venida por veinte años?! ¡Porque estaba predicho que tú pisarías Nueva Orleans!

Debe estar intentando engañarme. Le retuerzo más el cuello hasta que empieza a hincharse entre mis dedos huesudos.

—Por favor —suplica—. Piénsalo, ¿de qué otra manera me serviría tu muerte si no fuera para cumplir un trato?

Gruño, aún incrédulo, pero...

—¿Quién? —murmuro, aflojando un poco mi terrible agarre.

—¡No puedo pronunciar su nombre! Si lo hago, mi lengua estallará en mil pedazos. ¡Ése fue nuestro trato! —descontento por su imbécil respuesta, vuelvo a retorcer.

—Una razón... para no matarte... —él intenta abrir los labios, pero exhala de ellos apenas un jadeo.

—Las almas de aquellos que Laurele mató para mí... desaparecerán c-conmigo. La hija del detective, los hijos de Louisa Fiquette...

Mis garras se encajan tanto en la piel de su cuello que empiezo a sentir su esqueleto debajo de las uñas.

—Mientes.

—Aún son mías. Ése... fue el trato con ella.

Las páginas del libro rojo azotan mi cabeza como un martillo, sin piedad. Porque las almas ofrecidas al Señor de la Muerte le pertenecerán... *hasta que las entregue al otro lado.*

Barón Samedi aún aprisiona las almas de esos niños. Y si lo mato, jamás alcanzarán el descanso eterno.

Miro a la criatura y gruño lleno de odio, sin querer ceder ante las razones que tengo para acabar con ella. Quiero dejarme vencer por mi maldad, quiero hacerlo pedazos, arrancarle cada uno de sus miembros de la forma más espantosa posible y hacerlo sufrir de una forma mil veces peor de la que yo mismo experimenté. Quiero vengarme. Hacerlo pagar por Tared. Por mamá Tallulah y por Muata. ¡Por Louisa y por...!

¿Sus... hijos?

Algo empieza a latir dentro de mí al recordarla empapada en lágrimas, al pensar en sus brazos vacíos, al recordar la manta ensangrentada de la bebé de Hoffman.

Tanto dolor. Tanto sufrimiento. Tantas cunas vacías.

Si lo mato, Barón Samedi no sería la víctima de mi odio, el sólo estaría saldando sus crímenes. Las víctimas serían ellos, esos niños que nunca llegaron a serlo. ¿Por qué tienen ellos que pagar por mi venganza?

No puedo hacerle eso a Louisa. Ni siquiera a Hoffman.

Soy un monstruo. Pero eso no significa que quiera serlo.

A pesar de que me hizo parecer un ladrón, a pesar de que destruyó Comus Bayou, a pesar de que enceguecíó mis ojos, a pesar de que vendió mi vida... No soy capaz de matar a Barón Samedi.

—¿Un tr-trato? —balbuceo.

—¡Sí, sí, hagamos un trato! —grita, desesperado por salvarse.

La rabia vuelve a bullir, pero en vez de rendirme a ella, uso toda la voluntad de mi ser para hilar las palabras adecuadas.

—Vivirás, Barón Samedi —susurro—. Pero si no puedes decirme su nombre, entonces… nunca volverás a decir nada más.

No le doy tiempo de protestar. Mis garras abren su boca y de ella sacan un músculo viscoso, tan negro como el petróleo. Cierro las fauces en la lengua del Señor del Sabbath y se la arranco de un mordisco.

La engullo, y siento el trozo helado retorcerse entre mis fauces.

Los gemidos de dolor del Loa se vuelven mudos a mis oídos mientras aquella lengua negra se instala en el fondo de mi garganta. Se vuelve parte de mi ser, materializa lo que estaba allí sólo en espíritu. Mi boca se abre y de la punta de mi nuevo músculo brotan miles de palabras como un torrente de agua. De pronto, soy capaz de hablar el idioma de los muertos, el de los hombres, el de las bestias.

Así como las astas de Ciervo Piel de Sombras son ahora mi corona, la lengua del Señor de la Muerte se convierte en mi propia lengua.

Mi garra suelta el cuello del Loa, quien cae como un bulto entre la hierba, apretándose la boca sangrante. Inclino la cabeza hacia él, deleitado ante su dolorosa agonía.

—Se acabó tu época de dios, Barón Samedi —le digo, hablando ahora con extrema fluidez. No la lengua de los humanos, ni de las bestias, sino la de los Loas—. Sin tu lengua, jamás podrás comunicarte de nuevo ni con los humanos ni con los espíritus. Morarás en el plano medio como un monstruo mudo, únicamente trasladando seres de un lado a otro hasta el fin de tu existencia. Suena bastante misericordioso comparado con todo lo que has hecho, ¿no crees?

El espectro me mira con los dientes apretados y la sangre que derrama por sus comisuras como a cualquier mortal. Suelto una risa deliciosa que hace eco en el cementerio mientras el Loa casi parece hacerse más pequeño a medida que yo me yergo frente a él, mostrándole mis cientos de huesos en todo su esplendor.

—Has hecho tu último trato, Señor del Sabbath. Te he perdonado la existencia a cambio de una lengua, así que espero que la aproveches. Es tu última oportunidad —sentencio, escuchando los gemidos del Loa que ahora ni siquiera es capaz de gritar.

Ya no le temo. Ahora sé que, bajo mis garras, el gran Señor de la Muerte no es más que un simple mortal.

El deseo de asesinarlo a sangre fría lucha por dominarme, pero comienzo a alejarme en dirección a la tumba por la que he entrado, dejándolo retorcerse como un simple gusano y sintiéndome íntimamente complacido con mi nueva lengua, a la cual le doy el placer de relamerme por fin el hocico.

Entonces, diviso junto a la cripta el último asunto por resolver: Laurele se arrastra hacia el portal, agitando su cuerpo pálido en espasmos de dolor, cargando aún sobre sus caderas la pesada bolsa de dinero. Llego hasta ella y gira su cabeza hacia mí, mirándome con el más profundo de los horrores.

—¿A dónde crees que vas? —la sujeto de una de sus piernas desnudas y la arrastro hacia mí, justo antes de que pueda deslizarse hacia la tumba.

—¡No, no, por favor, por favor…! —suplica, al tiempo que la coloco boca arriba. Mi enorme cuerpo se yergue sobre ella y mis manos se cierran alrededor de su garganta como enredaderas de hueso.

—Has hecho cosas imperdonables, Laurele.

—No, por favor, Elisse, no…

—¡Asesinaste a niños inocentes!

—¡Por favor, déjame explicarte…!

—¡No importan tus mentiras!

—¡Yo sólo quería recuperar a mi hermana! —exclama, con las lágrimas empapándole el rostro—. Maté a esa gente, ¡maté a los hijos de mi hermana! Pero cuando me di cuenta de lo que había hecho, de lo sola que me encontraba… ¡Barón Samedi me prometió revivir a Devon si yo misma acababa contigo! ¡Pero tú no morías, a pesar de todo lo que hacía, tú no morías! ¡Monstruo, Monstruo! —grita, atrapada en su locura e incapaz de comprender su propio cinismo.

La mandíbula me tiembla de rabia.

—Desgraciada —susurro—. Ni siquiera lo hiciste por amor a Louisa. ¡Lo hiciste por ti, porque no has tenido el valor para enfrentar las consecuencias de tus atrocidades! ¡No mereces su perdón!

—Elisse, no… —murmura, aterrada.

Siento mis huesos, siento mi ser, siento mi corazón hundido en la sangre de mis penas y el profundo desprecio que infecta cada una de mis células. La mujer yace debajo de mí, desnuda e indefensa, hundida en un destino que, estoy seguro, no habría imaginado ni en sus peores pesadillas.

Inclino mi hocico hacia ella y le susurro al oído:

—¿No acabas de decirlo tú misma, Laurele? *Yo soy un monstruo.*

✦ ✦ ✦ ✦

Mis manos se aferran a los costados de la cripta para jalar mi cuerpo con las pocas fuerzas que me quedan. Broto de las entrañas de la tierra mientras escucho alaridos a mi alrededor. Mis ojos se abren despacio, aturdidos al percibir la luz del alba despuntar frente a ellos. Son capaces de ver perfectamente. Los he recuperado.

Mi cuerpo, desnudo y humano, cae rendido al suelo y forma un ovillo fuera de la oscuridad de la tumba de Marie Laveau. Estoy tan cansado que ni siquiera me sobresalto al ver que todavía tengo la mano derecha desgarrada, con las puntas de hueso pálidas como la piel de mi cuerpo, ahora tan blanca como si fuese mármol. Es como si hubiese vuelto a nacer y el sol de la India nunca la hubiese besado. La cabeza me pesa horrores, así que la inclino para que descanse, con todo y la cornamenta rojiza que aún la corona.

Gritan mi nombre, pero estoy tan débil y aturdido que apenas puedo mantenerme despierto. Veo que varios pares de pies se acercan a mí y algo caliente es depositado sobre mi cuerpo. Un pelaje tibio me acaricia. Me estremezco con el suave contacto. Suspiro.

Es piel de lobo.

CAPÍTULO 47
LEJOS DE CASA

Han pasado cinco meses desde que puse un pie por primera vez en Nueva Orleans. Llegué a esta tierra devorada por la niebla abrazado a un morral y un único sueño: volver a estar con mi padre.

La esperanza fue lo que me hizo abandonarlo todo; lo que conocía, lo que me hacía sentir seguro, incluso lo que yo mismo era. A cambio encontré la verdad sobre mis pesadillas, sobre mi naturaleza, la verdad sobre la humanidad misma y sus misterios.

No me arrepiento del miedo que sentí, del dolor que tuve que soportar, tanto físico como emocional, porque todo eso estuvo plagado de actos de amor, tanto míos como de la gente que comenzó a quererme. Un amor que tuvo fallas, que experimentó caídas y pérdidas, un amor doloroso y lacerante que, a fin de cuentas, me mantuvo con vida. Y tal vez de lo único que me arrepiento es de no tener la certeza de qué es lo que me espera. Ni de lo que soy capaz de hacer ahora que sé que no soy un errante, ni un humano.

Ahora que sé que soy...

Despego la pluma del papel para rascar con mi mano enguantada la venda que me cubre la cabeza, tratando de calmar un poco la comezón de mis cicatrices. De haber sabido que sería tan desesperante, hubiese preferido quedarme con mis cuernos antes de dejar que los serrucharan.

Miro mi cornamenta cercenada que ahora adorna majestuosamente la pared. Es el único ornamento que hay en esta cabaña, símbolo de que he comenzado mi propia colección de rarezas.

Suspiro e intento levantarme, pero aún me duelen las piernas y la cadera, así que desisto y vuelvo a recostarme. A pesar de que ya ha pasado casi una semana, sigo sufriendo los estragos de la batalla en el cementerio, y andar todavía me cuesta un poco.

Más allá de eso, siento que hay una parte de mí que jamás podrá aceptar todo lo que ocurrió aquel día.

En cuanto salí de la tumba de Marie Laveau, Tared me cubrió con su piel y me cargó hasta la Suburban, asegurándome que todo había terminado. Que habíamos vencido.

Estuve consciente sólo el tiempo suficiente para ver cómo, entre gimoteos y lágrimas, metían a padre Trueno en el coche de Hoffman aún en su forma bestial. El anciano, tal como había pensado, fue de quien me habló Barón Samedi, el *verdadero* líder de la tribu no sobrevivió. Uno de los errantes terminó por cercenarle la garganta, aunque no sin antes recibir un golpe fatal de Lobo Manto Azul.

Todos los demás sobrevivieron por poco. Aseguran que la pelea terminó mucho antes de que yo saliera de la tumba, así que quiero creer que, en cuanto tuve a Barón Samedi a mi merced, sus engendros dejaron de ejercer influencia en el mundo terrenal. Aun así, el hecho de que hayan aguantado tantas horas las hordas de un ejército interminable de zombis, es prueba irrefutable del poder de mi familia de errantes.

Aun así, no deja de sorprenderme lo lento que pasa el tiempo en el mundo de las sombras.

Cargaron los cuerpos de los errantes falsos en la Suburban, amontonándolos lo mejor posible para que cupieran. Hoffman nos acompañó a la reserva y se quedó hasta la tarde de ese día para hacer el ritual de cremación de padre Trueno, cuyas cenizas fueron arrojadas al pantano, tal como hicieron con mamá Tallulah y abuelo Muata. Yo no estuve presente, ya que estaba durmiendo como una roca en una de las cabañas, pero Tared me lo contó todo en cuanto desperté.

Al día siguiente vaciaron la vivienda de Muata. A excepción de la cama, todas las cosas que alguna vez le pertenecieron fueron quemadas para dar paso a las mías, a la usanza de los contemplasombras. Cada uno es distinto y, por ende, sus objetos llevan su esencia impregnada como un sello místico, así que es desaconsejable que otro errante los use.

Un letrero de "Bienvenido a casa, Elisse" colgaba de una manta blanca en la entrada de la cabaña cuando me trasladaron allí. Sobre la cama yacía mi viejo morral, con el sobre de mi padre y mi cuchillo.

De alguna manera, habían recuperado todo lo que era valioso para mí.

Pero lo que más me estremece es que, al parecer, ninguno de nosotros ha sido lo bastante valiente para guardar luto. Para aceptar que ya nada volverá a ser como antes.

Desde que regresamos a esta aldea, a este pantano, las cosas parecen haber cambiado de una manera que jamás nos hará sentir de nuevo en casa. Faltan nuestros padres. Falta nuestro abuelo. Falta un trozo de nosotros mismos, y nadie parece querer darse el lujo de sentirlo. Nadie, excepto Nashua.

Él no me dirige la palabra, ni se asoma a mi cabaña, pero eso es algo que no puedo recriminarle. Entiendo que el dolor que siente al mirarme nunca cesará, porque en mí sólo va a encontrar el recuerdo de la gente a la que perdió, al causante indirecto de su agonía. Cada día parece más demacrado, más delgado y taciturno, ya que, en cuestión de días, murieron los tres ancianos; los seres que lo amaron desde niño, y de esas cosas uno difícilmente se recupera. Lo sé porque nunca podré soportar la pérdida de mamá Tallulah, a quien cada día extraño más.

Johanna y Julien son menos tímidos. Vienen, comen conmigo y tratan de entablar una conversación, pero llevo días sin decir más de dos palabras. Al principio incluso temieron que Barón Samedi me hubiese arrancado la lengua. Paradójicamente fue todo lo contrario. Estoy completo y con todas mis facultades, pero ya me cuesta demasiado abrirme con ellos por dos razones: la primera es culpa. Cuando veo a la chica me estremezco por la herida que se marca en sus clavículas. Esa cicatriz se extiende debajo de su ombligo; un errante casi la parte en dos aquella noche. Julien perdió mucha sangre en la batalla y casi muere también, pero por suerte bastaron un par de días y los cuidados de Johanna para volver a estar como nuevo. Lo que sí me sorprendió es que Hoffman hubiese quedado completo; es más, Julien me aseguró que el tipo jamás se mostró intimidado por los falsos errantes y que, encima, disparaba con una puntería macabra. Sobra decir que no le hizo falta mucha ayuda.

Quienes aguantaron más fueron Tared y Nashua gracias a su tremenda fuerza, pero tampoco se salvaron de ser heridos de gravedad. Todos pudieron haber muerto para que yo alcanzase a Barón Samedi, y aunque es irracional que me sienta mal, no puedo evitarlo. No puedo ignorar el hecho de que Comus Bayou quedó hecha trizas para protegerme. Y esa misma vergüenza demente me impide verlos a la cara.

Alcanzo de nuevo el libro rojo de Laurele y lo abro justo en la página en la que acabo de escribir. Aprieto la pluma y termino la frase:

... un monstruo.

Cierro los ojos, intentando que mi propia oscuridad no me devore. Por suerte, la puerta de la cabaña se abre de repente. Exhalo de alivio al ver el rostro sereno de Tared, quien me regala media sonrisa.

—Buenos días. ¿Cómo te sientes, *chico americano*?

El apodo lo he tenido porque desde que salí del plano medio, mi acento hindú ha desaparecido por completo, tal es así que me asegura que ahora será imposible distinguirme de cualquier otro sureño.

—Estoy mejor... —digo en voz baja. Él sonríe, se acerca a mí y se sienta en la cama despacio, tensando de una forma muy agradable el aire entre nosotros.

—¿Crees que podrás caminar pronto?

—Sí, sólo dame unos días y podré ser útil.

—No me refiero a eso, Elisse —replica con seriedad—. Por mí, podrías quedarte sin hacer otra cosa que permanecer sentado en la cabaña. No quiero que te esfuerces, eso es todo. Pareces algo cansado.

—Sí... no he podido dormir bien. Tengo pesadillas.

Es una verdad a medias. Desde la batalla, cada noche revivo una y otra vez escenas horripilantes, sangrientas y macabras que bombardean mi cabeza y me impiden descansar. Y lo peor de todo es que no son sueños. Son recuerdos. Yo nunca sueño.

Tared pasa su brazo por mis hombros. Me estrecha con fuerza, recargando su espesa barba sobre mi coronilla. Percibo, detrás del olor a madera y tabaco de sus ropas, esa pacífica esencia a bosque frío que tanto lo distingue. Mi mente vuela al día en el que lo conocí en su forma humana, por lo que un suspiro escapa de mis labios. Siento ganas de atrapar el cuello de su camisa de franela entre mis puños. Pero al ver el guante que recubre mi mano, al recordar qué se oculta debajo, desisto.

Para mi sorpresa, Tared toma mi mano enguantada y la estrecha.

Vaya. A veces olvido que, de alguna manera, es perfectamente capaz de leer mi mente.

—Ya ha terminado todo, Elisse —me recuerda, como suele hacer todos los días—. Lo que pasó esa noche en el plano medio, déjalo morir allí, en ese recuerdo. Lo único que importa es que estás aquí, con nosotros.

Me estremezco de vergüenza porque una vez más tuve que mentir para salvar el pellejo. Cuando me preguntaron cómo había vencido a Barón Samedi, sólo les dije que un ancestro me había auxiliado en el último momento, ayudándome a transformarme, pero que todo había pasado tan rápido que no pude saber con certeza cuál, y que el renacimiento de mis ojos tal vez había sido un don otorgado por la derrota del Loa de la muerte.

Nunca me atreví a contarles que me dejé poseer por el mismo monstruo que asesinó a Ciervo Piel de Sombras. No tuve el valor de decirles que nunca maté al Loa y que, peor aún, hice un trato con él. Y jamás les contaré lo que tuve que hacer para volver a ser, de alguna manera, Elisse. Y digo que *de alguna manera* porque siento que después de todo lo que he vivido, nada ha quedado de aquel muchacho que pisó por primera vez Nueva Orleans. De aquél que podía levantar la frente en alto y decir que nunca había cometido ningún acto horripilante.

Me creyeron. Y Tared el primero, por lo que el remordimiento me carcome cada vez que este hombre me mira, cada vez que sus dedos me tocan y cada vez que su presencia me arranca un suspiro.

De pronto, sus dos brazos me envuelven por completo. Titubeo, pero al final lo abrazo también, conteniendo su grueso cuerpo entre mis delgadas extremidades que apenas pueden tocarse. El calor de mi líder me hace sentir como si estuviese dentro de una madriguera, como si él fuese un refugio de la más inclemente tormenta. Para mí, todo lo que hay fuera de la periferia de sus brazos —Loas, espíritus, humanos—; todo eso está construido con dolor.

Hay fuego dentro de este lobo. Y este lobo es mi hogar.

Ojalá pudiese quedarme así para siempre, pero Tared empieza a aflojar su abrazo. Entiendo la señal, por lo que lo suelto de inmediato, sintiendo un agradable calor que me inunda las mejillas con una clara mezcla de felicidad y vergüenza.

—Hoffman viene —dice en voz baja.

—¿Ya sabe lo del dinero? —pregunto, mientras miro de reojo el cajón al lado de mi buró donde he guardado la bolsa que arrebaté a Laurele en el plano medio. Tared niega, así que respiro aliviado. No quiero entregar ese dinero antes de saber qué rayos va a pasar con todo el asunto de mi orden de arresto.

—Sólo quiere verte, así que me adelanté.

—Para evitar cruzarte con él, ¿no? —echa a reír.

—Me conoces bastante bien —dice, sonriéndome y arrugando la comisura de sus párpados, cosa que pareciera rejuvenecerlo por un instante—. Bueno, supongo que te veré mañana. Hoy tendré que quedarme en el taller hasta tarde, ya que tengo bastantes pendientes debido a las *vacaciones* que he tomado.

Incapaz de aguantar, río y asiento, tratando de adoptar un gesto comprensivo. Se levanta y me dirige una última mirada antes de cerrar la puerta a sus espaldas.

Miro aquella hoja de madera por largos minutos, en los cuales la segunda razón de mi silencio queda más clara que nunca.

No puedo confesarle que, más allá de que me haya convertido en un espantoso monstruo, soy el blanco de un ser todavía más terrible que Barón Samedi. Que los horrores que hemos visto tal vez sean sólo la cola del león, y que si existe un ser que es capaz de pagar el precio del Señor del Sabbath, entonces la cacería por mi cabeza apenas ha comenzado. Y que, probablemente, ninguno de nosotros podrá salir con vida de eso.

Tampoco puedo decirle que he despertado poderes tan magníficos como espantosos en mí al haber devorado la lengua del Loa de la muerte. Ni que debido a que me he dejado poseer por el monstruo de hueso, su maldita voz me susurra todo el tiempo, exigiéndome que realice cosas tan atroces como la que hice para recuperar mis ojos.

No puedo decirle que ahora más que nunca entiendo la impotencia de Johanna por tener que conformarme de momento con sólo ser...

Crac, crac, crac...

Mi espalda se pone rígida cuando escucho aquello.

Crac, crac, crac...

Miro despacio hacia la puerta trasera de la cabaña.

Crac, crac, crac...

Abro los ojos de par en par, pero mis labios quedan apretados en una línea. Me tenso.

Crac...

Los chasquidos terminan y yo vuelvo a respirar. Me recuesto contra la almohada y miro hacia el techo.

Lo más importante de todo, es que no le puedo decir a Tared que nunca he vuelto a estar solo. Porque desde que puse un pie en esta cabaña, en este territorio de sombras... este chasquido me persigue desde la oscuridad.

Siento que algo está ahí. Y que ese algo viene por mí.

Hoffman entra a mi cabaña, sosteniendo un humeante y apestoso cigarrillo entre los labios, eso consigue que yo arrugue el entrecejo. Me mira, sonríe tímidamente y yo lo imito.

—Cabrón, ¿sigues vivo? —ahoga una risa bajo el humo del tabaco.

—A este paso creo que tú te morirás primero —respondo, apuntando a su cigarrillo. Él ríe a todo pulmón y tira la colilla en el piso para después aplastarla con la punta de su zapato. Bueno, no me ha insultado tras mi comentario, así que supongo que es una buena señal.

El agente jala una silla y se sienta al lado de la cama. Es la primera vez que lo veo desde la batalla en el cementerio, así que me alegra que esté bien. Después de todo, él nos ayudó, y mucho.

—¿Cómo sigues, niño? —pregunta con algo que, quiero creer, es interés genuino.

—Estaré bien en unos días. Ya sabes que suelo dormir la mayor parte del tiempo.

—¡Vaya, hasta pareces un mocoso normal! Pero me alegra ver que recuperaste los ojos. Vas a poder volver a poner cara de fastidio cuando te recuerde lo idiota que eres.

—Diablos, Hoffman, me alegra ver que tu nivel de cretino no se vio afectado por la pelea —el agente echa a reír y yo lo sigo con un vergonzoso carraspeo gangoso.

—Hace falta más que una manada de fenómenos para acabar conmigo —dice convencido—. Pero debo admitir que, a estas alturas, me alegra no tenerte de enemigo. Eres duro de roer, muchacho. Casi te admiro.

Los ojos oscuros de Hoffman se fijan en los míos, tanto que me veo obligado a desviar la mirada para escapar de su escrutinio. Carraspeo y lo incito a hablar de cosas irrelevantes durante un buen rato, hasta que por fin pronuncia la pregunta que temía.

—¿Qué pasó con Laurele? —cuestiona el agente, y yo tiemblo menos de lo que me esperaba.

—Se quedó en el otro lado —respondo con tranquilidad, casi indiferente—. No alcanzó a cruzar el portal, aunque creo que no le faltaba mucho para morir de todas maneras.

Hoffman se echa hacia atrás y se pone tenso como una lápida. Ante su gesto, no puedo evitar preguntarme si este hombre me ha creído.

O si, sin importar la verdad, algún día será capaz de encontrar algo de paz.

—¿No has tenido problemas con la policía? —pregunto, tratando de cambiar de tema—. Tú sabes, por todo el desastre que hicimos en el cementerio.

—¿No te lo contaron…? Me despidieron, los muy imbéciles.

—¿Qué? ¿En verdad? Es decir, sí, era cuestión de tiempo, con lo cabrón que eres, pero… ¡Ay!

Hoffman me ha soltado un puñetazo al hombro, acompañándolo de una sonrisa en señal de que no se ha ofendido.

—Montamos algo de escándalo aquella noche, ¿sabes? Por suerte no hay muchas casas cerca del cementerio, y los vecinos no son demasiado curiosos, con eso de que hay tanta inseguridad en la zona. Mis superiores sospecharon que tuve algo que ver con la destrucción de las tumbas e incluso con el robo de los cadáveres, pero como no tenían pruebas suficientes porque no había grabaciones ni testigos, no pudieron hacer otra cosa que echarme.

—Qué mal… ¿Al menos sabes si han preguntado por lo de mi caso en el centro budista?

—No. Pero a veces llamo a la señora Fiquette para decirle que estás bien.

—¿Louisa? ¿Cómo está? —pregunto en un hilo de voz.

—Mal —responde con franqueza—. Te echa mucho de menos. No harías mal en llamarla tú mismo.

El corazón se me hace añicos, porque yo también la extraño mucho, pero mis motivos para no tener contacto con ella son mucho más relevantes que cualquier herida.

Pero ésa es sólo la primera de las decisiones dolorosas que he tenido que tomar.

Aun cuando el destino me ha dado una familia completamente diferente de la que vine a buscar, nada ni nadie será capaz de llenar el vacío que mi padre ha dejado en mi corazón. Por eso… dejar ir a papá es lo más difícil que he hecho en la vida.

Nunca volveré a buscarlo, porque he descubierto que, seas humano, brujo o errante, estar conmigo es peligroso.

La mano de Hoffman se posa en mi hombro para apretarlo.

—Vamos, no pongas esa cara. No deberías tener problemas en volver pronto, si es más que evidente que tú no robaste nada. ¡Vaya idiota el Carlton ése! Desaparece el dinero de nuevo, a pesar de que ni siquiera estabas en el centro, y sigue creyendo que tú fuiste el culpable.

Susurro un "gracias", pero él sólo mueve la mano de un lado a otro, restándole importancia.

—Pero no sé más sobre el caso, ya que ni siquiera he podido ir a dar una vuelta yo mismo; mi coche se estropeó después de cargar el peso del señor Tantoo.

—Podrías decirle a Tared que te eche una mano con eso —digo, con la voz lastimada por el recuerdo del cadáver de padre Trueno—. Es buen mecánico, ¿sabes?

—No, gracias —dice con brusquedad, echándose hacia atrás—. No quiero al pendejo de Miller mirando en mis cosas.

Su comentario me hace suspirar. No puedo creer que después de todo lo que ha pasado, aún siga a la defensiva con Tared.

—Hoffman, ¿por qué lo odias tanto? —pregunto, en verdad preocupado—. No puedes seguir culpándolo por lo que pasó cuando era policía, él no...

—Elisse, ¿en verdad crees que conoces a Tared Miller? ¿Nunca se te ha ocurrido, ni por un instante, que tal vez el hombre no es quien dice ser?

—No. Tared nunca sería capaz de hacer algo así a propósito. Y no hay nada en este mundo que puedas hacer o decirme para convencerme de lo contrario —digo con firmeza, cruzándome de brazos y dejándole bien en claro que no voy a seguir discutiendo este punto. El hombre alza las manos brevemente.

—¡Joder! Su mujer debió estar más loca que ustedes cuando se fijó en él.

Un latido se atasca en mi corazón a la par que el mundo se detiene. Parpadeo un par de veces y me inclino hacia Hoffman, con la cara rígida como un ladrillo.

—¿Qué has dicho?

—No me digas que no lo sabes, Elisse. Tared Miller tiene esposa.

CAPÍTULO 48
UN CHASQUIDO EN MEDIO DE LA OSCURIDAD

El alba toca la reserva, por lo que me desenrosco del retrovisor para dejar que mis escamas blancas sean acariciadas por el sol. Entramos a la aldea de la tribu Comus Bayou, con el rechinido de la grava bajo las llantas del Jeep. Nos estacionamos frente a la entrada de la cocina, donde acabo de ver a Johanna salir cargando una pequeña caja de madera donde están las pociones curativas que lleva usando en Elisse toda la semana, en un vano intento de curar su mano.

Alargas el brazo para descolgar el pequeño atrapasueños que adorna el retrovisor, cosa que yo aprovecho para enroscarme en tu dedo. Bajas del vehículo y echas un vistazo a tu alrededor con esos ojos de trueno; inspeccionas el suelo, los árboles, todo el pantano… Sonríes, satisfecho de no ver ni un rastro de niebla.

—¿Qué haces aquí tan temprano, Tared?

Julien se acerca con gesto de no haber pasado el suficiente tiempo con la luna. Ocultas el atrapasueños en tu bolsillo, pero el nerviosismo se percibe a leguas, por lo que el pelirrojo alza una ceja.

Es obvio que ha mirado lo que has metido en la bolsa.

—Ah, bueno, yo… —rascas tu mandíbula para suspirar con resignación ante la mirada burlona de Julien. Rendido, sacas el atrapasueños y se lo muestras al bisonte errante, quien pone cara de desconcierto—. Es de Elisse.

—¿No es el que llevabas en tu camioneta? ¿Ése que te regaló tu madre?

—Sí, es decir, vine a dárselo a él. Ayer me dijo que últimamente estaba teniendo pesadillas, así que pensé que… ¿Por qué carajos me miras así?

—Ya, tranquilo, ya entendí —dice Julien, palpándote el hombro y sonriendo de una forma que no consigues descifrar—. ¿Johanna acaba de ir a verlo, no?

—Sí, no debe de…

—¡Tared, Julien! —el grito de la chica retumba por toda la aldea. Espantados, tu hermano y tú corren hacia la cabaña de Elisse, donde Johanna los espera en la puerta, pálida y con cara de haber visto una masacre.

—¡¿Qué diablos pasa?! —exclama Julien mientras tú apartas a la chica para entrar a la choza.

—¡Elisse no está! —grita ella y el pelirrojo la mira con extrañeza. La toma del brazo y ambos entran a la cabaña, donde te encuentran contemplando un espectáculo estremecedor.

Las tablas del piso, todas y cada una de ellas, han sido arrancadas del suelo y desperdigadas por toda la habitación; la puerta trasera está sobre la cama y la cortina rasgada se balancea con el viento que pasa por la ventana abierta de par en par.

El corazón se te congela en la garganta.

—¡¿Cómo es posible?! ¡Si yo mismo hice guardia anoche por si algo ocurría, y no escuché nada, nada! —grita el pelirrojo fuera de sí.

Él y Johanna te miran con los ojos desorbitados, mientras tú sigues enraizado en el suelo. Inspeccionas de arriba abajo la habitación, deslizando tus ojos azules por cada rincón hasta capturarlo todo en un solitario retrato.

Bajo de tu dedo y me deslizo hacia el buró que está junto a la cama, dejando un rastro tibio para que mires hacia acá. Tus ojos se arrojan al cajón entreabierto donde he metido la punta de mi cola, así que te acercas con un miedo atroz que te asciende por la espalda. Lo sacas despacio, y no hallas un solo objeto en su interior. Tanto el dinero como las pertenencias del muchacho han desaparecido.

La locura se siembra en tu cabeza, mientras yo tengo la certeza de que no ha quedado nada en ese cuarto, en este mundo o en el otro, que pueda decirte qué es lo que ha pasado con Elisse.

FIN DEL LIBRO PRIMERO

AGRADECIMIENTOS

Primero, quiero agradecer a los atlantes que han soportado mi mundo hasta ahora: mis padres, las personas más fuertes que conozco. Muchas gracias a mamá por ser una mujer tan ejemplar, sacrificada y valiente, y a papá por inspirarme a ser una persona tenaz, inteligente y perseverante. Ustedes son mi modelo a seguir, y a pesar de la brecha que separa nuestra forma de pensar, siempre ha habido un puente construido a base de nuestro cariño que nos mantiene cerca y unidos. Muchas gracias por todo su apoyo y por el esfuerzo que han realizado a través de los años para comprender mi universo personal. Los quiero, de aquí hasta el infinito.

También quiero extender mi agradecimiento a mi hermano Daniel, mi mejor amigo, el *saiyajin* más valiente del Universo 7 y con quien he crecido de una manera envidiable, extravagante y divertida. Te admiro muchísimo por tu fortaleza, por tus ganas de salir adelante a pesar de las duras pruebas a las que te has enfrentado. Te esperan grandes cosas, ¡nunca te rindas!

A Ana Redfield, quien con su asombroso talento para la música y su amistad incondicional ha sido parte de esta historia de formas incapaces de contarse. Muchas gracias por todo, por tu apoyo, tu paciencia, tu cariño y las veinte mil revisiones que le hiciste a este libro. No habría llegado hasta aquí sin la familia, y sin ti. Sabes lo importante que es eso para mí.

Un agradecimiento especial a todos mis Atrapasueños; el de España (mis queridos maestros Geshe Tsering Palden y Geshe Ngawang, Amparo Ruiz Cortés, Alberto, Ani-La y a toda la familia que conocí en Madrid y en el centro budista tibetano Thubten Dhargye Ling), el de Estados Unidos (la familia Moffat: Elizabeth, María, Gayland, Hollie y Benjamin, por su cariño y por hacer de mi adolescencia en Utah un verdadero sueño). A todos mis Atrapasueños repartidos por Latinoamérica, y en especial, al de mis queridos lectores venezolanos.

Millones de gracias a mis editores, Matthew Anderson y José Manuel Moreno Cidoncha, por abrirle las puertas a la Nación y ver su potencial, por darle el "sí" definitivo a mis sueños.

Un agradecimiento enorme a todo el equipo comandado por Rogelio Villarreal Cueva en Editorial Océano de México: Ismael Martínez, Guadalupe Reyes, Guadalupe Ordaz, Rosie Martínez, Mónica Huitrón, y todos los que están detrás de la edición y publicación de este libro. Me han devuelto la esperanza. Mil y un gracias por tanto cariño hacia mi Nación.

Una mención especial para Arturo Pulido, quien se nos adelantó en el camino.

Gracias infinitas a todos mis primeros lectores (y en especial a Mary, Victoria, Elizabeth, Naytze y Montse, ustedes se han ganado el Cielo) y en general a toda la comunidad de *bloggers* y *booktubers* en español que apoyaron la edición autopublicada. Ha sido un viaje largo desde aquel maravilloso 28 de febrero de 2017, pero por fin estamos aquí. La Nación es fuerte porque ustedes se volvieron parte de ella. ¡Millones de gracias a todos!

Todo mi cariño y devoción a Nueva Orleans, por inspirar un amor que sólo puede ser visto a través de la luna llena sobre Bourbon Street. Y finalmente, pero no menos importante, a ti, lector, a ti que has estado dando una mirada de reojo a esta historia desde tu silla, por adentrarte en esta aventura que apenas comienza y por hacer algo invaluable: acompañar a Elisse. Apenas es un niño, y lo peor está por venir, así que gracias, gracias por no dejarlo solo. Sé que está en buenas manos.

Gracias a todos ustedes por ser parte de la Nación. Nos leemos en el siguiente libro.

ÍNDICE

Esta obra se imprimió y encuadernó
en el mes de febrero de 2019, en los talleres
de Impresora Tauro, S.A. de C.V.,
Av. Año de Juárez 343, Col. Granjas San Antonio,
C.P. 09070, Iztapalapa, Ciudad de México.

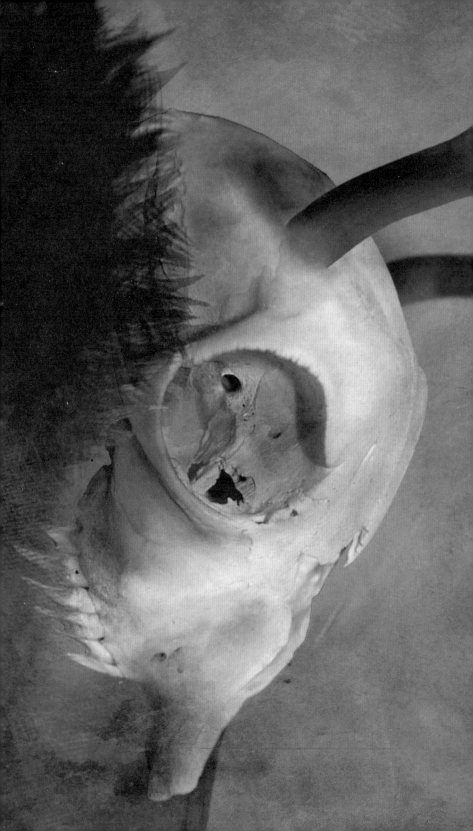